丰子恺译文集

第十七卷

丰陈宝 丰一吟
杨朝婴
杨子耘 丰睿
编

ZHEJIANG UNIVERSITY PRESS
浙江大学出版社

本卷说明

本卷收录丰子恺先生翻译的苏联学者关于音乐的著作三种，分别是：华西那一格罗斯曼著《音乐的基本知识》，格罗静斯卡雅著《唱歌课的教育工作》（与丰一吟合译），高罗金斯基著《苏联音乐青年》。《音乐的基本知识》一九五三年二月初版于上海万叶书店，本卷根据音乐出版社一九五四年十二月第二版校订刊出；《唱歌课的教育工作》根据人民教育出版社一九五四年七月第一版校订刊出；《苏联音乐青年》根据上海万叶书店一九五三年五月初版校订刊出。

本卷目录

音乐的基本知识

[苏联]华西那-格罗斯曼 著
丰子恺 丰一吟 译

告 读 者

关于音乐,已经出版了许多书,有大的,有小的。有的书叙述大音乐家的生活,有的书讲解音乐作品。还有许多为学习演奏和唱歌而作的教科书。

这些书大多数是以略具音乐知识、受过若干音乐教育的读者为对象而著作的。这些书里有许多音乐术语,往往为没有学过音乐的读者所不熟悉;书中所附的乐谱实例,只有会读乐谱的人才能懂得。

为未曾受过任何音乐教育的音乐爱好者而著作的书,就要少得多。而且其中只有极少部分是为学龄时期的读者而著作的。

这本书主要是为了没有在音乐学校里读书而爱听音乐、希望更多获得一些音乐知识的青年读者而著作的。学生们听了音乐广播,写信给电台,请求电台替他们解释他们所未能完全理解的东西——这本书便是为他们而著作的。著者希望帮助青年的音乐爱好者,使他们能够更充分地理解音乐作品,更充分地懂得作曲家在音乐中所表现的思想和感情。

这本书也是为了参加合唱团和业余管弦乐团的人们而著作的。它会帮助他们,使他们更深刻地倾听和思考自己所表演的音乐作品。唱歌者和演奏者对于他们所唱奏的作品理解愈深,这作品在听众听来也就愈加明了,愈加确实。

你能在这册书里找到最必需的音乐知识,例如关于什么叫做音乐的,关于音乐作品的基本种类(即体裁)的,关于各种声部的,关于乐器的,关于管弦乐的。著者在讲述这些知识的时候,有时也说到音乐艺术的历史,借以使读者知道音乐艺术是怎样组成、怎样发展的,虽然所说到的是很概要的。书末又附录一部小小的音乐辞典;你可在这里面找到你所不知道的用语的解释,例如乐器的名称或音乐作品的种类的名称。

这书里有若干乐谱的实例。这些实例在这里是补充的"音乐插图",是为了能读乐谱的读者而设的。但是没有这些实例,读者也能理解这书的文词。本书的第三章是说明乐谱记录法的概要的,其中有几个实例很浅易,随便哪位读者都能了解,甚至没有乐谱知识的人也能了解。

这册书里所写的,对于音乐爱好者——音乐研究者和听者——并不全部具有同样的实用意义。

例如:完全不知道我们的乐谱记录法是何人在何时发明的,也可以很好地按着乐谱而演奏;完全不知道钢琴和小提琴这两种乐器的历史,也可以学会弹钢琴或奏小提琴。但是,假使我们知道了:我们日常所用的看来很普通的乐器,是曾经费了多少人的心血,多少年代——有时数百年——的创造性的劳动而完成的,那么我们就会另眼看待它们,更重视它们,更爱护它们了。

现在本书再版,较初版已略有补充。著者尽量地顾到本书读者所提出的意见。

这里所搜集的音乐知识,当然是很不完全的。这不是音乐百科全书,不是教科书,也不是自学的参考书。这是普通的读物。所以著者很希望读者不要仅乎读这一册书,而必须对其他的许多音乐书也发生兴趣。当你初次认识了音乐世界,开始读关于一位大作曲家的生活的书,或者关于音乐作品的指导书的时候,你对于这些作品就会比从前更明白地了解。这册书是达到别的更高深的书的一个阶段，所以把它称为音乐的“第一本书”。[1]

〔1〕 本书原名《音乐的第一本书》，因这名称直译时，容易使人误解为“第一册”，而后面还有第二、第三等册，因而意译为《音乐的基本知识》。——译者注

目　录

第一章

我们在哪里听到音乐——剧院里、音乐演奏会里、电影院里、学校里和街道上的音乐——谁制作音乐——我们祖国生活中的音乐、音乐中我们祖国的生活

音乐是什么？音乐在我们的生活中占有什么样的地位？音乐能不能像别的艺术——例如文学、诗和戏剧一样地表现人的思想感情？

在这本书里，我们企图解答这一切问题。但在开头，我们先来倾听一下我们周围所发生的声音，想一想，我们在生活中是否常常和音乐相接触的？让我们到莫斯科的街道上去作一会小小的散步，并用心注意与音乐有关的一切事物。

我们的散步从马雅科夫斯基广场开始,那里有一所音乐演奏厅,是首都最大的音乐演奏厅之一,名叫“柴科夫斯基”——这是一位伟大的俄罗斯作曲家的姓氏。

门口挂着很大的广告牌子,我们走过去看一看,今天和最近几天所演出的是什么音乐会?

今天在演奏厅里登台的,是国立比亚特尼茨基合唱团。这合唱团所演唱的是俄罗斯民歌:有老的民歌,是当作遥远的过去时代的纪念而被保存在民间的;有新的民歌,是苏维埃集体农庄农村里所创作的。在这节目单中占有很大的地位的,是我国人民所周知的、合唱团的音乐领导者查哈罗夫的歌曲。

还有一张广告哩——是国立交响乐团的演奏会的。节目单中有柴科夫斯基的作品:《第五交响曲》和序曲《罗密欧与朱丽叶》。

在这广告中,有许多名词是需要解释的:交响曲、序曲、交响乐团——关于这些名词,可以讲出许多有趣味的话来。但是现在不可躐等,须延至本书以后几章里再说。现在我们的任务只是要指出我们在哪里和音乐相接触以及如何和音乐相接触。因此,让我们再走向前去。

让我们顺着高尔基街步行下去,听听看,街上有没有音乐声?我们很幸运,没有走得几步,就碰到苏军战士的纵队。在纵队的前面有管乐队奏着行军进行曲,它的节奏那么明了而有弹性,使得每一个过路人都不知不觉地合着它的拍子跨步。

军队中需要音乐,不仅是使战士的步伐整齐明了而已。它不仅是进军及阅兵式中所需要的,又是战争中所需要的。关于这一点,伟大的俄罗斯将军苏沃罗夫就曾经写道:

音乐在战争中是需要的而且有用的，它必须是最大声的。……音乐能使军队增大为两倍或三倍。我就是在飘扬的旗帜和嘹亮的音乐之下取得依兹迈意尔的……

在伟大的卫国战争的日子里，音乐怎样使军队的力量增加为两倍或三倍，关于这一点，可以引证许多故事。例如，有一次，在解放塔尔诺波尔时的艰苦的巷战中，在城里，战士们突然听到了《苏联国歌》的庄严的声音。这是军乐队所奏出的，他们从后方潜行到前线，为了要用音乐来鼓励艰苦作战的战士。这乐队在敌人的迫击炮的炮火之下演奏国歌，演奏战斗的行军进行曲和战士们爱听的歌曲。伴着这些音乐声，战士们更大胆地、更有信心地向前进行。

在普希金广场的电影院里，放映着影片《易北河两岸》。你记得这影片中萧斯塔科维奇所作的以“和平克服战争”的文句结束的歌曲么？在这里，我们又碰到了音乐。在每一个影片里都有音乐的。

影片中的主角所唱的歌曲，常常成为我们人民所爱好的歌曲。杜那耶夫斯基的歌曲（《马戏团》《格朗特船长的孩子》《库班哥萨克》[1]等影片里的歌曲）、赫连尼科夫的歌曲（《牧豚女和牧人》）、索洛维约夫-谢多伊的歌曲（《第一只手套》），以及其他苏维埃作曲家的歌曲，是为大众所周知的。

音乐在电影中，有时没有歌词，而由乐队奏出，这大都是在最重要、最紧张的场面中。这种音乐表现出主角的精神状态，加强对于各种情节的印象：庄严的或者悲哀的，可怕的或者可笑的。例如影片《攻克柏林》，

〔1〕 即《幸福的生活》。——译者注

便是盛用管弦乐的(作曲者是萧斯塔科维奇)。

我们走到首都的中心了。让我们向左转,走到斯维尔德洛夫广场,来到了大剧院,在那里每天有优良的歌剧和芭蕾舞剧上演,例假日每天上演两次。在剧院门口,悬挂着一星期内的上演节目,例如:格林卡的《伊凡·苏萨宁》、柴科夫斯基的《黑桃皇后》、比才的《卡尔门》、里姆斯基-科萨科夫的《萨特科》和《雪娘》、穆索尔斯基的《鲍里斯·戈杜诺夫》、阿萨菲耶夫的芭蕾舞剧《巴黎的火焰》。

首都里的音乐真多!但我们还没有到赫尔岑街的音乐学院里去过呢。在这音乐学院里,差不多每天都有唱歌者、钢琴弹奏者和交响乐团演出于大演奏厅或小演奏厅里。假使我们向音乐学院的教室里望望,便可看见许多青年音乐学生,他们是从苏联的各个角落里来到这里,来学习唱歌、演奏乐器和作曲艺术的。须知这音乐学院是我国最大的音乐学校之一。

每天在歌剧院、戏剧院、演奏厅、电影院、学校和街头所演奏的一切音乐,究竟是谁制作的呢?

这种音乐是以各种方式创作的。优秀的歌曲,有的是民间歌人创作的。这些歌人也许从来没有在音乐学校中学习过,他们的旋律从一个歌人传到另一个歌人,渐次地改变,渐次地加以琢磨,结果变成不是某一个人的作品,而是全体人民的作品了。在我们的苏维埃时代,已经替民间的天才开辟了一切道路。他们之中有许多人,起初创作旋律的时候自己连记录都不会,现在都受了教育,变成了作曲家,学会了创作交响曲和歌剧。

要做作曲家,必须具有许多知识和许多技能。最主要的,是必须学会在声音中表现全体人民的思想感情;否则,音乐作品就不能唤起听众的共鸣,而会变成死的、无人需要的东西。

在我国，从事于音乐的不仅是音乐专家，有极大数量的业余管弦乐团、合唱团甚至歌剧团，而且一天一天地在那里增多起来。在俱乐部里，在音乐大学里，在无线电里，常常有关于音乐的演讲和谈话。在所有的中小学里，都规定必不可缺的音乐课钟点。

这便是说，在我们祖国的生活中，音乐不但占有很大的地位，而且占有很重要的地位。对音乐这样注重，就因为它同所有别的艺术一样，能够表现人们所借以生活的、所企愿的、所想望的东西。音乐同科学一样，同别的艺术一样，是我们人民为共产主义、为全世界和平而斗争的一种武器。

我国拥有伟大的古典作曲家的遗产，真是值得骄傲的。在俄罗斯民族所引为骄傲的人物的姓氏中，斯大林同志（他常是艺术的伟大的朋友）提出格林卡和柴科夫斯基的姓氏。这是一九四一年十一月六日的事，是我们祖国生活中艰难的时期。

列宁曾经带着热爱、尊敬和骄傲而谈论音乐和音乐家。有一次，列宁听了贝多芬的一首奏鸣曲，说道："这是可惊的、超人力的音乐。我常常带了骄傲，也许是天真的骄傲而想道：看吧，人类竟能造出这样的奇迹！"[1]

"歌和诗，是炸弹和旗帜……"我们时代的最伟大的诗人符拉其米尔·马雅科夫斯基这样说。事实上，歌词中叙述着我国与他国的主要区别的《苏联国歌》，岂不就是我国的胜利旗帜么。这国歌创作于伟大的卫国战争年代，它鼓励苏军战士，好像一面大旗，引导他们前进，前进。

在战争的年代，曾经创作出许多优秀歌曲；这些歌曲鼓舞战士的精神，使他们和那不但威胁我国而又威胁全人类的法西斯主义奋力斗争。在战争的最初几天就出现了亚历山大罗夫所作的严肃而勇敢的歌曲《神

[1] 《列宁论文化与艺术》，苏联国立美术书籍出版局，一九三八年版，第三〇四页。

圣的战争》。

号召保卫祖国和全世界,使摆脱法西斯奴役的,不但是歌曲而已,还有不用歌词而表出当时全体人民所共有的感情的交响乐作品。例如萧斯塔科维奇的《第七交响曲》,便是在被包围的列宁格勒写成的——这是在那些日子里创作的最优秀的反法西斯的作品之一。

在我们为和平的伟大斗争中,音乐是强有力的武器。所有国家的前进青年,都热烈地接唱《世界民主青年进行曲》,这是诺维科夫作曲,奥沙宁作词的:

忠实的朋友,
快团结起来!
消灭那侵略战争!

屠里科夫、别勒伊、穆拉杰里所作的关于和平的歌曲和苏维埃作曲家所作的其他许多歌曲,普遍流行到国外各地,号召各民族团结起来,参加为和平与民主的斗争。

黑人唱歌家保尔·罗伯逊唱这些歌,他在美国所举行的每一个演唱会,都变成了反对金元政权的集会,变成了纯朴、正直的人们的一致团结的集会。罗伯逊的事业得到了高度的奖励:一九五二年他获得了"加强国际和平"斯大林国际奖金。苏维埃歌曲是罗伯逊和我们国外其他朋友在其勇敢献身的斗争中的武器。

在所有的国家中,现在都在创作关于逐年发展的为和平的斗争的歌曲。在建设新生活的人民民主国家中,人们唱着这些歌曲,不顾一切禁止和迫害;在资本主义国家中也唱这些歌曲。在民主青年联欢节上,全世界的青年男女手牵着手，唱着这些歌曲，把对未来的信心注入在纯朴而正直的人们的心中。

在许多音乐作品中，又反映着我们人民的和平的、建设性的劳动。

斯大林的改造自然的计划，领袖对于人民福利的伟大的关怀——都在萧斯塔科维奇的清唱剧《森林之歌》中歌颂着。作曲家创作关于集体农庄庄员——高度丰收的能手——的歌，关于大学生和工艺学校学生的歌。

在所有这些作品中，各式各样地反映着苏维埃艺术的最伟大的形象，即建设雄伟的共产主义大厦的苏维埃人的形象。

音乐就是这样地参加我国和全人类的生活；音乐家们就是这样地执行着他们的爱国者的任务。

那么，怎样在音乐中表现这些伟大的思想感情，音乐和别的艺术有什么相似和什么相异呢？关于这问题的解答，我们的读者可在下面的几章中找到。

第二章

音乐和别的艺术有何相似——在音乐学校的巡礼中可以学得些什么——什么叫做旋律、调式、节奏、形式

我们已经知道,音乐是经常参加我们的生活的。同时它又反映这生活,反映全体人民生活中的大事件和个别的人的感情——他们的欢乐和悲哀。在这方面,音乐的表现方法并不少于文学、戏剧、绘画、雕塑。

我们想起了柴科夫斯基的一个很有名的钢琴曲——《在三套车上》。俄罗斯的诗人、作家和艺术家们常常在自己的作品中描写冬日的道路的形象,描写三套车的形象——这三套车在车夫的忽而豪放、忽而凄凉的歌声中,在无边际的积雪的平原上向远方奔驰。你们大家都记得普希金的诗篇《冬日的道路》以及果戈理的《死魂灵》中对"飞鸟般的三套车"的谈话。热爱俄罗斯祖国的大自然及其纯朴的美的柴科夫斯基,就把这种每一个俄罗斯人所熟悉的情景描写在他的这个音乐作品中。

我们听赏这作品时,可以在其中辨别出车夫的歌声和车轭下的小铃的声音;在我们的想象中明显地出现俄罗斯大自然的诗意的情景,它的辽阔的、引人远扬的广原。

你常常在书中读到关于伟大的历史战争的描写,你一定记得托尔斯泰的小说《战争与和平》中所描写的战争的场面以及普希金的诗篇中所描写的坡尔塔瓦战争。在这点上,音乐能不能对诗和文学相颉颃呢?为了要答复这问题,我们必须听一听柴科夫斯基的管弦乐序曲《一八一二年》,或者里姆斯基-科萨科夫的《克尔瑞涅茨会战》。这两个作品的音乐表现着使俄罗斯战士在他们的英勇斗争中兴奋起来的感情,描写着战斗的情景。

要表现个别的人的生活中的戏剧性事件,表现他们的欢乐和痛苦,音乐的力量也不亚于别的艺术。

> 世界上没有一篇小说,
> 比关于罗密欧和朱丽叶的小说更悲哀。

莎士比亚在他这关于为中世纪的偏见而牺牲性命的青年和少女的悲剧中这样说。到现在,当我们在书本中读到或在舞台上看到这约四百年前所写的悲剧的时候,我们不能不为罗密欧和朱丽叶的命运而激动。

柴科夫斯基从莎士比亚这作品中获得了灵感,写了他的交响乐序曲《罗密欧与朱丽叶》。在这音乐中生动地表现着悲剧的形象:奏着阴森的、宗教的曲调——修道士洛连佐的音乐“肖像”;响出两个对敌的家族之间的狂暴的争吵声;最后奏出美丽的旋律——表现罗密欧和朱丽叶的纯洁的、青春的爱情。我们有时难于说出:关于反抗恶意和仇敌而展开的爱情的美的表现,谁更明了,谁更充分——莎士比亚在他的悲剧中呢,还是柴科夫斯基在他的交响乐序曲中?

在许多作品中,音乐是同绘画一样的。《青色的海洋》,闪闪发光的色彩的变幻,海波的有规则的起伏——这一切,在里姆斯基-科萨科夫的歌剧《萨特科》的管弦乐序奏中表现得非常清楚明了。而穆索尔斯基的歌剧《霍凡希那》的序奏,表现着一幅奇妙的绘画——莫斯科河上的黎明。我们听着音乐,就仿佛看见:天空中怎样显出朝霞的玫瑰色的光带;最初的太阳光线怎样把金色镀在古礼拜堂和钟楼的圆屋顶上,建筑物的屋顶上;早晨的光辉怎样渐渐地普照在正在睡醒的城中的一切街道和广场上。作曲家有时竟成了一个画家。

我们看到音乐和诗歌、文学、戏剧、绘画有许多共通的地方;它的形象可以同样地鲜明而生动。只是它所用的手段不同——不是文字,不是颜料,而是一种乐音。

乐语是所有的人都能懂得的,所有的人都能接受的,不仅是音乐家和音乐爱好者而已。即使是年纪很小的孩子们,也能立刻辨别出悲哀的音乐和愉快的音乐,从来不会把摇篮曲误听作进行曲或舞曲。但是,乐语并不是所有的人都同样地懂得的。我们倘能知道音乐怎样组成,乐语怎样造成,那么便可更清楚地了解音乐作品,更深刻地感到它的美。[1]

在音乐学校、音乐学院里,便是教这种东西的。但是,不要以为不曾学过音乐的人便不能理解乐语的法则。只要对于我们所常常听见的音乐更注意地倾听和思考,也能够理解它。

在上一章里,我们曾经在莫斯科作了一会儿想象的"音乐巡礼"。现在,让我们来继续这巡礼,走进赫尔岑街后面的一条巷子里去。那里有一所音乐学院附设的十年制音乐学校,在这学校里学习的便是你的同年龄辈的人。我们走上二楼,走进一条宽广而明亮的长廊。

这很像普通学校的走廊,左右两旁都是教室,走廊尽头的门上有一张牌子,上面写着"教师室"。这里也有物理研究室、自然科学研究室:这音乐学校的学生也学习普通科目,同普通学校里的一样。但倘我们向那用很厚的门和走廊隔绝的一个教室里望一望,我们就看见一种和普通学校上课不同的光景。桌子旁边的椅子上坐着一位教师,他的面前站着一位奏小提琴的男孩子,他正在拉奏很熟悉而很美丽的某乐曲。这有两位学生静静地坐在一旁,大概是在等候他们的轮到。

这个小提琴手所演奏的音乐作品,是演奏会和无线电里所常常演奏的。这是柴科夫斯基的《感伤华尔兹》。现在听起这乐曲来,觉得和我们平日所惯听的并不完全相同,似乎这里面缺少了什么东西。这是当然的,因为现在这孩子没有钢琴伴奏而独自一个人演奏,为的是要使他自己和教师容易检验这曲子奏得正确不正确。但是柴科夫斯基的旋律本身非常美丽,使人不听完不肯走开——虽然是这样不完全的演奏。须知

---

〔1〕 我们说"乐语",是为了要强调音乐的意义和表现力。这并不是说乐谱也能像语言一样精确而固定地表示各种概念。但是乐语在构成上的某些特点,与普通语言很相像。

旋律是音乐作品中最主要的东西,人们常称它为“音乐的灵魂”。

当你从剧院、演奏会或是放映音乐片的电影院里回来的时候,不是常常轻声地哼着刚才所听见的你所欢喜的歌曲么?你不能马上记住歌曲中的词句,而且你当然不能像有管弦乐伴奏的合唱队那样完全地唱出。但是你记住了而且唱出了其最主要的部分——歌曲的旋律,即它的曲调。

可以单用人声来唱的曲调,便是旋律,便是音乐作品的基础。有时一个十分完全的音乐作品只有旋律,只有单音曲调,而没有附和的声部,没有乐器的伴奏。民间歌曲往往是这样地演唱的。

你记得《猎人笔记》里《唱歌者》这篇文章么?屠格涅夫在这篇文章里描写他有一次听到的两个民间歌人的竞赛:

> 他深深地叹一口气,然后唱歌了……他最初唱出的声音很弱而且不平稳,似乎不是从他的胸中发出,而是从远处传来,仿佛是偶然飞进房间里来的。这颤抖地响出的声音,对于我们大家发生奇怪的作用……
>
> 在这第一声唱出之后,第二声就跟上来,这声音比较坚定而缓慢,但是显然还是颤抖的,仿佛弦线突然被手指用力地一拨而发出声音以后,作最后的急速地消沉的振动声,在第二个声音之后,又来第三个,然后渐渐地激昂起来,扩大起来,流出悲哀的歌曲。他唱道:“田野里横着的道路不止一条”,于是我们大家觉得美妙而且恐怖。我实在难得听到这样的声音:它稍稍有些破碎,仿佛碰磕地响着;开头它还使人发生一种病态的感觉;但其中含有真实而深刻的热情、青春、力量、甘美和一种

非常任情的、忧郁的悲哀。俄罗斯的真实而热烈的心灵在这里面响着、呼吸着，它抓住了你的心，又直接抓住了它的俄罗斯的心弦。歌声发扬起来，散播开来。

你看，曲调能有这么多的表情，况且它还是没有任何伴奏的。

旋律是主要的表现手段，不但在民歌中如此，在长篇的、很复杂的作品中也都如此。凡音乐，听者不能在其中听出清楚的、有表现力的旋律来的，要听赏它和记忆它便较为困难。俄罗斯的大作曲家都很明白这一点，尤其是格林卡和柴科夫斯基，他们的音乐——无论歌剧的或管弦乐的——常常是曲调性的、旋律性的。里姆斯基-科萨科夫非常懂得旋律的表现力，他曾在他的歌剧《沙皇的未婚妻》中，让女主角中的一人——琉巴莎——唱歌而不用管弦乐伴奏。而这单音的曲调，用可惊的力量表现出了这哀愁的女人的感情。

旋律本身是由什么组成的，是怎样构成的呢？

音乐家说，旋律是用单音表现的音乐思想。在这里面，同用言语表出的思想里面一样，也有它自己的构成法则和各个声音之间结合的法则。为了要知道旋律和一般乐语的最基本的构成法则，我们必须再去看音乐学校的另一个教室。

轻轻地开了这个教室的门。我们看见很熟悉的光景：学生正在听着，写着——大概是听写课。但在教室里不听见教师的声音，却听见钢琴的声音。教师坐在钢琴前，正在弹奏某一个旋律，学生们正在记录它。原来是可以作音乐听写的！音乐学校的学生们，常常作音乐听写——这是发展音乐听觉的最好的练习。

要学会音乐听写虽然不是很容易的事，但是最基本的要点是立刻就可懂得的。学生们在五根线组成的乐谱上,写上一种特殊的记号——音符,有时把它们写在上面的线上,有时写在下面的线上。他们怎么会知道,这个音应该记录在这里,那个音应该记录在那里呢?

教师所奏的旋律的音,不是个个一样的。某些音是较响亮的,即较“锐”的;另一些音是较沉重的,即较“钝”的。较锐的、较响亮的音,记录在上面的线上;较沉重的音,记录在下面的线上。因此通常又称它们为“高”音和“低”音。但这名称当然是假定性的,因为音并不是像书那样放在架子上的。[1]

旋律是由高低不同的音组成的——现在我们就懂得音乐听写的教室里所做的事了。

但是事情没有这么简单。试用手指随便在钢琴上按下几个不同的键板,使它继续发出若干高低不同的声音来。这些偶然取得的音的结合能不能称之为旋律?当然不能,犹之随便拿几个字结合起来不能称为句子一样。旋律的各音中还有一种东西,这东西把各音联系起来,使旋律成为音乐的思想。让我们来继续我们的想象的巡礼吧,它也能帮助我们了解这东西。

在音乐学校的最大的教室里,集合着男学生和女学生。他们排成半圆形,值日生正在把乐谱纸分配给他们。学校合唱团的练习就要开始了。

合唱课开头是唱诺维科夫作的《世界民主青年进行曲》。这首青年们为和平而斗争的歌曲是大众所周知的,在国外也普遍地知道这首歌曲。正因为这首歌曲的旋律是大众所周知的,所以拿它做例子就容易理

---

〔1〕 音的高低的差别,由于音的振动数的多少而来。音乐上所用的最低的音,每秒钟的振动次数很少(从十六次到六十次),最高的音有数千次。

解各种旋律中的音是怎样互相结合的。

合唱的领导者(即指挥者)教合唱团练习颂歌、进行曲、歌曲或其他一般合唱曲的时候,他往往要学生们重复地演唱歌曲中的个别的各段,使他们学得更好。例如现在,学生们唱了第一首歌词之后,教师就教他们停止,而要他们重新演唱这第一首。

他在唱完这第一首后教学生停止,是不是偶然的呢?是不是在无论哪一个音上都适宜于打断旋律的呢?请试唱这歌曲的旋律,唱完第一行就停止:

世界各民族儿女……

你马上觉得,在这时候停止是很不适宜的,最后的一个音似乎要求旋律继续下去,声音是不稳定的。在这个例子里,歌词和音乐相一致,在歌词中思想也没有告一段落。但这并不是常常如此的。例如这歌曲的领唱部的歌词,思想上是十分完整的。这领唱部的最后的文句是:

青年的朋友,
伸出你手来,
快参加我们队伍!

但在音乐中我们仍不觉得完整,我们觉得在这领唱部之后应该继续来一个伴唱。只有伴唱的最后才达到充分的稳定和完整:

团结的歌声挡不住也冲不散!

冲不散!冲不散!

如果试把伴唱部分中断在第二次重复的字句“冲不散”上,就更明显地可以感觉到旋律的音的不稳定。

由此可知,旋律中的高低不同的各个音,具有各不相同的意味。有几个音较稳妥而坚定——在这些音上可以结束全部歌曲或一首歌词。又有几个音同它们相反,歌曲无论如何不能在这些音上结束——我们的听觉一定要等候继续下去,等候稳定的音出现。

不稳定的音似乎在力求达到稳定的音,好比一件东西失却了平衡而力求恢复原状似的。这样就创造出了生动的、富有表现力的乐语。

乐语和我们普通的语言有些共通点。在我们普通的语言中,也有或高或低和或稳定或不稳定的声调。例如一句话,发音肯定的,其声调就比疑问句稳定。请随便拿一句话来检验,用两种不同的声调来说同一句话:

“他读过这本书。”

“他读过这本书?”

倘我们在说话中仅用稳定的、肯定的声调,我们的语言就变成单调而没有表现力。旋律倘仅用稳定的音,也就变成单调。

在音乐中,稳定音与不稳定音的关系,常有一定的秩序、一定的系统。在旋律中,或一般地在音乐中,稳定音和不稳定音不可无秩序地混合起来,它们之间的关系和联系,音乐家称之为“调式”。

音乐的调式很是多样,它们包含各种数量的音,稳定音和不稳定音在其中作各式各样的配置。但不稳定音永远趋向稳定音,这便使得旋律富有意味。

最常用的调式,是大调和小调。这两个名词已经变成我们的常用语,但是我们往往在它们里面装进了不完全正确的意义。例如说大调,就是指豪爽或愉快;说小调,就是指悲哀。常常听见这样的说法:“忧伤的、小调的音乐。”或者甚至说:“他今天怀着小调的心情。”大调的旋律,普通的确比小调的明朗、清晰、坚强些。但是大调的和愉快的毕竟不是相同的;音乐的愉快的性质,不仅关系于它的调式。

大调旋律和小调旋律的性质的区别,主要是由于这两种调式的基本音的差别造成的。请回想一下杜那耶夫斯基的《快乐的人们》(“快乐的心随着歌声飘荡……”)或民歌《在薄薄的冰块上》的开头,这两首歌曲都是用大调的基本音开头的:

图1

快乐的 心 随着歌 声 飘 荡,
在 薄 薄 的 冰 块 上,

在歌曲《啊,你,命运,我的命运》的开头,是小调的基本音。在旧时的革命歌曲《你们牺牲了》的开头,是同样的音,不过是递降的:

图2

啊,你, 命 运,我 的 命 运。
你们 牺 牲 了,在 生 死的 斗 争 中。

倘你请别人演奏一下,或者自己演奏一下上面所举的例子,你就明白这两种调式的构造的差别了。

《苏联国歌》是用大调写的,但旧时的革命歌曲《受尽了牢狱的苦楚》(这是列宁所爱好的歌)是用小调写的。这两个曲调的性质的差别,当然**不仅**是由于调式的差别,调式不过是颂歌的光明庄严和关于烈士的歌曲的严肃悲哀的表现方法**之一**。

有时大调和小调可以在同一歌曲中碰到。例如《世界民主青年进行曲》,每一首歌词的领唱部都是小调的,但伴唱部(“我们高唱友爱团结青年们”)是大调的。

我们说,大调的性质比小调明朗些;这并不是说,凡小调歌曲都是悲哀的。在《世界民主青年进行曲》中,小调的领唱部比伴唱部更加严肃和庄重,并不比它悲哀。而且,在小调歌曲中,竟有十分愉快的,例如《田野里有一株小白桦》便是。

听了我们向来就熟悉的歌曲的旋律,对于稳定音和不稳定音、调式、大调、小调等一切音乐概念的意义,我们就都懂得了。这旋律又能帮助我们理解其他的音乐概念。

再回到我们所想象的合唱演习吧。为什么教师阻止了合唱?似乎旋律的一切音都已经唱得很不错,很正确了。原来有一个道理:因为孩子们唱“青年们”三个字的时候,把前面两个字(青年)唱得一样长短,而作曲家所作的音符却不然,第一个字(青)要比第二个字(年)稍稍长些。在音乐上,音的长度(即**音乐的节奏**)的关系是很重要的。

在声乐中,节奏和歌词常常作各种的结合。再留心听一听《世界民主青年进行曲》的旋律,你便可听到,历时较长的音并不是无秩序地随便分配的,它们是加强诗的韵节的:

在世界各个地方，
在海洋在陆地上……

可知音乐的节奏能帮助我们清楚而富有表现力地念出歌词。

但是节奏不仅存在于声乐中，它又存在于无论何种乐器的音乐中，存在于管弦乐中，一言以蔽之，存在于一切音乐中。音的长度的联系，便是音乐的节奏。

在舞蹈音乐中，在进行曲中，在一切与运动有关的音乐中，节奏尤其重要。我们不需思索，便认识这是进行曲，这是华尔兹，这是波尔卡，我们很容易听出它们之间的分别，又很容易知道它们和其他的非舞蹈音乐的区别。我们能听出管弦乐团在那里奏进行曲，虽然这首进行曲是我们从未听见过的。我们根据进行曲节奏的特点认出这是进行曲，绝不会认错。同样我们也很容易辨别华尔兹和别的舞曲。

节奏在舞蹈中是那么重要，所以竟有一种除了节奏以外别无他物的舞蹈音乐。例如乌兹别克的民间女舞蹈家在铃鼓的声音中表演很美丽的舞蹈，那铃鼓由铃鼓家用手指敲出很巧妙的节奏声来。铃鼓没有固定的音；敲铃鼓的音乐家只能在节奏范围内显示他的技术，而他在这里竟表现了罕有的独创才能。

这种纯粹节奏的音乐作品，在中亚细亚、远东和中国的民间音乐中，不乏其例。

在收音机中倾听管弦乐团、小提琴家、钢琴家的演奏的时候，试把注意力集中于节奏，便可发现音的节奏的结合法有千态万状，有时好像撒散珍珠，有时缓慢地、飘逸地从一个移注于别个。音乐家的幻想在这里似乎是毫无拘束的。但你注意倾听，便可发现音乐在这方面也有秩序和法则。你会听见:某几个音要发得“重些”,某几个音要发得“轻些”——而它们的轮流出现,通常都遵守着严格的均衡。重音的出现必然经过一定的期间。

我们很明显地感觉到这种均衡,特别是在音乐中行动的时候。一、二,一、二——体育员们在进行曲声中跨步。一、二、三,一、二、三——绕成华尔兹舞形的舞蹈者敲着脚跟。这强的和弱的(或重的和轻的)拍子轮流出现,在音乐中称为节拍。进行曲是两拍子的,即一个强拍和一个弱拍轮流出现(一、二)。华尔兹是三拍子的,即一个强拍和两个弱拍轮流出现(一、二、三)。

这所谓拍子究竟是什么东西呢?

音乐中的时间,和我们普通的时间概念不同。它不是用几分钟、几秒钟来计算的;音乐的拍子的长度(普通所谓速度)是由演奏者自己规定的。同一种音乐,可以奏得快些或者奏得慢些——但节拍并没有因此而变更,虽然拍子的长度增大了,或者缩小了。

但是,不要以为音乐上的时间和普通时间全无关系。作曲家创作音乐的时候,心中考虑到乐曲进行的一定的速度,假使这作品的演奏者过分违背作曲者的意图,便歪曲了音乐的意义。请想象一首愉快的波尔卡舞曲,是用送葬进行曲的速度来演奏的!为了要正确地表达作者的意图,普通都在音乐作品的开头指示出这作品的进行的性质:快速、安闲、中庸速度等。

音乐中的节拍这概念和诗歌中的韵律的意义相近似。你大概知道:在诗中,重音的分配有一定的秩序,有一定的结合法,这叫做韵律。例如

下面的韵律,是由轻的缀音和重的缀音轮流出现而作成的[1](这叫做“短长格”):

Порá,порá,porá трубя́т...[2]

反之,先出现重的缀音,然后出现轻的缀音(这叫做“长短格”):

Вя́нет,вя́нет,лéто,крáсно...[3]

也有三部分的韵律(这叫做“长短短格”):

Тýчкя небéсные, вéчные стрáнники...[4]

这不是和我们所说的音乐中的节拍相近似吗?但是在音乐中更加

---

〔1〕 这里所举的诗句,无法翻译,只得仍用原文。因为俄文每字大都有一个或一个以上的缀音,而中文每字只有一个缀音,译出来缀音数目不同;况且诗的韵律的规则,中、俄也不同,所以不能翻译。但这里所说的诗韵,在中国旧诗中也存在,不过规则不同。例如中国七言绝诗或律诗,各个字的平仄声都有规定,普通前两句是“平平仄仄仄平平,仄仄平平仄仄平”。例如毛泽东同志的诗“红军不怕远征难,万水千山只等闲”两句,便是完全符合平仄声规则的。但也有通融规则,叫做“一三五勿论,二四六分明”。就是说每句中第一、第三、第五的三个字平仄可以通融;而第二、第四、第六的三个字平仄必须严守规则(第七字是叶韵的,当然要守规则)。中国诗所以有此规则者,也是因为诗中字眼(缀音)有轻重之分,即一三五和二四六轻重轮流出现之故。这相当于后述的“短长格”“长短格”。——译者注

〔2〕 大意为:“是时候了,是时候了,号角声响了……”——译者注

〔3〕 大意为:“凋零了,凋零了,美丽的夏天……”——译者注

〔4〕 大意为:“天上的乌云,永远的流浪者……”——译者注

复杂,因为音乐中同一种节拍,其节奏可以有几十种变化——每一个强拍或弱拍,可以分割为长短不同的任何数量的音。例如华尔兹,可以作成每拍含有一个音(♩♩♩);但也可以使强拍含有一个长的音,而使两个弱拍各含有两个较短的音(♩♫♫)。强拍也可以含有两个较短的音(♫♫♫)。这就是说,节奏可以变化,而节拍不变。节拍好像是绣花布上的细格子,在这上面可以绣出任何节奏的花纹来。

现在你知道了,旋律并不是音的偶然的、无秩序的结合。各音之间的互相联系根据于调式的意义(稳定与不稳定)和长度的关系(节奏与节拍)。这一切就使得旋律成为富有意味、富有表现力的乐语。

我们想象的音乐学校的巡礼,差不多已经结束了。我们要走向大门口去了,但在路上,我们还是要用心地观察对于第一次认识音乐构成有用的一切。

经过一个教室,我们又听见歌声。我们没有听出歌词,但这旋律是我们很熟悉的——这是俄罗斯民歌《田野里有一株小白桦》。初年级的学生们正在练习这歌曲。

这一次我们不向教室里探望,但站在走廊里,想一想所听到的东西。教室里的孩子们唱了第一首歌词:

田野里有一株小白桦,
一株枝叶茂盛的小白桦。
嘞哩,嘞哩,小白桦。
嘞哩,嘞哩,小白桦。

我们差不多听不出歌词，但是没有歌词我们也能明白地觉得，第一首歌词正是到这里结束了。以后将要开始第二首歌词了。

第一首和第二首之间的停歇，并不比第一首里面的停歇更长；那么为什么我们听到第二首歌词时确信它是第二首，而不会误认它是第一首的继续呢？这是因为旋律到这里反复了，而音乐中的反复常常是把前段和次段分别开来的。

我们的听觉在这方面和我们的视觉相像。当我们看到由反复的环节构成的装饰图案时，我们能够明显地区别每一个环节，正因为它是和它的邻居相同的。同样，我们的听觉也能够明显地分别歌曲中的反复的环节——它的各首歌词。而在每首歌词内部也是同样情形。在歌曲的每一首歌词中，我们能明显地听出四个各别的句子：

第一句：田野里有一株小白桦，

第二句：一株枝叶茂盛的小白桦。

第三句：嚠哩，嚠哩，小白桦。

第四句：嚠哩，嚠哩，小白桦。

现在我们应该明白，为什么第二句和第一句可以分别呢？因为第二句是第一句的反复，虽然不是完全正确的反复。那么，第三句并不是第二句的反复，为什么也可以分别于第二句呢？

这是因为：这一句的开头声音不同，完全不像以前两句的开头。因为在音乐中，一部分和另一部分的区别，不仅是由于反复，又由于明显的相异。

由此可知，旋律，同用语言表出的思想一样，是由很完整的或较完整的个别的句子组成的。旋律里面有它自己的“标点符号”,可以很明显地听出。

把旋律分成句子时,旋律的调式构造和节奏都起很大的作用。在我们所分析的一首歌曲中,每一句的最后一个音都比它前面的各音较稳定而较长。所有这一切都帮助我们理解旋律,不把它看作许多音的滔滔不绝的、杂乱无章的连续,而看作条理清楚地、逻辑地构成的音乐思想。

音乐作品的构成——它的部分的区分和各部分之间的关系——普通称为音乐的形式或者音乐的曲式。拿一个很熟悉的歌曲中的一首歌词来作实例,我们就明白了这一点。

当然,音乐作品在这方面可能是多种多样的。在有些作品中,同一乐句反复许多次。某些民歌便是这样的,例如古代的民谣叙事诗或现代的快板歌。在古典音乐中,有时也采用这种曲调——例如,它们存在于《八首俄罗斯歌曲》中,这是作曲家里亚多夫为管弦乐改编的。但在长篇的音乐作品中,大都是相似的部分和相异的部分交互轮流地出现的。

已经认识的和新的交互轮流地出现——正是这样,造成了音乐形式,使这形式显得整齐,使听者容易听赏和记忆音乐。假使音乐作品中所奏出的常常是新的、不认识的曲调,那么我们听起来就觉得困难,它就变成了一种流转不绝的、无定形的东西。反之,假使音乐作品中无穷无尽地反复同一乐句,那么听者一会儿就会感觉厌倦了。

现在让我们来检查一下,是不是长篇的音乐作品也的确是建筑在同样的简单法则——即相似部分和相异部分的交互轮流——上的?我们来想一想格林卡的歌剧《路斯兰与琉德米拉》中的有名的《契尔诺莫尔进行曲》。

开头响亮地、庄严地发出大管弦乐的雄伟的声音。后来,进行曲的沉重的步调为轻松的舞曲风所代替了，铜管乐器的响亮的声音也变成了柔和的钟声。再后来，又回复到进行曲第一部分的音乐。这样就造成完整的、匀称的音乐形式：第一部→中部→第一部的反复。

由此可知，在这乐曲里也存在着那同样的简单法则。

我们在这一章里所讲的，是音乐的基础。在一切音乐作品中，从最简单的直到最复杂的作品中，都有旋律、调式、节奏、节拍与曲式。但这并不是说，我们已经讲了音乐爱好者所需要知道的一切。我们所讲的，主要是歌曲和歌曲的旋律。除了歌曲以外，自然还有歌剧、芭蕾舞音乐、管弦乐，以及为各种乐器而作的音乐。关于这一切，将在后面几章中谈到。况且，到现在为止，我们还没有讲过音乐是怎样记录的。关于这事我们也是应当知道的。

第三章

人们怎样学会记录音乐——怎样把旋律画在空中和画在纸上——怎样从图画达到正确的记录——怎样记录歌曲

从远古的时代,当人类文化还只是曙光的时候,已经有关于古代各民族的音乐的消息传达给我们。我们在埃及的金字塔和寺院的壁画中,在古希腊的壶瓶的装饰画中,看到唱歌的和弄乐器的人像。我们知道古希腊时代出席竞技的音乐家的姓名。我们又知道几位古代的作曲家的姓名。我们都知道,希腊的诗人不但作歌词,又替自己的歌作旋律。

这一切都说明:在远古时代,不但有简单的民歌,而且已经有了较复杂的音乐作品。但作品越是复杂,就越是难于背诵,也就越是容易忘却而消失。

因这原故,在很早的时候,在好几千年以前,人们已经开始寻求乐音的记录方法。

考古学家根据了从古代保存下来的建筑物和器物的残余,根据了艺术作品而断定古代人的生活状况。有一次他们找到一个黏土制的图表,上面雕刻着楔形的文字。纪元前三千年以前古巴比伦的人是这样地写字的;黏土制的图表在当时是当作写字纸用的。

考古学者早已学会读楔形的记号(楔形文字),他们便读了这黏土图表上的字。这上面所写的是"人类创造"的诗。但是在这些容易认识的记号旁边,写着另一种看不懂的记号。这是一种没有意义的缀音。学者们研究了许久,后来确定这是旋律的记录,诗便是根据了这旋律而唱的。但是他们无论如何不能十分正确地辨识这种记录。

古代希腊人利用字母的记号来记录音乐,颇能确定音的高低,中世纪的人也采用字母记录法。

用字母来记录乐音的方法,是很不方便的,这些记录法不是直观的,不能一看立刻确定旋律进行的方向。而且采用字母记录法,节奏就完全无法记出。

因此,字母记录法差不多没有实用的意义。

那时的音乐作品都由口头传授,由一个唱歌者传给另一个唱歌者,仍旧是凭听觉学会的。合唱队的领导者为了要提醒唱歌者旋律进行的方向,便在空中"画"出旋律来。指挥者用挥手的动作来表示旋律的由低音向高音,或由高音向低音的进行。

那时候人们想道:倘在纸上画出来,不画旋律的各个音符,而画出旋律的进行方向,好不好呢? 这样,就产生了另一种音的记录法,虽然不是正确的,却是直观的。每一个记号所表出的不是个别的音,而是整个音乐动机。

这种记号,在俄罗斯称为“兹那米亚”,或者称为“克留克”,在西欧称为“纽马”。[1] 俄罗斯的各种“克留克”的名称都很特殊,它们不但表示出其形状,又表示出其所适应的动机的性质。例如有一个记号叫做“敏捷的小鸽子”——表示该动机必须演奏得快速(敏捷)。

这样的记号,能够向唱歌者提醒他所已经熟悉的旋律,向他暗示这旋律。但是要根据这些记号而唱出新的、未曾学过的旋律来,是不可能的。西欧的“纽马”和俄罗斯的“克留克”,都不能确定旋律中的音的正确高度。

据说,音的正确高度的记录法的发明,要归功于十一世纪意大利阿雷左城的僧侣规多。规多和中世纪大多数的墨守旧规的音乐学者不同,他是一位好学不倦的实际的音乐家。他领导合唱队,教练唱歌者,常常感到用“纽马”记录音乐的不方便。

提醒他发明正确表示音高的新方法的,是以前早已存在的习惯,即在唱歌书上画一根线来指定男声的中音。在这线的上方和下方布置“纽马”,这办法帮助合唱队近似地确定旋律的音的高度。

规多在这根线的上方和下方又各添加了一根线,这样,可以正确地记录的就不只是一个音,而有五个相邻的音;因为不但可以利用线,又可以利用每两根线之间的间隔。“纽马”到了写在谱线上的时候,方才获得

---

〔1〕“兹那米亚”是“记号”的意思。“纽马”(neuma,俄 невма),希腊文是“点头”“做手势”的意思,表示这些记号最初的来源,仿佛是在纸上记录出指挥者的手的动作。

了正确的意义。没有学过的新的旋律,也可依此而学唱了。

规多的新方法,在中世纪的音乐家看来真正是奇迹。这使得他闻名于全世界。直到现今,音乐家们还利用他的把音记录在谱线上的方法。规多又想出了各音的名称,这些名称我们至今还应用着。[1]

后来,在规多所用的三根线上又添加了第四根线,再后来又添加了第五根线。

现在,我们把音乐记录在五根线上;假使五根线不够用,再在它们的上方或下方添画短短的“加线”。在这上面所记录的,不复是“纽马”,而是音符,这就是表示个别的音的一种特殊的记号。

但是加线用得太多时,读起来感到困难。因此,谱线的意义可以视情形而改变,即要看这上面需要记录的是高音还是低音。

在谱表开头的地方常常注明一个特殊的记号——谱号,这记号确定一根线的音的意义,而其余的线就以它为标准。下面是最常用的两种谱号——高音谱号和低音谱号。

图3

高音谱号　　低音谱号

在后面第五图中你可以看到:这两种谱号的线谱上的音符如何记录,每个音符相当于钢琴上哪一个键板。

这第五图并未完全——你不能在这里找到相当于黑键的音符,这是因

[1] 我们现在所采用的阶名,是拉丁教堂赞美歌每小节开始的音节。这赞美歌的特点是:它的每小节开始的音都比前小节略高,即从在高度上相邻的音开始。这赞美歌的歌词和曲调,当时都为大家所熟知,它的每小节开始的音节甚至能立刻令人记起所配的音。中世纪的名称和现代的名称所不同者,只是在规多的时代 do 称为 ut,而 si 的阶名是比其余的音较迟才得到的。

为黑键所发的音没有独立的名称。它们跟了邻近的白键而定名。例如,同一个黑键,在 do 和 re 之间的,可以称为升 do(♯ do),也可以称为降 re(♭re)。

因此,这音的记录有两种方法:在第三线与第四线(从下方向上数)之间的音符 do 前面写一个升记号(♯),或者在第四线上的音符 re 前面写一个降记号(♭)。

图 4
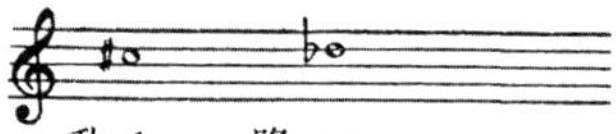

这样,利用五根线,可以记录小提琴或长笛上的最高的音,又可以记录倍大提琴上的最低的音。

但是,只是记录出了旋律的音的高度,还是不够。还须记录出节奏。节奏记录法也是在十二世纪时很早就发明的。从那时候起,逐渐改进,但实质并没有变更。

音长的记录法是很简单的。

历时最长的音符,叫做全音符,写法是这样:

我们倘把它平分为两半,就得到两个二分音符:

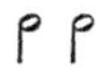

它们的形状和全音符相像,不过在圆圈的旁边加了一根短直线(符干)。

再把二分音符平分为两半,所得到的音符叫做四分音符。四分音符的形状与二分音符一样,不过那圆圈不是白的,而是黑的。

更小的音符叫什么名称,你只要懂得数学上的简单的分数,便可想而知了。它们怎样写法,你可以在图 6 中看到。

那么,音长的记录和第二章中所说的拍子,怎样联系起来呢?

音长的记录有一点困难，即：音乐中的时间计算的单位（拍子），大都并不像所想象那样用全音符，而是用四分音符。而在快速的作品中，竟用历时更短的八分音符为单位。因此，两拍子、三拍子和四拍子，可以用各种长度的音符来表示。例如三个四分音符和三个八分音符，我们都可把它们称为三拍子。

图 5

图 6

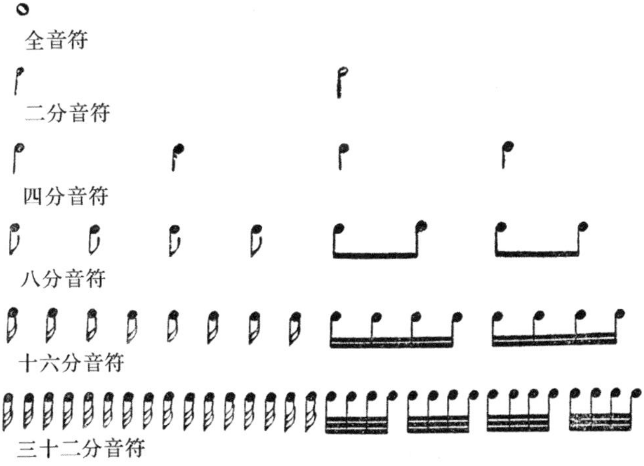

音长的记录如上。为了便于记录和阅读，可用共同的“符尾”把历时较短的音符连结起来写（见图表右面的部分）。

音长就是这样记录的。让我们来试试看,记录一个最简单的歌曲——例如《田野里有一株小白桦》——的节奏。试把这歌曲的第一句唱一遍,而用手打拍子(四分音符)。

你明显地可以感觉到,歌曲的音不是同样长的:有时一拍包含两个音,有时一拍包含一个音。如果我们把短的音定为八分音符,而把长的音定为四分音符,那么第一句的节奏可以这样记录:

现在不妨把音的高度也记出来,使其成为正式的乐谱。

先画五根谱线。在这谱表的头上画一个高音谱号。它把音符 sol 的位置决定在第二线上。知道了这点,我们就容易领悟怎样记录所有其余的音了。

倘在钢琴上弹这歌曲的第一句,则从 mi 音开始,所得的音的顺序如下:

(mi)　(mi)　(mi)　(mi)　(re)　(do)　(do)　(si)　(la)

田　野　里　有　一　株　小　白　桦

现在我们就可把已经记录下来的八分音符和四分音符按照我们所得到的音的高低而记录到谱表上去。图 5 在这里可以给我们帮助。为了使这记录能够容纳在五线之内而不占用加线,必须从位在第四线与第五线之间的 mi 开始记录。

现在所得如下:

图 7 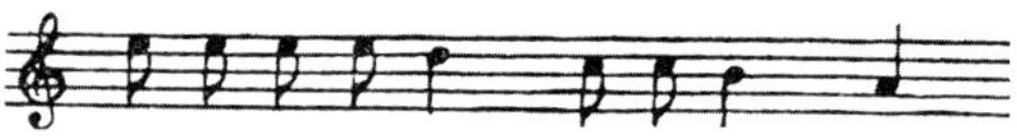

这里又记录出音的高度,又记录出音的长度——节奏。但是还没有完成。

我们知道,在音乐中有较强的拍子和较弱的拍子——节拍,但在我们的记录中看不出歌中强拍和弱拍如何布置。要分别它们是不难的——强拍在这里是符合于文句中的重音的。[1] 问题只在如何表出法。

这很容易,在音乐中,每个强拍的前面画一条线。我们就照办:

图 8

但第一条线大都是多余的;因为谱号代替它了。请把这线除去:

图 9

现在整个谱表已分成若干栏,每栏含有同样数量的拍子(两拍)了。这些栏在音乐中称为“小节”,分隔这些栏的线称为“小节线”。小节中拍子的数量,就是音乐的拍子——两拍子或三拍子。为了要使演奏者或唱歌者一看乐谱就明白这曲的节拍,在谱表头上高音谱号的旁边写一个分数。分数的分子表示每一小节中含有几拍,分母表示每拍历时的长短。现在如果在我们所记录的乐谱的头上添写一个分数$\frac{2}{4}$,这歌的第一句便记录得十分完全了:

图 10

但是,假使旋律里有延长到三个四分音符的音,我们怎样记出这含有三拍的旋律来呢?在这里,前面那个关于音符的长度的图表对我们没

---

〔1〕 俄文的单字大都有重音,在歌曲中,这重音往往与强拍相符,因此容易确定其强弱。——译者注

有用了——因为它没有载明这种情形。

这很容易。例如,你写一个二分音符,而在它后面加上一点:

𝅗𝅥.

这一点使这音符的长度增加一半,即:二分音符加一点,增加一个四分音符之长;四分音符加一点,增加一个八分音符之长,余类推。

二分音符加了一点,即$\frac{1}{2}+\frac{1}{4}=\frac{3}{4}$;四分音符加了一点,$\frac{1}{4}+\frac{1}{8}=\frac{3}{8}$。

现在我们已经懂得怎样记录音乐了。利用谱线、谱号、拍子记号等,我们不但能够记录《田野里有一株小白桦》或其他任何歌曲,竟能记录全部交响曲了。可是交响曲的记录,即使就其大体外表而言,也与本章所举的例子有很多的差异。

要记录那样复杂的音乐,在你恐怕是不需要的。而要学会读已经写好的乐谱,那就容易得多。

倘你希望学会读谱,本章里所载的图例和谱表对你将是很有用的。

第四章

歌曲是人民之声——歌曲如何生存在民间——声部和合唱——民歌是灵感的源泉——歌曲和浪漫曲——诗人和作曲家——我们现代的歌曲

“传说是造作的,歌曲是事实的。”——这是一句俄罗斯的谚语。歌曲是人民的有生气的声音,是表现他们的民族特性的,是叙述他们的生活和他们的一切欢乐与悲哀的。人民在歌曲中吐露出他们的最内在的思想和希望。

列宁有一次谈到口头传诵的民间创作时说道:用这些材料,可以写一篇关于人民的希望和期待的优良的研究文。[1] 列宁在这话里说出了民间创作的本质。

斯大林直接地向苏维埃作曲家指出民歌的高度艺术价值。他说:“人民在数百年的期间琢磨自己的歌曲,使它们达到艺术的最高境地。”[2]

俄罗斯歌曲反映着我们人民的全部历史,从古代直到我们现代。当基辅俄罗斯人和草原游牧民族的袭击作斗争的时候,当蒙古侵略俄罗斯而使许多城市、村落变为灰烬的可怕的时候,人民已经在创作歌曲了。关于勇士们的功绩的叙事歌,悲哀的歌曲《鞑靼俘虏》,当作人民对于这远古时代的纪念而流传给我们。

曾经有一时,新的侵略者想要奴役我们的国土,当时的俄罗斯人起来保卫祖国,人民就为他们制作新的歌曲。关于彼得一世的光荣的远征,告诉给我们听的,不单是历史书,不单是普希金的不朽的诗篇《坡尔塔瓦》,还有不知是谁所作的、从一代传到下一代的兵士歌曲。

有许多歌曲是关于斯捷邦·拉辛和叶美良·布格乔夫的农民起义的。关于布格乔夫的歌曲传到我们现代的只有很少几首,因为革命前的民歌搜集者差不多没有记录这些歌曲。而且民间的唱歌者因为怕受处罚,在不甚相识的人面前也不敢唱这些歌曲。因此,要把这些歌曲免除检查时所受的歪曲而完整地刊印出来,是完全不可能的事了。然而其中有几曲也竟流传到我们手里。

其中有一首,据说是布格乔夫所爱好的歌,曾被普希金引用在他的

---

[1] 见蓬契·勃路耶维奇的《列宁回忆录》,载于索科洛夫的《俄罗斯民间创作》第三二页,一九三八年莫斯科版。

[2] 见《苏联音乐》杂志,一九八九年第五期,第二七页。

小说《上尉的女儿》中：

> 不要喧嚷，青葱的树林妈妈，
> 不要打扰我这善良的青年的思索，
> 明朝，我这善良的青年将要去受审问
> 在严厉的审判官——沙皇本人——的面前……

普希金借小说中的主角格利尧夫的口头说："这首被判绞刑的人们所唱的关于绞首台的平民歌曲对我所发生的作用，我竟无法形容。他们的严肃的脸、和谐的声音、消沉的表情（这表情使原来已富有表现力的歌词更动人了）——这一切都用一种诗意的恐怖来激动我。"

有许多歌曲是关于一八一二年的卫国战争的。这些歌曲歌颂俄罗斯人民和他们的将军的功勋。其中也有讽刺的歌曲，例如有名的兵士歌曲《拿破仑无心跳舞了》便是，这歌曲中痛斥了这失败的侵略者。

旧时的农民歌曲，叙述悲哀的比叙述欢乐的更多：歌曲中反映出处在农奴制的永远压迫之下的、处在贫困和过度劳动中的俄罗斯农民的全部生活。首先扬言反对农奴制的俄罗斯作家拉其舍夫已经注意到并理解到这一点。"凡是懂得我们民歌的声音的人，都承认这里含有心灵悲痛的意味。"拉其舍夫这样写着。

俄罗斯的进步作家非常了解这种悲痛的性质——不是消极的，不是缺乏意志的，却是抗议的。"这是坚强的、有力的、牢不可破的心灵的悲痛。"别林斯基这样写着。他还说过一句精彩的话："……我们民间的一切诗歌，都是无穷的精神力量的生动证据。"

俄罗斯革命家在地下工作中，在流放中，在苦役中所作的歌曲，叙述着无穷尽的、人民的精神力量。这些歌曲号召人们起来和可恨的压迫者斗争,叙述为争取自由、争取祖国的幸福而捐躯的英雄的事迹。

对于未来的坚决的信心,表出在《华沙歌》中或《同志们,勇敢地齐步走》中。后一曲的末了是这样的:

> 用我们强有力的手
> 永远推翻那致命的压迫,
> 我们在地面上
> 升起劳动的红旗。

这些卓越的、预言性的词句,是革命诗人拉廷在牢狱里的时候所写的。诗人米海洛夫被监禁在彼得罗巴甫洛夫斯克堡垒中的时候也写了《勇敢些,朋友们,不要着慌》这歌曲的歌词。

这样,就产生了革命歌曲,这些歌曲穿过了牢狱的高厚的墙壁和坚固的铁窗,从口头传到口头,号召大家来参加为争取人民的自由与幸福的不屈不挠的斗争。

这些歌曲到现今还存在着。在法捷耶夫的《青年近卫军》这册书中,你当然读到过,克拉斯诺顿的英雄们在临死以前口中所唱出的旧时的革命歌曲,具有何等新鲜的力量:

> 他们——青年女子们和青年男子们——被分别装载在几辆卡车里。兵士们用力关上了卡车的侧门,跨过车上的栏板,爬进挤满人的车子里。分队长芬蓬格和司机并排坐在前面的车子里。车子开了,穿过一片空地,经过儿童医院和伏罗希洛

夫学校的旁边。青年女子们的车子走在前面。邬丽亚、萨霞·庞达廖娃和李丽亚唱起歌来：

受尽了牢狱的苦楚，

你光荣地安息了……

青年女子们和着她们而歌唱。后面的车子里的男孩子们也唱起来了。他们的歌声远远地散播在严寒的凝滞的空气中。

涅克拉索夫曾经在诗篇《在俄罗斯谁生活得好》中幻想自由幸福的人民所作的自由而欢乐的歌曲：

啊，时代，新时代！

你也将被表出在歌曲中，

但是怎样呢？人民的灵魂！

终于欢笑吧！

当新时代来到了的时候，就有新的歌曲像浩荡的春潮一般泛滥在我们的国内。

年青的苏维埃共和国唱着歌而和白党的匪帮作战，苏军在伟大卫国战争的英勇年月中唱着歌而保卫祖国。制作了关于夏伯阳、萧尔斯的歌曲，关于伏罗希洛夫和布琼尼的歌曲。在歌曲中唱出了人民对他们的领袖——列宁和斯大林——的伟大的爱。这些歌曲中有一首特别好，这便是《两头鹰》：

在青青的橡树上，

在那广大的平原上，
两头光明的鹰
在那里谈话。
这两头鹰
人们大家都认识：
第一头鹰是列宁，
第二头鹰是斯大林。

许多作曲家把这些优美的民间词句配上了音乐。查哈罗夫的那首歌曲是广大群众所周知的。但除作曲家所编的歌曲之外,同时还有应用这些词句的民间曲调并存着。

不但是祖国的历史、伟大的人物和可纪念的事件被反映在歌曲中,还有最普通的日常生活也被反映着。我们的歌曲歌唱着人民怎样看到并热爱祖国大地的美景。有许多歌曲歌唱着“伏尔加母河”“静静的顿河”“青葱的树林”“清净的原野”。这些歌颂祖国无限广大的土地的歌曲的旋律,其本身似乎也是无限的——它们那样自由地、那样宽广地流泛着,只要唱歌者的呼吸不停,它们永远不会消失。

在每一种民族的歌曲中,往往表出着他们的民族特性。俄罗斯歌曲也表现出我们人民的一种优秀的品质——他们的爱好劳动。歌曲告诉我们,人民能在最日常的事情和操心中加入诗的情趣。俄罗斯农民在革命前生活得很艰苦而贫困,但是尽管如此,他们也能感到劳动的美和诗趣;否则他们不会造出这许多关于农作的优秀歌曲——从播种到收获的种种歌曲。即使在休息的时候,在游戏和唱歌的时候,农人们也回忆到自己的工作。例如游戏歌曲《我们播种了粟子》,便是这样作成的,每一次节日的游乐都少不了这首歌。里姆斯基-科萨科夫把这首游戏歌曲引用在他的歌剧《雪娘》中。

民歌中充满着伟大的智慧、真理和美。投入到民歌中去的，不是一个人的天才和智慧：每一首歌曲的创作，都是几代人的事。唱歌者不仅演唱歌曲，有时又在其中加入新的词句，依照自己的意思而改变或装饰其旋律。同一首民歌，在民间有数十种变化——其中不大美好的不久就被人遗忘了；最成功的、歌者和听者所特别爱好的，流传到数百年之久。

某一首特别广泛流行的歌曲的旧旋律，往往给配上了新的歌词而被演唱——这样，歌曲就得到了“第二生命”。在内战时期，这样的改编歌曲非常之多。红军诗人把新的战斗的行军编成歌词，配到旧的、大家都熟悉的兵士歌曲的曲调上。这样产生出来的新歌曲，有时比它们所根据的范本歌曲更加鲜明。

旧时的兵士歌曲《哎，在塔刚罗格》便是这样获得新生命的。在国内战争期间，这歌的旋律配上了红军战士所作的关于新的革命军队的歌词：

咳，在路上，
在路上红军走着，
咳，他们齐声地，
他们齐声地唱着红歌。
咳，看着吧，
看着吧，你们，富农资产者，
咳，怎样进行着，

怎样进行着无产阶级的军队。
咳,这是力量,
这是威严的力量走着,
咳,苏维埃政权,
苏维埃政权永远不灭。

优秀的苏维埃歌曲之一——《循山沿谷》——也经受了许多次的改变。这歌曲的旋律是红军司令官阿都罗夫同志所作的。这歌起初用另一首歌词("从列宁格勒,走着远征的苏维埃红军团"),这歌词大约是由许多唱歌者参加而作成的。这歌曲自从被作曲家亚历山大罗夫——苏军红旗歌舞团的创办人兼领导者——听到以后,就广泛地流传。他请托诗人阿勒莫夫替它作一首新的歌词(现在就是用这歌词唱的),自己又把它改编为合唱用的歌曲。歌曲《循山沿谷》曾经以这新的变形于一九二九年初次在特别远东军队的战士面前演唱,从此之后,它就变成了苏维埃人民所最爱唱的歌曲之一。

人们往往以为:民歌是孤立地存在着的,它对诗人和作曲家的创作是没有关系的。其实不然,民歌多多益善地吸收着大诗人和大音乐家所创作的东西,人民倾听他们的声音,正如同每一个真正的诗人和音乐家倾听人民的声音一样。俄罗斯诗人们所创作的许多诗篇,当初并不预定要作为歌词,后来都变成民歌,"到民间去"了。很少有人知道:流传很广的关于叶尔马克的民歌中的词句("风暴咆哮,雨声潇潇"),是十二月党人兼诗人孔德拉谛·勒列耶夫所作的;变成民歌的,有普希金的《冬日的黄昏》("风暴用云雾遮掩天空"),莱蒙托夫的诗篇《我独自走上道路》《塔玛拉》,涅克拉索夫的《三套车》和其他数十种,都从书籍和杂志的页上转到了寻常民间的歌曲集中，然后又变成了民间的流行歌曲，民间歌人常常把诗篇删节或改变成配合他们的风格，使之便于演唱。

作曲家所作的旋律，也有许多“到民间去”，变成了民间的日常歌调，和人民自己所作的歌曲并存着。在某些歌曲集里，我们看到一首歌曲叫做《红色的无袖女衫》，是从民间歌人的口中记录下来的，这些歌人不知道这歌的作者的姓名。其实这歌曲的音乐是作曲家伐拉莫夫所作的，其歌词是诗人泽格诺夫所作的。有许多人都听到过以莱蒙托夫的《我独自走上道路》的诗为歌词的民歌。但是少有人知道，这歌曲的旋律是现今已被人遗忘的女作曲家夏希娜所作的。

歌曲在民间有种种唱法。有的由一人演唱——这种演唱法屠格涅夫曾经在《唱歌者》中描述过(本书的第二章中曾经节录其一段)。但是较常用的演唱法，是在一个基本的曲调上加上附和声部，这些附和声部互相交缠，构成一个巧妙的音乐纹样。有时这个声音，有时那个声音，轮流地模仿那基本曲调，后来又离开它，仍旧回到次要的地位。

高尔基曾经描写过多声部的合唱。他叙述工人们怎样在面包厂里唱歌，在歌曲中发泄他们的毫无乐趣的生活中的全部悲哀的感情：

> 有时我们唱歌，我们的歌曲这样开始：工作中忽然有一个人重重地叹息，好像疲倦的马的喘息，于是轻声地唱出一首缓慢的歌曲来，它的怨慕而柔婉的曲调常常是可以减轻唱歌者心中的苦痛的。我们之中有一个人唱着，我们起初默默地听他的单声的歌曲，它在地下室的沉重的顶棚底下渐渐地消沉下去，这好比灰色的天空像铅制的屋顶似的笼罩着大地的时候，潮湿的冬夜的草原上出现的篝火微光。后来另一个声音凑上去，于

是两个声音沉静地、哀愁地飘浮在我们狭窄的地洞里的闷热的空气中。忽然有好几个声音同时接唱了歌曲——歌声沸腾了，好像波涛，有力起来，响起来，仿佛要冲开我们的石牢的潮湿而厚重的墙壁。

……二十六个人大家唱；响亮的、早已协调的歌声充满了工场，拥挤起来：它冲击石壁，发出呻吟声、哭泣声，一种沉静的、酥痒的痛苦使人心兴奋，刺激人心中的旧创痕，唤起人的悲哀……唱歌者们深深地、重重地叹气；突然有一人停止了唱歌，很长久地听同伴们唱，然后重新用自己的声音加入了共同的音波。另一个人悲惨地叫出：唉——便闭着眼睛而唱歌，那些声音的浓重而宽广的波涛也许是使他想象到一条遥远的道路，照耀着明亮的太阳的很广阔的道路，而他看见他自己在这路走着。

像高尔基所说的，不是简单的歌曲演唱，这是一种生动的创作，是在歌曲中吐露最内在的感情和思想。歌曲正是这样生存在民间的。

在合唱歌曲的演唱中——民间的演唱或专门的演唱都如此——运用各种高低和各种音色的声部。合唱倘仅用高音部或仅用低音部组成，听起来将感觉贫乏而单调。因此，即使合唱中全是女人或儿童，也选取各种高低的声部。高的声部叫做女高音，低的声部叫做女低音。男声合唱中也有这样的分别，高的声部叫做男高音，低的声部叫做男低音。混声(女声和男声)的合唱包括这四种声部。

独唱者的声部也分为这样的四种。但歌剧中的唱歌，歌声的音色具有更细的差异，其活动的程度亦如此，具有特别活泼的变化的、轻快而高的女高音,叫做装饰女高音[1](格林卡的歌剧《路斯兰与琉德米拉》中琉德米拉的音部)。最宽广的女高音,叫做抒情女高音(如柴科夫斯基的《欧根·奥涅金》中的塔佳娜)。音色明朗而有力的女高音,叫做戏剧女高音(如柴科夫斯基的《黑桃皇后》中的丽萨)。低的女声,在合唱中总称为女低音的,在歌剧中分为较低的女次低音和较高的女次高音(меццо-сопрано——这是从意大利名称译来的,其意思是半高音,即女高音与女次低音之间的音)。男高音也分为抒情的和戏剧的。《欧根·奥涅金》中的连斯基是抒情男高音,《黑桃皇后》中的黑尔曼是戏剧男高音。低的男声叫做男中音(如奥涅金的音部)和男低音(男低音是最低的男声。例如达尔戈梅斯基的《人鱼》中的磨坊主的音部,鲍罗丁的《伊戈尔王》中的孔恰克的音部,都是为男低音写的)。

* * *

很久以前,音乐家就开始考虑如何为未来的时代搜集并保存民歌的伟大宝藏。早在十八世纪,已有最初的有谱表的歌曲集出现。到了十九世纪,最著名的作曲家们曾记录并改编俄罗斯民歌。现今我们的演奏会里,就演唱着巴拉基列夫、里姆斯基-科萨科夫、里亚多夫所记录和改编的民歌。

从前的民歌搜集者,大都记录旧时的农民歌曲,这些歌曲作为远古时代的音乐与诗的纪念品而引起他们的注意。越是古老的歌,他们越是感兴趣。

研究远古的纪念品,的确是有兴趣而且重要的事。况且古代的歌曲

[1] "装饰女高音"的意大利文 coloratura 的正确译义是"色彩"。它的转义是指用轻快而抑扬的声音来装饰旋律。

在我们现代并不失却使听者感动而兴奋的作用。然而我们现代的苏维埃研究者所感兴趣的,不仅是远古的东西。他们搜集并研究农民的、兵士的、工人的歌曲,在沙皇的牢狱里作出的歌曲,以及唤起人民对沙皇和地主斗争的革命歌曲。他们搜集现代的民歌,仔细地比较它们的各种变体,并且研究歌曲如何生存在民间。

在我们苏维埃国家内,俄罗斯歌曲现在获得了从来未有的新的力量,优秀的唱歌者常常在演奏会和广播电台里唱俄罗斯歌曲;演唱民歌的合唱团的数目逐日增大起来。最老的俄罗斯民歌合唱团骄傲地用着它的创办人——俄罗斯歌曲大专家比亚特尼茨基的名字。

这合唱团的第一次演奏会举行于一九一一年。在这演奏会中,听众认识了这一点,即俄罗斯歌曲在民间常是与舞蹈、游戏和仪式不可分离的。合唱团的节目中所包含的,不是个别的歌曲,而是整套的演出:《围墙外的黄昏》《婚式》等。革命前,这合唱团全靠比亚特尼茨基的特殊毅力和农民唱歌者对这热爱的事业的忠诚而存在。那时音乐会很少举行,每次音乐会举行之后,合唱团的参加者各自分散,回到家乡去。只有在伟大的十月革命之后,合唱团才巩固起来,成了经常存在的演出团体。它的团员增多起来,听众的范围也无限地扩大起来。现在这合唱团已经有了国立比亚特尼茨基俄罗斯民歌合唱团的荣名。

合唱团的音乐领导者作曲家查哈罗夫,制作了许多优秀的歌曲,关于新的苏维埃乡村的,关于纯朴的苏维埃人的。查哈罗夫的歌曲在我国到处被演唱着,很少有人不知道他的歌曲,如:《送行》《谁知道他》《雾啊,我的雾》。

民歌曾经是而且现在仍是作曲家和诗人的灵感的有力的源泉。俄罗斯的道路、三套车和唱着像俄罗斯大地一样宽广的歌曲的驾车人的形象，常常供给俄罗斯诗人和作家以创作的灵感：

在车夫的长歌中，
听到可亲的声音，
有时是豪放的大胆，
有时是衷心的苦闷。

普希金这样地描写俄罗斯歌曲。

诗人和作家曾经那么多次地回忆到他们幼年时代所听到的摇篮曲！莱蒙托夫曾经写了一首卓越的歌曲，那么天真烂漫，竟和民间的摇篮曲一样：

我的美丽的小宝宝，
睡呀，睡呀，睡得好！
明月的光儿静悄悄，
正在向你的摇篮上照。

屠格涅夫在《唱歌者》中，契诃夫在《草原》这故事中，高尔基在《怎样作歌曲》这故事中，都用深切而真挚的感情谈论歌曲，仿佛谈论祖国人民之声一般。

没有一位俄罗斯作曲家在创作时放过了俄罗斯歌曲的宝藏。伟大的俄罗斯作曲家格林卡说："创作的不是我们，创作的是人民；我们不过记录和编排而已。"

格林卡在他的著名的作品《卡马林舞曲》(是为管弦乐作的)中，引用了两首俄罗斯歌曲——结婚歌和舞蹈歌——的旋律。这两首歌曲经过了这天才的名家的加工,获得了辉煌灿烂的新光彩,好比宝石经过了宝石匠的琢磨。

我们在许多俄罗斯歌剧和交响曲中,都可以看到经过名手加工的民歌旋律。

高呀高,天空高无极;
深呀深,海水深无底。
土地广大无垠,
第聂伯尔河水深。

里姆斯基-科萨科夫的歌剧中的弹琴者萨特科的自由的卫队这样唱着。作曲家制作这合唱曲时,是从一首记录在最早的歌曲集里的、真正的、很古老的民歌中获得灵感的。

你在演奏会或收音机里听柴科夫斯基的《第四交响曲》的时候,请注意它的最后乐章。你会很明显地听到《田野里有一株小白桦》这首歌曲的旋律,这就是我们在第二章里研究过的。

俄罗斯作曲家搜集民歌的时候,他们当作人民之声而倾听这些民歌;他们把民歌的旋律采用在自己的作品中,力求率直地、明白地和人民谈话。在格林卡、鲍罗丁、穆索尔斯基、里姆斯基-科萨科夫、柴科夫斯基和其他俄罗斯作曲家看来,民歌的语言是乡音。因此他们自己所作的旋律,也具有俄罗斯的特性,而其中有些旋律竟和真正的民歌难于分别。

俄罗斯作曲家创作了许多良好的歌曲。这些歌曲并不完全是以民歌为范本而写的,也并不全都是很简单、随便哪个歌者都能唱的。为人声而作的作品(音乐上常称为**声乐作品**),可有许多种类,有种种名称。

其中最常用的两种名称是:歌曲和浪漫曲。在歌曲中,旋律大都很简单,容易记忆,往往用不同的歌词重复唱好几遍(用同一曲调唱好几首不同的歌词的歌曲,称为反复歌)。

用不同的词句反复同一的旋律,当然只有在这样的情形之下方才可能,即这旋律所表达的是歌词的共通性质,而不是个别的性质。否则,适合于第一首歌词的旋律,便无论如何不能适合于第二首歌词。

浪漫曲和歌曲有很大的差别,首先,浪漫曲里的音乐和歌词作不同的结合。浪漫曲里的音乐所表现的,就不仅是诗词的概括的内容、概括的情绪,而又是诗词的个别形象。因此,歌曲中所常有的反复形式,在浪漫曲中较少有。

你听见过格林卡的《同行的歌曲》么?这虽然称为“歌曲”,但其中的歌词和音乐的结合比一般歌曲中的要周详得多,紧凑得多,因此在这方面说来,这作品更接近于浪漫曲。这首歌(库科尔尼克作词)是描写关于俄罗斯第一条铁路通车的印象的——这铁路通行于彼得堡和沙皇村(今普希金城)之间。第一首歌词和音乐的急速的喋喋之音,表现出等候火车的人群的愉快的纷忙:

烟柱上云霄,
沸腾的汽船[1]到!
人人都兴奋,乱嘈嘈,
等候多时,好不心焦!

---

〔1〕 当时“汽船”(Пароход)和“火车头”(Паровоз)两个名称还没有明确分别,所以歌词中把火车头称为汽船。

11

以后,音乐适应着歌词,性质完全变更了。它所表现的不复是人群的喧嚣,而是即将来到的欢喜的会面以前的兴奋:

不,神秘的思想更快地飞绕,

心头怦怦地跳……

图 12

格林卡的《同行的歌曲》中就是这样地交互轮流着:忽而描写在火车旁边兴奋而喧嚣着的人群,忽而表现深藏在人心中的感情。

有时浪漫曲的旋律中开始响出谈话的声调,旋律就变成"朗诵式"的。这种旋律在达尔戈梅斯基和穆索尔斯基的声乐曲中常常遇到,例如达尔戈梅斯基的戏剧性的歌曲《老伍长》中的旋律便是。这歌曲的歌词是库罗奇金所写的(译自贝兰瑞),其中充满着对于笼罩从前军队的、士兵的失权和军官的专横的抗议。歌中叙述一个身经百战的英勇的老兵士被带去枪杀时的情形。达尔戈梅斯基的音乐中仿佛表现着这位英雄临刑前向同志们告别时的动人的话:

弟兄们，齐步走吧！

得了，不要拖着枪杆吧！

我吸着烟斗，你们引导我

送我到最后的安息吧！

当然，无论在歌曲中或浪漫曲中，人声都占据主要地位。它唱出歌词，唱出使歌词更富有表现力的旋律。而乐器的伴奏可以补人声的不足，表出旋律中所不能表现的部分。你倘听到过舒柏特的歌，例如《出发》《往哪里?》或是《鳟鱼》，你一定记得，曲中描写小溪潺潺声、磨坊轮子的愉快的声响，何等微妙：

图 13

磨坊中的愉快的声响，正被这里的钢琴部分描写出了。在这样的情形中，钢琴所弹的竟不能称为伴奏，因为它不仅随伴人声而已，又与人声

同等地表现了歌词中所描写的形象。

浪漫曲和歌曲,按其本质是和诗密切地相联系的。优良的诗仿佛天然“合于乐律”。俄罗斯歌曲和浪漫曲的全部历史都与诗的创作相关联。

普希金的诗,对于俄罗斯浪漫曲有重大的意义。当这位伟大的诗人还是中学生的时候,他的朋友们——青年音乐家们——已经把他的诗配上音乐。他的同时代的大作曲家格林卡曾经作了许多有名的浪漫曲,用他的诗句为歌词;格林卡和普希金的创作精神是很相近似的。格林卡根据普希金的诗而作的浪漫曲,例如《美利》《祝杯》《我们的蔷薇在哪里?》——尤其是《我记得奇妙的一瞬间》——是俄罗斯声乐中最优秀的作品。

渐渐地俄罗斯浪漫曲中采用了新的主题、新的诗意的形象。作曲家不复把自己的创作局限于抒情,即个人体验的表现。达尔戈梅斯基把自己的这首有名的歌曲《老伍长》称为“戏剧性的歌曲”;他所以用这名称,便是要强调:他不愿用叙述的语气来描写他的主人公的感情,而要直接用主人公自己的话,正好像在戏剧里一样。达尔戈梅斯基还写了几首优秀的讽刺性的舞台歌曲,曲中描写着可怜的、被虐待的、当时的“小人物”的生动形象。这便是他的歌曲《蛆》《九华文官》。

穆索尔斯基在他的歌曲中描写现实更为大胆。他的歌曲中反映着旧时代农民的生活,赤贫的、服苦役的、无权利的、凄惨的。穆索尔斯基这种歌曲,与涅克拉索夫的诗同一作风,其中有几首歌就用涅克拉索夫的诗为“歌词”(《卡里斯特拉特》《叶列穆希卡摇篮曲》)。

古典声乐的发展途径,完全和诗相并行,它抓住了诗人创作中最前进、最明朗的部分而赋予他们的诗以更大的表现力。

在我们现代,苏维埃歌曲和浪漫曲还是与诗分不开的。在与诗的密切友谊关系中发展着我们的群众歌曲——苏维埃时代所产生的新体裁。

革命前，难得有专门作曲家所作的浪漫曲变成民间歌曲。苏维埃作曲家却以此为光荣的责任，即不但为专门家的演唱创作歌曲，又为群众的演唱创作歌曲——不但使学过歌曲的人唱它们，须使一切人都唱它们。在苏维埃作曲家看来，歌曲是他们对我国最广大范围的人民招呼的一种形式。

在苏联群众歌曲的词句和音乐中，反映着苏维埃国家的全部生活。反映得越是鲜明，人们越是爱唱。列别杰夫-库马奇作词的歌曲，在我国受到了极大的欢迎。杜那耶夫斯基作曲、列别杰夫-库马奇作词的《祖国进行曲》的旋律，已经成了苏维埃广播电台的呼号。还有许多其他的歌曲，也深入到苏维埃人的日常生活中，这些歌曲也是以这位能在诗中正确地表现苏维埃人的思想感情的诗人的诗为歌词的。这些歌曲中的歌词，已经同标语一样：

> 我们没有见过别的国家，
> 可以这样自由呼吸……
>
> （《祖国进行曲》）

有许多歌曲是以诗人伊萨科夫斯基的诗为歌词的。他的诗本身已是歌曲风的。我们不欢喜读它们，而欢喜唱它们。查哈罗夫曾用这位诗人的诗作成优良的歌曲。其中有一首不让步于民歌创作的优秀范例——这便是《雾啊，我的雾》，是在伟大卫国战争时期作的。

以伊萨科夫斯基战后所作的诗为歌词的歌曲，也深入到我们的生活中，例如勃兰捷尔的歌曲《在巴尔干的星星之下》便是。深切而真挚的爱祖国的感情表现在这歌曲的简朴的歌词和曲调中：

保加利亚是好的，
但俄罗斯最好！

《候鸟飞渡》(也是伊萨科夫斯基和勃兰捷尔所作的)这歌曲中，也有这话。

在我们的作曲家的歌曲中，又反映苏维埃儿童的幸福生活：他们怎样在学校里学习，夏天怎样在少先队夏令营中休息。年幼的孩子们高兴地唱着米哈尔科夫作歌词的、愉快而有趣的小曲——《愉快的旅行者》：

我们走，走，
向着很远的地方走，
可爱的邻人，
幸福的朋友。

这歌曲的音乐是作曲家斯塔罗卡多姆斯基所作的。查尔科夫斯基有一首歌，描写愉快的少年游览者：

由峻险的小路走入山中，
一边是急流，一边是缓流，……

作曲家卡巴列夫斯基是许多儿童歌曲和其他的儿童音乐作品的作者。他曾经作一首歌曲，叫做《四个亲爱的孩子》，其中叙述在伟大的卫国战争时期苏维埃孩子们怎样帮助他们的父亲和哥哥们保卫祖国。

儿童年未长，
不可去参军。
然而保祖国，
我们也有分。

这歌的伴唱部中这样唱着。苏维埃作曲家还替儿童作了许多良好的歌曲，这些歌曲都是你们在唱歌课上或合唱团练唱中学到过的。

在我国的歌曲中，诗人和作曲家表出了我们全人民的思想感情；这些歌曲广行于我们祖国的域外，人民民主国家中的人民和全世界一切进步的人都爱唱它们。有一位苏联音乐家曾经在布达佩斯参加民主青年联欢节。他说，他在那边听到了许多苏联歌曲：

我们的歌曲深入到了各国人民中间，他们竟把它们当作自己的民歌。我们的歌曲失去了作者——在法国、在英国、在美国、在中国、在匈牙利、在保加利亚，都唱我们的歌曲，把它们称为“法国民歌”“匈牙利民歌”。诺维科夫作曲、奥沙宁作词的《世界民主青年进行曲》，已经成了全世界进步青年所爱好的歌曲。我们曾经听到：马达加斯加的代表团用马达加斯加语唱这歌曲，尼日利亚的黑人用他们自己的语言唱这歌曲，印度人用孟加拉语唱这歌曲。

在匈牙利南部的青年集体农庄“青年近卫军”中，青年的农人要求我们听他们演唱匈牙利民歌。他们唱出了一首歌，是用

"越过深谷和山岭,师团向前进……"的旋律的,我们听了十分惊奇。我们说:"原来这是我们苏联的《远东游击队员歌》。"两个青年人就和我们争论:"哪里!这歌没有说到远东,也没有说到游击队员。这是关于我们的幸福生活的歌。"又说:"那么我们另外唱一首民歌给你们听吧。"他们就唱:"假如明天战争,假如敌人进攻……"这回我们不再同他们争论,只是对他们说:"我们也唱这歌的。"

为什么苏维埃国家的歌曲这样地令人爱好?这是因为我们的歌曲不但在歌词中,而又在曲调中表现着对于生活、对于劳动、对于他国人民的新的态度,表现着我们的生活的全部新制度。因此,希望也获得这种新的、合理的生活制度的人们都和唱这些歌曲;因此,关于远东游击队员的苏联歌曲变成了正在改造自己国家的匈牙利农民的歌曲。

歌曲和浪漫曲是音乐艺术中最简单的、最易解的两种形式(即体裁)。声乐,因为和诗文及其主题、情节、形象相联系,所以往往比没有歌词的器乐更容易理解。但这并不是说器乐中没有内容意义;并不是说器乐很高深,非音乐家不能懂得。我们还要讲到器乐能够表现什么,还要讲到乐器怎样帮助人声。但在这以前,你们必须先认识乐器本身。下一章便是讲这方面的。

第五章

芦的茎和弓的弦怎么会发音——“梯形琴”是什么——乐器有哪几种，为什么这样多——管弦乐是什么——乐器的“家族”——钢琴是什么

很早很早的时候，人们已经在歌曲中表现自己的思想感情了。人学会唱歌，大概是和学会说话一样早的。人学会了唱歌和作歌之后，就更留心地倾听他周围所发生的声音。有许多声音，从前在他听来只当是普通的喧嚣声的，现在觉得是音乐了。人不满足于自己的嗓子，便开始从各种物体中去取得乐音。这些物体发出声音，表示意味，就变成乐器。

初民的乐器很简陋,很原始,就同他们的劳动工具一样。你知道,人所发明的最初的劳动工具,仿佛是他们的天然工具——手——的"延长"或"代用品"。最初的乐器,也是他们的身体的代用品。人们唱歌的时候,本来用手打拍子或用脚踏拍子,后来改用两个贝壳,或者两根木片,或者两块平滑的小石子来代替。这样发出的声音更加响亮,更加多样。最初的打乐器,便这样产生了。初民的打乐器种类很多——各种摇摇响,各种木槌子,各种哗啷棒。人们发明乐器认为是一件很可骄傲的事。把晒干的果实挖空了,装几颗核或者小石子在里面,便造成了摇摇响——这就是现在幼儿们所玩的摇摇响的"曾祖母",在初民社会里是很尊贵的东西:只有部落领袖的手里可以拿这件东西!

许多乐器的发明是偶然的。人偶然用棍子敲打中空的树干,听到了钝重的声音,同敲打实心的树干时所发的音完全两样,人就发现了中空物体的共鸣作用和使音量增大的作用。这就使他发明了鼓——很粗陋的、木制的——以后又发明更复杂的共鸣乐器。

同样,芦的空心梗子也会偶然发出声音来,以后人们就由此学会了造各种各样的管乐器,这就是把空气吹进管子里去而发出声音来的乐器。芦管便是牧笛、儿童玩的各种小笛和现代的各种管乐器——长笛、双簧管等——的"祖先"。

后来人们学会了用兽类的骨头来做管乐器。骨制的笛,现在还可在博物馆中石器时代的各种用具中看到。这种骨制的笛,旁边开着几个洞:由此可知,石器时代的人已经知道怎样使这乐器发出各种不同的声音来,即把洞闭塞或开放,借此变更管中振动的空气柱的尺度。

人准备了弓,要去打猎,先试试看,弓弦张得紧不紧。一拨之下,它发出美妙的乐音。这种声音人们听了千百遍,没有注意到它。但是有一次有人去倾听它,他把弓弦拨了又拨,听它的唱歌般的声音。这样,弓弦变成了琴弦,而打猎的弓就变成了乐器。过了许多世纪,人们在这唯一的弦线上添加了几根,这就造成了古代乐器之一的竖琴。这当然和我们现在的竖琴——美观的、多弦的、镀金的乐器——极不相同,然而这毕竟已是一种乐器,与原始的“音乐的弓”相差很远了。

打乐器和管乐器的发明比弦乐器早。前两者仿佛都是代替人的天然乐器——他的嗓子和手掌——的。但弦乐器的声音不是代替或模仿,这完全是一种新的声音。

弦乐器后来对于音乐艺术发展的倾向,有很大的影响。以前,器乐在长时间没有独立:它常伴奏唱歌或模仿唱歌。为乐器写作的音乐,几乎同为人声写作的音乐一样,乐器仿佛是用来补足人声的不足的。管乐器的声音的确很像人声,然而弦乐器的声音(尤其是弹拨弦线而发出的声音)完全是另一种性质。正因为如此,才使音乐家想到不把弦乐器当作人声的补足品,而把它当作人声的背景。

弹奏竖琴及后来发明的弦乐器(诗琴、六弦琴)的时候,可以同时弹拨好几根弦线。音乐家一面弹奏着,一面倾听几根弦线同时响出的许多音的各种各样的结合,渐渐地选定了最和谐而好听的几种结合。这几种结合就叫做**和弦**。

现在,**和弦**的意义已不仅是指弦线的结合,又是指一般的、有一定的高低关系的音的同时结合。和弦伴奏旋律,与旋律融成一片而成为一个和谐的音乐整体,音乐家称这为**和声**。和声补充旋律的表现力,使音乐具有丰满的音量和各种意味。

* * *

当我们的远祖发现了某种东西会发音的时候,他们认为是一种真正的奇迹:他们眼见死的东西活起来,发出声音来。关于芦笛唱歌的事,编了许多民间故事、传说和歌曲。其中有一个故事说:有一个被谋杀的姑娘的坟墓上生出一株芦苇来,有人把它割下来,做成一枝芦笛。这芦笛唱起歌来,用人的声音叙述了关于这姑娘被杀的事,说出谋杀她的凶手的姓名。伟大的俄罗斯诗人莱蒙托夫把这故事改编成诗:

快乐的渔夫
坐在河岸上。
他的面前
芦苇在风中摇摆。
他割取一根干燥的芦管,
在它边上开了许多小洞。
他拿着芦管的一端,
吹它的另一端。
芦管好像活了,
它开始说话了,
这是人的声音,
也有风的声音……

在许多歌曲、故事和史诗中,人民用音乐的巨大力量来表达出了他们的衷心的赞颂。

你们记得关于诺夫哥罗得城的梯形琴弹奏者萨特科的史诗么?萨特科弹起梯形琴来,海龙王和海国里的人都疯狂地跳舞,以致海上起了可怕的大风暴。这史诗是很久以前编的,这说明我国自古以来就以能唱歌、能奏民族乐器的天才音乐家出名。

周游城市和乡村间而用唱歌和演奏乐器来娱乐人民的音乐家，在古代称为飘泊乐师。人民很欢喜他们，但是教会政权残酷地迫害飘泊乐师，因为他们常常在歌曲中嘲笑牧师的贪婪和伪善。在十七世纪中，按照大主教的命令，莫斯科的飘泊乐师们的乐器都被没收，以后并将它们当众烧毁。

俄罗斯民族乐器种类很多。有几种已经不用，而代之以更复杂、更完善的乐器；有几种直到现在还被民间音乐家应用着。现在还存在有许多民族乐团。

第一个俄罗斯民族乐团，是前世纪八十年代由多才的音乐家安德列耶夫创办的。但民族乐团只在革命以后方始得到广泛的扩展。现在，你能到处听到这些乐团的演奏：在收音机中，在演奏会中，在音乐晚会中。一九三八年，其中有一个团体获得了国立俄罗斯民族乐团的名称。民族乐团受到听众的热烈爱好。苏维埃作曲家乐于替它们写作乐曲。

在这种乐团中，有几种样式不同的弹弦乐器——例如有名的三角琴、圆形琴。后者和三角琴相似，不过底下的共鸣箱（胴体）不是三角形而是椭圆形的。还有梯形琴，现今已经少用，但在古代是最爱用的乐器之一。许多史诗中都讲到梯形琴，例如关于萨特科的史诗，关于索洛维·布季米罗维奇的史诗，又如在古代俄罗斯文学的优秀纪念品《伊戈尔王出征谭》中。梯形琴的胴体是一个平而广的箱子，上面张着琴弦（现今的梯形琴有二十根以上的琴弦）。箱子的上面开几个洞，使箱子的共鸣作用更好。

《伊戈尔王出征谭》中把梯形琴的琴弦的声音比作天鹅的叫声。下面的就是《出征谭》的作者关于传说的弹梯形琴而唱歌的吟诵诗人的话：

他拥有祖先的胜利的威名，
他知道许多功勋和战争，
黎明中，他不放出天鹅群，
而放出了十头鹰。
鹰在天空中遇到了敌人，
就开始把他严惩，
天鹅飞入了青云，
歌颂雅罗斯拉夫的荣名。
但是想起了过去光阴，
我们的吟诵诗人不放出十头鹰，
他伸出的手指多贤明，
按上了灵活的弦琴，
弦线颤抖而悲鸣，
赞颂王公的威名。

俄罗斯民间音乐家也演奏其他更复杂的乐器。你记得么，普希金的《鲍里斯·戈杜诺夫》中，云游僧人伐拉姆对伪称王说："立陶宛也罢，俄罗斯也罢，笛琴也好，梯形琴也好……"梯形琴是什么，你是知道的，但什么是笛琴呢？从这名称上你可以猜想，这是一种类似轮船或工厂的汽笛的东西。[1] 其实笛琴是一种俄罗斯古代弓弦乐器(有点像张马毛弦的弓)。用弓轻轻地、平稳地在弦上摩擦，它就发音，但所发的音和弹拨出来的音完全不同。这音是冗长的，好像汽笛声，这乐器因此得名。

---

[1] 笛琴原文为 гудок，是汽笛的意思。——译者注

笛琴发明得很早。在基辅索菲亚大教堂的一堵墙壁上，古代的画家描绘着一个独奏笛琴的音乐家。学者们认为这画是十一世纪初所描绘的，这样看来，早在九世纪以前，我们的祖先已会奏弓弦乐器了。

笛琴早已不用，它被小提琴篡取了。

俄罗斯民间音乐家还发明了许多管乐器——各种笛、风笛、牧人用的木制的喇叭和号角。打乐器中，民间常用的是鼓、哗啷棒和最普通的木制的匙——这是由熟练的音乐家拿在手里，敲出美妙的节奏来的。

随了音乐的发展，乐器也发展起来，复杂起来，种类增多起来。人们不满足于一个乐器的单独演奏，就把许多乐器组合成群——这就是重奏[1]。在我们现代，作曲家又为包括二、三、四、五个乐器的小重奏作曲，又为近百个演奏各种乐器的人所参加的大合奏作曲——这样的大合奏称为管弦乐。

并不是只要大群的演奏者就可组成管弦乐团的。如果他们所演奏的只是同一类乐器，我们就不能称之为管弦乐团。的确，也有由同一类乐器组成的乐团(弦乐团、管乐团)。但其中集合着各种各样的弦乐器和管乐器。规模最大、声音最丰富的交响乐团(像歌剧乐团一样)，则包括各类乐器。如果其中一类乐器——例如管乐器——数量太多，而另一类乐器——例如弦乐器——数量太少，这样的管弦乐团的声音就不完善。三类基本乐器——弦乐器、管乐器、打乐器——必须依照一定的关系而存在于管弦乐团中；这时候它们才能互相补益而不致互相妨碍。这种一定的关系不是很容易就得到了的。曾经尝试过乐器的许多种组合法，以求确立管弦乐中所需要的组织。这组织到了十八世纪中方始形

---

〔1〕 译成中文时，有时作“重奏”，有时作“合奏”。——译者注

成。以后,这组织扩大了许多;然而其中的基本乐器群的相互关系并没有多大改变。现代的管弦乐团——歌剧乐团和交响乐团——中所用的乐器约有二十种以上(而且每种乐器所用的不只一个,而是同样的好几个)。但是它们仍像人类最初发明的乐器一样分为三类:弦乐器、管乐器、打乐器。

为什么需要这许多乐器?为什么人们不满足于旧乐器,而不断地改良它们,并且发明新的乐器呢?原因是如此:每一种乐器,不能发出一切乐音,而只能发出其中的某一数量的音;乐器所发的音有限定的范围(音域)。有几种乐器容易奏出高音,有几种乐器容易奏出低音。因此,音乐的性质发生很多变化:试想象同一首歌曲,用尖锐的童声(高音)来唱和用成年男子的低音来唱,大不相同。乐器之中,也有女高音、女低音、男高音和男低音。

不但如此而已。一种乐器(例如长笛)能够很容易地奏出很快速的、活泼的旋律——声音好像“大珠小珠落玉盘”一般。但在别种乐器上绝不能奏出这样的旋律,然而很适宜于奏出舒缓的唱歌似的声音。

还不但如此而已。每一种乐器具有它自己的声音的性质,即音色。同一旋律,在小提琴上演奏和在长笛上演奏效果大不相同——小提琴奏的较为“温暖”,近似于人的嗓子的唱歌声;而长笛奏的较为“冷淡”、无情。

乐器种类越多,音乐中的音响就越是多样而丰富。为此,音乐家要发明新的乐器,改良旧的乐器;为此,要把各种乐器的演奏者集合为合奏团,要组织管弦乐团。

关于每一种乐器,都可以讲许多有趣味的话。每一种乐器都有它自己的历史,人们经过长久的考虑和工作,方始造成它。但我们现在只讲基本的乐器群和各群中的基本乐器，以求我们的话不致过长。

交响乐的基础是弓弦乐器群：小提琴、中提琴、大提琴、倍大提琴。

如前所述，单是弦乐器也可以组成乐团——称为弦乐团。

十八世纪初的乐团，大都由弦乐器组成。有时添加几个管乐器。

所有的弦乐器的形状都相似，只是大小不同，因此奏法也各异：小提琴和中提琴搁在肩上演奏，大提琴和倍大提琴直立在地上演奏。它们都用弓来演奏，因此总称为弓弦乐器，以别于竖琴等弹弦乐器，但弓弦乐器有时也用弹拨的方法（意大利文叫做 pizzicato，俄文译音为 пиццикато，中文意译为“拨弦奏法”）——所发的音断续、轻飘而清幽。你听柴科夫斯基的《第四交响曲》的时候，请注意其第三乐章——谐谑曲；这乐章里盛用拨弦奏法。

弓弦乐器的音色也都相似，它们能美妙地融成一片，有时一群弓弦乐器同时响出，好像一个大乐器。

有一种小型的弦乐器重奏——四重奏[1]——非常盛行，由两个小提琴、一个中提琴和一个大提琴组成。

小提琴的声音的最优美的特点，是“像唱歌”。小提琴一到了优秀的音乐家手中，的确像人的嗓子一样唱歌了。在这点上没有任何别的乐器能和它比较。在小提琴上还可以演奏进行得非常快速而活泼的最复杂的作品——所谓“妙技”的演奏。

小提琴不但参加管弦乐或重奏，有时又单独地在演奏会里表演，或者全无伴奏（即独奏），或者用钢琴（有时用管弦乐）作伴奏。小提琴的声音像唱歌，柔和而有力，很容易弥漫在演奏会的大厅里。在演奏小提

---

〔1〕 四个演奏者奏乐器称为四重奏，四个唱歌者唱歌称为四重唱。

琴独奏(或用钢琴或管弦乐作伴奏)的作品时,音乐家可以表现他的一切技能和乐器的一切可能性——声音的美、妙技的华丽、轻捷、活泼。

小提琴是最富有表现力的乐器之一,在管弦乐作品中它常常担任独奏的部分。在里姆斯基-科萨科夫根据《一千零一夜》的故事而作的组曲《舍赫拉萨达》中,四个乐章里都有小提琴独奏。这旋律非常富有表现力,像说话一般,仿佛是表达舍赫拉萨达亲口的话,她怎样叙述关于神话中的英雄们的功勋和事迹的非凡历史。

艺术史上有许多著名的小提琴家:意大利的尼科洛·帕格尼尼、挪威的奥列·布里雅、俄罗斯音乐家伊凡·罕多什金、波兰的根利赫·维涅夫斯基、捷克的杨·库别里克。在现今,苏联小提琴家达维德·奥伊斯特拉赫是全世界著名的。

努力于发明像小提琴那样美妙的乐器,不只一代的技师。在意大利文艺复兴期,在克雷蒙城中,住着从事小提琴制造的许多家族。每一个技师都有他的秘诀——怎样使小提琴的声音更富有唱歌的表现力,更美丽。他们长久地考虑琴身的大小、琴的形状,因为共鸣箱壁面的弯度和厚薄的极小的变化,就影响到音的性质。安托尼奥·斯特拉季伐里技师制造的小提琴是全世界闻名的,他用他的全部生涯(他活到九十四岁!)致力于这乐器的改良工作。斯特拉季伐里制的小提琴的声音特别美而有力。因此小提琴技师们到现在还在专心研究这种乐器,努力找求它们发音上的"诀窍",究竟在形状上呢,还是在老技师制造时所用的木料上呢,还是在涂饰木料的漆上。

在苏联有专门的科学实验工场,学者在那里研究乐器的特性。苏联的技师波德戈尔内和维塔且克所制造的小提琴,其品质不亚于大名鼎鼎的老技师们——斯特拉季伐里、阿马提、格伐尔涅里——的乐器。

中提琴、大提琴、倍大提琴,是和小提琴属于同一个“家族”的。中提琴与小提琴十分相似,不过体积稍大,声音稍低。它的声音不像小提琴那么明朗有力,因此中提琴很少用作独奏乐器。然而在管弦乐和四重奏中,非有中提琴不可。

大提琴的声音差不多同小提琴的声音一样像歌声,而且差不多一样有力,然而音色不同。在乐团的各乐器中,小提琴好比是女高音,大提琴则是女低音。

高尔基在他的小说《人间》中,描写他最初听到大提琴的声音时感到何等强烈的印象:“……从住宅的通风窗中,一种特异的声音和温暖的气息一同流出到街道上,仿佛有一个很有力而和蔼的人闭住了嘴巴在唱歌;所唱的词句听不出来,然而我觉得这歌非常稔熟,非常好听……我坐在台阶上了,我想,这是有人在演奏一种声音异常有力而难堪的小提琴——使人听了差不多感到苦痛。有时它奏得那么有力,以致房屋似乎颤抖,窗上的玻璃震动。屋檐上滴下水来,我的眼睛里也掉下眼泪来。”

大提琴在管弦乐中常演奏抒情性质的旋律或抒情戏剧性质的旋律。用它的柔和而有力的声音来演奏这种旋律,是再好没有的了。

在柴科夫斯基的歌剧《欧根·奥涅金》中,大提琴所担任演奏的是最富有表现力的旋律之一。在格斗的场面的序奏中,大提琴演奏连斯基的咏叹调的旋律——“未来的日子替我预备着什么?”

倍大提琴是弓弦乐器中最大型的、声音最低的。它和大提琴相似,但很高大,须站着演奏。倍大提琴有人体那么高大。在这乐器上很难演奏快速的、活泼的音乐;而且倍大提琴的粗大的弦线上发出来的声音,也没有像小提琴和大提琴的声音那么像歌声而美丽。因此,倍大提琴在管弦乐中极少演奏独立的旋律,它的音部大都是少活动的。这是坚固而稳重的基础,在这基础上建筑起管弦乐音响的齐整的建筑物来。

管弦乐中的管乐器也集成“家族”。**木管乐器**的声音和**铜管乐器**的声音大不相同,这两种乐器的用法也完全不同。这是因为这两种乐器的声音的性质不同——木管乐器的声音明朗而透彻,钢管乐器的声音辉煌而雄伟。还有重要的是:这两种乐器的声音在我们的想象中联系到不同的生活现象。木管乐器源于民间牧人的芦笛和风笛。声音也很像芦笛和风笛。由此便可明白为什么作曲家要描写自然界或和平的乡村生活时,就应用木管乐器。贝多芬在《田园交响曲》中广泛地应用木管乐器。你大概听见过格里格的组曲《彼尔·京特》中的管弦乐曲《朝晨》,这曲中也描写自然界。这乐曲开头是两个木管乐器——长笛和双簧管——的对白。长笛先奏,双簧管应答着——好像两个牧人吹着芦笛而互相呼应。

铜管乐器的声音使我们想起军中的信号、军队的进行。大部分的铜管乐器确是起源于军用乐器的。大型铜号“部克齐纳”,在古代罗马的军队中早就知道了。木管乐器很适宜于抒情的、宁静的表现,铜管乐器的声音则常常给音乐以特别雄伟而庄严的情趣。

当然,木管乐器和铜管乐器中的每一种乐器,又具有它自己的音色;所以作曲家派定这乐器奏这旋律,那乐器奏那旋律,是很有区别的。木管乐器按其性质可与人声相比:**长笛**是管弦乐中的“装饰女高音”,能自由美妙地演奏急速而困难的音部。在十八世纪及十九世纪初叶的歌剧中,我们有时可以听到装饰女高音和长笛的特殊的“竞赛”:人声和乐器比赛,谁表演得快速而活泼。但长笛也能很好地奏出唱歌似的旋律,这旋律在这乐器的演奏下得到特别的——明朗而略带冷淡的——意味。在比才的歌剧《卡尔门》第三幕的管弦乐序奏中,长笛所奏的旋律正是这样明朗、透彻而略带悲哀的。这序奏描写着自然景物，其安闲之趣，使展开在歌剧中的情节的戏剧性更加明显了。

双簧管好比是抒情女高音；它特别适宜于演奏唱歌似的、舒缓的旋律。单簧管在木管乐器中音域最广，能奏各种各样的声音。大管在木管乐器的合奏中担任低音。有时作曲家故意让大管的迟钝而阴郁的声音占主要地位。格里格要描写神话中的山神和侏儒进行时的沉重的步调，曾用两个大管演奏主要旋律，而教大提琴和倍大提琴同它们交互轮流地演奏（组曲《彼尔・京特》中的《在山王的洞窟中》）。

铜管乐器群基本上由小号、法国号、长号和大号组成。倘这些乐器一齐奏出，声音异常强烈、光明而热闹。格林卡在《伊凡・苏萨宁》的终曲中描写胜利的人民狂欢的情景时，除普通歌剧乐团之外，又用铜管乐团。这光辉灿烂的精心之作中的壮丽的结尾合唱曲《光荣》，声音就更加庄严了。光明灿烂的特性，不仅是铜管乐器全体才有的，铜管乐器群中个别的乐器也有这特性。

法国号具有特殊的音色，它的柔和而像唱歌的声音，使它不同于别的乐器。

валторна（法国号）这名词，是从德语 Waldhorn 来的，意思是“林中的号角”。法国号的远祖，的确就是打猎用的号角。大概法国号是“打猎的”乐器，和木管乐器是“牧人的”乐器一样，所以作曲家常常在描写自然景物的作品中应用它们。

在铜管乐器中，法国号具有最广大、最多样的表现的可能性。这是因为它的音色柔和，又能奏出各种强弱的音——渐渐地强起来，或者渐渐地弱下去。法国号在管弦乐中“唱歌”，绝不亚于小提琴或大提琴。柴科夫斯基让这乐器演奏他的最富有魅力的旋律之一，即他的《第五交响曲》第二乐章中的基本主题。

现在我们还得讲管弦乐中的另一群乐器——打乐器。打乐器很多。最常用的是定音鼓、鼓(有大鼓和小鼓)、钹、木琴、排钟、三角铁。

这些乐器能加强节奏,增加管弦乐全部声音的力量和光彩。在音乐的意义上,这一群乐器不能与弦乐器、木管乐器或铜管乐器相匹敌。但是打乐器群在管弦乐中是必要的,虽然可以单用一种定音鼓。

定音鼓在外形和奏法上都令人想起是一种鼓。这是两个铜质的半球形,上面张着皮革。由于螺旋的作用,可使皮革张得宽些或紧些,以变更音的高度。在这点上,定音鼓和发音没有一定高度的别种鼓不同。它所发的几个低音,可以发得非常正确。

排钟和木琴的音也有正确的高度。这是长度不同的许多小平板——排钟的是金属制的,木琴的是木制的——用槌在这些小板上敲打而演奏。在十九世纪末叶,排钟装上了键,同钢琴上的一样,得到了另一种乐器,叫作钢片琴。柴科夫斯基很欢喜这乐器,会把它应用在他的神奇的芭蕾舞剧《胡桃夹》中。

我们讲乐器,倘不讲到一种最广泛流行的乐器钢琴[1],我们讲的话就太不详尽了。钢琴具有最大的可能性:有时它发音柔和而像唱歌。有时它的音像撒珍珠一般。

钢琴的发明,经过许多代技师和音乐家的努力。现今的钢琴的远祖,是类似俄罗斯的梯形琴的一种弦乐器。在这弦乐器上装置了键盘的机构,使演奏者演奏时的动作可以简便。有了这装置,演奏者就不须弹

〔1〕“钢琴”的意大利文是 fortepiano。这词由两部分组成:forte(强)及 piano(弱)。这乐器有这名称,是因它能奏出各种强弱程度的音。

拨弦线，只要用指按下相当于某音的键板，它就使一个末端有触及弦线的小轴的机构发生杠杆作用。这装置是十四世纪时发明的。各种形式的键盘弦乐器，当时有各种名称：羽管钢琴、古钢琴、斯频耐琴等。这些乐器所发的音很弱，稍微带有颤抖，完全不像现今的钢琴的有力而美丽的声音。只有到了十八世纪初，小轴换用了小槌子，才造成了叫做钢琴的乐器。

这新的乐器获得了普遍的爱好。许多人为钢琴作了大量的作品，如莫差特、贝多芬、舒曼、萧邦、李斯特，在俄国有巴拉基列夫、卢平斯坦因、柴科夫斯基、拉赫马尼诺夫和斯克里亚平。有许多音乐家终生从事于钢琴演奏。在俄国的钢琴家中，安东·卢平斯坦因和他的兄弟尼古拉·卢平斯坦因以及拉赫马尼诺夫负着不朽的荣名。安东·卢平斯坦因是十九世纪最伟大的钢琴家之一，具有非常的天才，能用他那富有灵感的、非常真挚的演奏来牵惹并占有听众的心。他的同时代的某批评家关于他有这样的评语："可以弹得比安东·卢平斯坦因更熟练，但是不可能弹得比他更富于音乐性，更天才，更动人。"

钢琴在卢平斯坦因的手指下"唱歌"，这位伟大的钢琴家的演奏的这一特点使听者倾倒。从来不迷恋于为技术而技术、为熟练而熟练的别的俄国大钢琴家，都承继了卢平斯坦因这点优秀的品质。后代的钢琴家中最著名的是拉赫马尼诺夫(一九四三年逝世)。拉赫马尼诺夫所演奏的他自己的作品和其他作曲家的作品，我们现在还可在唱片上听到。他的演奏直到现在还是现代钢琴家的范本。现今在演奏会出席的苏联钢琴家中，最著名的是亚历山大·戈尔金维捷尔、根利赫·涅高斯、符拉季米尔·索夫罗尼茨基、斯维亚托斯拉夫·里赫捷尔、列夫·奥波林、爱米尔·吉列尔斯、玛丽亚·尤季娜。

伟大的钢琴家的演奏,表示出这优秀的乐器——钢琴——具有何等丰富的可能性。它能发出惊人地有力的、迷人地温柔的音,它能像溪流一般发出潺湲的声音,能像人声一般唱歌。

现在你既已知道了乐器的种类,让我们再来讲应用这些乐器的音乐艺术的形式。

第六章

歌剧是什么——歌剧《伊凡·苏萨宁》的演出——开幕以前——开幕以后——关于俄罗斯人民和俄罗斯人的歌剧——关于咏叹调、宣叙调、重唱和合唱的话

人的天才产生了各种各样的艺术。它们的材料各种各样，它们的形式也各种各样；然而它们都是反映生活，反映现实，反映人所借以生活的、所思考的、所志望的东西的。因此，各种形式的艺术并不孤立地发展，它们常常结合起来，使艺术作品更加鲜明，更加令人信服。诗和音乐便是这样结合在歌曲和浪漫曲中的。

歌剧也是两种艺术的结合:音乐与戏剧。歌剧是一种戏剧表演。其中剧本和演技的效果通过音乐的伟大力量而不断增长。

剧院里用音乐,在古希腊戏剧艺术的黎明时代早已有了。

那时的剧院,不像我们现今的剧院。戏剧是在露天演出的,观众坐在山坡上作弧形排列的凳子上。戏剧就在这弧形中心的平地上表演。合唱在那时的戏剧表演中很重要。戏剧的基本观念、戏剧作者对于他所描写的事件及主角的态度,就在合唱中表出。

带有音乐的戏剧表演,在中世纪也有,但这些现代歌剧的"祖先"究竟与现代歌剧很不相同。在这些剧中,唱歌并不占有重大的地位,是和普通对白交替表演的。而歌剧的主要特异点之一,是其中的词句大都从头至尾全是唱的。

真正的歌剧发生于十六七世纪之间的意大利。虽然创作这种歌剧的诗人和音乐家当时是希望模仿古代希腊的悲剧的,但他们的作品毕竟不是单纯的模仿。

他们希望复兴久被遗忘的艺术,却创造出一种新的东西来。在意大利作曲家的歌剧中,没有唱歌和对白的交替出现——全部词句从第一句到最后一句都是由兼表演的唱歌者唱出的。[1]

最流行的音乐体裁之一的歌剧,就是这样产生的。为了要充分明白歌剧是什么,请想象我们坐在莫斯科的大剧院里,看格林卡的歌剧《伊凡·苏萨宁》。

当歌剧还没有开始,音乐家还在那里调乐器的时候,让我们来讲一

---

[1] 除从头至尾都有音乐的歌剧之外,还有另一种形式的歌剧,其中音乐的插曲和言语的对白交替出现。莫差特、韦柏、韦尔斯托夫斯基及其他作曲家,都写过几部这样的歌剧。

些关于格林卡创作这歌剧的历史给你听。

《伊凡·苏萨宁》是俄国第一部古典歌剧。在《伊凡·苏萨宁》之前，俄国也有过歌剧；但那些只能说是带有音乐插曲的戏剧，不是真正的歌剧。它们的题材大都是喜剧性的或神话的。《伊凡·苏萨宁》在题材上、在音乐上，都比格林卡前辈的人和同时代人所作的歌剧作品高明得多。

格林卡选取现实的历史事件作为这歌剧的题材，即一个俄罗斯农人的功迹：这农人被拉去作敌人队伍的向导者，他引导他们走进了一个没有出路的茂密的森林里。敌人把苏萨宁杀死，但他们自己也找不到出路，死在林中。

这歌剧中所描写的事件，是很早以前的事：十七世纪初的事。但是格林卡当作活生生的现代事件而处理这题材。他自己还是孩子的时候，曾经看到一八一二年人民反抗侵略者拿破仑的热烈的战争。关于俄罗斯人的英勇功迹，他不是从书本上看来的，而是从这些功迹的生动的参加者和目击者那里得知的。因此，后来他能够在歌剧中创作出全心全意地忠实于祖国的纯朴的俄罗斯人的生动而真实的形象。

格林卡发心作这歌剧，是在意大利旅行中。“对于祖国的怀念，渐渐使我发心用俄罗斯风作曲”，格林卡回想起这旅行，在他的《笔记》中这样写着。

《伊凡·苏萨宁》的题材，是茹科夫斯基提示给格林卡的。在格林卡以前，也有诗人和作曲家注意到苏萨宁的功迹。十二月党人兼诗人孔德拉谛·勒列耶夫的历史的“叙事民谣”中有一篇歌颂过他的功迹：

“你们以为我是卖国贼？告诉你们：

在俄罗斯土地上没有也不会有卖国贼！

这里的每一个人从小爱祖国,
绝不会叛变而丧失灵魂。”
“你这坏蛋!”敌人愤怒地叫骂,
“死在我们剑下吧!”“你的愤怒我不怕!
凡是真心的俄罗斯人,都会慷慨地、英勇地、
欢喜地为正义事业而牺牲!”

也曾有人用这主题作过歌剧。为这歌剧作音乐的,是一位意大利的戏剧指挥兼作曲家,在俄国工作多年的人,名叫卡德里诺·卡伏斯的。然而他的音乐要表现苏萨宁的伟大功迹,还差得很远。

茹科夫斯基把这题材推荐给格林卡,是再适当没有了。他接受了这个崇高而可感谢的任务——要在歌剧中表现出俄罗斯人、俄罗斯人民的民族特性。

格林卡写作这歌剧时非常热心,他的音乐想象力往往很远地超过歌剧文词作者的工作(文词作者罗净男爵是一个没有天才的诗人,强要和格林卡合作)。咏叹调或合唱曲的文词还没有准备好,音乐早已完成了!

这歌剧第一次演出是在一八三六年十一月二十七日。对于格林卡这创作的意见有种种:惯听外来的意大利歌者的甜美歌声的贵族阶级听众,认为这音乐是粗野的、“平民的”,因为这里面可以分明地听到俄罗斯民间歌曲和俄罗斯民间土语的音调。“这是为马车夫作的管乐”,这班“爱好者”中有一人对于格林卡的歌剧这样傲慢地批评。

但是真正的爱好者和艺术鉴赏家立刻觉得:格林卡这歌剧在俄罗斯音乐和世界音乐的历史上展开了新的一页。《苏萨宁》第一次上演的时候,普希金、茹科夫斯基、维亚捷姆斯基及其他进步的俄罗斯文学家都到

场，他们都热烈地向这位作者致敬。后来齐集于友谊的宴会上时，他们为庆祝格林卡而作一首愉快的祝贺的歌。在这歌的开玩笑的词句中，表现着完全不是玩笑的赞颂和骄傲：

俄罗斯合唱队狂欢地歌唱吧，
出现一种新花样了！
欢乐吧，俄罗斯！我们的格林卡
已经不是"格林卡"，而是瓷器了！[1]

庆祝俄罗斯第一部古典歌剧的这首歌是这样开始的。

*　　　*　　　*

当我们正在回忆格林卡第一部歌剧的创作历史的时候，管弦乐团的地方齐集了演奏者们，指挥者出场了。他举起指挥棒来，剧院里就肃静。指挥棒挥动，音乐就开始演奏了。

幕还没有开，歌剧还没有开演。然而管弦乐团的音乐表现出歌剧的基本情趣，教我们准备看戏。歌剧的管弦乐序奏（序曲[2]）的使命就在于此。序曲常常与歌剧的内容和性质相符合。倘内容悲哀的歌剧用了愉快的序曲，或者相反，喜剧性的歌剧用了悲哀的序曲，那就完全荒谬。

序曲与歌剧的联系，往往不但是音乐性质的共通性而已，还有更密切的联系。序曲中奏出歌剧中表示主角特性而在剧情发展最主要的时

---

〔1〕俄语"格林卡"（глинка）是"黏土"之意。这里是利用姓氏的意义来说玩笑。——译者注

〔2〕увертюра（序曲）这词出自法语，意思是指揭开，即揭开剧情的音乐。序曲也可成为独立的音乐作品。

候出现的旋律。这时候,序曲仿佛是预告歌剧内容的音乐缩图。

《伊凡·苏萨宁》的序曲是怎样的呢?

它不是歌剧的正确的"摘要",旋律(或者音乐家们称之为音乐主题)在序曲中出现,并不依照歌剧中的次序。作曲家在这里并不是顺次叙述事件,而是表现他自己对事件的态度,渐渐地也把听者引导到剧的气氛中去。我们还不知道歌剧的内容,不知道这些主题来自何处;但是听了序曲,已经能够说出,它是展开着一种戏剧,在这戏剧里将有许多令人激动的戏剧性事件。从序曲的开头,我们立刻就听出这是俄罗斯音乐,这是用俄罗斯题材写成的,是俄罗斯作曲家写的。

当我们知道了歌剧而听序曲的时候,我们还可研究:格林卡是如何获得这样的印象的。

在序曲的全部进行中,对照着性质相反的音乐主题:这显著地造成了戏剧性的和紧张的印象。序曲的开始是管弦乐的庄严而响亮的"呼声"。待开幕后,我们会听见赞颂祖国的大合唱也用同样的呼声开始。可知关联于祖国的形象的音乐主题,是这序曲的第一个主要的思想。

不知道歌剧内容,也能猜到这主题的意义——序曲开始的声调很接近于俄罗斯歌曲的声调。庄严的声音,表明这主题是祖国俄罗斯的伟大形象的象征。但在这开头的庄严的呼声之后,我们听见双簧管吹出一个悲哀的旋律——也是俄罗斯民歌气氛的。它仿佛在述说祖国和俄罗斯人民所曾经身受过的悲痛的日子。在歌剧中,这主题最后奏出,即苏萨宁的家属痛悼他的死亡的时候。就这样,从两种极端相反的——庄严的和悲哀的——音乐形象的对照中,发展出序曲的缓慢的开头乐章来。

它的快速乐章中,也含有明显的对照。第一个正主题充满着惊慌和不安。这是第三幕最后一场的主题,即苏萨宁的同村人要去救他出来时的主题。在序曲中,这主题还没有和词句及具体的舞台情况相结合,它具有更广大的意义。这是我国在那遥远的过去年月中所经历的惊慌与动乱的音乐表现。以后响出序曲快速乐章的副主题,它仿佛是对于和平幸福的生活的回忆(在歌剧中,便是瓦尼亚的歌,瓦尼亚是苏萨宁所抚养的一个孤儿)。

在序曲的末了出现一个新主题,这主题说出谁是一切惊慌和苦痛的制造者。这个阴惨而森严的主题——敌人侵袭的音乐形象——用波兰舞曲"马祖卡"的节奏写成,这不是偶然的。因为歌剧中表现着波兰地主侵占我们的土地。但序曲的结束威严而胜利。俄罗斯人民是不可战胜的!它仿佛对听者这样说。

格林卡这样简洁明了地在序曲中表现出了歌剧的基本观念,这正是一个观念,而不是事件发生的正确顺序。

像《苏萨宁》的序曲一样表现歌剧的基本观念的序曲,在古典歌剧中是常有的。格林卡的《路斯兰与琉德米拉》的序曲、里姆斯基-科萨科夫的《普斯科夫姑娘》的序曲、比才的《卡尔门》的序曲,都是如此的。

但有时作曲家不作序曲,而作一个短短的序奏,在这序奏里奏出一个主题,一种音乐形象。柴科夫斯基的《欧根·奥涅金》的序奏便是这样的,其中描写女主角塔佳娜的一幅特殊的"音乐肖像"。里姆斯基-科萨科夫的《萨特科》的序奏也是这样的,其中描写"青色的海洋"。

我们忘记了我们的想象的看歌剧了,赶快看吧,幕开了。舞台上有一群人:歌剧的开始是一个赞颂祖国、赞颂俄罗斯大地的庄严的大合唱。

这样的合唱,在格林卡的时代,显得多么不平凡,它完全不像普通歌剧所有的合唱!这样的合唱曲,只有从小听惯俄罗斯歌曲的作曲家才能写出。格林卡作《苏萨宁》,其目的在于写作关于俄罗斯人民、俄罗斯人的歌剧。所以他的歌剧从这主要部分开始,即以广大民众的场面开始,在其中表现出俄罗斯人民对祖国的爱。

我的祖国,
俄罗斯国土!

领唱者这样开始,然后合唱团便接唱一个像俄罗斯河流一样宽广的旋律。后来,在这歌声的洋溢的河流中,好像一条愉快的小溪似的,流进一个女声合唱的响亮的旋律来。

格林卡这合唱曲的旋律,明朗而简朴,同俄罗斯民歌的曲调相似。他那样熟练地,那样自由地把人声编成奇妙的音乐纹样!许多声部仿佛在那里互相追逐:一个领唱的声音才开始唱出,另一个声音没有等它唱完一句就加入。这些声音全部融合为一个和谐而有力的声音。

开场的合唱结束了,接着又响出一个旋律来,这旋律的每一句都表示出俄罗斯的特性。这是安托尼达——苏萨宁的年轻的女儿——所唱的。她正在等候她的为祖国赴战的未婚夫。这个悲哀的、充满期待的苦闷的旋律广泛地弥漫着,类似那悠长的俄罗斯歌曲。但在这少女的年轻的心中,悲哀与希望并存着:音乐忽然活泼、优美、愉快起来,甚至兴奋起来——安托尼达在幻想未婚夫的归来,幻想幸福的结婚日。安托尼达用欢乐的、像莺啭那样响亮的、变化多样的歌声来结束了她的咏叹调。

什么叫做**咏叹调**?这个名词,你大概在收音机里和演奏会上听到过不少次数了。让我们来给它下一个正确的定义。

aria(咏叹调)这名词是外来语,是意语和法语。它的意义很简单:aria 就是歌曲、曲调。但在音乐中,并不把所有的歌曲称为咏叹调,只有歌剧中某一主角所唱的歌曲被称为咏叹调。古典歌剧中的咏叹调比普通的歌曲复杂得多,虽然在歌剧艺术初生时的咏叹调往往只是简单的反复歌。

歌剧中的咏叹调,相当于戏剧中的独白。它表现主角的感情,它描写主角的特性,描出主角的“肖像”。咏叹调具有完整的音乐形式,所以可以把它从歌剧中取出来单独演唱。当你在演奏会中听到歌剧的咏叹调时,你可以很清楚地想象它所描写的主角的特性。

就事实上说,刚才我们所讲的安托尼达的咏叹调,难道不是展示出她的特性的吗?当你听到这咏叹调的时候,你就明白知道:你现在第一次看到的这位女主角,是一个年青的、纯朴的、乐天的、充满着对于幸福的未来的希望的人。听了咏叹调的开头,即使你不知道歌剧的题材和作者的姓名,你也能听出唱歌的是一个俄罗斯少女。而在开头的时候,关于安托尼达你不需要知道更多的事。她的性格的其他特点将在以后的剧情发展中展示出来。

咏叹调是歌剧的最重要的组成部分之一。但是歌剧的剧情不能仅用许多完整的咏叹调交互轮流地表现,这好比戏剧的剧情不能仅建立在独白上一样。

当登场人物正在行动——互相生动地交际、谈话、争论、冲突——的时候,就不需要那种音乐的完整性和形式的均齐性,像在咏叹调中所十分适合的那样。若用那样性质的音乐,反而会与剧情的发展相抵触,会妨碍它。在这时候,音乐的处理要自由得多:主角的个别词句和合唱的呼声及管弦乐的插曲交互轮流地响出。

安托尼达的咏叹调以后,音乐戏剧性的剧情正是这样发展的。她的父亲——歌剧的主要的主角——苏萨宁出现了。“想什么结婚!不会有结婚!”他对女儿这样说。这以后便是苏萨宁和民众的一场,这一场的组成,好像是一个歌人和合唱团的对话。苏萨宁说,敌人威胁莫斯科了。

格林卡不在歌剧的开头替这位主要的主角作咏叹调,然而在苏萨宁最初所唱的几句中,音乐描绘着他的性格。他对安托尼达说的开头几句话的旋律,是由格林卡从民歌中取来的。这是这歌剧中极少有的“歌曲引用句”之一。格林卡在《苏萨宁》中绝不整首地利用民歌。然而开头的几句确定着苏萨宁的乐语的全部特性——镇定的、确信的、不慌不忙的。这是一位诚朴的、坚毅的、强有力的俄罗斯人的语言。

在讲歌曲和浪漫曲的一章里,我们曾经说过:歌曲中有时插入谈话的声调。在歌剧中,这种“朗诵式”的唱歌比歌曲中用得更多。它们原是歌剧中产生出来的,也就成了这种音乐体裁的特征。朗诵式的唱歌是模仿谈话的声调,所以普通称之为宣叙调[1]。

宣叙调被广泛地应用在歌剧的对话中。前面已经说过的苏萨宁和合唱的一场里苏萨宁的音部,是接近于宣叙调的。苏萨宁和索比宁(安托尼达的未婚夫)相会的一场也是用宣叙调开始的(即在桨手们合唱之后)。

但在格林卡的宣叙调中,总是唱比朗诵更多,因此宣叙的场面很自然地融合到咏叹调中、合唱中、一般的旋律性插曲中。

这样,我们已经认识了歌剧的四种组成部分:序曲、合唱曲、咏叹调、宣叙调。在这里我们看到和戏剧作品有很多共通点:咏叹调相当于独白,宣叙的场面相当于对白,合唱相当于群众场面。只有序曲——管弦乐的序奏——在戏剧中没有相似的东西。

---

[1] “宣叙调”,译自意大利语 recitativo,意即“朗诵”。

但是还有一种形式，也是歌剧艺术所特有的。这便是重唱，即几个登场人物一同唱歌。我们在格林卡这歌剧第一幕的末了，可以听见美丽的重唱——安托尼达、索比宁和苏萨宁的三重唱[1]《不要使人难受，亲爱的》。这重唱出现在会见索比宁的一场之后，即在他报告了俄罗斯军队的胜利以后。索比宁知道了未婚妻的父亲要延迟他们的婚期，就去说服他，劝他取消这决定。这三重唱由索比宁开始，其动人的旋律表示着亲切的请求。安托尼达用同一旋律加入他的唱歌，最后，苏萨宁的声音也加入了这重唱。苏萨宁安慰索比宁，允诺不把女儿嫁给别人——他这音部的音乐在这时候比歌词的意义更为丰富。他唱着索比宁和安托尼达所唱的同一旋律，这旋律表示：他和女儿及女儿的未婚夫一样地希望而期待着他们的幸福。我们从音乐中可以比从唱词中更多地知道苏萨宁是一个可爱的慈父。

由此可知，需要表现各主角心情一致的时候，用重唱最为适当。

这样的重唱，我们在《伊凡·苏萨宁》的最后一幕中也可遇到，即死去的英雄的家属哀悼他的时候(即三重唱《唉，不是我这可怜人》，其主题你在序曲中听到过)。

但是也有完全不同的另一种重唱，即表现不同的感情的冲突的。在这点上，歌剧和戏剧不同：在戏剧中，不能在同一时候用话来表现出各个不同的主角的不同的感情，而只能轮流地用对白来表出。

倘你听过柴科夫斯基的《欧根·奥涅金》，你大约记得它的开头：塔佳娜、奥尔格、拉莉娜和乳母的四重唱。塔佳娜和奥尔格唱抒情的浪漫

---

[1] “三重唱”，是三个人的重唱；“二重唱”，是两个人的重唱；“四重唱”，是四个人的重唱；“五重唱”，是五个人的重唱。更多声部的重唱较少有。

曲《你听见过么?》,而拉莉娜和乳母在这时候回忆着遥远的青春。这四重唱好像分作了两个二重唱而同时唱出:两个少女和两个老妇人由不同的音乐技法表出了其特性。

里姆斯基-科萨科夫的《沙皇的未婚妻》的第一幕中有更复杂的三重唱(琉巴莎、格里亚兹诺伊、波美里)。这里表现琉巴莎和格里亚兹诺伊的心情的不协和。第三个登场人物——伪善而狡猾的医生波美里——也有他所特有的、富有表现力的性格表出在这三重唱中。

唱歌——咏叹调中的、宣叙调中的、重唱中的、合唱中的——是组成歌剧的基础的东西。但舞蹈和芭蕾舞也常常在歌剧中占有重要的地位。格林卡作《伊凡·苏萨宁》的时候,正是芭蕾舞盛行的时候。俄罗斯舞台上有优秀的舞蹈家演出,并上演美丽的芭蕾舞剧。在歌剧中,芭蕾舞也占有很重大的地位。但在俄罗斯舞台上演出的法国的和意大利的歌剧中,舞蹈只是一种美丽悦目的观赏的东西,和歌剧的剧情很少有联系。没有它们,剧情也不会受到损失。

格林卡在他的歌剧中应用舞蹈,和他同时代的大部分作曲家的用法不同。格林卡的舞蹈音乐,同声乐一样鲜明地表现出歌剧的登场人物和舞台上所演出的一切情节的特性。舞蹈在第二幕中占有重大的地位,这第二幕的作法是和第一幕完全不同的。

第一幕所描写的是俄罗斯的乡村,纯朴的、俭约的农家生活。第二幕所描写的是豪富的波兰大地主城堡中的华丽的庆祝日的光景。一对对的衣服华丽的人跳着庄严的"波洛内兹"舞,旋风似的、活跃地跳着热烈的马祖卡舞和愉快的"克拉科符雅克"舞。他们在预先准备庆祝对俄罗斯人的胜利。

在庆祝日的场面中,格林卡是非用舞蹈音乐不可的——舞蹈音乐在这里是必要的。但格林卡在这歌剧的其他地方也采用舞曲的节奏。波洛内兹的节奏,尤其是马祖卡的节奏,随伴着波兰人的每一次出场,变成了他们经常的音乐特征。马祖卡在第三幕中也响出,即在敌人的队伍侵犯苏萨宁家的时候;在第四幕中也响出,即在苏萨宁引诱敌人步进致命的森林中去的最著名的一场中。但马祖卡的性质在这一场中完全变更了:曲中所表现的不复是骄傲的自信,而是狼狈、恐怖和死亡的预感。

由此可知,舞蹈和舞蹈音乐,也可以和咏叹调、重唱、合唱同样地成为歌剧的必要部分、富有表现力的部分。

你现在知道了:作曲家在歌剧中拥有的表现技法的范围何等广大。而歌剧——音乐和戏剧的结合——之所以成为最流行的音乐体裁之一,确非偶然。每个人都容易理解歌剧音乐;因为歌词和剧情帮助它,而音乐无限地增强着由戏剧所得的印象。因这原故,现实主义的作曲家为欲和人民联系,常常创作歌剧。

伟大的俄罗斯作曲家柴科夫斯基关于歌剧有这样的话:“……歌剧,只有歌剧,使你接近人们,使你的音乐和真正的大众结合,使你成为不但是个别小团体的财产,而在良好的条件之下成为全体人民的财产。”

正因为俄罗斯作曲家把歌剧看作一种接近大众的艺术,俄罗斯古典歌剧才能成为“世界上最好的歌剧,成为广大人民阶层所喜爱和理解的音乐形式”[1]。在一九四八年二月十日联共(布)中央关于穆拉杰里的歌剧《伟大的友谊》的历史性决议中,给古典歌剧以这样的名称。这决议坚决地、公正地叱责了音乐中反人民的、形式主义的倾向,而给苏维

〔1〕 见《苏联文学艺术问题》,人民文学出版社,第一二六页。——译者注

埃音乐艺术指出了一条唯一正确的道路——人民性和现实主义的道路。

过去的艺术家所只能梦想的、艺术发展的优良条件,现在苏维埃人民已经给造成了。古典歌剧和苏维埃歌剧在我国的许多剧院里演出,全体人民听赏它们,珍视它们。在苏维埃音乐家面前,摆着一个光荣而崇高的任务——创作值得人民观赏的歌剧,创作值得称为真正的苏维埃典型歌剧的歌剧。

第七章

音乐和舞蹈——人民如何创造他们舞蹈中的动作和音乐——俄罗斯舞蹈和轮舞——果戈理关于民间舞蹈所说的话——马祖卡、波尔卡、华尔兹是从哪里来的——芭蕾舞是什么——演奏会音乐中的舞曲

歌剧并不是唯一的一种音乐剧艺术。还有别种音乐剧艺术，这就是芭蕾舞剧。在芭蕾舞剧中，全部剧情都建立在舞蹈和有表情的动作上。但在叙述芭蕾舞剧之前，要先来谈一谈一般的舞蹈音乐，谈一谈它所能表现的是什么。

在古代,歌曲、舞蹈和游戏是互相分不开的。唱歌者同时又是舞蹈者,或竟是演员。他们的合旋律而有节奏的动作,常常是描写歌曲中所说的情况的。例如,倘歌曲中所说的是农人的劳动,则唱歌者的动作便描写这种劳动:播种、收获谷物、打谷等。直到现今,这种随伴歌曲的游戏和舞蹈还保存在许多民族中。它们也存在于俄罗斯人民的日常生活中。

轮舞歌曲《妈妈,教我怎样种白亚麻》中叙述,母亲如何教女儿们播种并培植亚麻。参加轮舞的女人之中,一人站在中央,扮演母亲,其余的人扮演女儿。女儿中的一人唱道:

我的妈妈呀,
亲爱的妈妈呀,
教我怎样种白亚麻。

母亲回答时做给她看,怎样种亚麻,女儿们都模仿她的动作。这时候所有跳轮舞的人大家作舞蹈步伐而唱愉快的伴唱部:

这样,那样,
这样,那样。
亚麻种在路旁,
亚麻种在大路旁,
密密地同羽毛一样,
长长地同纤维一样。

在这游戏歌曲的以后几首歌词中，描写种亚麻的以后的工作：母亲做给她们看，怎样替亚麻除草，怎样收取亚麻，怎样揉亚麻、梳亚麻。

这样，劳动的动作就变成了美观的轮舞的舞蹈游戏。从劳动的动作中产生的舞蹈，在一切民族中都有。但它们各不相同，像生活条件和劳动条件的各不相同一样。在俄罗斯的轮舞中描摹播种亚麻，培植亚麻；在乌兹别克舞蹈中则可以看到模仿棉花收获者的动作；在北方民族的舞蹈中往往描摹猎人追踪野兽。每一民族都在自己的舞蹈中表现他们所最接近的、最熟悉的东西。

在民间舞蹈中，其动作不但很美丽，又很有意义，这些动作常常联系人民生活的各方面，独特地反映这生活。因此，民间舞蹈的音乐也常常是有意义而富有表情的，它不但给舞蹈者的动作以节奏的支点，又表现出舞蹈本身的性质。竟可以说：音乐是向舞蹈者“暗示”他们的动作的。

例如，我们拿俄罗斯女郎的轮舞的音乐来同也是俄罗斯的舞蹈《特列巴克》的音乐比较一下。轮舞的特色是动作柔和而平稳，女郎们仿佛是在地上浮行，两脚的动作是看不出的。女郎的轮舞有时连成一个大圆圈，有时分散成为几个小圆圈，蜿蜒进行，编成八人组或其他形式。这一切都做得很柔和而优美，没有任何剧烈的动作。轮舞歌曲的音乐当然也是平稳而悠闲的。例如轮舞歌曲《啊，田野里有一株小菩提树》，即里姆斯基-科萨科夫所取入在他的歌剧《雪娘》中的，便是这样的。

特列巴克的性质就完全不同。这是一种勇敢的、热情的舞蹈：每一个舞蹈者顺次地用不知疲倦的“曲膝舞”动作和令人晕眩的“风车舞”来企图凌驾别人，他们所想出来的动作越来越困难，越来越复杂。特瓦尔多夫斯基的诗篇《华西里·捷尔金》的“手风琴”一章中，很好地描写着这

种舞蹈,叙述着战士们在前线路上的舞蹈:

舞蹈者一对对地
突然冲过去跳舞。
呼吸着冷的水气,
密密的圆阵很暖和。

一个汽车司机走出到中央,他是最不知疲倦的舞蹈者:

来了,来参加舞蹈,
跺着脚,威势好,
想出些新花样来,
说不出的微妙。
好像在村舍里开庆祝晚会。
地板踏得吱吱叫,
滑稽谈,乡土谣,
天花乱坠说不了。
一句玩笑跟着一句玩笑:
唉,可惜脚步声不高,
喂喂,朋友们,
脚步声要打得高才妙,
如果忽然变成了
铺砌的圆场,多么好!
最好把毡靴脱掉,

在后跟上把马蹄铁装牢，
然后使劲地敲，
立刻把后跟踏破完了！

这种舞蹈中的音乐，当然不可能是平稳的，这仿佛是用它的清楚而细碎的节奏来鼓动舞蹈者们。

每一种民族的歌曲中，每一种民族的舞蹈中，以及每一种民族的舞蹈音乐中，都表现着民族性的各种特点。因此，作曲家常常利用民间舞曲旋律，他们在其中看出人民的生活和特性的表现。他们更常常自己创作民间音乐风的舞曲旋律。

民间舞蹈在歌剧中占有重要的地位。这是当然的，因为在歌剧中描写人民的日常生活的时候，不能避去民间节日、仪式和习俗的描写，这就是说，也不能避去民间的舞蹈、游戏和轮舞。这种场面，差不多在每一个俄罗斯歌剧中都有。

在里姆斯基-科萨科夫的歌剧中，我们所看到的特别多。他在他的歌剧《雪娘》中，取用了古代俄罗斯的仪式的游戏歌曲——《啊，田野里有一株小菩提树》《我们播种了粟子》和飘泊乐师的愉快的舞蹈；在《萨特科》中，在《萨旦王的故事》中，在其他的歌剧中，我们也可看到民间风的舞曲旋律。

在为管弦乐或个别乐器而作的音乐中，常常可以听到民间舞曲的旋律（或作曲者所作的民间风的旋律）。俄罗斯古典作曲家的许多作品，都可作为例子。柴科夫斯基在他的《第四交响曲》的终曲里，广泛地采用着经他修改过的俄罗斯舞蹈歌曲《田野里有一株小白桦》的旋律，为的是要描出人民的欢乐的生动情景。

在我们的音乐日常生活中,我们所遇到的不仅是俄罗斯民间所形成的舞蹈和舞蹈音乐。在我国,又广泛地流行着苏联其他民族的舞蹈:乌克兰的戈巴克、高加索的列兹更卡,还有其他民族和其他国家的舞蹈。大家都知道的波尔卡是从捷克斯洛伐克来的,马祖卡是从波兰来的。现今各国都表演着的华尔兹,是从奥地利、波希米亚、德意志的民间舞蹈中产生出来的。

伟大的俄罗斯作家果戈理很精细地看出了各民族的舞蹈在性质上的差异,他用生活和民族性的特点来正确地说明它们。

"请看,"果戈理说,"世界上每一个角落里都有民间舞蹈:西班牙人舞蹈不像瑞士人或苏格兰人,不像德尼尔斯[1]的德国人;俄罗斯人舞蹈不像法国人,不像亚洲人。甚至在同一国家的各省中,舞蹈也有变化。北俄罗斯人舞蹈不像小俄罗斯人,不像南方的斯拉夫人,不像波兰人,不像芬兰人:一种舞蹈是表情丰富的,另一种舞蹈是冷静的;一种是热狂的、放荡的,另一种是安闲的;一种是紧张的、沉重的,另一种是轻快的、飘逸的。舞蹈的各式各样的差别是从哪里产生的呢？它们是从民族的特性、生活和工作方式中产生出来的。度着骄傲的战斗生活的民族,就把这骄傲反映在他们的舞蹈中;逍遥自在而爱好自由的民族,也把这种无限制的自由意志和诗趣的忘我精神反映在舞蹈中;气候炎热的地方的民族,也把这种逸乐、热情和羡慕保留在自己的民族舞蹈中。"

俄罗斯作曲家们都赞同果戈理对民间舞蹈的见解。他们描写别的

[1] 德尼尔斯是十七世纪法兰达斯的艺术家,他常常在自己的绘画中描写小宴会的情景和民间舞蹈等。

国家或别的民族的生活情景的时候，力求尽可能描写得真实。因此他们用心研究民间音乐，尤其是舞蹈音乐，并广泛地应用有特色的舞蹈节奏。我们已经知道：格林卡在他的《伊凡·苏萨宁》中，为了描写波兰人的性格而采用了波兰民族舞曲——马祖卡、波洛内兹、克拉科符雅克——的节奏。当他旅行到西班牙的时候，他很感兴趣地倾听霍塔、赛格其里亚和其他西班牙民间舞曲的极多样的旋律和节奏。为了要充分了解西班牙舞曲旋律的特性，格林卡竟亲自学习民间舞蹈。格林卡在给他母亲的信中写道："在格拉那达盛行的曲调和舞蹈，叫做'方丹戈'。先由六弦琴开始，然后，差不多每一个在场的人都顺次地唱自己的一首歌，同时成对地或成两对地拿着响板舞蹈。这音乐和舞蹈非常奇特，我直到现在还不能完全懂得它的曲调，因为每一个人所唱各不相同。为了要充分理解它，我一星期学习三次……向此地一位头等的舞蹈教师学习，用手和脚来练习动作。您听了这话，也许会觉得奇怪，但在这里，音乐和舞蹈是分不开的。"格林卡在西班牙所记录的民间歌曲和民间舞曲的旋律，后来被他加以修改而采用在两个西班牙序曲中(《阿拉贡尼亚的霍塔》和《马德里之夜》)。

舞蹈音乐中可表现出何等深刻而确实的音乐特性，我们在鲍罗丁的歌剧《伊戈尔王》中有名的"波洛维茨舞蹈"的例子里也可看到。这音乐起初是懒洋洋的，缓慢的；后来变成不可遏止的旋风似的进行，描写出在极度狂欢的舞蹈中竞赛敏捷和勇敢的草原波洛维茨游牧民的节日的生动情景。

各国的古典作曲家，常常采用自己的民间舞蹈音乐。波兰最流行的舞曲是马祖卡(这名称是从马左维亚——波兰的一个省份——得来的)。伟大的波兰作曲家萧邦为钢琴作了各种各样的许多马祖卡。马祖卡是一种快速而热烈的舞蹈,舞蹈者可在这舞蹈中显示出自己的全部气质和动作的敏捷与迅速。作马祖卡舞蹈时,须用脚跟的特殊的踏法。[1] 请回想普希金怎样描写拉林家的跳舞会中的马祖卡:

马祖卡响出了。
每逢马祖卡雷鸣一般响出的时候,
大厅里一切都战栗,
地板在脚跟底下吱吱地叫,
窗框子都颤抖而震响……

除这种热烈的、跳舞会用的马祖卡之外,我们又在萧邦的马祖卡中看到完全不同的另一些。在大部分这些马祖卡中,我们仿佛听见乡村的小型管弦乐合奏的声音。几个音乐家用心地演奏着一个不很复杂的旋律,青年们热烈地跳舞,老人们看着他们的儿子和孙子,回想着自己的青春时代。这种情景,是萧邦青年时代在波兰的乡村和郊外常常看到的,他爱好它们,把它们采纳在自己的音乐中。而在有几个马祖卡中,音乐很柔和,带有抒情性,仿佛是从远处飘来的——这已经不是节日的情景,而是蒙着悲哀的烟雾的、关于往事和遥远的青春时代的欢乐日子的回忆了。萧邦采入在波兰民间舞曲形式中的内容,就是这样多种多样的。

捷克人所欢喜的舞曲是波尔卡——一种迅速、热烈而愉快的舞

[1] 由此产生马祖卡节奏的特色,即在三拍子的第二拍弱拍上出现附加的重音。

曲。[1] 捷克的古典作曲家在各种各样的作品中屡次采用到波尔卡的节奏。在斯美塔那的歌剧《买卖婚姻》中，捷克的农民跳波尔卡舞。现代捷克作曲家华茨拉夫・多比阿希在他的合唱和管弦乐用的声乐大曲《建设祖国一巩固和平》中，独特地应用了这舞曲的节奏。这作品是赞颂捷克斯洛伐克自由人民的和平而欢乐的劳动的。这作品曾经获得国际奖——金质和平奖章。

作曲家如何怀着爱和灵感而改作民间舞曲，这种实例可举的还多得很。

在芭蕾舞剧中，更广泛更充分地展开着舞蹈音乐的富源。芭蕾舞剧是音乐、舞蹈和剧情相结合的一种体裁。在芭蕾舞剧中，同在一切为舞台表演而作的作品中一样，常常有剧情和主题。芭蕾舞剧的主角们不是单纯地表演美丽的舞蹈，他们有生活，有行动，有欢乐，有苦痛。不过他们的行动和感情并不像戏剧一样用言语来表现，也不像歌剧一样由唱歌来表现，而是由舞蹈和富有表情的动作来表现的。

芭蕾舞剧这种体裁源于古代。最初尝试结合舞蹈和戏剧表演的，还在古代希腊和罗马。在文艺复兴时代，芭蕾舞剧的表演在意大利和法国是宫廷祝典中不可缺少的部分。在俄国，最初的芭蕾舞剧演出于十七世纪末沙皇时代的“喜剧院”中——当时是这样称呼宫廷剧院的。

我们祖国一向以卓越的男舞蹈家和女舞蹈家著名。在十九世纪初，俄罗斯舞台上曾经有天才的女舞蹈家放着异彩，其中大多数是普通的农家女子、农奴或农奴的女儿。她们用生动的表情和真挚的优美来表演的舞蹈，凌驾了外国芭蕾舞蹈家的华丽的艺术。普希金所称赞的正是俄罗

[1] “波尔卡”，是两拍子的快速舞曲。

斯女舞蹈家们的舞蹈的富有表情和“生气蓬勃”,他写道:

我将会看到俄罗斯的德尔普西可拉[1]的
充满感情的飞跃么?

当时有名的俄罗斯女舞蹈家之一——伊斯托米娜——的肖像,被普希金速写在《欧根·奥涅金》的几节诗中:

华丽而轻盈,
顺从着魔法的琴声,
周围环绕着女副神们,
伊斯托米娜在中央站定;
她的一只脚碰着地板,
另一只脚慢慢地旋转,
忽然跳起来,忽然飞翔起来,
像埃奥尔[2]口中吹出的毫毛一般;
有时把身子蜷曲,有时又舒展,
两脚踏得真快。

你们都知道,舞蹈音乐在歌剧中占有何等重要的地位。俄罗斯歌剧中的芭蕾舞场面,是俄罗斯古典芭蕾舞剧诞生的准备。俄罗斯古典

〔1〕 德尔普西可拉(Terpsichora),是希腊神话中的歌舞女神。
〔2〕 埃奥尔(Aioles),是希腊神话中的风神。

芭蕾舞剧的创造者是柴科夫斯基，他是三个优秀芭蕾舞剧——《天鹅湖》《睡美人》和《胡桃夹》——的作者。

这三个芭蕾舞剧的题材都是神话的，粗粗一看，柴科夫斯基在这方面是遵循芭蕾舞剧体裁向来所规定的习惯的。给舞台装饰者和舞台布景者(芭蕾舞剧导演者)的幻想以广大余地的神话性芭蕾舞剧，在普希金时代早已盛行。但是柴科夫斯基的神话芭蕾舞剧不仅是用引人入胜的题材和美丽的舞蹈来使人赏心悦目而已。这些芭蕾舞剧就同柴科夫斯基的歌剧一样，充满着深刻的真实性。音乐中所描写的、神话的主角，都同具有一切丰富的人类感情的真的人一样。

柴科夫斯基的芭蕾舞剧的这种特色，后来在俄罗斯芭蕾舞剧中一直继续存在，直到我们现代的芭蕾舞剧。苏维埃作曲家在他们的芭蕾舞剧创作中找求巨大而富有意义的主题，他们把俄罗斯文学和世界文学的古典作家的作品采用作为题材的基础。例如作曲家阿萨菲耶夫用普希金的诗《巴赫契萨拉伊喷泉》和《高加索囚徒》为题材来写作芭蕾舞剧，作曲家普罗科菲耶夫用莎士比亚的悲剧《罗密欧与朱丽叶》为题材来写作芭蕾舞剧。这些芭蕾舞剧中的音乐，真实地展开了主角的感情，使舞蹈者的表情动作获得根据。

但我们的话要回复到柴科夫斯基的芭蕾舞剧上，他的最后一个芭蕾舞剧《胡桃夹》是用德国作家果夫曼的儿童故事为题材而写的。这题材很简单，这是女孩子玛莎在节日晚上环绕着枞树作了愉快的游戏舞蹈之后所做的一个神奇的梦。这女孩子在枞树节上得到了礼物，是一件有趣的玩具——胡桃夹。这是一个木制的小人，这小木头人的颚由于特殊的机构的帮助，能够打开胡桃。胡桃夹的样子很丑，但玛莎很欢喜他那和善的笑脸。玛莎的弟弟想教这木头人打开太大的胡桃来，因此把这玩具弄破了,玛莎很伤心。这木头人胡桃夹便是玛莎梦境中的主角。

女孩子梦见:玩具都活了,玩具兵在胡桃夹的领导之下和鼠王的军队进行激战。全靠玛莎帮助他,把一只小靴子投到老鼠军队的中央,否则胡桃夹要失败了。这么一来,蛊惑胡桃夹的妖法被解除了,丑陋的木头人变成了一个美貌的王子。玛莎和胡桃夹一同穿过了冬天的积雪的树林,来到仙国。他们在那里找到了无数的糖果和玩具,这么多的糖果和玩具只有在梦中和神话中才会有。这仙国中所有的居民都欢迎胡桃夹王子和从凶恶的老鼠王那里救他出来的勇敢的玛莎。

柴科夫斯基为儿童写作音乐,不止这一次。他很欢喜他的年幼的听众,他用尽才能和技术来为儿童创作音乐。芭蕾舞剧《胡桃夹》可说是柴科夫斯基所作此种作品中最优秀的一个。不但儿童,成人也都满意地听赏和观赏这作品。

什么东西使得柴科斯夫基欢喜这个关于胡桃夹的儿童故事呢?我们只要仔细一想这故事的题材的意义,便容易回答这问题。关于胡桃夹的故事告诉我们:勇敢和忘我精神能使人美丽;真正的忠实的朋友能在患难中救出自己的朋友,不怕危险。柴科夫斯基的音乐,特别是这芭蕾舞剧的终曲,洋溢着光明而欢乐的气氛,仿佛是赞美玛莎和胡桃夹的忠实而忘我的友谊。

柴科夫斯基同一切优秀的故事作者一样,把他这关于幻想事件的叙述表现得很“认真”,仿佛这一切都是的确曾经有过的事实。他使得听众热烈地同情于这两位神话的主角。

这女孩子梦中的每一桩奇特的事件,在芭蕾舞剧的音乐中都有生动而鲜明的表现,其中卓越地表达出每一个登场人物的性格和面貌,连暂时出现的角色也如此。例如,在芭蕾舞剧的第一幕中,在枞树节的一场中，两代的客人完全不同地被描摹在音乐中。儿童跳着愉快而热烈的“加洛普”舞，父母们表演着规规矩矩的、古代的“格罗斯法捷尔”舞(“祖父的舞蹈”)。

在芭蕾舞剧第二幕中，柴科夫斯基微妙地用音乐来描写了环绕玛莎和胡桃夹的各种美味食物。要在音乐中描写咖啡、茶或糖果，似乎不是容易的事。但柴科夫斯基的手法简单而微妙，他用他的音乐来提醒听众：茶出产在中国，咖啡出产在阿拉伯，就用中国舞曲和阿拉伯舞曲来描写它们。三个木管乐器——两个单簧管和一个中音双簧管(英国管)——演奏阿拉伯舞曲的倦怠而缓慢的旋律。这些乐器的特殊的音响使人想起东方民间乐器的音乐。在中国舞曲中，木管乐器也占有重要地位，但其表演法由于音乐性质的不同而完全另样。《胡桃夹》中的中国舞曲非常愉快，竟是滑稽的；这也是由乐器的音响特性来强调的：两枝长笛，一大一小(小的即短笛)，在很高的音区上演奏旋律，两枝大管在低音区上伴奏它们。长笛的很高而很尖锐的声音和大管的低而“喃喃”的声音作成强烈的对照，造成了滑稽的效果。柴科夫斯基为了要更正确地表现民族色彩，在这舞曲中加入排钟的声音，这乐器在中国管弦乐合奏中是同别的打乐器一样地广泛应用的。

糖果仙国的主人小仙人德拉瑞的舞蹈中，常常听到钢片琴的旋律声。这乐器的清冷透彻的、融和的声音，用以表现小仙人德拉瑞的仙国里堆山塞海的、像小玻璃片一般晶莹的五彩水果糖的光彩，再适当没有的了。

这芭蕾舞剧中最有名的插曲之一，是《花的华尔兹》。在华尔兹的音乐声中，舞台上出现了几群穿得像花一般的舞蹈者。她们在舞蹈的时候编成了活的“花球”和“花环”。《花的华尔兹》的旋律的丰富和多样，特别使人感到兴趣。这些旋律在各种乐器的声音中一个接着一个出现,越来越美丽,越来越明朗。这华尔兹的主题悠扬而沉郁,由法国号演奏。

《胡桃夹》的音乐,同柴科夫斯基别的芭蕾舞剧的音乐一样,不仅在芭蕾舞剧中演奏,又在音乐会中演奏。作曲家把芭蕾舞剧中最鲜明的插曲取出来,给音乐演奏会用;他把这些插曲依照一定的顺序而布置,编成一种所谓组曲。组曲这个名词,便是顺次的意思。由若干个别的部分组合而成的作品,叫做组曲。组曲的各部分的布置,往往是相邻的两部分性质很不相同,有时竟相反:在缓慢的之后用快速的,在愉快的之后用沉郁的;或者相反。否则这作品会使听者感到单调而乏味。

《胡桃夹》中的组曲也是如此。在组曲开始的"小序曲"之后,继起的是性质、节奏、拍子和音响美丽地互相对照的一系列舞曲。例如,在小仙人德拉瑞的带有仙国风味的幻想舞曲之后,继续的是特列巴克舞曲,这仿佛是柴科夫斯基在乡村的小晚会中偷听来的。这以后是也很明显地相对照的阿拉伯舞曲和中国舞曲。听者仿佛从神奇的国土回到了俄罗斯祖国的乡村里,后来又出发到遥远的国土去。

组曲绝不常常像《胡桃夹》的组曲一样是由另一个作品中挑选出各个插曲来的。作曲者写作组曲,大多作为一个独立的作品。在古代,当这体裁刚刚形成的时候,组曲仅由舞曲组成。在十八世纪的组曲中,一个个的古代舞曲相连接:美奴哀、加佛特、萨拉班达等。在组曲中,舞蹈音乐开始脱离舞蹈,脱离动作,而获得了独立性。组曲中的舞曲,不是为了伴着它跳舞而作的,而是为了在演奏会里听赏而作的,也许只是在想象中描摹出舞蹈的情景。

为演奏会而作的单独的舞曲作品很多。其中华尔兹特别幸运。我们已经说过:这舞曲是从奥地利、捷克、德国的民间舞曲形成的。可知这些国家的作曲家们特别多作华尔兹。在十九世纪前半叶,奥地利作曲家史特劳斯带了他的管弦乐队到各国去演奏,他的华尔兹获得了全世界的声望,史特劳斯的华尔兹到现今也还是常常被演奏的。

华尔兹广泛流行于全欧洲之后,就在每个国家里获得了特殊的、民族性的痕迹。音乐家的灵敏的耳朵会立刻感觉到史特劳斯的奥地利华尔兹、萧邦的波兰华尔兹、德里勃的法国华尔兹和格林卡、柴科夫斯基、格拉祖诺夫等俄罗斯作曲家的华尔兹之间的差别。

在俄罗斯作曲家的创作中,我们所听到的抒情的华尔兹比辉煌的、雄壮的华尔兹更多。格林卡的《幻想华尔兹》的旋律是吟咏风的,差不多和浪漫曲或咏叹调一样。柴科夫斯基的感伤华尔兹或者他的芭蕾舞剧《天鹅湖》中的华尔兹,充满着柔和而沉郁的抒情味。柴科夫斯基的声乐曲中也有华尔兹的节奏。他的浪漫曲《在嘈杂的舞会中》是大家都知道的。华尔兹的节奏在这里是当作描写那女郎的肖像的手段的——这女郎沉郁而好幻想,完全不像她那些回旋地舞蹈着的无忧无虑的女友们。

在俄罗斯音乐中,也有卓越的、辉煌的华尔兹,其中充满着热情和乐观精神。例如格拉祖诺夫的《演奏会华尔兹》便是这样的。

现在我们看到了:舞蹈音乐的领域何等丰富而多样,这种音乐可以陪伴舞蹈,也可以成为充满着生动而鲜明的形象的独立的“听赏音乐”。我们又看到:舞蹈音乐和音乐艺术的别种形式是不可分离的,舞曲的节奏深入在歌剧音乐中,又深入在管弦乐用的演奏会音乐中,或竟深入在浪漫曲中。舞曲的节奏在最复杂的管弦乐曲——交响曲——中也起着相当重要的作用。关于这种音乐艺术体裁,以及管弦乐曲的其他形式,我们将在最后的第八章中叙述。

第八章

交响乐可以表现些什么——交响乐中的歌曲——祖国自然界的情景——交响曲是什么

音乐结合了别的艺术——诗、戏剧——可以作种种表现。但音乐本身也能作种种表现。我们听了大作曲家为管弦乐所作的音乐,可以清楚地想见他们在这些作品中所要说的话,所要表出的情感,所要描出的情景。为管弦乐而作的音乐中,没有歌词来帮助人了解它的意义,因此它较为难于听赏。但是它有别的可能性,这些可能性是歌曲及一般声乐曲中所没有的。所以在歌剧——音乐剧体裁——中,作曲家利用管弦乐,不仅把它和歌曲相结合,又把它当作独立的。你一定记得,管弦乐序曲在歌剧中起何等重要的作用。

为管弦乐而作的音乐,普通称为交响乐——这名词是从希腊文symphonia来的,是和谐、调和的意思。这就是说,在交响乐中有各种乐器的声音联合起来,一同和谐地响出。在我们的时代,交响乐一语具有较狭义的意思,关于这一点现在就接着讲下去。

你已经知道,每一种乐器有它自己的声音的色调(音色),有它所特有的表现力。作曲家把各种乐器联合起来或者对照起来,他利用它们的音色,仿佛画家处理调色板上的颜料一样,有时把它们混合起来,有时把它们对照起来。

器乐的出现比声乐迟,如你所已经知道的,在很长的过程中,它有时随伴歌曲,有时模仿歌曲。即使现今,我们称赞一位音乐家的时候,往往说他的乐器会“唱歌”。在这样的赞辞中,就含有很深的意义,因为人的声音具有最大的音乐表现力。

由此可知器乐与声乐之间,没有截然不可逾越的界限。在大作曲家的交响乐作品中,我们常常可以听见富有表现力的、唱歌似的旋律,我们听见整个管弦乐团在“唱歌”。反之,倘作曲家为管弦乐作曲,而其曲不能“唱歌”,它的音乐主题全无歌味,全无旋律味,我们就难于理解它,而觉得它是一种喧噪的、使人困疲的、非音乐的东西。

伟大的俄罗斯作曲家在他们的交响乐作品中常常直接吸取民间歌曲,即产生具有一切丰富的体裁和形式的音乐艺术的源泉。这种交响乐的第一个古典作品,是格林卡的有名的《卡马林舞曲》。关于这作品,柴科夫斯基曾经说:在它里面,“好像橡树被包含在橡树果实里一样,包含着全部俄罗斯交响乐”。

格林卡在童年时代就热爱俄罗斯民间歌曲。他在童年时代所居住过的斯摩棱斯克省的农人的唱歌中,在他伯父家里的农奴演奏者的管弦乐演奏中,都听到民间歌曲。“我伯父家的管弦乐,在我是最活跃的欢乐的源泉”,格林卡后来在他的《笔记》中这样回忆。“在晚餐的时候,大都演奏俄罗斯歌曲,用两个长笛、两个单簧管、两个法国号和两个大管演奏的,这些悲哀而柔和的、然而为我所充分理解的音乐,使我感到非常的爱好……我幼年时代所听到的这些歌曲,也许是我后来特别多研究俄罗斯民间音乐的第一个原因。”

“研究俄罗斯民间音乐”,尤其是在管弦乐中,在那时候是一个很不容易的创作任务。在这一领域内格林卡实在没有先驱者;俄罗斯交响乐在十九世纪初还是初生时代。格林卡自己也不是马上找到交响乐作曲家的道路的。

格林卡在作第一个歌剧《伊凡·苏萨宁》(一八三四年)以前,作了一曲以俄罗斯歌曲为主题的交响乐序曲。但他自己不满意于这作品,因此没有完成它。[1]

后来格林卡说,他这早年所作的交响曲是“根据德国风作的”。而他那时已经悟到:在俄罗斯作品中,不但主题必须有俄罗斯风而已,主题的全部发展、全部性质、全部乐语的体系,也必须有俄罗斯风。直到一八四八年,当格林卡已经成为一个完全成熟的作曲家的时候,他才重新从事这工作。

有两首民歌,格林卡曾经听过许多次,牵惹了他的注意。这两首民歌便是悠长徐缓的结婚歌《从山外,从山外,从高山外》和舞蹈歌《卡马林

---

〔1〕 这交响乐序曲是由苏维埃作曲家舍巴林完成的。

舞曲》。这两首歌曲的性质很不相同:前者安闲、平稳而壮丽;后者活泼而热烈。但倘用心听赏,你就可发现这结婚歌和舞蹈歌的个别动机中有相似之处。格林卡所选取的这两首歌曲,在这点上特别吸引了他的注意。

结婚歌和舞蹈歌在格林卡看来不仅是美丽的旋律而已。这两首歌曲在他看来(在任何一个俄罗斯人看来都一样),是关联到他从小就熟悉的民间生活的光景的。格林卡常常在乡村里看到结婚仪式:在歌曲和哀歌声中新娘向娘家告别,在歌曲声中解开新娘的发辫,把处女式样改编成已婚妇人式样。歌曲《从山外,从山外,从高山外》便是在引导新娘到新家庭中去的时候所唱的。

格林卡又常常看到人民欢乐的情景——婚礼、节日和集市的情景;他也常常看到俄罗斯舞蹈——平稳的轮舞和急速而热烈的伴着踏步声和口啸声的曲膝舞。格林卡所作的《卡马林舞曲》那样生动而美丽,只有听过真正民间的歌曲,并当作人民生活的一部分而听赏它们的作曲家,才能作出那样的作品。

《卡马林舞曲》中的歌曲应用得非常自由(格林卡称《卡马林舞曲》为幻想曲,并非偶然):歌曲的旋律有全部的,又有个别的、短短的乐句。格林卡并非单纯地把民歌“加工”而改编为管弦乐曲:他是以民间的主题创作了新的、他自己的作品,描写了热闹而狂欢的民间节日的生动而美丽的情景。

格林卡这作品用全体管弦乐的短促而坚决的呼声开始,仿佛是要唤起听者的注意;以后便奏出平稳而从容不迫的歌曲《从山外,从山外,从高山外》:

图14 

你该记得:格林卡在《伊凡·苏萨宁》的合唱中怎样出色地表现了民间演唱的特性;歌曲怎样从领唱移转到合唱,因了附和声部的加入而渐渐地生长,渐渐地扩大起来。现在,在格林卡的交响乐作品中,歌曲的扩展同样地自然而广大。开头是用弦乐器奏同一的曲调(音乐家称之为齐奏),其次是木管乐器接奏同样的旋律,这时候出现了唱歌的附和声部,编成美丽的纹样。而主要的旋律从一乐器移到另一乐器,有时很响,有时仿佛隐避而消逝了。

忽然音乐的性质剧烈地转变了。小提琴把同一音符重复数次,好像在逗引人一般;以后就开始第二个歌曲——急速而热烈的《卡马林舞曲》:仿佛新郎和新娘的祝颂仪式已经完成,而喜筵开始了:

图15 

管弦乐的声音也完全改变了,其中似乎来了新的乐器——就是乡村的音乐家在节日所演奏的乐器。清楚地响出三角琴的弹奏声,芦笛和风笛愉快地奏出颤音。然而乐器其实并没有增添,不过奏法不同了。例如小提琴演奏者有时不用弓拉而改用弹拨(拨弦奏法),以模仿三角琴。

舞蹈歌的声音越来越热闹而愉快,似乎完全忘记了结婚歌的庄严的曲调了。然而实际上它仍在管弦乐中继续响出,只是它"退隐"在附和声部中了。后来,结婚歌重新渐渐地浮出到表面来,然而时间不长久,目的只是要用它的安闲来更明显地衬托出舞蹈歌的无穷尽的欢乐。

格林卡用以作为《卡马林舞曲》的基础的民间歌曲，在这作品中显示了新的光彩。管弦乐所特有的丰富的音色，使这位作曲家能充分地展开这些歌曲的形象，把它们扩展成为整幅的音乐图画。

格林卡的《卡马林舞曲》对于俄罗斯音乐后来的发展，有很大的影响。俄罗斯作曲家在自己的交响乐作品中取用民歌的时候，他们常常以《卡马林舞曲》作模范。在巴拉基列夫的《三个俄罗斯主题的序曲》中、里姆斯基-科萨科夫的同名的作品中、柴科夫斯基的《第四交响曲》的终曲中，这一点都可以清楚地听出。这三部作品都是俄罗斯人民生活的现实的绘画。

俄罗斯作曲家又常描写祖国自然界的形象。这一类的优良音乐作品之一，是穆索尔斯基的《莫斯科河上的黎明》（他的歌剧《霍凡希那》的序奏）。

试想象二百五十年前的旧莫斯科的情景：低小的木造房屋、庭院，有的地方耸立着贵族府第的尖屋顶和教堂的镀金的圆屋顶。它完全不像现代的莫斯科。在首都中央的红场上，只有克里姆林宫的钟楼和围墙，以及伐西里·勃拉仁奈寺院，那时也是我们现在所见的样子。

清晨，克里姆林宫的钟楼和教堂像黑影画一般耸立着，莫斯科河那边的天空刚刚现出朝霞的红带。它渐渐地明亮起来，太阳最初的光线先照在许多钟楼的圆屋顶和贵族府第的尖屋顶上，后来耀目的阳光普照了整个觉醒的城市。

穆索尔斯基决定描写在他的作品中的，便是这样的一种景象。但是，这一切是否全能够在音乐中表现出来呢？

《莫斯科河上的黎明》开头是中提琴的从低音区移向高音区的乐句，这乐句由长笛接奏，好像朝雾的细烟渐渐地上升的光景。以后出现这曲的主要旋律——安闲而真挚,使人想起舒缓的俄罗斯民歌。从它的最初的声音起,立刻描出了作曲家所设计的这幅画图的轮廓。你一听它的声音,即使不知道作品的名称,也会说这是关于俄罗斯的歌曲,是关于俄罗斯自然风景的歌曲:

图16 

在歌曲风的旋律——祖国的音乐形象——中,夹着许多别的声音:觉醒了的村落的生气蓬勃的声音。某处有雄鸡啼,另一雄鸡答应它——这是单簧管和法国号在吹奏,后来又由双簧管和大管模仿雄鸡的啼声。又响出另一些朝晨的声音:莫斯科无数钟楼中之一的钟声——作曲家用竖琴和锣[1]来表现这声音。

但这些摹拟的细节,只是补充这整个情景。主要的还是集中在从头至尾连绵不断的歌曲风的旋律上。这旋律遍历各种乐器,变化着它的色调。这些管弦乐色调的变化,正是造成由黎明前的阴晦慢慢地变成晴朗的白昼的印象的。开头,这旋律由小提琴加上弱音器[2],和双簧管一同演奏,后来和单簧管一同演奏,故意奏得低沉。然后这旋律仅用双簧管演奏,奏得较明朗、较清爽了。而小提琴在这时候奏出轻快的、上升的连续急调,仿佛最后的朝雾跟着第一片云一团一团地上升而消散。晨钟的声音响出的时候,旋律又由木管乐器移到小提琴。但弱音器已经取去,小提琴奏出清朗而饱满的声音。

在这作品的结束部分,声音渐渐减弱,但色调愈来愈明朗而清彻了:

---

[1] 锣,是打乐器,是一个大的金属圆盘。

[2] 弱音器,形似小梳,装在枕弦的马上。装了弱音器的乐器,发音便不清朗,音色显得朦胧了。

旋律移在木管乐器(长笛和单簧管)上,以弦乐器的轻轻的和音为背景。到最后,长笛和单簧管轮流演奏,好像两个牧人的芦笛互相呼应;这曲的最后乐句由法国号柔和地消逝的声音奏出。穆索尔斯基就是这样地描写了朝晨的情景。

格林卡的《卡马林舞曲》,穆索尔斯基的《莫斯科河上的黎明》,都是标题的作品,即描写某种一定的形象的。这种作品的题名,能帮助听者了解作曲家的构想,使听者的想象走向作曲家创作时的想象所走的同一条路上。俄罗斯现实主义作曲家常常作标题音乐。他们认为标题音乐作品更容易找到通达听者的路径,可使更广大的群众理解它、珍视它——这种见解是正确的。这是一个很重要的问题,因为对于现今的现实主义作曲家,诚如穆索尔斯基所说:“音乐是对人民交际的手段,而不是目的。”

但这并不是说,只有具有一定的、表出在名称中的标题的音乐才是现实主义的作品。作曲家也可以不把自己的作品联系到一定的标题,只要他的作品所表现的思想感情是为人民所接近的,所理解的,只要它是用生动的、真实的乐语作成的——我们仍可称它为现实主义的作品。

例如,伟大的现实主义作曲家们写了许多管弦乐作品,称之为交响曲。这名称没有表示作品的任何内容,它只指示这作品是用一定的形式写成的,指出乐章的数目和各乐章之间的相互关系。但每一个交响曲都有它的内容,明显地表现在音乐中。所以,例如贝多芬和柴科夫斯基的交响曲,并不比他们的有一定标题的作品缺乏现实性。

为了要了解交响曲是什么,让我们来研究最著名的俄罗斯交响曲之一,即鲍罗丁的《第二交响曲》(又名《英雄交响曲》)。

但首先我们必须简要地说一说,我们普通所称为交响曲的,究竟是什么样的作品。这个名词我们在本章的开头就已遇到过,而且你们已经知道:交响乐就是为管弦乐作的音乐。然而绝不是一切管弦乐作品都可称为交响曲;只有依照经过数十年逐渐形成的一定的形式而作的,才能称为交响曲。交响曲的形式得到最后的完成,是在十八世纪后半叶的作曲家海顿和莫差特的创作中。

交响曲中最主要的一点,是在一个作品中很广泛地包含各种形象和各种情调。交响曲仿佛要反映出生活的多样化,生活的永远沸腾的活动和斗争,以及生活中各种现象的深切联系。

在一个交响曲的音乐形象中,可以反映人对生活障碍的斗争、失望的心理和希望的新潮,同时又可以反映自然界的情景、民间生活的情状和其他种种。但表现各种现象和生活的各方面的音乐形象,在交响曲中并非杂乱无章地混和在一起的。反之,选出最主要的,最鲜明的,而在配置这些音乐形象的时候,使它们在全部对照下仍成为一个统一的整体。

交响曲是由几个乐章组合而成的作品。起初,交响曲中乐章的数目没有定规,可以用三章、四章或五章。后来渐渐规定用四章,因为这样最容易达到各对比部分的内部的统一。然而在我们这时代,也并非所有的交响曲都由四个乐章组成。

交响曲的第一乐章大都是最富戏剧性的。在这乐章中仿佛反映着生活的沸腾、生活中相矛盾的各方面的斗争。两种(有时更多)相反的音乐形象的对比,是交响曲第一乐章的发展基础,这第一乐章大都是以快速度进行的。

第二乐章是休息,是沉思,是冥想。这乐章大都以徐缓速度进行;这里面没有像第一乐章中所有的尖锐的内部对比,这整个乐章都保持着抒情的腔调。

第三乐章充满愉快、热情和幽默。当交响曲刚刚形成的时候，这乐章都用舞曲的节奏写成，即用十八世纪最广泛流行的舞曲美奴哀的速度写成。但贝多芬就已反对把美奴哀舞曲依照舞蹈音乐中所用的形式采用在交响曲中。他保留了某种舞曲性质的色调在这第三乐章中，但使这乐章具有非常的活泼、迅速和热狂的愉快。从贝多芬的时候开始，这第三乐章就被称为谐谑曲；从字义上看来，这名称的意思是滑稽；可是谐谑曲绝不全是滑稽性质的。

第四个结束的乐章——交响曲的终曲——的特点也是活泼的、乐天的。古典作曲家常把民歌性质的主题引用在交响曲的终曲里，借此强调出交响曲是反映人民生活的，是为人民的。贝多芬的交响曲中的、柴科夫斯基和鲍罗丁以及其他作曲家的大部分交响曲中的乐天的终曲，仿佛在表示：无论何等复杂地、有时甚至悲惨地展开着生活的斗争，我们是值得生活，值得为美好的未来而斗争的。

当然，不是所有的交响曲都正确地按照同一形式而组成。作曲家保持了各乐章相互关系的大体法则之后，每次都用自己的特殊的内容来加以补充，因此形式也就变化了。

十九世纪和二十世纪作曲家的交响曲中，各乐章的顺序和性质，并不常常依照海顿和莫差特那样：谐谑曲常常排在第二部分，而徐缓的、抒情的乐章排在第三。

鲍罗丁的《第二交响曲》，普通称之为《英雄交响曲》。这名称是鲍罗丁的好朋友——有名的俄罗斯批评家符拉季米尔·斯塔索夫所定的。鲍罗丁制作交响曲的时候，常常和斯塔索夫商量，共同研究他所想要体现的构思。斯塔索夫关于和这位作曲家的谈话，有这样的记述：“……鲍罗丁自己不止一次地说,他要在 Adagio[1] 中描写‘吟诵诗人’,在第一乐章中描写俄罗斯英雄们的集会,在终曲中描写英雄们在梯形琴的琴声中、在伟大的人民大众的狂欢中的宴会。”这样看来,这交响曲接近于标题作品,虽然鲍罗丁自己只称它为《第二交响曲》。

交响曲的第一乐章由弦乐器群齐奏的雄壮的音乐开始。这主题决定了这整个乐章的性质——它表现出安闲的、自信的、不是立刻而是从容不迫地扩展着的力量。俄罗斯人民在歌曲中和民谣叙事诗中就是这样地描写他们的英雄的。

第一个正主题的音调使人想起俄罗斯古代民谣叙事诗的曲调:

图 17

第一乐章的副主题由大提琴奏出——是一个像姑娘所唱的民间歌曲似的、明朗的旋律:

图 18

但这优美的旋律是担任从属的角色的:它的抒情的、温暖的音调只是被用以衬托正主题的雄壮的声音的。在它后来的发展中,表现出英雄

[1] Adagio,是鲍罗丁的交响曲的徐缓的第三乐章。

战斗的光景，响出小号声、甲胄声和马蹄声。

我国历史上的光荣之页，关于俄罗斯战士的功勋与光荣的史谭，使鲍罗丁获得灵感而创作了他的优秀作品——歌剧《伊戈尔王》。

《英雄交响曲》的形象很接近于鲍罗丁的歌剧的形象——他是在交响曲的形式中创作了赞颂祖国国土及其英雄的叙事风作品。

交响曲的第二乐章是谐谑曲。第一乐章的进行是从容不迫地发展的，第二乐章的进行则是迅速的。好像突然起来的旋风。只有在中间部分暂时停息，这时候双簧管奏出柔和的旋律，使人想起歌剧《伊戈尔王》中波洛维茨女郎们的歌曲的抒情风旋律。

斯塔索夫没有告诉我们鲍罗丁想在交响曲的谐谑曲里描写些什么；但我们听了音乐，便容易想见无边无际的波洛维茨草原、像鸟一样在平原上飞翔的骑士，而在中间部分，可以想见驻扎在草原上的游牧野营和唱着忧郁的歌曲的女人们。

第三乐章据斯塔索夫说是描写一位吟诵诗人的形象，即传说的俄罗斯歌人——关于这歌人，《伊戈尔王出征谭》的著者曾经提及过。这一乐章描写得美妙如画：法国号的富有表现力的、“说话一般的”旋律用竖琴的和音衬托着，用以描摹、吟诵诗人的形象和他弹着梯形琴而唱歌的情形，是再好没有的了。

终曲的音乐充满着节日的愉快和欢乐。愉快的舞蹈曲调互相交替着，迅速而不能遏止地进行；有时响出梯形琴的声音，有时响出三角琴的热烈的弹奏声。

鲍罗丁在交响曲的终曲中所描写的民间节日的光景，有很多地方近似于格林卡的《卡马林舞曲》中的情景——在这里是同样深刻而真实地渗透着人民生活的气氛。

我们一共只研究了三个交响乐作品。但从这三个实例上,我们已可清楚地看到:交响乐能表现何等丰富的内容;作曲家怎样在交响曲、幻想曲、序曲中描写人民生活的光景和自然界的情景,怎样用生活的气息来充满遥远的过去时代的形象,而使它们重新展现出来。

在交响乐演奏会中,常常演出介乎歌剧和交响乐之间的作品。在这些演奏中,有独唱的歌人、合唱团和管弦乐参加着。这种作品叫做**声乐大曲**和**清唱剧**。

这是一种很古老的音乐体裁,其产生比交响曲早得多——还在十六世纪末叶。清唱剧和声乐大曲中有咏叹调、重唱、合唱——很像是演奏台上所演出的歌剧。

这里面没有舞台动作——情节的描写不用戏剧的形式而用叙述的形式。在十八世纪的音乐中,清唱剧和声乐大曲流行很广,其后这种音乐几乎被忘却了,但现在它又在苏维埃作曲家的创作中复活了。

苏维埃的清唱剧和声乐大曲歌颂俄罗斯国土及其民族英雄的历史性的光荣。例如沙波林的交响声乐大曲《在库里科夫原野上》、科瓦尔的清唱剧《叶美良·布格乔夫》、普罗科菲耶夫的声乐大曲《亚历山大·涅夫斯基》,都是这样的作品。同时还有为现今最生动的题材而创作的许多声乐大曲和清唱剧,如普罗科菲耶夫的声乐大曲《捍卫和平》、萧斯塔科维奇的《森林之歌》。这样,在苏维埃作曲家的创作中,古代的音乐体裁就装入了现代的内容。

合唱队和唱歌者,也可以加入在用交响曲形式写成的作品中。贝多芬的《第九交响曲》的最后乐章是为独唱、合唱和管弦乐而作的。在这乐章中,十分鲜明而易解地表现着交响曲的基本思想——全人类友爱的思想。这思想在这里表现得很明了;这终曲的歌词是用德国诗人席勒的颂诗《欢喜》作成的：

欢喜，乐园的奇妙的反光，
上帝的亲爱的女儿，
我们充满了欢乐，
走进你的殿堂。
你的权力神圣地联系了
个别地生活在世界上的一切人；
在你所飞翔的地方
所有的人都变成兄弟。

在现今，也有不少作曲家在交响乐作品中应用合唱。哈恰图良用合唱来结束他的交响乐式的《斯大林之诗》，这合唱是赞颂全体进步人类的伟大领袖的。

这合唱是用高加索民间诗人米尔兹的文句作歌词的：

国家的领袖，
人民对你的赞颂比山更高。
你像太阳一样普照大地，
我们现在都很自由……

在有合唱的交响乐作品中，同在歌曲、歌剧和清唱剧中一样，音乐和诗词是为了表现统一的、完整的艺术思想而互相融合的。

我们关于音乐的谈话已经结束了。我们所谈到的，只是每一个爱听音乐的人所必须知道的最主要的知识而已。倘你读过了这册小书以后，想更多知道一些关于音乐和音乐家的事,那么我们的目的就达到了。读过了《音乐的基本知识》后,你可再读其他较高深的书,现在你将觉得更轻松而更容易理解了。

音乐小辞典

二至三画

二重唱(二重奏)(дуэт)——两个唱歌者的合唱称为二重唱,两个乐器的合奏称为二重奏。他们所唱或奏的作品也称为二重唱或二重奏。

大调(мажор)——音乐中最普遍的调式之一种。《苏联国歌》和《世界民主青年进行曲》的伴唱部,都是用大调作的。

大提琴(виолончель)——弓弦乐器。外形似小提琴,但体积大得多。演奏时乐器竖立在地上,演奏者坐着。大提琴的声音比小提琴和中提琴都要低。

小调(минор)——音乐中最普遍的调式之一种。旧时革命歌曲《受尽了牢狱的苦楚》《你们牺牲了》《世界民主青年进行曲》的领唱部,都是用小调写的。

小提琴(скрипка)——弓弦乐器之一,其音最像唱歌,最活泼。

女低音(альт)——合唱中的低的女声。

女高音(сопрано)——高的女声。柴科夫斯基的歌剧《欧根・奥涅金》中的塔佳娜的音部是女高音(抒情女高音);他的《黑桃皇后》中的“丽萨”的音部也是女高音(戏剧女高音)。

女次低音(контральто)——最低的女声。格林卡的歌剧《伊凡・苏萨宁》中瓦尼亚的音部,《路斯兰与琉德米拉》中拉特米尔的音部,都是女次低音。

女次高音(меццо-сопрано)——低的女声。比才的歌剧《卡尔门》中卡尔门的音部,穆索尔斯基的歌剧《霍凡希那》中玛尔法的音部都是女次高音。

弓弦乐器(смычкоые инструменты)——由弓摩擦弦线而发音的弦乐器群(弓是在木条上张马尾毛而制成的)。属于弓弦乐器群的有小提琴、中提琴、大提琴、倍大提琴。

马祖卡(мазурка)——波兰民族舞曲,快速的,三拍子的。马祖卡的特色是在第二拍上有附加的重音。

四画

反复歌(куплетная песня)——最普遍流行的歌曲形式之一。反复歌的音乐只为一首歌词而作,其余数首就反复同样的音乐。反复歌往往以伴唱部(即副歌)结束,在伴唱部中,不但音乐相同,连歌词也相同。

中提琴(альт)——弓弦乐器之一;外形似小提琴,惟形体较大,发音较低。

木琴(ксилофон)——打乐器之一。由各种大小的木片组成,用槌敲打发音。

长笛(флейта)——木管乐器之一。

双簧管(гобой)——木管乐器之一。

芭蕾舞剧(балет)——一种音乐剧艺术,其中剧情通过舞蹈和有表情的动作来表演。

五画

四重唱(四重奏)(квартет)——四个唱歌者的合唱称为四重唱,四种乐器的合奏称为四重奏。其所唱或奏的作品亦称为四重唱或四重奏。

打乐器(ударные инструменты)——由敲打而发音的乐器(敲在张紧的皮上、金属上或木上)。属于打乐器的有定音鼓、大鼓、小鼓、铃鼓、钹、锣、排钟、木琴等。

节拍(метр)——音乐中强拍和弱拍的均匀的交互出现。

节奏(ритм)——音乐作品中音的长度的相互关系。

六画

交响曲(симфония)——由若干乐章(普通四乐章)组成的管弦乐作品。交响曲的各乐章性质不同,甚至相对比,但全部组成统一而调和的整体。

合唱(хор)——大群唱歌者的演唱。合唱有童声的、女声的、男声的和混声的。为合唱而作的作品称为合唱曲。

华尔兹(вальс)——三拍子舞曲,是从奥地利、波希米亚、德国的民间舞曲中产生的。华尔兹的进行速度和音乐,都可以有不同的性质;华尔兹有徐缓的、抒情的,有快速的、雄壮的。在格林卡、柴科夫斯基、格拉祖诺夫、萧邦、德里勃、史特劳斯的音乐中,华尔兹占有很大的地位。

齐唱(齐奏)(унисон)——若干个同样高低的声音同时唱出或奏出。齐唱或齐奏,是指同时唱奏同样的旋律。

七画

男中音(баритон)——低的男声。格林卡的歌剧《路斯兰与琉德米拉》中路斯兰的音部是男中音。柴科夫斯基的歌剧《欧根・奥涅金》中奥涅金的音部也是男中音。

男低音(бас)——最低的男声。格林卡的歌剧《伊凡・苏萨宁》中苏萨宁的音部,鲍罗丁的歌剧《伊戈尔王》中孔查克的音部,都是男低音。

男高音(тенор)——高的男声。柴科夫斯基的歌剧《欧根・奥涅金》中连斯基的音部是男高音(抒情男高音),《黑桃皇后》中的黑尔曼的音部也是男高音(戏剧男高音)。

序曲(увертюра)——歌剧前面的管弦乐序奏,或者独立的管弦乐作品;其性质常是标题的(例如柴科夫斯基的序曲《一八一二年》)。

进行曲(марш)——行进(军队行进或示威游行等)所用的音乐。也有演奏会用的进行曲。

声乐(вокальная музыка)——为唱歌作的音乐,或有伴奏,或无伴奏。属于声乐的有歌曲、浪漫曲、合唱曲、歌剧、清唱剧、声乐大曲。

声乐大曲(кантата)——为合唱、独唱、管弦乐伴奏作的演奏会用的音乐作品。声乐大曲由合唱曲、咏叹调、重唱曲组成,性质大都庄严伟大(例如亚历山大罗夫的《斯大林声乐大曲》,沙波林的交响声乐大曲《在库里科夫原野上》,普罗科菲耶夫的《亚历山大・涅夫斯基》等)。

体裁(жанры)——音乐作品的各类(歌剧、歌曲、交响曲等)。

八画

和弦(аккорд)——保持一定高低关系的一群音(三个以上)的同时

结合。

和声(гармония)——基本旋律和随伴它的补充声部(构成和弦)的统一而谐和的结合。

弦乐器(струнные инструменты)——由于弦线的振动而发音的乐器群。由于使弦线振动的方法不同,分为弹弦乐器(竖琴、六弦琴、曼陀林、三角琴、梯形琴)及弓弦乐器两类。

波尔卡(полька)——二拍子的捷克民族舞曲,性质愉快而活泼。波尔卡在捷克古典作曲家斯美塔那的创作中占有很大地位。

定音鼓(литавры)——打乐器,在铜锅子上张皮而成。管弦乐中普通用一对定音鼓。

法国号(валторна)——铜管乐器之一,发音柔和而似歌声。

组曲(сюита)——由几部分组成的音乐作品,起初是舞曲性质的。组曲中含有若干部分没有严格规定,但相邻两部分必须是对比的。

单簧管(кларнет)——木管乐器之一。

咏叹调(ария)——有管弦乐伴奏的声乐作品,是歌剧、清唱剧或声乐大曲中的一部分。歌剧中的咏叹调相当于戏剧中的独白。有时音乐会里演奏用的独立的声乐作品也称为咏叹调;有时带有唱歌性质的器乐作品也称为咏叹调。

九画

音色(тембр)——人声或乐器的音所特有的性质。

音域(диапазон)——人声或乐器的"音的范围",包括其所能达到的最高音到最低音之间的乐音。

音符(нота)——用以记录音的高度和长度的一种记号。

音乐形式(музыкалъная форма)——一切音乐表现方法(旋律、和声、节奏、调式、管弦乐、声乐等)的总和,借此表现音乐作品的内容:现实的形象、思想感情的范围。又,音乐作品的构成及其各部分的相互关系,也称为音乐形式。

指挥者(дирижер)——合唱团、管弦乐团、音乐剧(歌剧或芭蕾舞剧)的领导者。指挥者的动作表出作品的内容,联结全体演奏者,使演奏和谐、协调而富有表现力。演奏的时候,指挥者用手的特殊动作指示出速度、强弱、声音的高扬或低沉的程度。

宣叙调(речитатив)——模仿说话声调的朗诵式的唱歌。

重唱(重奏)(ансамбль)——数人分部一同唱歌或奏乐。例如唱歌,有二重唱、三重唱、四重唱等;奏乐,有二重奏、三重奏、四重奏等。其作品即称为重唱曲或重奏曲。

美奴哀(менуэт)——三拍子的古代舞曲,其进行安闲而均匀。美奴哀被采用在古代的交响曲和组曲中。

竖琴(арфа)——弦乐器之一,在三角形的框子上张弦线,弹拨弦线而发音。

标题音乐(программная музыка)——具有一定的主题、描写一定的情景的一种器乐。这种音乐,用题名或小标题表明作品的内容,使作曲者的意旨精确地表出,使听者的想象向着一定的路径而进行。

钢琴(фортепиано)——由于按键板时槌子敲打弦线而发音的乐器的总称。有平台钢琴和竖式钢琴。

独唱(独奏)(соло)——由一个唱歌者(独唱者)或一个演奏者(独奏者)表演作品或作品中的一部分。

十画

速度(темп)——音乐进行的快慢。

特列巴克(трепак)——俄罗斯民间舞蹈,舞蹈时必须十分快速而敏捷。是二拍子的。柴科夫斯基在他的芭蕾舞剧《胡桃夹》中采用特列巴克。

倍大提琴(контрабас)——弓弦乐器中发音最低、体积最大(与人体一般高)的乐器。演奏时站着,把乐器竖立在地上。

浪漫曲(романс)——有伴奏的声乐作品,其性质大都是抒情的。

颂歌(гимн)——庄严的歌曲。国歌是属于颂歌的。国歌是国家用以在庄严集会上、在检阅等仪式中表演的歌曲。苏联国歌和苏联各共和国的国歌赞颂祖国及其领袖,赞颂爱国主义思想,赞颂各民族的友谊及其他鼓舞苏维埃人的崇高思想。《苏联国歌》的作曲者是亚历山大罗夫,作词者是米哈尔科夫和埃尔-列吉斯坦。

调式(лад)——乐音的协调性和相互关系,这相互关系表出在不稳定音向稳定音的倾向中。

十一画

排钟(колокольчики)——打乐器之一。由大小不同的许多金属片组成,用槌敲打而发音。

旋律(мелодия)——单音的曲调。用单音表现的音乐思想。旋律是音乐的表现力的基础。

清唱剧(оратория)——近似于声乐大曲的一种音乐体裁:是为合唱、独唱、管弦乐而作的演奏会用的作品。清唱剧所不同于声乐大曲的,是它较为壮丽宏大。

梯形琴(гусли)——俄罗斯民族乐器,在平而广的箱上张弦线,弹拨弦线而发音。

笛琴(гудок)——古代俄罗斯民族弓弦乐器,类似小提琴。

谐谑曲(скерцо)——一种音乐作品,其性质大都是活泼的、滑稽的。谐谑曲可以独立,也可加入在交响曲或其他大型作品中。

十三至十四画

鼓(барабан)——打乐器。

管弦乐团(оркестр)——大群乐器演奏者。因了乐器的组织成分的不同,有下列种种:民族乐团、管乐团、弦乐团,以及包括依照一定关系而结合的弦乐器、管乐器、打乐器(参阅各该条)的交响乐团。

管乐器(духовые инструменты)——把空气吹进直的或曲的管子(乐器的胴体)里去而发音的乐器。管乐器分木管乐器和铜管乐器两种。木管乐器有长笛、双簧管、单簧管、大管等;铜管乐器有小号、法国号、长号、大号等。

歌曲(песня)——最普遍的音乐体裁,是音乐和诗歌的结合。民间歌曲具有极大的意义,其中的歌词和音乐是由许多代的唱歌者合力作成的。在苏维埃作曲家和古典作曲家的创作中,歌曲体裁占有重要的地位。苏维埃作曲家更特别注意于群众歌曲。

歌剧(опера)——最重要的音乐体裁之一,其中结合着音乐和戏剧,以及别种艺术(芭蕾舞、舞台装饰画)。歌剧在俄罗斯古典音乐中占有最重要的地位。

谱号(ключ)——写在每行谱表头上的记号,是指定某音记录在五线谱上的位置的,根据这音再决定其他的音。

华俄专名对照表

二画至四画

《人鱼》 Русалка.

《九华文官》 Титулярный советник.

《三套车》 Трбйка.

《马德里之夜》 Ночъ в Мадриде.

《天鹅湖》 Лебединое озеро.

孔德拉谛・勒列耶夫 Кондратий Рылеев.

比才 Бизе.

比亚特尼茨基 М. Е. Пятницкий.

巴拉基列夫 Балакирев.

《巴黎的火焰》 Пламя Парижа.

《巴赫契萨拉伊喷泉》 Бахчисарайскийфонтан.

《世界民主青年进行曲》 Тимн демократи ческой молодежи.

韦柏 Вебер.

韦尔斯托夫斯基 Верстовский.

《从山外,从山外,从高山外》 Из-за гор, гор, высоких гор.

五画

史特劳斯　Иоганн Штраус.

《冬日的黄昏》　Зимний вечер.

《四个亲爱的孩子》　Четверка дружнаяребят.

《田野里有一株小白桦》　Во поле березастояла.

《出发》　В путь.

尼科洛·帕格尼尼　Николо Паганини.

尼古拉·卢平斯坦因　Николай Рубинштейн.

《卡尔门》　Кармен.

《卡马林舞曲》　Камаринская.

卡巴列夫斯基　Д. Кабалевский.

《卡里斯特拉特》　Калистрат.

卡德里诺·卡伏斯　Катерино Кавос.

《叶列穆希卡摇篮曲》　Колыбелъная Еремушке.

六画

《老伍长》　Старый капрал.

伐拉莫夫　Варламов.

《同行的歌曲》　Попутная песня.

《同志们,勇敢地齐步走》　Смело,товарищи,в ногу.

列夫·奥波林　Лев Оборин.

列别杰夫-库马奇　В. Лебедев-Кумач.

米尔兹　Мирзы.

米海洛夫 М. Михайлов.

米哈尔科夫 С. Михалков.

安德列耶夫 В. Андреев.

安东・卢平斯坦因 Антон Рубинштейн.

安托尼奥・斯特拉季伐里 Ангонио Страдивари.

《伊戈尔王》 Князь Игорь.

《伊凡・苏萨宁》 Иван Сусанин.

伊斯托米娜 Истомина.

伊凡・罕多什金 Иван Хандошкин.

伊萨科夫斯基 М. Исаковский.

《在三套车上》 На тройке.

《在嘈杂的舞会中》 Средъ щумного бала.

《在薄薄的冰块上》 Какнатоненъкийледок.

《在库里科夫原野上》 На поле Куликовом.

《在巴尔干的星星之下》 Под звездами балканскими.

亚历山大罗夫 А. В. Александров.

《亚历山大・涅夫斯基》 Александр Невский.

亚历山大・戈尔金维捷尔 Александр Голъденвейзер.

《红色的无袖女衫》 Красный сарафан.

《伟大的友谊》 Великая дружба.

《买卖婚姻》 Проданная невеста.

《华沙歌》 Варшавянка.

华茨拉夫・多比阿希 Вацлав Добиаш.

《华西里・捷尔金》 Василий Теркин.

《妈妈,教我怎样种白亚麻》 Как же мне,матушка,белый ленок сеятъ.

达尔戈梅斯基 Даргомыжский.

达维德·奥伊斯特拉赫 Давид Ойстрах.

《欢喜》 К радостн.

七画

李斯特 Лист.

别勒伊 В. Белый.

《快乐的人们》 Марщ веселых рабят.

杜那耶夫斯基 И. Дунаевский.

《克尔瑞涅茨会战》 Сеча при Керженце.

《你们牺牲了》 Вы жертвою пали.

沙波林 Шапорин.

《沙皇的未婚妻》 Царская невеста.

里亚多夫 Лядов.

里姆斯基-科萨科夫 Римский-Корсаков.

《我们播种了粟子》 А мы просо сеяли.

《我独自走上道路》 Выхожу один я надорояу.

《我们的蔷薇在哪里?》 Где наша роза?

《我记得奇妙的一瞬间》 Я помню чудное мтновенъе.

《两头鹰》 Два сокола.

库罗奇金 Курочкин.

库科尔尼克 Куколъник.

《围墙外的黄昏》 Вечер за околицей.

杨·库别里克 Ян Кубелик.

玛丽亚·尤季娜 Мария Юдина.

《远东游击队员歌》 Партизанская далъневосточная.

八画

果夫曼 Гофман.

《往哪里?》 Куда?

《坡尔塔瓦》 Полтава.

《波德戈尔内》 Подгорный.

《彼尔·京特》 Пер Гюнт.

《易北河两岸》 Встреча на Элъбе.

《牧豚女和牧人》 Свинарка и пастух.

《受尽了牢狱的苦楚》 Замучен тяжелой неволей.

拉廷 Пй Радин.

拉赫马尼诺夫 Рахманинов.

舍巴林 В. Я. Шебалин.

《舍赫拉萨达》 Шехеразада.

阿马提 Амати.

阿勒莫夫 С. Алымов.

阿萨菲耶夫 Асафъев.

《阿拉贡尼亚的霍塔》 Арагонская хота.

《哎,在塔刚罗格》 Эх, в Таганоге.

规多 Гвидо.

《欧根·奥涅金》 Евгений Онетин.

泽格诺夫　Цыганов.

罗净　Розен.

《罗密欧与朱丽叶》　Ромео и Джульетта.

九画

席勒　Шилдер.

《美利》　Мери.

《胡桃夹》　Щелкунчик.

科瓦尔　Ковалъ.

哈恰图良　А. Хачатурян.

勃兰捷尔　Блантер.

《契尔诺莫尔进行曲》　Марщ Черномора.

《建设祖国—巩固和平》　Строищъ родину—укрепляешъ мир.

查哈罗夫　В. Г. Захаров.

查尔科夫斯基　Е. Жарковский.

《勇敢些,朋友们,不要着慌》　Смело, друзъя, не теряйте.

《祝杯》　Кубок.

《送行》　Провожанъе.

茹科夫斯基　Жуковский.

《神圣的战争》　Священная война.

《祖国进行曲》　Песня о родине.

十画

海顿　Гайдн.

夏希娜 Е. Шашина.

《捍卫和平》 На страже мира.

《候鸟飞渡》 Летят перелетные птицы.

《高加索囚徒》 Кавказский пленник.

《拿破仑无心跳舞了》 Бонапарту не доплявки.

特瓦尔多夫斯基 А. Твардовский.

根利赫·涅高斯 Генрих Нейяауз.

根利赫·维涅夫斯基 Генрих Венявский.

索科洛夫 Ю. М. Соколов.

索洛维约夫-谢多伊 В. Соловъев-Седой.

格里格 Григ.

格林卡 Глинка.

格伐尔涅里 Гварнели.

格拉祖诺夫 Глазунов.

柴科夫斯基 П. И. Чайковский.

埃尔-列吉斯坦 Элъ-Регистан.

莫差特 Модарт.

《莫斯科河上的黎明》 Рассвет на Москвареке.

《啊,你,命运,我的命运》 Ах,ты доля,моя доля.

《啊,田野里有一株小菩提树》 Ай,во поле липенъка

爱米尔·吉列尔斯 Эмилъ Гилелъс.

《谁知道他》 И кто его знает.

诺维科夫 А. Новиков.

十一画

《蚯》　Червяк.

《雪娘》　Снеяурочка.

《婚式》　Свадебный обряд.

《第一只手套》　Первая перчатка.

符拉季米尔・斯塔索夫　Владимир Стасов.

符拉季米尔・索夫罗尼茨基　Владимир Софронидкий.

屠里科夫　А. Туликов.

维塔且克　Витачек.

维亚捷姆斯基　Вяземский.

萧邦　Шопен.

萧斯塔科维奇　Д. Шостакович.

《萨特科》　Садко.

《萨旦王的故事》　Сказка о Царе Салтане.

十二画

《森林之歌》　Песнъ о лесах.

《黑桃皇后》　Пиковая дама.

《循山沿谷》　По долинам и по взгоръям.

《愉快的旅行者》　Веселые путешественники.

舒曼　Шуман.

舒柏特　Шуберт.

《普斯科夫姑娘》　Псковитянка.

普罗科菲耶夫　С. Прокофъев.

斯美塔那　Бедржих Сметана.

《斯大林之诗》　Поэма о Сталине.

《斯克里亚平》　Скрябин.

《斯大林声乐大曲》　Кантата о Сталине.

斯塔罗卡多姆斯基　М. Старокадомский.

斯维亚托斯拉夫・里赫捷尔　Святослав Рихтер.

《塔玛拉》　Тамара.

奥沙宁　Л. Ошанин.

奥列・布里雅　Оле Булля.

鲍罗丁　Бородин.

《鲍里斯・戈杜诺夫》　Борис Годунов.

十三画

《路斯兰与琉德米拉》　Руслан и Людмила.

《睡美人》　Спящая красавица.

蓬契-勃路耶维奇　В. Бонч-Бруевич.

《雾啊,我的雾》　Ой,туманы мои,растуманы.

《感伤华尔兹》　Сентименталъный валъс.

十四画

赫连尼科夫　Т. Хренников.

《演奏会华尔兹》　Концертный валъс.

十五画

十六画

二十画

唱歌课的教育工作

［苏联］格罗静斯卡雅　著
丰子恺　丰一吟　译

目　录

绪　论

共产党给苏维埃学校规定了具有巨大的国家重要性的任务,即培养新的人,培养共产主义社会建设者——受教育的人、专心忠实于自己的社会主义祖国的苏维埃爱国主义者。

列宁在“青年团的任务”的演讲中说:“应该做到使教育、训练和培养现代青年的全部事业,都成为在青年中养成共产主义道德的事业。”〔1〕后面又说:“巩固与完成共产主义事业的斗争是共产主义道德的基础。”〔2〕

苏维埃学校中的全部教育工作,都从属于这最高任务。学校帮助学生逐渐建立共产主义观点和信念的系统,使他们能在判断生活现象时,在自己的行动中,在自己的品行中遵循这种观点和信念。学校又培养未来的共产主义社会建设者所必需的性格特征。

苏维埃学校的最重大的任务,是学生的全面发展。我们的社会主义国家力求正在成长中的一代具有发展自己的一切才能的可能性,力求每一个苏维埃公民——共产主义建设者——都全面发展,都成为光辉的、富于创造性的人物,都具有广博的趣味、知识和技能。

---

〔1〕 见《列宁全集》第三十一卷第二六六页。(译文根据《列宁文选》两卷集第二卷,莫斯科外国文书籍出版局一九四九年版,第八〇七页。——译者注

〔2〕 见同书第二七〇页。(译文根据同书第八一一页。——译者注)

革命前的教育学也曾说起全面教育,但旧时的学校并没有实施这种教育;因为这对于统治阶级是不利的。“旧时学校总说它是要培养出通晓各种知识的人,它所教授的是一般的科学。我们知道,这完全是撒谎,因为当时整个社会都是建筑和支持在把人们分成各阶级,分成剥削者与被压迫者的基础之上。”[1]

苏维埃学校有计划地、一贯地实施着学生全面教育的原则。这原则的不可分离的部分,是审美教育。这种教育用艺术为手段来实现,其中首要的是俄罗斯语言和文学的课业、图画和唱歌的课业。

每一门功课的教学内容都含有重大的教育价值。唱歌这门功课也是如此。音乐的材料、在教师指导下共同唱和听音乐作品,对于深切而有效的教育工作具有广大的可能性。

然而在学校的实践中,这些可能性并没有常常被利用,也没有充分地被利用;唱歌教师对于教育工作往往没有加以应有的注意。有许多青年唱歌教师意识到自己必须积极参加学校的教育工作,必须用音乐为手段来达到这目的,然而他们往往不知道如何从事,或者犯了错误。这是由于小学唱歌课的教育工作问题还很少被研究到,也很少在出版物中被阐明。

本书的企图是要说明唱歌教学中所含有的教育的可能性,由此出发而指示教育工作的基本路径和方法。

我们把自己的任务限制在小学中。关于初步教学和初步教育的问题,特别重要,特别复杂,因而是首要的。

我们在本书的编著中,利用可以帮助阐明上述问题的文献,又根据

---

〔1〕 见《列宁全集》第三十一卷第二六一页(译文根据《列宁文选》两卷集第二卷第八〇一页。——译者注)

对一系列的小学唱歌课的观察,以及自己多年的学校唱歌教学经验。

儿童在唱歌课中所学习的音乐,是艺术形式之一种,它具有使艺术区别于社会意识的其他形式的特点。艺术的特点是这样:它通过艺术的形象而独特地反映现实,这艺术形象在个别的、具体的现象中综合着典型的、许多现象所特有的特征。艺术家为此而寻求明显的、突出的、情绪的形式,这形式给艺术作品以很大的感化力量。别林斯基曾经指出:哲学家用三段论法来表达,诗人用形象和情景来表达,但他们两人所表达的是同一事物。一个是证明,另一个是示明,但两者都是向人表明,不过一个用逻辑的论证,另一个用情景而已。

艺术家反映客观现实的时候,表现出自己对于所描写的现象的态度,对它作评价;这样,他就对人们起了作用,引导他们跟着他走,而在一定的方向中教育他们。斯大林称作家为“人类灵魂的工程师”,便是强调艺术的伟大的教育作用。

联共(布)中央关于文学艺术问题的历史性的决议,确定了艺术的当前任务,指示艺术发展所应走的道路。

艺术在我国,应该是为共产主义建设的伟大目的服务。在从社会主义过渡到共产主义的时期,艺术负有使命在劳动群众的教育上起极重大的作用,丰富人们的新思想,引导人民向前进。

“现实主义艺术的力量和意义就在于:它能够而且必须发掘和表现普通人的高尚的精神品质和典型的正面的特质,创造值得做别人的模范和效仿对象的普通人的明朗的艺术形象。”[1]

---

〔1〕 马林科夫:《在第十九次党代表大会上关于联共(布)中央工作的总结报告》,莫斯科,真理报出版社一九五二年版,第五八页(译文根据人民出版社同书第七一页。——译者注)

苏维埃艺术的优秀作品,基本上具有社会主义现实主义的方法,反映着革命的发展中的生活现象,真实地指示着未来的芽苗。这些作品肯定着一切进步的、新的、优秀的成分,帮助人们正确理解我们现实的现象的意义和性质。

苏维埃艺术在具体的形象中体现共产主义的伟大思想,展开未来的远景,同时鼓励苏维埃人民,使他们具有对自己的事业的信念和为共产主义的胜利而尽力的志愿。

苏维埃艺术的优秀作品,跟生活、人民有深切的联系,有表现人民的思想感情和希望的意愿,又跟民间创作保持有机联系。

进步的古典艺术的教育力量很伟大,而以俄罗斯古典艺术为最。俄罗斯古典作家是当时的进步思想的表达者,他们的作品中反映着人民为美好的未来而作的斗争;他们提示了作品的高度典范,在这些作品中,深刻的思想内容和完善的形式相结合。

苏维埃艺术的优秀作品、古典作家的作品、民间创作,是正在成长中的一代的力量极大的教育资料。

*　　　　*　　　　*

那么,音乐比较起别种形式的艺术来,有怎样的特点,其中含有怎样的教育可能性呢?

首先必须着重指出:每一种现实主义的音乐作品,像任何别种形式的艺术作品一样,都具有它的一定的内容。

在资产阶级国家的音乐审美学中,反动的、唯心主义的“理论”是根深蒂固的,它否认音乐中具有内容。这种审美学,到现在还是由音乐的形式主义观点的有名代表者罕斯利克所发表的观点支配着,即他确认为音乐只是音响的游戏,是“活动的音响形式”。罕斯利克和他的承继者们认为：音乐本身没有内容，而是听者把他自己的内容装入作品中的。他说：音乐由音调和形式组成，它们除本身之外没有别的内容；又说：用音乐艺术为手段来描写某种一定的感情或热情是不可能的。现代资产阶级形式主义者则更进一步。作曲家伊戈尔·斯特拉文斯基说：他认为音乐本身没有能力表现任何感情、心境、心理状态或自然界现象等。他公然无耻地声称他的音乐并没有甚么可以叙述，它没有说出任何意义，他的近作的音乐没有表现任何可能“被怀疑为现实主义的”东西。

这样的观点，反映着音乐文化的衰颓、资本主义国家的反动音乐艺术的空洞和无聊。

形式主义者否认艺术中的内容而创造无意义的音乐，他们是在用自己的艺术来替资产阶级服务。资产阶级拼命想把有思想的人们的注意力从政治社会斗争的尖锐问题上牵引到无思想性的鄙陋的艺术上去，就利用这种形式主义艺术。

马克思列宁主义的美学，坚决反对音乐中的形式主义和反现实主义的倾向。马克思列宁主义的美学主张健康的、现实主义的音乐：这种音乐具有深刻的思想内容，正确地反映客观现实，像其他一切现实主义艺术一样。

俄罗斯古典作曲家常常强调音乐的作用，认为这种艺术具有社会意义，能正确地反映生活，说明真理，为人民服务。我们的古典作家常常否认无思想性的、无内容的艺术。作曲家达尔戈梅斯基说：他不愿意把音乐降低为消遣品，他希望声音直接地表现语言，他希望真理。

柴科夫斯基写道：他不愿意他的笔底下写出毫无表现而只是和弦、拍子、转调的无聊游戏的结合的交响乐作品。

一九四五年，在全美国科学艺术工作者保卫和平大会上，有人问萧斯塔科维奇:什么叫做音乐中的现实主义?他回答说:“这就是指包罗万象地看到世界全部富源的一种优秀而高度的才能,是指概括广大生活经验而在生活过程中确定最重要点的一种技能。这就是指这样的艺术家:这种艺术家是社会的前进分子,是导师和教师,他们在自己的创作中确定高度的道德价值和美学价值。”〔1〕

上述各种论点,都确认音乐为具有广大的社会意义和教育意义的一种内容丰富的艺术。

音乐通过声音的艺术形象而独特地反映客观现实,而这艺术形象主要是由旋律来表现。在真正富于艺术性的现实主义作品中,旋律正确地反映着人类的感情和现象。

艺术形象因为是真实的、关联生活的,所以能够唤起听者生动的反应,使他们觉得是可亲近的、熟悉的、动人的。奥斯特罗夫斯基听了别雷的歌曲《小鹰》之后,说:“是我们的歌曲。”这不仅是由于歌词的关系;同样的歌词可能配到不能充分深刻而真实地揭示歌曲内容的音乐上。真正富于艺术性的音乐作品,常常是充满热诚而深切的感情的。

音乐艺术能够表现生活的各种各样的现象。但最通常的和最良好的,是用音乐来表现人的情绪状态和各种生活现象所唤起的人的感情。这种生活现象的多样性也就决定着音乐所传达的感情的多样性。以音乐为手段,可以细致而深刻地表现这些感情。音乐用种种变化在强弱发展中传达这些感情。人们说“音乐是感情的语言”,不是虚言。

音乐具有特别长于传达人类感情这可贵的特性,因此它能够促进人们的团结、人们的交谊和相互了解。要了解别人,要了解他的感情,自己

---

〔1〕 见《苏联音乐》杂志一九四九年第五期。

必须多多体验。我们通过音乐而领悟别人的感情,同时可以丰富我们自己,丰富我们自己的经验。

高尔基在他的自传小说《看守人》中写道:“我不懂得我向这些人要求些什么,但有时我想:倘用歌曲来装满了他们的灵魂,那时他们就会起变化,就会表露自己,而使我更加了解他们。”

从这些话便可知道:音乐给人的影响多么伟大,它竟能使人起变化,使他们互相“了解”。

音乐能够有效地实行重要的文化任务——培养正在成长中的一代的艺术趣味。

学校在某一种艺术领域内发展学生的艺术趣味,就可以促进学生一般的艺术发展。诗趣、优美、深邃的情绪,优秀音乐作品的丰富的表现手段,可以促进学生在音乐上的情绪反应的发展、学生的艺术趣味的培养和一般的艺术发展。

艺术家尤昂在他的自传里说,他在儿童时代曾经听过许多音乐。他写道:“我深信这情况对于我的艺术感情的发展具有很大的意义,因为能培养节奏、美、诗的生动感情的,无过于音乐了。”〔1〕

“我想,画家必须常常听音乐,”艺术家比亚勒尼茨基-比鲁里亚写道,“音乐能教导我们许多东西,我们能在伟大的音乐艺术作品中得到很多收获。”〔2〕

这两位著名的艺术家的这些论点(而且还可举更多),确证音乐作为学生的一般审美教育的手段,是具有重大的意义的。

---

〔1〕 见《苏维埃造型艺术大家》;艺术出版社,一九五一年版,第一一〇页。

〔2〕 见同书第五〇页。

在学校里实施音乐教育，首先是通过合唱[1]。那么，儿童学习的合唱具有怎样的特殊的教育可能性呢？

儿童参加唱歌，便是自己表演音乐作品。一切表演——演奏乐器、唱歌——能使人更切近地参加音乐，不但理解音乐作品的内容，而且表现自己的感情和自己对这音乐内容的态度。这可使对音乐的理解以及与此相关的体验更加积极，更加深刻，更加有效。此外，声乐艺术是由嗓子表演的，因此可用最大的感动力和多样的变化来最直接地表现自己的感情。

合唱是音乐表演中最容易接受的、最大众化的、最为人所喜爱的一种形式。儿童(成人也如此)不欢喜一个人唱歌，因为他们的嗓子没有把握，不一定能唱得充分悦耳，所以都欢喜归并到别的唱歌者的歌声中去。

合唱联合着一切唱歌者的努力，所以效果是和谐而融洽的。俗语说得好："二人不会唱，合伙容易唱。"

必须唱得悦耳而和谐。这可以培养学生的注意力，组织他们，训练他们。

乌申斯基认为：唱歌是一种强有力的教育手段，唱歌能组织学生，团结学生，培养学生的感情。唱歌能使儿童振作，能使学校生活增加朝气和光辉。乌申斯基指出俄罗斯学校中唱歌教学的不良情况，他说："……早就该用响亮而和谐的歌曲来唤醒我们的学校了。"[2]"当我们的学校已经开始唱歌的时候，我们才可以说，它们是在向前进了。"[3]

---

〔1〕 俄文中"хор"这词包括合唱及齐唱，译成中文时，只能概称为合唱。——译者注

〔2〕 乌申斯基：《教育论文选集》，莫斯科：俄罗斯苏维埃联邦社会主义共和国教育部教育出版社，一九四五年版，第二六五页。

〔3〕 见同书第二五八页。

共同的唱歌、与歌曲相关联的体验的共通性,为集体主义感情的培养创造了非常良好的条件。

唱歌课的有成效的教育工作,只有在正确而严肃的、有系统的教学的基础上,在知识和技能的稳固掌握的基础上,才能实现。教师授学生以必需的知识和技能,是为了使他们能够理解音乐,能够在表演歌曲的时候灵敏地、富有情绪地、优美地表现自己的感情。

学生上唱歌课,不是仅仅唱歌而已。教师除循序而有系统地教学生正确地、富有表情地、优美地唱逐渐复杂起来的歌曲教材之外,还要教他们音乐知识,使他们获得关于乐语要素和关于音符记录的初步知识。这可帮助学生理解旋律的构成,较迅速、较容易、较巩固地学会并记住旋律。

上课时,儿童听教师演唱的,不仅是他们所学习的歌曲,还须有他们所能理解的其他许多声乐作品和器乐作品。这可以大大地扩展音乐对儿童的影响的可能性。

除此以外,经验证明:当儿童的眼界由于听音乐作品而扩展的时候,他们就会更迅速、更明显地表示对音乐的兴味。他们开始更愿意地、更自觉地、更富有情绪地唱歌了。

学校给正在成长中的一代以正确的音乐教育,同时又为我国音乐文化进一步的发展和繁荣铺设道路。

有人问柴科夫斯基,据他的意思,什么是在俄罗斯发展音乐生活所必须的。柴科夫斯基回答说:必须有专门教育的正确的系统,又必须在我们祖国的一切初级学校里广泛地普及并巩固合唱必修科。

学校教学生正确地、有修养地、富有理性地、富有表情地唱歌,教儿童理解音乐,爱好音乐;学校给学生以音乐的若干一般知识:这样,就可使学生将来积极地参加音乐艺术。学校唤起学生对于音乐的浓厚兴味,唤起学生自觉地听音乐作品并情绪地对它发生反应的能力,就养成了具有高度发展的艺术趣味的严格要求的听者。青年男女将挤满我们的音乐演奏厅,将成为业余艺术活动的有修养的参加者。他们又将补充到音乐专家的干部中去,因为在唱歌教学的过程中,儿童的音乐才能也已经有成效地发展了。唱歌教师不难选拔有天才的儿童,依照所需的方面指示他们的趣味和志愿。

如上所说,可知唱歌教学可以通过正确反映现实的、鲜明的音乐形象而影响学生个性的形成。教师利用音乐为手段,利用合唱,可对学生进行思想教育、集体主义感情的教育、友谊感情的教育。

这些任务,只有在这样的情况下才能顺利地完成:参加音乐感受和音乐表演的不仅是意识,而又是感情和想象;儿童情绪地对音乐起反应。

学生欣赏并表演的音乐,必须是真正富于艺术性的。这是以音乐为手段的有效的儿童教育所必需的条件,是正在成长中的一代的艺术趣味发展所必需的条件——这正是学校艺术教育的最重要的任务。

本书的目的便是阐明小学唱歌课教育工作的上述诸重要问题,即思想教育、集体主义教育、唱歌教学过程中的感情作用和想象作用的问题以及艺术趣味的培养。

第一章　唱歌课的思想教育

苏维埃教育学的最重要原则之一，是培养的教学的原则。教师在教学过程中培养学生的共产主义的倾向和自觉性、布尔什维克的性格特征。学校有效地培养儿童对苏维埃人民在精神上、政治上的一致性的思想的理解力，对其他民族的友谊的感情以及对苏维埃爱国主义的感情。

这任务的实行，在我们这时代，在从社会主义过渡到共产主义的时代，具有特殊的意义。“苏联年青的一代必须加强社会主义苏维埃制度的力量和威力，必须完全利用苏维埃社会的动力来求得我们的幸福和文化的空前未有的新的繁荣。”[1]

只有在教学不脱离环境生活而和环境生活相结合的时候，思想教育才能最有效地实行。“如果学习、教育和训练只局限于学校以内，而与蓬勃的实际生活脱离，这样的教育方式我们是不会相信的。”[2]这种自然的、有机的结合，能使教学工作有生气，给教学工作以生活效能的性质，此外，又可增加儿童对课业的兴趣。

---

〔1〕 日丹诺夫：《关于〈星〉与〈列宁格勒〉两杂志的报告》，莫斯科：国立政治书籍出版社，一九四六年版，第三七页。（译文根据《苏联文学艺术问题》，人民文学出版社版，第六八页。——译者注）

〔2〕 见《列宁全集》第三十一卷第二七〇页。（译文根据《列宁文选》两卷集第二卷第八一一页。——译者注

必须使正在成长中的一代意识到并感觉到自己是苏维埃大家庭的一部分;必须使学生在他们的年龄所许可的限度内关怀国家的利益,关怀一切苏维埃人的利益;必须使儿童理解国家所趋向的伟大目的;必须使他们感到为达到这目的而尽自己的力量的热烈愿望。

在这方针之下,唱歌教师有什么事可做呢?

唱歌教师用以教育儿童的教材,是音乐作品。这就是说:实行教育任务的最重要条件之一是正确地选择音乐作品,使其内容符合我们的教育目的。

教育学生所用的音乐教材,是苏维埃作曲家的歌曲、古典作曲家(主要是俄罗斯古典作曲家)的作品以及民间歌曲。

苏维埃作曲家的歌曲,差不多全是以苏维埃题材作成的,这使它们都具有巨大的教育价值。儿童通过苏维埃作曲家的歌曲,能更深刻地认识我们的现实,我们对于苏维埃人借以生活的思想和感情就更加亲近,更加了解。歌曲向学生展开环境生活中鼓舞人的情景,苏维埃人民的英勇的、建设性的劳动,以及为共同的观点和共同的愿望所结合的苏维埃人的团结一致。儿童的心中就发生愿望:希望早些参加苏维埃人民的共同的创造性劳动,希望和他们分担斗争和建设的辛劳,分享胜利的欢乐。

儿童唱和听那些歌颂我们社会主义祖国的伟大、富饶和美好的作品,他们歌唱苏维埃人的劳动功绩,歌唱我们祖国的英勇历史;他们唱和听为和平而斗争的歌曲。这种歌曲把教学密切地和环境生活相结合。

学生听并学习了关于祖国自然界的丰富和美的歌曲、关于南方的米丘林工作者的歌曲、关于旅行者的歌曲、关于地理学家的歌曲、关于帮助栽培森林的儿童等歌曲,就充满了热烈的愿望,想研究自己的祖国,积极参加祖国的改造。在乐观的、朝气蓬勃的歌曲(例如斯塔罗卡多姆斯基的《关于大哥哥们的歌》、查尔科夫斯基的《你将做怎样的人?》)中,歌唱着各种部门的事业,儿童就希望参加这种事业。这种歌曲培养他们的积极性、意志、对于有趣味和有利益的事业的渴望。

丰富的苏维埃题材多方面地反映着这种现象及其所唤起的感情,同时并体现在各种性质的歌曲中。例如,儿童唱庄严伟大的《斯大林之歌》(勃朗捷尔作),唱嘹亮的、快乐的、欢欣的歌曲《谢谢》(波洛文金作),又唱亲切而温柔的歌曲《礼物》(劳赫维尔盖尔作)。

对祖国的爱,学生在各种性质的歌曲中表现出——在宽广而庄严的《祖国进行曲》(杜那耶夫斯基作)中,在儿童一般明朗的、欢乐的、柔和的歌曲《我们的国土》(卡巴列夫斯基作)中。

儿童又唱关于自己幸福的童年的各种歌曲——进行曲式的、朝气蓬勃的、刚毅的(弗拉德金的《少先队进行曲》),幻想的、柔和的(巴卡洛夫和舍赫捷尔的《少先队员的幻想》),滑稽的、舞蹈的(奥斯特罗夫斯基的《学校波尔卡》)等等。

苏维埃音乐中为儿童作的新歌曲,时时在丰富起来。因此,教学大纲建议从新出歌曲中选择一些最好的列入教学用的歌曲里。

由此可知,一切古典作曲和差不多一切民间创作(后者有时用苏维埃民间创作的歌曲来补充),是一定不易的教材。至于用苏维埃作曲家的歌曲作教材,则必须常常变换。教师应注意新出的歌曲,从其中选取思想上和艺术上最有价值的作品、可以扩展并加深教育工作的作品。

前面已经说过:教学和生活的联系,也可由反映环境生活现象的歌曲来实行。这时候教师须努力以最良好的方法来使学生意识到作品中的思想,使学生发生关于歌曲内容的明显而深切的感情。

学校和全国所纪念的社会政治事件,可以帮助培养儿童精神上和政治上的一致的感情。儿童尽自己的力量来参加这些事件,他们在家庭里、在无线电里听到关于这些事件的讲话;他们读《少先队真理报》。教师和他们谈论这些事件。儿童从小是习惯于感觉到自己是伟大而亲睦的苏维埃家族的一员。最重要的事件成为学校的节日纪念会和晚会的主题。

准备得很好的、组织得很好的学校节日纪念会和晚会,具有很大的教育意义。庄严而欢乐的气氛、节目的思想性和生动性、情绪的饱满,会使儿童兴奋起来,热烈起来。节日纪念会的意义就明确地贯注在儿童的意识中,在那里留下深刻的痕迹。

在每一次节日纪念会的节目中,音乐占有很大的地位。在这里一切都要仔细加以考虑,例如开始的时候奏进行曲,儿童在这音乐声中走进会场。这时候进行曲立刻造成庄严的心情和兴奋的情绪。有一种方法是不对的。例如教初年级的学生在儿童"小曲"形式的进行曲声中走进会场。儿童很欢喜这种进行曲,在上课时很高兴听这种进行曲,但把它们认为"游戏的",而不是正式的。如果用了这样的进行曲,便不能帮助造成这时候全国人民所体验的、庄严而欢乐的心情了。

除各班学生的表演和合唱小组的表演之外,全体的唱歌能在节日纪念会上引起很大的兴奋。全体唱歌能使学校全体人员融合在一致的感情中。

要充分完成所提出的教育任务,只有在这样的情况之下方才可能,即:学生在节日纪念会前有充分的准备;在唱歌课和其他课业的教学过程中学生对于节日纪念会的内容能明白了解并贯注热情。

学生为了准备节日纪念会,在教室里唱并听符合这节日纪念会的主题的音乐,同时又参加关于节日纪念会内容的谈话、关于怎样尽可能用音乐表现这节日纪念会的谈话。儿童在教师的指导之下讨论：在已经学会的歌曲中，哪几首最适合于这节日纪念会的主题，在教师所提出的歌曲中，哪一首需特别加以练习。这可使儿童积极起来，帮助他们理解节日纪念会的意义，更用心地倾听音乐，探究音乐的内容和性质。例如，在三年级里，为了准备即将来到的五一节，把三个进行曲演奏给他们听，要他们表示意见，哪一曲在示威游行时演奏最为适当。这三个进行曲中，一个被学生否决了，因为它“太孩子气”；另一个也被否决，因为它是一个“普通的进行曲”。他们一致赞成第三个，据他们的意见，这是较为“庄严的”“欢乐的”（所演奏的三个进行曲是格里埃尔的《小进行曲》、古诺的歌剧《浮士德》中的进行曲和杜那耶夫斯基的《体育家进行曲》）。

古诺的《浮士德》中的进行曲虽然也是庄严的进行曲，但《体育家进行曲》在音调上更为苏维埃儿童所接近，进行曲里面有许多地方和我国很通俗的群众歌曲相共通，它更适合于庄严的、人民的苏维埃节日的精神，儿童是感觉到这一点的。

在学校里，例行的节日是每年庆祝的，并且在教学大纲中规定着适当的歌曲材料。但在生活中，常常有学校教学大纲所不会预先规定的、偶然的重要事件发生，而全国对这些事件一致响应。前进的教师努力利用这些事件，借以改进教育工作。但是这许许多多的事件中，教师只能选择重要的、同时其意义为该年龄的学生所能理解的；只能选择有机地、自然地、有益地和教学过程相关联的，和儿童所能理解的音乐材料相关联的。只有在这些条件之下，才能达到教育的目的。

举一个实例在下面。

在举行世界保卫和平大会的时候，三四年级的学生是懂得这事件的意义的。他们从教师那里、从无线电里听到关于这事件的谈话；他们在杂志里看到表示各国和各民族的人民的友谊的动人的照片;他们看到大会对于英勇的朝鲜人民的代表表示何等热烈的同情,诸如此类。当教师在四年级的唱歌课上谈到关于大会的一些话,并建议儿童唱关于和平、关于各民族的友谊的歌曲的时候,他们热诚地接受这建议。教师唱了穆拉杰里的歌曲《莫斯科—北京》的领唱部,儿童就自动协和地接唱叠唱部。教师作了关于各首歌词的简短的谈话之后,便令学生注意:他们的叠唱部唱得没有完全正确。唱这歌曲的时候,必须表现力量、雄伟以及团结和平拥护者的一致感情;唱这歌曲的时候,必须表现充分的融合性。

教师指示儿童:要表现为和平而斗争的一切人们的紧张、抱定目的、意志,必须用更坚决的语气,更有力、更正确地表现歌曲的节奏。儿童们便又唱,听自己的歌声,检查并讨论:他们的演唱跟歌曲内容符合到什么程度,对于歌曲情绪表现的明了和正确达到什么程度。然后学生们回想,关于为和平而斗争的歌曲。他们所知道的还有哪些。教师向他们提出屠里科夫的歌曲《不会有战争烽火……》,学生便轻轻地接唱了叠唱部。

这样,学生在唱歌课上就可以表现他们激动的感情,更深刻、更积极地体验这种感情。教师在这一课上向学生揭示了一个生动的范例,使他们知道:音乐,尤其是歌曲,如何反映生活现象,反映苏维埃人民所有的那种深刻的感情,音乐如何把人们团结在一种共通的感情中。

*　　　*　　　*

学校所培养学生的苏维埃爱国主义,其基础是社会主义思想、社会主义道德、社会主义文化对资产阶级思想的优越性的意识。儿童逐渐地养成民族自豪感,首先是为了他们的祖国是世界上第一开始建设新的、幸福的生活的,第一开始建设共产主义的。

学校教学的一切内容，对环境生活的观察，教师的谈话，都是帮助培养这种感情的。在唱歌课中，由于对于在鲜明而富于情绪的形式中反映生活现象的艺术音乐形象的感受，这种感情就巩固起来，深刻起来。

教师为了培养苏维埃爱国主义感情，利用国内的音乐生活中的某些事件。例如，教师讲给儿童听：关于苏维埃音乐家的成就，关于国际竞赛会、联欢节，在这些会中，苏维埃音乐家——作曲家和演奏家——照例是占第一位的。教师在简短的谈话中指出这种胜利的原因。在资产阶级的国家中，只有少数富人具有发展自己天赋的可能性，但在我国，苏维埃政权关心一切公民的才能和天赋的发展，并为此而创造必需的条件。

唱歌教师把关于苏维埃音乐——有思想原则的、前进的音乐——的情况讲给学生听。苏维埃音乐表现共产主义的伟大思想，表现鼓励苏维埃人劳动、为和平而斗争、为全人类的幸福而斗争的感情。因这缘故，我们的音乐是前进的。苏维埃作曲家的优秀歌曲，被地球上每一个角落里的人们所爱好，所歌唱。这些歌曲鼓励各国的劳动者为和平而斗争，为自由和独立而斗争。

学生又从教师那里知道，苏维埃人民熟识、重视并热爱自己的作曲家和音乐家，但同时又向他们提出严格的要求——音乐必须是有思想性的、有内容的、美丽的、富有表情的、为人民所理解的。

前进的教师就这样用学生所能理解的形式来使他们认识：苏维埃音乐家的经常的胜利不是偶然的事，也不仅是若干人的功绩。这胜利是理所当然的，是党在艺术领域内的政策的结果。苏维埃政权指示苏维埃音乐的发展所应走的路径，苏维埃政权指导作曲家和演奏家。小学校的学生在具体的实例中看到：苏维埃音乐家的优越，是我国一切音乐文化的优越，这是以我国的社会主义制度为先决条件的。

教儿童认识我国光荣的过去,认识我国过去一切进步的、优良的情况,认识一切发展了的、引导国家走向社会主义胜利的情况,可以促进苏维埃爱国主义教育。

“宣传苏维埃爱国主义,”加里宁说,“这决不能与我国人民过去的历史脱离,决不能与这历史没有连蒂关系。在这种宣传中,必须充满有关我国人民活动的爱国主义自豪心。”〔1〕

有许多与俄罗斯人民的过去有关的音乐作品,是初级小学的学生所能充分理解的。这种过去的情况反映在古典作曲家的作品中,反映在民歌和旧时的革命歌曲中。

在苏维埃人民的英勇的过去中,工人阶级为推翻专制政体而作的勇敢的斗争占有重要的地位。这斗争明显地反映在充满力量、愤怒、热情、战斗的乐观的革命歌曲中。三四年级的学生怀着兴味听讲关于这些歌曲的故事,关于这些歌曲鼓励工人斗争的故事。儿童自己推想得到:为什么这些歌曲在当时没有印出来,为什么歌曲的作者在当时是无人知道的。

当学生认识了歌曲《同志们,勇敢地齐步走》或《受尽监禁苦》或《你们牺牲了》或《华沙一歌》的内容的时候,他们就更加明白了解:为什么这些歌曲在当时是被禁止的。唱歌教师向儿童说明高尔基关于革命歌曲的话的意义:“这歌曲唱得比别的歌曲声音低,然而它发出的声音比一切歌曲更加有力。”儿童从教师那里知道:现在也还有许多老年工人和老年的布尔什维克清楚地记得在地下活动时唱这些歌的情况,他们现在唱起

〔1〕　加里宁:《论共产主义教育》,该文见《一九二四至一九四五年论文演说选集》,莫斯科-列宁格勒:苏俄教育科学院出版社,一九四八年版,第六三页。(译文根据《论共产主义教育》,莫斯科外国文书籍出版局一九五〇年版,第一〇四页。——译者注)

这些歌曲来还带着特殊的爱好和激动。

在这样的谈话之后，儿童唱起《同志们，勇敢地齐步走》这歌曲来，就很明确，很有精神，同时又很严肃，很沉着了。他们知道：在这为争取祖国人民的自由的英勇斗争中，曾经牺牲不少勇敢的战士。歌曲《你们牺牲了》的开始是悲哀而庄严的。在第二部分（“时候要到了，人民要醒了”）的音乐中，听得出胜利的信念、对人民的巨大力量的信心。

儿童们唱起这些歌来非常富于感情，非常富有表现力，往往使听者吃惊。“十一岁的孩子，怎么能够这样深刻而强烈地感到革命运动的热情呢？这是我们这时代的小小奇迹之一。”高尔基这样谈到一个男孩子在少先队集会上的表演，这孩子读的是《公社社员之墙》的诗篇[1]。

苏维埃国家的生活，教学和教育的深刻的思想方针，说明对于历史事件的这种同情，说明我们的孩子们的这种敏感。

旧时的革命歌曲，是思想教育的最宝贵的手段；我们有时对这种手段的意义估计得太低。革命歌曲能使学生理解那种为人民事业而奋斗的战士所怀抱的思想和感情（对敌人的仇恨、勇敢、英勇精神、斗争意志、人道主义），使他们亲自体验这种高贵而激动的感情。

* * *

俄罗斯人民值得自豪的，是他们的极丰富的歌曲创作。俄罗斯民歌内容深刻，富有表现力，富有独创性，同时又非常纯朴——这是听者所共赏的。这些民歌中表现着俄罗斯人民的诗的和音乐的天才、他们的智慧、高尚性和深刻的乐观主义。加里宁说：艺术的最高形式、最天才的最独创的形式，是民间艺术，即人民所记忆的、人民所保留的、数百年间人

[1] 见杂志《我们的成就》，一九二九年，第二号，第四页。

民所留传下来的。

俄罗斯民歌是俄罗斯古典作曲家和苏维埃作曲家汲取灵感的源泉。在联共(布)中央关于穆拉杰里的歌剧《伟大的友谊》的决议中,强调着民间创作的价值和意义。

教师的任务是使儿童认识民间创作,教他们爱好并重视祖国的乐语。这任务的完成,关联于苏维爱国主义教育的任务。加里宁说:"……苏维埃爱国主义是从自己的悠久历史中,从人民诗话时代,就有自己的根源:苏维埃爱国主义吸收着人民所创造的一切优良成果,并认为获取人民所有的成绩,乃是自己的莫大光荣。"〔1〕

小学各班的教学大纲中,都采用各该年龄的儿童所能理解的民歌。教师说明民歌的各种内容。儿童认识了悲哀而悠长的、舞蹈的、劳动的、滑稽的、摇篮歌的、历史的各种民歌。教师对三四年级的学生讲述:这歌曲反映着生活的哪些方面、生活的哪种现象,怎样反映着苦痛的强制劳动(例如在民歌《伏尔加船夫曲》中)等等。教师自己唱歌要唱得富有表情,富有感情,使学生都爱听而受感动。

教师讲给儿童听:从前什么人如何创作并收集这些歌曲,现在如何用心收集这些歌曲——由考察团专门到各边区和各共和国去,用录音机来记录这些歌曲。学生又知道我们的民歌合唱团:"俄罗斯歌曲合唱团"(斯维什尼科夫领导的)、"比亚特尼茨基合唱团""沃龙涅什民歌合唱团""二北方合唱团"等。

这些合唱团的表演节目中,有他们所爱好的民歌,他们在晚会中、在

〔1〕 加里宁:《论共产主义教育》,该文见《一九二四年至一九四五年论文演说选集》第六四页。(译文根据《论共产主义教育》第一〇五页。——译者注)

少先队集会中、在营火会中热情地唱这些民歌。

教师讲给儿童听:列宁和斯大林非常爱好并重视民歌。这更能使学生亲近民间创作,唤起他们对民歌的兴味,鼓励他们用心听并学习民歌。

三四年级的学生从教师那里知道:我们的作家和诗人一向是何等重视并爱好民间创作。关于普希金的故事,给儿童以强烈的印象:普希金住在乡村里的时候,常常听并记录民歌。“他坐在地上了,召集那些乞丐和瞎子来,他们唱歌给他听,读诗给他听”,或者“和姑娘们作轮舞,不绝地听,听她们怎样唱歌,自己也和她们一起舞蹈,跳轮舞”;他参加在乞丐中唱歌,“用系着小铃的手杖替他们打拍子”[1]。普希金自己搜集并记录了大量民歌。教师把普希金的诗读给学生听:

在车夫的长歌中,
听到可亲的声音,
有时是豪放的大胆,
有时是衷心的苦闷。

并且拿这诗来和儿童所知道的民歌相比较。学生又认识若干历史的民歌,例如《苏萨宁》《波罗基诺》《瓦良格》等充满爱国主义精神的民歌。

我们可以用最简单的实例来向学生揭示民歌的表现力和民歌中所表现的感情的深刻。一二年级的学生就已确信:他们听民歌的时

---

〔1〕 格鲁莫夫:《普希金的音乐世界》,苏联国立音乐出版社,一九五〇年版,第一〇〇至一〇一页。

候,即使是三个音至五个音所组成的最简单的民歌,也能使他们忽而悲哀(例如《夜莺,不要飞》),忽而非常高兴(例如《在青草地上》),忽而觉得可笑(例如《生姜糖蜜》)……

我们讲给儿童听:我们的古典作曲家怎样向人民学习,他们怎样采用民歌。于是,有一次,我们在四年级里演奏柴科夫斯基的《第四交响曲》终曲里的一个短短的断片给学生听,这断片就是用民歌《田野里有一株白桦树》的旋律来构成的。学生欢喜而用心地在乐器演奏中听他们熟悉的、柴科夫斯基改作的歌曲。他们在无线电中听到熟悉的民歌《仙鹤》的旋律(在柴科夫斯基的《第二交响曲》中)和《在绿色的苹果树下》的旋律(在他的《弦乐小夜曲》中),连忙把这事在最近的唱歌课上告诉同学们和唱歌教师。

*　　　*　　　*

在为俄罗斯艺术创造不朽的光荣的伟人中,我们看到俄罗斯古典作曲家。他们对俄罗斯音乐艺术有难于估计的贡献,而俄罗斯音乐艺术的特色便是深刻的思想性、丰富的内容、新颖和独创性。

斯大林在一九四一年十一月六日的历史性的演讲中,叱责法西斯侵略者,说道:“而这些丧尽天良、野兽成性的人,却敢厚颜无耻地号召消灭伟大的俄罗斯民族,消灭这个诞生了普列汉诺夫和列宁、别林斯基和车尔尼雪夫斯基、普希金和托尔斯泰、格林卡和柴科夫斯基、高尔基和柴霍夫、谢琴诺夫和巴甫洛夫、列宾和苏里科夫、苏沃罗夫和库图佐夫的民族哩!……”[1]我们的学生应该知道:伟大的俄罗斯作曲家曾经用什么来

---

[1] 斯大林:《论苏联伟大卫国战争》,莫斯科国立政治书籍出版社,一九五二年版,第三〇页。(译文根据同书中文版,苏联外国文书籍出版局一九四九年版,第二八页。——译者注)

为自己的国家增光,为什么他们的名字被列入我国最伟大的人物中。

对俄罗斯古典音乐的认识,可以充实学生的民族自豪感、对俄罗斯人民的力量和天才的信心,可以发展艺术趣味。因为这缘故,俄罗斯古典音乐在学校教学中应该从低年级开始就占据重要的地位。

小学校的学生认识俄罗斯古典作曲家的音乐,主要是听教师演奏,或者听留声机片。教师教学生认识这些古典作曲家的作品时,可对他们讲述关于这些作曲家的生活和创作的若干情况。这目的是使学生对艺术家个人感到兴味,对他感到爱慕和同情。儿童又会把对作曲家的兴味和爱慕转移到音乐上。他们特别注意而热心地听他们所感兴味的作曲家的作品。他们希望知道更多些关于这作曲家的事,希望更清楚地认识他的作品。同时儿童又希望认识他们所欢喜的、所感兴味的、感动他们的、使他们得到满足的作品的那些作曲家的生活和创作。

教师在三四年级里,用学生所能理解的形式来讲述古典作曲家的创作的若干进步的特点。教师结合儿童听过的作品而对他们讲述:俄罗斯古典作曲家如何爱好并重视民间艺术、民间歌曲,他们如何向人民学得纯朴、易解而富有表情的作曲法。

学生从教师那里知道:许多伟大的俄罗斯作曲家搜集民歌,把它们用在自己的创作中,有时用原来的形式(例如李姆斯基-柯萨科夫的歌剧《萨旦王的故事》中的《劈劈拍》和《小兔子》),但更常用改编的形式(例如同一歌剧中的《在花园里或菜园里》)。

儿童在小学里知道了关于柴科夫斯基、格林卡、李姆斯基-柯萨科夫的若干情况。教师把该年龄的学生所感兴味的、所能理解的、有教益的情况讲给学生听。

苏维埃教育学十分注意关于教育中的范例作用的问题。

我们的古典作曲家的传记中,含有许多对教育方面有价值的材料。例如,二年级的儿童就已知道,格林卡在童年时代住在乡村里,常常听农民歌曲,爱好这些歌曲的美丽、真挚和纯朴;他爱好它们,终生记得它们。教师对学生讲述,格林卡是普希金的同时代人,格林卡以普希金的故事为题材作了一个歌剧,即《卢斯朗与柳德米拉》。

在三四年级里,关于作曲家情况的报道范围扩大了。学生已经知道:格林卡是俄罗斯古典音乐的创始者,他用民歌的风致作曲,采用民歌的句法,不顾当时的听众——轻视民间的农民歌曲的富人——的趣味。格林卡曾经悲哀地对他姊姊说:大概要在一百年之后他才能被人理解。他的话果然不错。到了现在我们的时代,格林卡是大众最爱慕的作曲家之一,他的作品为全体苏维埃人民所熟悉而重视了。

学生认识了格林卡的音乐作品,同时又知道格林卡热爱祖国,知道他作的爱国歌剧《伊凡·苏萨宁》——关于这歌剧的内容,教师只是大概地介绍给学生。学生听这歌剧的结尾合唱曲《光荣》,有时自己唱它。教四年级学生认识格林卡的浪漫曲《云雀》,可以使他们了解格林卡的音乐的美丽、纯朴和真挚。

在一年级里,教师就教学生认识柴科夫斯基的作品。大家都知道,这位伟大的作曲家很欢喜孩子们。波果瑞夫在关于柴科夫斯基的回忆录中写道:"……和柴科夫斯基谈话,谈到某些主题,他往往表示特别的热情……这便是关于孩子们的谈话:柴科夫斯基对孩子们特别温和。"

教师对儿童讲述关于柴科夫斯基的事,使他们对这位为儿童写了许多歌曲和乐曲的伟大作曲家感到深挚的尊敬和同情。柴科夫斯基是儿童的真心的朋友,他曾经写道:他认为替儿童们作曲,按照自己的能力限度来丰富那时还很贫乏的儿童音乐文化,是他的直接的义务。

柴科夫斯基曾经给儿童作《儿童曲集》和《儿童歌曲十六首》。教师教学生认识下列的歌曲:《我的小花园》《草色青青》《云雀之歌》《卡马林舞曲》《特列巴克》《法国古歌》《意大利歌》《德国歌》等。教师教学生注意:这位作曲家带着何等的爱而描写祖国的自然界,他何等爱好俄罗斯民间创作,对于别的民族的音乐艺术具有何等的兴味。

柴科夫斯基晚年住在克林,这是列宁格勒和莫斯科之间的一个小城。这位大作曲家逝世之后,他住的房屋变成一个陈列馆。在伟大的卫国战争时期,这陈列馆被德国法西斯残酷地毁坏了。法西斯被从克林逐出之后,苏维埃人立刻毅然地从事柴科夫斯基陈列馆的复兴工作。开幕的一天,莫斯科的艺术家们来到克林。他们在陈列馆开幕的时候演奏这位天才作曲家的作品。

关于这种事实的叙述,常常能使儿童感动;儿童看到苏维埃人民如何重视并爱慕自己的伟大作曲家,如何虔诚地纪念他们,自己心中也就充满了对他们的深挚的敬爱了。

在一次这样的谈话中,莫斯科第一百七十二学校的四年级学生想起:莫斯科有一个音乐厅名叫“柴科夫斯基”,还有一条街也是用这名称的。教师补充说:莫斯科音乐学院也是用他的名字来称呼的,因为柴科夫斯基当时曾经在这里当过教授。同时他又说明:列宁格勒音乐学院是用作曲家李姆斯基-柯萨科夫的名字的。

教师教四年级学生认识李姆斯基-柯萨科夫的时候,可对他们讲述这位大作曲家对自然界的爱,尤其是对海的爱,他曾经以海军军官的资格参加周游世界的航海旅行,因此常常看到海。李姆斯基-柯萨科夫对于自然界的描写有伟大的技艺。他热心地研究并记录民间旋律。他编辑一册民歌集,里面有一百首民歌,其中有若干首被他应用在他的十五个歌剧中。

李姆斯基-柯萨科夫有许多歌剧是根据俄罗斯童话和民谣叙事诗的主题作的,例如《萨旦王的故事》《雪娘》《金鸡》《萨特科》便是。

在四年级里,教师对学生讲述李姆斯基-柯萨科夫最后的一个歌剧《金鸡》(根据普希金的故事作的),告诉他们:这歌剧中何等明显地强调着沙皇的愚笨、懒惰、死板和残忍。

下面的故事给四年级学生以深刻的印象:一九〇五年,李姆斯基-柯萨科夫的学生们表示和革命的无产阶级团结一致而声明罢课,李姆斯基-柯萨科夫坚决地站在学生方面,因此音乐学院把他撤职。

这样,学生听了教师的谈话,认识了音乐的范例,结果心中产生了对俄罗斯古典作曲家的概念:他们都是当时的进步分子,创作了为我国增光的优秀的音乐,贡献出自己的一切力量来为祖国和祖国的艺术服务。

* * *

在唱歌课上,不仅教学生认识俄罗斯古典作曲家的音乐作品,又教他们认识外国作曲家的作品。“……我们批判地接受一切民族和一切时代的文化遗产,以便从其中挑选出一切能鼓舞苏联社会的劳动者在劳动、科学和文化方面完成伟大事业的因素。”〔1〕

小学校的学生可以认识他们所能理解的莫差特、贝多芬和格利格的几种作品。教师教学生注意莫差特作品中充满的乐观和朝气,及其真挚、纯朴和易解。教师对学生讲述莫差特童年时代和青年时代的事,他的音乐天才早露的事实,同时又讲到:这位作曲家是在困难而不良的条

〔1〕 日丹诺夫:《一九四八年一月在联共(布)中央召开的苏联音乐工作者会议上的开幕词和发言》,莫斯科:国立政治书籍出版社一九五二年版,第三〇页。(译文根据《苏联文学艺术问题》第一二四页。——译者注)

件下生活并创作的,国家并不关心到去帮助他。

教师教学生认识格利格的作品时,向他们指出:这位作曲家很欢喜挪威的民间音乐。他记录民间歌曲和舞曲的旋律,并把其中的几个旋律取作他的作品的基础。他的音乐的丰富的构思(自然界的描写、民间歌曲和舞曲、幻想的题材等)、易解、诚恳、独创以及亲近人民,使他广泛地闻名于世界各国。

教师又告诉学生关于贝多芬和他的生活的若干情况。高尔基认为使正在成长中的一代认识名人的生活,具有极大的教育意义。特别是谈到贝多芬的生活时,他写道:"只要可能,我希望知道贝多芬的童年时代的一切。我们的目的是要鼓励青年人对生活的爱和信心。我们要教人们学得英勇精神。必须使人懂得:他是世界的创造者和主人,他肩上负着对于地上一切不幸的责任,生活中一切善良的光荣是属于他的。"〔1〕

教师对学生讲述:贝多芬作了许多英勇的作品,这些作品仿佛是号召为自由、为幸福而斗争的。这些作品提高人们的情绪,激起人们对胜利的信心。学生们听到贝多芬的穷困的童年时代和耳聋的痛苦,往往深为感动。特别使他们感动的是教师对他们说:贝多芬的精神力量和意志没有被摧毁;有一种认识帮助了他,即他是为别人而创作的,即使他自己不能听见自己的音乐,但人们是能够听到的,这音乐给他们带来了喜悦。

儿童在贝多芬身上看到把自己的生命、自己的创作贡献给人类和社会的一个范例。他们听说贝多芬完全孤独地死去,差不多在穷困中死去,便衷心地、天真地愤慨。他们心中发生了对于容许如此对待天才者的社会制度的深切的反感。

---

〔1〕 见一九三六年十月二十日《文学报》。

当我国纪念萧邦诞生一百周年的时候,当无线电常常广播他的作品,报纸和杂志刊登这伟大作曲家的肖像、关于他的论文和短评的时候,四年级有一个女学生上课的时候问我,萧邦是什么人。原来有许多人听到过萧邦的名字,却不知道他生在什么地方、什么时候和创作了些什么。

在下一课上,全班学生十分用心地听教师讲述了萧邦的童年时代、他的音乐才能的早熟、他对波兰民间歌曲的爱好、他的爱国主义精神。教师告诉学生:从前在萧邦的祖国里,他的作品只是少数人的财产;而在现在的民主波兰,他的作品已经变成广大劳动人民的财产了。教师把萧邦的肖像给学生们看,然后让他们听《降A大调圆舞曲》(作品第八号)和《玛祖卡舞曲》,并由教师加以说明。

在以后的几课上,儿童不止一次地要求教师重复演奏这些作品。

萧邦的作品,在小学校的学生听来当然是复杂的。但由于教师善于谈话,而且只谈两个作品,他就能满足学生的求知欲,并稍稍扩大他们的音乐眼界。

为了加强教育工作,教师可利用儿童在校外获得的,特别是在儿童演奏会及电影院获得的音乐印象。有一种给成人看的影片,给初级小学学生看也有成效。关于格林卡的影片就是属于这一类的。

唱歌教师勃列乌斯〔1〕因为她班上的儿童看过这影片,便借此在谈话中扩展了儿童关于这位作曲家和他的创作的知识。她讲歌剧《伊凡·苏萨宁》给学生听;她联系儿童在银幕上见到的情状而唱瓦尼亚的咏叹调;唱安托尼达的浪漫曲(《我不是因此而悲伤,女友们》);她对儿童讲:

---

〔1〕 勃列乌斯是一九五〇年的“教育讲座”(在诺沃澈尔卡斯克上《合唱工作过程中的儿童集体教育》这报告的作者。

格林卡是一个爱国者，他爱自己的人民、自己的祖国；俄罗斯大作曲家都向他学习作曲，现在的苏维埃作曲家也向他学习。

学生表示愿望，想自己唱格林卡的某些作品。女教师便教他们练习浪漫曲《云雀》，并且看到他们都非常兴奋地学习。因为儿童知道自己唱的是俄罗斯伟大作曲家的歌曲，觉得很骄傲（且不谈歌曲本身感动他们）。后来勃列乌斯同志的学生不止一次地问她：是否再唱格林卡作的歌曲，什么时候唱，唱什么。

在莫斯科第一百七十二学校里，一位男教师看了影片《格林卡》，和班主任商量，决定带四年级学生去看这影片。他把这事告诉学生，原来他们差不多全体都已经看过这影片了。他和他们谈话，才知道学生只注意没有重要意义的部分，主要意义却被他们忽略了。他们对于他们能力所及的部分也没有完全理解。

教师预先替他们作了准备，然后重新带他们去看这电影。他教学生注意：农民歌曲给童年时代的格林卡多么深刻的印象，它们怎样牵惹他的心。但是，当格林卡在上流社会中演奏根据民歌主题作的变奏曲的时候，竟引起人民的怀疑和愤慨。这社会离开民众是那么远，它是那么看轻民众和民众的艺术。经过教师准备的儿童，都能够看出这事实，并且正确地评价这事实。他们听音乐时，认出《切尔诺莫尔进行曲》和歌剧《卢斯朗与柳德米拉》的序曲的断片，因为这些都是预先在课内演奏给他们听过的。

这一次儿童从影片中获得的印象当然比第一次获得的印象更为深刻，更为强烈。此后他们对格林卡的创作就表示很大的兴味，常常要求演奏他的作品。

教师对学生讲述我国的人何等爱好并重视格林卡的时候，便劝他们去看看演奏会的曲目,张贴这曲目的地方是他们散学回家时所经过的;这可使他们确信格林卡的作品在我国是常常演奏的。此后儿童便会谈论所看到的曲目,并且作出自己的结论。他们说:"柴科夫斯基的作品也是常常演奏的,而且比格林卡的演奏得更多。"二年级里的一个女学生说:"柴科夫斯基音乐厅里将要演奏格林卡的《幻想圆舞曲》。圆舞曲我是知道的,但《幻想圆舞曲》是什么呢?"

仅仅阅读曲目,当然是得益很少的,然而儿童阅读之后,往往发生疑问,往往表示愿望:想在无线电中或到演奏会等处去听自己感兴味的作品。和个别的家长谈话,可证明这事实。

上述各例表明:唱歌教师有很多机会可在教学工作中有效地利用关于作曲家的某些最良好、最易解的影片。这些实例又说明:如果有专为学生摄制的关于各作曲家的影片,教师将获得何等广大的教育可能性!

我们所列举的关于教学和生活联系的例子证实:唱歌教师必须熟悉国家的音乐生活,不可脱离它而落在后面;唱歌教师必须常常争取主动,及时地适应儿童的各种要求。

我们所列举的教师实践中的例子,不是全部可供唱歌教师利用的。例如,安托尼达的浪漫曲或萧邦的圆舞曲和玛祖卡舞曲,不是每一位教师都能演奏的。然而问题并不在此。教师只须认识任务的重要性:不可使教学过程脱离生活,必须扩展儿童的眼界,培养他们对音乐的爱,培养他们听音乐和理解音乐的能力。如果教师能热诚地向着这方针努力,他一定能够完成这任务,即使学校和他自己只具有不多的可能性也无妨。

每一个教师,只要做好准备,都能够对儿童作关于音乐、关于作曲家的富有趣味的谈话,都能够使儿童注意收听儿童音乐广播,都能够为听音乐而应用留声机。

莫斯科第六百三十二学校的女教师舒斯特罗娃一种乐器都不会演奏。但她以真挚而富有表情的唱歌、熟练的儿童教学法、关于音乐的富有内容和情绪的谈话，唤起儿童对音乐的很大的兴趣和爱好，竟可使擅长器乐和声乐而不会努力应用这些技术在自己的教育工作上的许多教师都羡慕她。

*　　　　*　　　　*

苏维埃社会的强大原动力之一是各民族的友谊。

培养我们的学生对苏联一切民族的亲爱和尊敬的感情，是直接关联于苏维埃爱国主义教育的重要任务。

斯大林教导我们："苏维埃爱国主义不是把我国的各民族分裂开，反而是把他们团结为统一的兄弟家庭。"[1]为培养苏联各民族友爱团结的感情，唱歌教师拥有可贵的富有教育性的教材——关于各民族间的友谊的苏维埃歌曲、苏联各民族的歌曲。

民族音乐可帮助儿童更切近地认识这民族，认识它的特点和性格。儿童渐渐能辨认若干种富有特性的音调，在听到不熟悉的苏联民族歌曲之后，竟试图发表自己的见解："这歌曲好像是乌克兰的"或者"这好像是格鲁吉亚的歌曲"。儿童因为缺乏经验，当然不能具有对于该民族的音乐特征的充分明确的概念，但是他们发表的见解，证明他们对这些歌曲是感到兴味的。儿童努力想抓住这些歌曲的特点，他们这企图在某程度内是成功的，这便是很可贵的。

我们演奏苏联各民族的各种歌曲给儿童听，同时教他们注意这些歌

---

〔1〕 斯大林：《论苏联伟大卫国战争》，第一六一页。（译文根据同书第一三六页。——译者注）

曲的美丽和特色,培养他们对于创作这么美丽的歌曲的民族的尊敬心。我们用具体的实例来引导学生理解:文化(艺术,特别是各民族的音乐)是采用民族形式和社会主义内容的。我们向学生指出,我国各民族的苏维埃歌曲的内容,有很多共通性。这些歌曲歌唱着建设社会主义的人民的幸福的新生活,歌唱着对和平劳动的愿望,歌唱着对战争贩子的仇恨。关于斯大林的歌曲,歌唱着领袖的伟大,歌唱着他是一切劳动者的朋友和导师,他引导各族人民走向幸福,走向共产主义。这些歌曲用不同的语言来唱,它们的音乐也各不相同,具有各民族独有的特色;然而其中所表现的思想和感情是同一的,都是说明苏联各民族团结并统一在一个友爱的家庭中,这种统一便反映在歌曲的内容里。

教师在简短的谈话中对学生讲述苏联一切民族的文化艺术的大规模发展,他说明:只有伟大的十月社会主义革命能给一切民族的天才和民间创作以表露和发扬的可能性。这样的谈话可以巩固苏维埃爱国主义的感情,除此以外,又可唤起儿童认识兄弟民族的音乐的愿望。

关于演唱各民族的歌曲,有时发生这样的问题,即用什么语言来唱这些歌曲。合唱领导者希望儿童接近该民族的歌曲创作,并通过歌曲创作而接近该民族,因此努力用该民族的语言来教唱苏联各民族的歌曲。这希望是十分自然的。然而问题在这里:歌词的发音往往不正确,令人不解歌词的意义,有时竟歪曲歌词的意义。女教师 K 关于这点曾经这样告诉我们:“我们有一次教儿童唱鞑靼的《共青团之歌》,歌词是用鞑靼语写的。我先根据俄文翻译理解了歌词的意义。后来歌曲教会了,公开表演了,有一个莫斯科音乐学院的学生,鞑靼人,听了这歌曲,说不但唱歌时难于听懂歌词的意义,即使教师诵赞时也难于听懂——发音竟如此不正确。”

我们认为,教幼年儿童用他们所不懂的语言来唱歌,是会引起严重的异议的。因为这样的唱歌,难于保证歌词发音的正确,而且为此必须耗费过多的时间。在大多数场合下,儿童是机械地硬记歌词而不理解其意义的。况且,这样的唱法还破坏了对歌词意义和音乐形象的统一感受。

唱歌教师为了培养儿童对苏联各民族的友爱和尊敬,可采用我国习惯举行的文艺旬的谈话。教师可对儿童讲述关于该民族的音乐的话,奏这种音乐给他们听。例如在卡列里-芬兰艺术旬的开始,教师对儿童说:现在莫斯科正在举行音乐演奏会,演奏的是卡列里-芬兰的音乐作品。他告诉他们:他特别欢喜听唱《路尼》[1]时"康德列"[2]演奏的旋律。儿童听了几遍之后,自己也会哼唱这纯朴而略带悲哀的旋律了。四年级里有一个女学生说:"我以为卡列里-芬兰人既然住在北方,他们一定是很严肃的,原来他们却是很诚恳的。"这女孩子很合理地根据该民族的音乐而试图确定这民族的若干特征。

在以后的课上,学生自己开始叙述对于在无线电中所听过的卡列里-芬兰音乐的印象了,教师便唱《路尼歌唱斯大林》这歌曲(列维作曲)给他们听。这歌曲中叙述着人民的美好的新生活,卡列里-芬兰人跟着俄罗斯巨人大哥哥走等等。

教师讲述给学生听:在革命以前,对于兄弟民族的音乐是取轻蔑的态度的。同时他又可以告诉他们:当时的进步人士——古典作曲家,怀着兴味而研究这些民族的音乐。他举格林卡为例,格林卡热心地记录各

〔1〕《路尼》是卡列里-芬兰的古代名歌。——译者注

〔2〕"康德列"是芬兰的琴。——译者注

民族的旋律,并且把它们应用在自己的创作中(例如《菲恩叙事曲》和《波斯合唱曲》——歌剧《卢斯朗与柳德米拉》中的)。

苏联人民和各人民民主国家以及中华人民共和国的人民缔结着牢固的友谊和兄弟的联盟。学校培养儿童对于摆脱资本主义的枷锁而建设社会主义的民族的友爱感情。儿童十分乐意而热情地歌唱保加利亚学生的歌曲、关于中国少先队的歌曲等等。

我们曾经在四年级里演唱关于毛泽东的中国民歌。儿童热烈地接受这歌曲。他们要求学唱这歌曲,这又一次使我们确信:儿童唱他们爱好的歌曲时,特别容易克服困难。

牵引学生兴味的不但是中国民间旋律的特有的美丽。在这里起重大作用的是学生对建设新生活的中国人民的态度。在他们听之前,先告诉他们将要演唱关于毛泽东的中国歌曲了,这时候,就已经唤起他们的欢喜而兴奋的心情。从随后的谈话中,才知道儿童已经认识这歌曲——他们在无线电中听到过中国青年合唱团所演唱的。儿童交换了对于这演唱的印象,在教师指导之下讨论怎样可以唱得更好。

我们对学生讲述:中国人如何关心苏联的生活,他们如何热爱苏联人民。中国的成人和小学生怀着热情歌唱苏联歌曲。有一个中国青年对访问中国的我们的作曲家说:“我们唱你们的歌曲的时候,我们觉得北京和莫斯科之间的距离缩短了。”[1]

当苏联和各人民民主国家正在巩固并发展各民族的友谊的时候,在资本主义国家里,特别是在美国,和平的敌人正在煽动民族之间的仇视。苏维埃教师培养着学生对奴役者的憎恶,对民族压迫、人类仇视、种族主

---

〔1〕 见《苏联音乐》杂志一九五二年第五期。

义的一切现象的抗议。

莫斯科某学校的一位女教师别洛波罗多娃教二年级的儿童唱加尔金的歌曲《小黑人》。这歌曲唱的是：人们不让约翰走进电车，因为他是黑人；不许白种儿童和他游戏，因为他是黑人。在唱给学生听之前，女教师先对他们作简短的谈话，说明黑人在美国的苦痛而屈辱的地位，又告诉他们：有名的歌手，保卫和平的战士保尔·罗伯逊受他们迫害，他们不许他在演奏会出席表演，等等。

演唱歌曲的时候，全班儿童严肃而集中注意地倾听。歌曲结束之后，全班儿童都骚动起来。根据他们的脸色和几句谈话，都显然地可以看出，他们对于如此待遇黑人表示深切的激动和愤慨，并充满了对这黑人的同情。女教师便问他们："如果这个小黑人到我们苏联来，进我们的学校，怎么样呢？"全班学生的情绪立刻改变了。儿童的脸上发出光辉，他们开始兴奋地说：他们将如何爱护这约翰，如何帮助他学习，带他一同到夏令营里去……

我们帮助四年级学生理解并体会他们唱的歌曲的歌词的深刻意义和博爱思想：

> 在广大的世界里，
> 白人、黄人和黑人都有地位。
>
> （诺维科夫的《和平之歌》）

学生唱这两句的时候，坚信而热烈，并且带着骄傲，因为在我国，一切民族都平等，一切民族都团结在一个统一的兄弟联盟中。

唱歌教师在初级班里，就已经注意思想教育的这重要方面，他采用符合于这任务的歌曲。

*　　　　*　　　　*

上文已经说过,学校里正确地选择歌曲,是在唱歌课上有效地实行思想教育的基本条件。但这条件不是唯一的,不是决定性的。

有价值的教育材料,其本身还不能充分决定教育的效果;重要的是把作品的思想内容贯注到学生的意识中去。教师为教育的目的而利用这教材时,其领导必须是熟练的、周密考虑过的。形式主义地从事教学工作的教师,必不能获得应有的效果。在考虑周密的教师的手中,在目标明确的、热烈的苏维埃爱国主义者的手中,这教材才能发生效用,才能激起儿童的思想和感情。

那么,教师怎样把音乐作品传达给儿童,才能使这作品对他们发生应有的影响呢?必要的条件是:教师表演这作品时必须使作品的意义和思想生动地、突出地、明显地表现出;换言之,必须正确地解释歌曲,正确地体现作曲者的构思。

作品的内容都配合着一定的形式,这形式是广义地被理解为一切表现方法的总和的。教师准备演唱歌曲的时候,必须尽力探究歌曲的思想和内容,尽力探究作者是用怎样的方法来表现内容的,在这歌曲中是怎样实现内容和形式的统一的。演唱时必须把这形式充分明显地表出,这才可以表现歌曲的意义和精神。如果歌曲的演唱没有充分清楚明显地表达歌曲的内容,这歌曲就不能产生应有的印象,或者其作用极为微小。

我们可举这样的例:我们生活上最迫切的主题之一是为和平而斗争。我们用这主题为成人和儿童创作了许多新的歌曲。有几首最通行的、最简易的成人歌曲,学生也在唱,例如别雷的《保卫和平》或诺维科夫的《和平之歌》就是。这些歌曲中,在对战争贩子的愤怒的词句之后,往往接着是向朋友们及和平拥护者们号召为和平而斗争的词句。这些歌曲表现着对敌人的恨和对人类及和平友人的爱。这两种相反的感情，用对比的音乐来表现出。这对比就必须用唱歌者所具有的表演方法来明显地强调出。在该年龄的学生所能理解的范围内，教师可说明其表现方法，使儿童能自觉地唱这歌，不但懂得其内容，又懂得在这对比情况之下是用怎样的方法来表现这内容的。

我们可举诺维科夫的《和平之歌》为实例，这是四年级学生完全能够演唱的。开头唱“卑鄙的战争贩子又对人们充满了兽性的仇恨”的时候，其音调严肃而愤慨。较低的音区，小调的调式，旋律的断续的节奏，都加强了这种感情的表现。后面，在“我们不许任何人剥夺我们的光明命运”这句的末了，旋律向上行，这帮助表现了增长着的决心。以后是对朋友们说的，其音调较为明朗、柔和而温暖，因为是用另一个调子的旋律来表现的，这调子转入大调，而且音区较高了。

这以后是“我们不许任何人……”这旋律和歌词的重复，这仿佛是强调为和平而斗争到底的不屈不挠的决心。这一首歌词的结尾是“我们争取持久的和平，争取光明的和平，争取全世界的和平”。这些短短的句子用坚决的语气唱得越来越高，越来越响，表现了不断增长的坚强意志，以及对我们事业的正义性的确信。

这样地分析表现方法，当然是很初步的，然而这种分析法适合于这年龄的儿童的知识和程度。

在教练唱歌的时候，教师向学生说明：要表现坚决的性质，必须正确地、明显地唱出附点音符，必须有坚强的声音，清楚地唱出一切子音。开始的时候用集中精力的、阴沉的声音唱；对朋友们的话则用明朗的声音唱。

为了达到这“明朗”,有些教师把歌曲的这一段只给第一部高音唱,以后给第二部次高音唱,叠唱部则由大家一齐唱,使它尽可能地唱得雄伟。必须使儿童不但理解并体味歌曲的内容,又能借教师的帮助而认识这内容的表现方法。在唱现在说的那种歌曲的时候,必须使他们对敌人和朋友表出充分明显而截然不同的态度。如果教师不给自己建立这任务,如果儿童唱歌的时候不体验并表现歌曲中所含有的感情,便可知他们对于这种现象表示漠不关心的、冷淡的态度,而这是和我们的教育任务显然相抵触的。

在唱歌表演中,必须强调表出其对比,不但在音乐本身中含有对比的时候要如此,在用同一音乐来唱内容和性质各不相同的词句的时候也要如此。这种情形在反复形式的歌曲中最常碰到,大多数儿童歌曲便是用这形式写成的。例如在斯塔罗卡多姆斯基的儿童歌曲《在和平的旗帜下》中,第二首歌词开始处是“我们在学校里学习,我们栽培白杨树,我们欢喜远足到树林里和田野里……”而在第三首歌词中,用同样的旋律唱“敌人用灾祸来威胁一切人民,敌人要使我们的童年时代不幸……”在这时候,这旋律当然必须用不同的唱法,否则歪曲了我们对这两首歌词的内容的态度的本质。第二首歌词要唱得流畅而温暖;第三首歌词的开头要唱得严肃、坚强,声音比较突出,强调表出其锐利的节奏描写。

应该说明:唱歌表演必须随着歌曲的内容而变更,然而又必须保持艺术形象的完整,不可一味顾虑各词句的意义的正确表现。教师必须防止艺术形象的过分割裂,因为这很容易流入庸俗化和自然主义。

例如,这样的唱歌表演是不能赞同的:唱舒柏特的歌曲《鳟鱼》,唱到歌词末了“他含笑地捉住它”这一句的时候脸上装出愉快的微笑;唱后面的歌词“我尽情地哭”的时候脸上装出忧愁悲哀的样子,反复的时候又是如此。这里应该强调表出的是作者对渔夫捉鱼这件事的态度,而不是渔夫对这事的态度,不是渔夫的笑。在这种场合之下,重要的不是正确表达歌词的意义,而是表达一般的意义和情趣。

儿童表达必需的性质时,不可仅仅由于教师指示他什么地方必须唱得响,什么地方必须唱得轻,或者这个音要求怎样的色调,那个音要求怎样的色调。教师必须使儿童自己理解并体味歌曲的意义和情趣,这才可以获得真挚的、坚信的、自觉的表演。教师可以暗示他们:这应该怎样做,在这场合之下应该采用怎样的方法,才能获得必需的效果,才能给听者以适当的影响。

再举一个例子:萧斯塔科维奇的《森林之歌》中的合唱歌曲《少先队员植林》。这歌曲有种种评价。有些人认为这歌曲是单调的、机械的,缺乏情绪的内容。这歌曲有各种不同的演唱。在形式的、平淡的演唱中,植林的儿童就显得缺乏苏维埃儿童所固有的生气、伶俐和愉快活泼。但同是这首歌曲,倘有劲地用响亮而快乐的、像笑一般的声音演唱,它立刻仿佛“搔着了痒处”。教师对学生说:“大家想象被允许参加成人们劳动的孩子们的快乐。他们感到骄傲而幸福,因为他们参加了共产主义建设的伟大事业。他们拿着树苗,唱着歌,开玩笑地对树苗说话,好像对活的东西说话一样。”四年级的学生十分热情地唱这歌曲,他们在想象中描出庄严而动人的景象。

教练唱歌的时候,有一个女学生说:“我想要和他们在一起……”接着发出一片声音:“我也要,我也要……”

歌曲的演唱,像歌曲本身一样,必须是真实的。歌曲的演唱必须真实地反映现实,描出逼真的现实情景。作品的现实性必须反映在现实的演唱中。演唱任何歌曲——即使是最简单的幼儿歌曲的时候,都必须提出这个要求。

我们可举一例(一年级儿童的):斯塔罗卡多姆斯基的《航空歌》。这歌曲中的歌词(多尔马托夫斯基作)是这样:

金黄色的铃铛,
快展开在我头上。
我们跳伞兵,
在国土上飞翔。
乌云徘徊着,
像一堵深蓝色的墙,
沉重的雷雨过去吧,
散开到一旁,到一旁。

以后是重复前面的四行。

这歌曲常常是唱得快速的、愉快的、戏谑的,这样,就给儿童以对现实的不正确的概念。儿童想象,乘降落伞降下来,是一种愉快的娱乐,是铃铛般的降落伞的游戏。

必须向儿童解释:从飞机上跳下,乘了降落伞下降,需要许多技能、勇气、敏捷和紧张的注意力。教师告诉他们:"降落伞展开了,跳伞兵慢慢地降落到祖国的大地上去。他觉得很满意,因为降落伞很好很快地张开;他欣赏着天空和大地的美景,悠闲地唱歌。附近有乌云经过了。跳伞兵想:'不要有雷雨才好,否则伞要被雨淋湿,要被风吹得摇荡!'但是乌云过去了,降伞兵便继续唱他的歌。"

这样地解释过之后,唱起歌来就悠闲、柔和而从容不迫了。儿童体会这现象，就像真有其事一样。

再举一例：诺维科夫的《夏伯阳之歌》。第一首歌词是这样：

沉重的雨打击着乌拉尔，
激烈的战斗正在沸腾，
游击队师长夏伯阳
为自由的劳动人民而斗争。

这歌词配合着歌曲的节奏、激烈的语气、紧张的音调，以及使人联想到骑兵的跳跃的、伴奏中的广音程的跳进。

这歌曲开始的地方，往往唱得宽广、悠闲而徐缓。然而这样的演唱法难于使人赞同。关于“激烈而沸腾的战斗”，关于“沉重打击的雨”，关于游击队英雄为劳动人民的斗争，是不可以唱得悠闲、仿佛袖手旁观一般的。儿童应当体验对于战斗胜负的焦急和挂虑，他们应当感觉并表现参加这“激烈战斗”的人的英勇精神、决心和对于胜利的愿望。因此这歌曲，至少这歌曲的开头，应当用很快的速度唱，唱得激昂而有力。

现在再从器乐中取一个例。柴科夫斯基的《儿童曲集》中的“波尔卡舞曲”，往往被演奏得缓慢而细致，仿佛初学的学生的试演。这样演奏的结果，产生了一种印象：儿童跳的好像不是柴科夫斯基作的、很快的波尔卡舞蹈，而是一种摹仿性的、机械性的舞蹈，这种舞蹈不是活泼愉快的儿童跳的，而是洋娃娃跳的。然而柴科夫斯基并没有指明这是“玩具的波尔卡舞曲”。这是一首真正的“波尔卡舞曲”，像这曲集里的真正的圆舞曲、真正的民歌等一样。一二年级的学生听了这样演奏的“波尔卡舞曲”，完全漠不关心，有时竟感到迷惑。

我们企图用上述各例来证明:作品的正确解释和明了表演,具有深刻的原则性的和思想性的意义。在这情况之下,我们可以帮助我们的教育任务的实现,否则我们妨碍了它的实现。

歌曲的正确解释和教师自己的良好表演,还不能保证儿童也表演得这样好。必须善于阐明歌曲中含有的思想和感情,教儿童把它们表现出来。在这种情况之下,具有非常重大的作用的是富有内容的、富有感情的谈话,教师对学生的感情和想象的有效的影响。(关于表演的感受性问题,将在第三章中详述。)

阐明思想内容、性质和表现方法的谈话,无疑地可以帮助儿童充分地了解作品。这跟各种艺术都有或多或少的关系。在美术馆里,参观指导员向参观者作关于绘画的介绍,帮助他们理解绘画。指导员教参观者注意他所不会注意到的特点。文学批评者和戏剧批评者帮助读者理解作品和戏剧,正确地评价它们。音乐作品的解释,是有益而可贵的;在教育过程中,当儿童在教师的指导之下系统地学习听作品、理解作品的内容和体裁时,这种解释尤其重要。

对学生的谈话,随伴着唱歌教练的全部过程,然而在教练的各种阶段上,这谈话具有各种不同的性质。开头的谈话是歌曲理解的准备,谈话是把学生的注意力牵引到作品上来,使他们发生兴味,唤起他们听这作品的愿望。这谈话中所包括的解释,首先要阐明作品的思想意义,帮助学生更深切、更明了地理解这作品。然后,在教练的过程中,往往作更详细的分析,结合了大体内容而阐明表现方法等等。

学会了歌曲之后,当这首歌的教练工作完成的时候,也需要谈话。那时教师和学生进行检查,他们的表演是否符合于作品的构思和内容,而努力求其符合。

用富于感情的形式作简洁的、有趣的、生动的、合目的的解释，是一种很复杂的教育任务，常常使人感到困难。这时候需要适度的感觉、教育的机智，而主要的是拟定这讲话时的仔细的预备工作。

现在，唱歌教师对于关联音乐作品的谈话的思想水准的提高，已加以很大的注意。教育学院的“教育讲座”和教师代表大会上曾经作过的几个报告，都是关于这问题的。

莫斯科第二百零八学校的女教师捷列维奇说：她教儿童练习歌曲之前，往往先作具有明显的思想方针的谈话，这谈话可以唤起儿童对歌曲的热烈的、充满感情的态度。她教儿童练唱捷克民歌的时候，不但讲到该歌曲的内容，还讲到结合苏联人民和捷克人民的伟大友谊。她引证《少先队真理报》所载的、捷克儿童雅罗斯拉夫·库贝什的信，信中说：“我国人民永远不会忘记解放我们的人。法国政府和英国政府在危急的时候不给帮助而抛开我们。只有苏联来解救我们，把我们从法西斯的奴隶地位中救出。我终生不会忘记一九四五年的春天。那一天苏联军队开进我们的村子。我们大家多么欢喜，全村子的人都来拥抱俄罗斯兵士，和他们接吻。他们为我们而流血，所以他们和我们完全成了亲人！”

然而在学校的实践中，关于谈话的内容、性质和范围的问题，常常没有充分正确地获得解决，还没有使一切问题都充分明了。这种不明了性反映在唱歌课之后班主任和唱歌教师的谈话中。班主任说：“我觉得你不必费时间来作关于歌曲的谈话。因为关于这题目可由我来对儿童谈，而且我是常常做到这一点的。但我不能教他们唱歌唱得像你教的那么好听而动人。我觉得你就应该在唱歌课上从事这工作。”唱歌教师回答说：“但我只有靠谈话的帮助，在用适当的方式来组织儿童，并说明歌曲的意义和内容的时候，才能够教他们唱得好听而动人。”

这位唱歌教师的见解是完全正确的。然而的确也有唱歌教师常常提出相反的见解。往往有这样的事:唱歌教师没有明确设想自己谈话的目的,而在与作品的理解无关的细节上耗费过多的注意力。而且,谈话往往太长,太烦冗,侵占了应该用以教音乐的时间,即用在唱歌课的专门教育手段上的时间。有时唱歌教师用许多时间介绍儿童已经知道的情况,因为他忘记了学生不是单从他一个人那里得知周围发生的情况的;他忘记了关于重要的事件是由班主任讲述给儿童听的。唱歌教师应当主要地根据学生已有的知识而补充以更深刻地理解歌曲所必需的材料。因为这缘故,进步的唱歌教师和该班的班主任保持密切的联系;唱歌教师计划自己的教学工作或计划谈话的时候,跟班主任商量,探询儿童在各项问题方面已经知道些什么。

有的时候,音乐修养较差而经验不够的唱歌教师,走阻力最小的路线,以详细研究歌词作为歌曲教学的中心工作。对儿童提出这一类问题:“这歌曲中说的是什么?”“少先队员做什么?”等。

这样的问题,把儿童从思想感情的内容上拉开,使儿童兴味索然,不能帮助作品的审美感受。作品的大体意义和儿童不懂的词句,当然是应该向他们解释的,但只要大概地解释就够了。

唱歌教师要有效地、正确地实施学生的思想教育,他必须像每一位苏维埃音乐家一样,“不但音乐的耳朵要灵敏,政治的耳朵也要灵敏”(日丹诺夫语)。唱歌教师应当系统地、不断地提高自己的思想理论水平,看清楚自己面前的新人——他们所负责教育的公民战士——的面貌。

第二章 集体主义教育

苏维埃教育学思想认为集体主义教育问题是教育学的最重要问题之一。

和养成只关心个人利益的利己主义者的资产阶级社会相反，苏维埃社会和苏维埃学校以养成社会活动家的公民为目的。“我们的学生，无论何人，决不可作为一个本身完善的人、只是善良而正直的人来处世。他常常应当首先作为自己的集体的一员、作为社会的一员，不但对自己的行为负责而又对同志们的行为负责的人来处世。[1]

在集体中的行为、对集体和对同志的态度，决定一个人的社会面貌和道德面貌。学校十分注意教练苏维埃学生在集体中依照共产主义道德的要求而做人。

苏维埃学校教正在成长中的一代在集体中亲睦协和地生活并工作，使自己的行动和别人的行动一致，尊重集体，顾到集体，因为集体是伟大的力量。集体中的生活和劳动，能使人更明显地感到目的的共通性和达到目的的欢喜。集体、志愿的共通性、共同的劳动，可使个性高尚化；集体中的教育可促成个性的全面发展和丰盈。社会之外的教育、集体之外

---

〔1〕 马卡连科(A. C. Макаренко)：《教育论文选》四卷集，莫斯科：苏俄教育科学院出版社版，第四卷，第二二七页。

的教育,则给人蒙上一种“怪异而畸形的”(别林斯基语)痕迹。

但是,共产主义社会成员的培养,只有在正确组织的集体中才可能。因此,学校的任务不仅是建立协和而团结的集体,还要在其中培养苏维埃集体的特色。重要的是联合集体而成为其团结的中心的那种要素。

儿童的集体,像一切苏维埃集体一样,必须用苏维埃爱国主义的热情和对社会主义祖国的忠心来结合。学校教儿童理解并体会:他们的班级的、学校的集体,是全苏维埃社会的一部分;他们的劳动、志愿和成就,联系着全体人民的目的和志愿;集体的利益,在苏维埃人看来高出于他个人的利益,而且在我们的社会里,个人利益和集体利益之间没有也不应该有对立。

集体主义、社会主义并不否认个人利益,而有把个人利益与集体利益结合起来。社会主义是不能撇开个人利益的。只有社会主义社会才能给这种个人利益以最充分的满足。[1]

小学对于集体主义教育问题加以特别的注意,因为,正如克鲁普斯卡雅所说:“巩固七岁至十二岁的儿童的集体主义情感,是特别重要的事,因为这时期儿童很明显地表出社会的本能和共同做一切事的愿望。”[2]

苏维埃学校的教导任务,主要是在课堂教学中完成的。上课是儿童集体工作的基本形式。在课堂教学中,儿童渐渐习惯于组织性、纪律性,渐渐能使自己的利益服从他人的利益。在这里,对于任何一门功课的教

---

〔1〕 斯大林:《列宁主义问题》第十版,第六〇二页。(译文根据斯大林:《与英国作家威尔斯的谈话》,人民出版社,一九五三年版,第六页。——译者注)

〔2〕 克鲁普斯卡雅:《教育作品选集》,莫斯科、列宁格勒,苏俄教育科学院出版社一九四八年版,第一一四页。

师说来,都是广大的活动范围。唱歌教师和儿童上课虽然每星期只有一次,他也像任何别的教师一样,可以为儿童的集体主义感情和友谊感情的培养做许多工作。

合唱的基本,是全体唱歌者所体验的感情的共通性。共同的行动和共同的体验把人们联合起来,在人们之间造成一定的亲密。许多个别的唱歌者的感情融合在一种巨大而雄伟的感情中,这时听者和唱歌者本人都发生特殊的影响力。

"在歌曲中,尤其是在合唱歌曲中,大都不但有一种使人振奋、使人精神爽快的要素,而且有一种组织劳动、使齐心协力的唱歌者从事齐心协力的事业的要素。正因为这缘故,我们的农人凡从事需要团结力量的工作时,就唱合唱歌曲;正因为这缘故,学校里也必须采用歌曲:歌曲能把几种个别的感情融合为一种强有力的感情,把几颗心融合为一颗感觉强盛的心;在必须用共同的努力来克服学习的困难的学校里,这一点是很重要的。"〔1〕

伴随着共同行动、共同体验的感情越是强烈而明显,这种亲密力也就越大。可知富有理解性的、充满感情的共同唱歌,可以团结唱歌者。在这里,歌曲和音乐的内容——唤起这些感情的思想和形象——具有重大的意义。

没有思想性、没有内容的音乐,不能团结人们,因为它不能唤起深刻的感情。只有表达进步的思想和观念的音乐,才能实际地实现崇高的社会任务。

苏维埃学生唱的歌曲,是集体教育的最良好的材料,因为这些歌曲

---

〔1〕 乌申斯基:《教育论文选集》,第二六五页。

具有深刻的思想性。其中有许多歌曲联系着我国的生活、苏维埃人的生活、他们的高贵的感情和志愿。儿童演唱这些歌曲的时候,体验到欢乐的热情,感到自己是巨大的苏维埃家庭的一员,这家庭团结了一切力量来达到伟大的目的——建设共产主义。

合唱的特点是其集体的工作形式。儿童合唱的时候,必须十分统一、融合而谐和。唱歌教师教儿童理解这些品质的可贵,教儿童认识共同唱歌时音响的美,教儿童理解没有共同行动的协调就不能表达歌曲的内容和情绪,不能富有表情而和谐地演唱它。

如果儿童之中有一人唱得太响了,如果他的声音突出了,他就因此而破坏了歌声的统一。如果有一人唱得太轻了,合唱的音量便不充分,这也减弱了集体唱歌所给予的印象。凡参加合唱的人,唱歌时必须同时开始,同时结束,每一个学生必须听到自己的歌声,又听到全班同学的歌声,必须感觉到自己是全体的一部分。这种融合性关联到演唱的协和一致、音的力量、色调和节奏。个别唱歌者只要有一点不正确,立刻就在这共同表演中显露出来。理解整个集体和每一个唱歌者的这种互相关联,可以培养注意力和意志,可以使儿童纪律化,可以教儿童克制自己,掌握自己。

在唱歌课上,教师培养积极的、有意志的、有劳动力的集体。教师教儿童坚毅地、协和地劳动,努力达到共同的目的,并借此促进集体的团结。

如果教师不局限于简单的歌曲教练(旋律及歌词),像有时教练群众歌曲那样,而认真地教练唱歌,发展声乐合唱的技巧,把歌曲看作艺术作品来教练,那就必然需要精细而坚毅的努力。在这里,参加着儿童的思维、意志、记忆力、想象力和情绪。学生应当积极地理解歌曲,记忆歌曲,做到教师的一切指示，掌握自己的唱歌，矫正错误。他们听音乐，研究音乐的内容，研究音乐表现的方法；评述这些作品，比较它们，在其中找出共通点和差异。

有一种很普遍的见解，认为唱歌课是容易的功课。我们对于这种见解不能同意。可以这样说：唱歌课比别的功课稍容易些，因为像听或唱熟悉的作品的时候，不需要那么紧张地思索和记忆；此外，儿童上唱歌课，是转移到了感情占优势的一种课业上。唱歌和听音乐可使儿童精神振作而爽快，可使一天的学习过程多样化，因而使学习轻松。

开始练习歌曲的时候，学生凭过去经验，已经知道他们必须克服若干困难，必须仔细练习歌曲；他们情愿下这工夫，因为学会新歌曲和演唱新歌曲的希望吸引着他们。

这种对唱歌的学习态度，不是立刻出现的，这是教育工作的结果。教师培养儿童对歌曲演唱的一定程度的严格要求、对劳动的爱，使他们能够体验克服困难和获得成功的欢喜。

全班学生练唱一个新歌曲的时候，往往在第一句中就显露出许多缺点来。但这时候教师只可指出其中最容易消除的缺点和首先应当消除的缺点。他令学生把这一句和歌词再唱一遍，矫正他们的错误；说明并指示应该怎样唱。教师逐渐消除其他缺点，同时每次明白地指示儿童应该注意哪些地方，如何克服困难，他向儿童提出几个不很大的具体要求，努力达到错误的矫正。教师说："现在已经好些了，但是第二声部唱得还不够稳健，必须唱得更坚强些，唱得稍微响些。"他要求学生再唱一遍，指示他们，譬如说：坐在第二个长凳上的人唱得稍稍"降低"了些，教他们唱得高些、响些、嘹亮些。或者，教师对他们说："现在已经唱得差不多很好了，但是还有几个字唱得不清楚。大家再唱两遍，我听着，哪些字唱得不够清楚。”必要的时候,教师提示他们,指点他们应当怎样唱,才能清楚地听出字眼。这以后,儿童的全部注意力就显然转向清楚的咬字了。如果还有个别字眼仍然发音不清楚,教师可教他们不要唱全部歌曲,而只唱歌曲的一部分。或者,教师对他们说,例如:“很好,现在大家来试试看:唱得柔顺些,温和些,很轻地唱,仿佛从远处听唱歌一般。”他的一切指示都根据着歌曲的内容。

这样,终于全都唱得很好了。现在必须巩固这成绩,必须使儿童习惯于这样唱,使这成就稳固,不使有偶然的事情发生。要巩固这成就,必须不止一次地反复演唱。二年级以上的儿童就已经懂得这道理了。当教师满意地说“现在全都唱得很好了,可再使它巩固起来,大家来重唱三(或四)遍”的时候,儿童就很乐意地重唱。他们不是机械地唱,而是考虑着应该怎样唱。我们有一个协定:不正确的演唱不算数。

教师教儿童练唱歌曲的时候,指出每一次的进步,即使小小的进步也指出来,借以鼓励他的学生。这样学习歌曲,不是枯燥的死记,也不是机械地摹仿教师,这是一种极有趣味的过程,其中含有创作的成分;这种过程好比坚毅而逐渐的登高,这时候儿童自己体验着逐渐增长的满足和欢喜。而且全班学生都津津有味地、协和地练唱,练唱过程本身和练唱的结果都鼓励着他们。

教师教儿童了解:每一首歌曲,即使是最简单的歌曲,都要长久地加以练习;他告诉儿童:他们所知道的演员们如何长久而坚忍地练习歌曲。

有一次我们对一年级里的儿童说:最高的军事勋章——“胜利”勋章——装饰着宝石——金刚石。金刚石是最美丽的宝石。金刚石只有在普通玻璃片似的一块矿石经过琢磨和加工之后,方才获得美丽和光辉。歌曲也是这样的。歌曲只有在好好地学会之后,每一处小地方都学好之后,方才真正地“发出光辉”。

班主任到课堂里来了。开始唱歌曲中的某一首之前,我们预先向她说明:这歌曲是还没有学习完成的,现在要儿童唱这歌,只是为了以后可以比较,学习完成之后要进步多少。有一个女学生轻轻地说:“这歌曲还——不是金刚石。”班主任不懂她的话,另一个女学生便对她说明是怎么一回事。

可知二年级学生就已经懂得,要学好唱歌,必须自己具有刚毅、坚忍的精神,能够不屈不挠地、顽强地、耐心地用功。这品质是逐渐培养成的,是在有明显目的的劳动过程中培养成的。在对儿童的谈话中,我们用“耐心地”这个词,这是他们最懂得的、最熟悉的。教师预先告诉儿童:一个人没有耐心,就不能好好地工作,他做事很快就厌烦;他没有做完一件事,就去做另一件事,又去做第三件事;结果这件事也做不好,那件事也做不好。懒惰的人也是没有耐心的。所以,如果你知道这件事是必须做的,你就不应该说“我厌烦了”。“厌烦”的意思就是你懒惰或者你不会做。即使你的确厌烦了,但你看到没有你参加时事情做不成功,你就不要作声,不要露出样子,不要使别人扫兴。

然而教师培养并发展学生的耐心、意志和劳动能力时,也不可过度。如果教师不顾到儿童的注意力和忍耐力的限度,而过度地使儿童疲劳,过分长久地教练歌曲,他就会引起儿童对于课业的厌恶。“儿童的注意力必须逐渐地培养起来,过度使用是最坏的事。”乌申斯基这样说。

为了教儿童耐心地、坚忍地工作,用共同的努力来达到所定的目标,我们时时应用特殊的方法。即在一学年的过程中给儿童练习一首需要较多的时间和劳力才能学会的歌曲。

用这歌曲来教全班儿童或合唱团儿童练习,必须在儿童对此表示要求和同意之后方可。而且我们要预先告诉他们:这歌曲是难唱的,学习它需要很长的时间,只有用心练习才能把它学会。然而,如果他们能在某个晚会或朝会上演唱这歌曲了,这胜利和成就是很大的!

在每一课中,分出一些时间——五分至七分钟——来教练这种歌曲,其余的时间教儿童练习教学大纲中规定的歌曲。今举例如下。

在二年级下学期我们教学生唱轮唱曲《我手持鲜花行走》——李姆斯基-柯萨科夫改编的民歌。我们起初用单声部歌曲的形式来教练这歌曲,以后,在若干课的期间内,用游戏的形式来教练,每次教一个新的领唱者参加,教全班学生伴唱。等到歌曲牢固地学会了的时候,就用二声部轮唱曲的形式来唱,并且每一声部有一个领导者——听觉灵敏的一个学生,站在自己这一组人的面前,领导全组学生跟着他唱。渐渐纯熟之后,便取消这个领导者,最后,由每声部独立地加入演唱,顺利地唱到曲终。儿童对这工作极感兴味。

在四年级里,我们照样教学生唱俄罗斯民歌《鸭子在海中洗澡》。四年级学生唱这歌曲用三声部形式。这歌曲在四个月的期间内教练。起初必须使学生牢固地学会唱三声部和弦。在这方面我们教练了若干课。合唱中声部分配时,使第二声部(中部)最坚强,最稳定。这种练习很有趣味,因为这是新鲜的,儿童是初次在三部合唱中试用自己的力量。练习时用各种唱法:有时教第一部和第二部联合起来,有时教第二部和第三部联合起来……此后,儿童会用三声部来唱第一句了。三声部音响的特殊、新鲜和悦耳,引起学生很大的兴味。他们十分高兴而有劲地力求音响的谐和。这歌曲很短,而且在这时候已接近于达到目的——这两个原因使这练习轻便化了。

这歌曲成为学生所喜爱的了。至少,当有人到教室里来听他们唱歌,教师考虑表演什么的时候,儿童就自己低声地提出这歌曲的名称。他们以能够唱这歌曲为骄傲,他们知道唱这歌曲会给听者以强烈的印象。

有时儿童提议,练唱新的困难的歌曲时保守秘密,我们愿意赞同这提议。我们预先告诉他们:这练习需费若干课,若干个月;并且我们通常让这歌曲练习完成的日期适应某种节日或假期。往往是这样:儿童练习的歌曲在预定的日期之前就练习好了,这也使儿童感到欢喜、兴奋。这样,教师在仔细精密的歌曲教练过程中还渐渐培养出一个集体来,集体能协力工作,克服困难,耐心地完成自己的任务。

我们利用每一个机会、每一个缘由,来强调儿童的行动的统一性,来指出儿童共同工作的结果。我们在每一个适当的场合中培养儿童对集体劳动的责任感。例如,我们实施一种只在唱歌课上可采用的方法。这方法是这样:除普通对个人的评判之外,我们又作全班唱歌的总评判。这评判在开始教练唱歌之后,刚刚在工作中发现显著的变化的时候,立刻揭示在黑板上。这评判随着儿童对教师所要求的演唱的接近程度而提高起来。例如,如果起初的评判是“三”,则后来添一个“加”,以后又改成“四”……每一次新的、更高的评判,唤起共同的快乐,而且这评判是所谓大公无私的,因为它既不是登记在表册里,也不是登记在记录簿里。这种情况无疑可以促进儿童的团结,培养他们对共同事业及其成绩的责任心。

此外,我们有时也为各声部作评判。“第一声部唱这首歌是四分,第二声部是三分。”同时教师说明他的评判的理由。当然,这种方法是偶然使用的,即使儿童常常要求把评判写在黑板上,我们也要拒绝,使这方法不致失却其新鲜和趣味,因而也不致失却其效力。

我们应用各种方法时,要把它们配合起来,交互轮流地应用,务使它们不失却其效果。

儿童常常表示要帮助落后的同学的愿望,在这种时候我们不但支持他们,还要自动地促使他们这样做,因为儿童的互相帮助是集体主义教育的有力的方法。儿童渐渐开始懂得:集体的全部成员必须步伐一致,必须互相帮助,支援落后的人和能力薄弱的人。在唱歌教学中,互助的可能性的确有限。经验告诉我们:即使是四年级生,也不应该委托他们教练落后的学生唱新的歌曲;只有教师可以教会正确地演唱歌曲。然而学生能够帮助落后的同学学会歌词、音符在乐谱上的布置,理解各种乐谱符号。二三年级的学生能有成效地、十分乐意地担任这工作。我们可以看到帮助者何等集中注意而兴奋地注意着他们所帮助的人的答话。全班学生也都关心地注意着。教师指出学生知识的进步,同时又指出:同学的帮助在这里起着怎样的作用。

组织良好的集体,其特色不仅是参加集体的人大家的共同行动,共同劳动,结合着共同的思想感情和志愿,而且是这集体的不断的成长和发展。这一点是极其重要的。

儿童自己不觉得自己的成长,他们没有注意到这点。但教师时时强调集体的成长,这可以鼓励他们以后的工作。例如,温习去年唱过的歌曲时,我们努力指出:儿童今年唱这歌曲,比去年唱的好得多,因为他们的某些技能已经发展了。如果唱得和去年一样,我们就对他们说:这样的演唱不能使我们满意,现在大家应该可以唱得更好。"要知道你们在这时期中已经学会了某某和某某了。"或者在演唱后对他们说:去年我们唱这歌曲就不可能唱得和现在一样。

教师这样时时向学生提示他们的成长,并且说明成长在什么地方。

这常常可以唤起儿童的满意的情绪和对自己的用功的几分骄傲。同时教师告诉儿童:最近他们将练习并听那些有趣味的音乐作品,在以后的将来他们又将学习些什么。这样,在儿童面前常常描出一种远景,这种远景引诱着他们,因此在班上不会有寂寞的感觉,不会有停滞的状态。

这样的显而易见的共同的前进,可以提高集体的精神,使集体富有朝气和自信心,帮助集体的团结。苏维埃学校培养着有纪律的集体,有自觉性和责任感、并能履行这责任的集体。良好的纪律,当然只有在生动地、有趣味地、内容丰富地进行课堂教学的时候才能够建立起来。儿童都专心致志地集中精神于上课,他们无暇并且也不愿意离开功课而做别的事情或淘气。

教师备课的时候,作这样的计划:务使该课十分充实、多样,使儿童发生兴味。唱歌教师必须顾到:唱歌的时间一星期只有四十五分钟。这使得他必须特别爱惜时间。富有经验的教师备课时,能使他的课一秒钟也不浪费。凡可能的,都在上课前预先写在黑板上,乐谱预先准备好,上课有组织地开始。

学生预先知道自己的座位,很快地就坐(教师布置儿童的座位时,务使所有的儿童都在他的视域内,使漫不经心的缺乏注意力的儿童坐在最容易看见的地方)。课业在热烈而生气蓬勃的速度中积极地进行;在整堂课的时间内,教师使全班学生处在集中注意力的状态中。

我们已经说过:在富有趣味而多样化的课堂教学中,纪律的问题是难得发生的。但当然不是全部学业都有趣味,“一定有枯燥的东西”(乌申斯基语)。有时我们预先告诉儿童:现在我们将要做一种不很有趣味的但是必需的工作,大家要有耐心:“我们使劲地、协力地做好它,以求早些得到结果。”

往往有这样的事:全班纪律很好的时候,个别的学生破坏纪律。我们仍然用集体主义感情的教育来感化这种学生。教师对他说:“你看,为了你,大家停止了学习,你妨碍了全班同学,你又打断了我的工作。”这常常能唤起集体的自觉,学生们自己都觉得对这同学有训诫的必要。在这时候集体不仅是教育的客体,而又成了教育的主体,它帮助教师的教育工作。

在四年级里,女学生玛亚和托玛常常妨碍邻座的人,和他们交谈。有一次教师指出:必须注意这两个女学生,必须训诫她们,她们使他分心,而且妨碍全班学生的工作;如果这样继续下去,学生们就不能学会并听完全部预定的作品了。全班学生就都行动起来,开始“对付”这两个女学生。两个积极而刚健的女孩子教玛亚坐在她们中间,机警地注视着她;托玛每一次破坏纪律的企图,也受到其余的儿童的反抗。到学年终了,教师就常常为了这两个女学生的正确的回答和良好的纪律而称赞她们了。在这种情况下,全班学生对个别同学产生了显著的影响,而且是自己主动这样做的。原来课间的时候学生们也和这两个女孩子谈到过她们在班上的行为。

学生们在这时候体验到了对于同学的行为的责任心,她们把这两个同学当作集体的成员而向她们提出出格要求。班上学生有这样的态度,正是教育工作的结果。我们屡屡告诉儿童们:每一种个别的破坏纪律的行为,都妨碍着整个集体。我们举这样的实例:教室里摆着一架钢琴;在最初的几课中,坐在钢琴近旁的儿童,或者走过钢琴旁边的儿童,常常利用机会,用手指在键盘上摸一摸,有时甚至用整个手腕去敲打一下。我们在最初几节课上就告诉儿童:钢琴只有会弹的人(在这场合之下只有教师)才可以弹;钢琴是贵重的乐器,必须爱惜它。况且,敲打键盘,只有敲打的人可能觉得有趣,听的人是很不愉快的。因此,乱敲键盘,我们认为是对在座者和对音乐的不尊敬,是不爱惜很有用而很贵重的学校财物。每一种破坏纪律的行为,即使是很小的,我们都认为是反社会的行为,是危害集体的行为。

把课堂上良好的纪律和儿童的积极性、主动性结合起来,具有特别重大的意义。这是最困难的教育任务之一。在合唱团的练习中,我们往往可以看到这样的情形:学生都十分守规矩,没有任何破坏纪律的表示,然而他们仿佛是受拘束的、被动的,他们对于所做的工作没有表示充分的兴味。他们的唱歌也往往是萎靡不振的、枯燥的、形式的。这样的纪律的教育价值,是很可疑的。这是由于教师过分抑制儿童,不给他们创造可以自由表现自己的良好条件,因而得到这样的结果。

富有经验的教师时时唤起儿童的主动性,要他们活动思想,对他们提出他们所乐于回答的问题。教师利用机会,给儿童以发表自己的评论、自己的意见的可能性,认出对于音乐、歌曲及其表演的印象的可能性。教师热烈地反应儿童所说的话,他对他们表示同意或反对;教师对全班学生说话认真,不用含糊的口气或宽容的口气,这可以唤起儿童对他的信任和尊敬。

我们教儿童意识到:对唱歌必须有积极的态度。在三年级里,我们就教学生惯于这样的用语:例如对工作的"积极的"(坚决的、朝气蓬勃的、刚毅的、热烈的)态度,积极的唱歌和"消极的"(萎靡的、懒散的、漠不关心的)唱歌。我们教儿童们认识到:积极地工作较为愉快而有益(事情做得较为迅速而有成效),萎靡的工作是枯燥的,差不多无益的。教师常常注意儿童的积极性的水准,用种种方法来支持它。儿童的积极性,如前所述,必须结合以良好的纪律,结合以在课堂上能保持肃静和守秩序。

乌申斯基说:要在课堂里找到骚扰放肆和死气沉沉之间的中庸状态,是很不容易的。有一位女教师,乌申斯基称她为"本行的巨匠"。关于她,他曾经写过这样的话:"这位女教师最大的优点正在于:她容许她班上的学生自由地生动地活动;然而每次都把他们保持在教学的成功所需要的范围内。"〔1〕

上唱歌课的时候需要完全肃静,但在某些时候,在讨论歌曲的时候,在交换印象的时候也容许短时间的、自由的活跃。这能使工作有精神,有生气,恢复儿童的疲劳的注意力,促进他们的积极性。

这种喧闹,只有在这样的情形之下方才允许,即:如果教师知道他能够在任何时间阻止他们喧闹,把全班学生保持在所需要的范围内;如果教师善于掌握全班学生。

起初,当集体还没有充分受过教育的时候,教师必须尽力教儿童在上课时保持完全的肃静。我们用特殊的方法来训练儿童,要他们在教师发出号召之后立刻肃静。起初,为此而采用信号——李姆斯基-柯萨科夫的歌剧《萨旦王的故事》的序奏。这是喇叭乐器奏的序奏,仿佛是唤起听者的注意力的。最初的声音一响,全班学生就必须完全肃静。到后来,这方式就不必要了,教师只要表示一个肃静的记号就够了。

*　　　　*　　　　*

如前所述,达到所定的目的和完成具体的任务所要求的共同工作和共同努力,能为集体的教育和组织创造特别良好的条件。目的(工作)越有趣味而富有内容,儿童学习时的情绪越是丰富,便越容易把他们统一在集体中。儿童在听众前表演的准备,便是这样的一种工作。

---

〔1〕 乌申斯基:《教育论文选集》,第二六五页。

学生欢喜表演。他们欢喜不但为自己唱歌,而且为别人唱歌。他们以听众的注意为骄傲,欢喜听众的称赞。成功的表演是以后的工作的兴奋剂,能创造热情和工作愿望。诚如教师们所说:在成功的表演之后,合唱团里就涌进许多新团员来;在失败的表演之后,幼年的唱歌者对练习的兴味就减低。如果这样的失败再来一次,合唱团的参加人数就显著地减少。

教师提示儿童:为别人而唱歌时,他们负有特殊的责任,因为这唱歌必须使听者感到愉快和趣味;这唱歌必须是能使人兴奋的,能感动人的。

学生在共同工作中所用的主动精神、意志和感情越多,他们对这共同工作所感到的责任就越大。

唱歌课上来了几个客人——别的地区的教师。下课之后,有一个学生叫做维嘉的,是个很顽皮的孩子,走到教师那里,骄傲地说:“我们唱歌的时候,坐在角落里的那位有胡须的老人家很感动。”教师问他:“你为什么知道?”他回答说:“从他的睑上看得出。”这学生所骄傲的,是他和他的同学们能使客人感动。

教师努力保持学生对即将临近的表演的积极态度,他探问儿童的意见:在他们所学会的作品中,他们认为哪些适宜于采入表演节目中,按照怎样的顺序表演它们。儿童不但表示希望唱他们自己所欢喜的歌,还表示希望唱他们学得最好的歌,以及他们认为能使听众爱听的歌。在这里,儿童是替别人设想,努力撇开个人的评价而想象别人的趣味。这一点在教育方面是很可贵的。

节目当然是由教师拟定的,但在可能范围内,教师要顾到他的学生的提议。儿童对于即将临近的表演进行讨论,有一点可贵之处:这可使学生积极化,唤起他们的责任感。教师同意或不同意学生的提议,都必须说明自己的见解的理由。

儿童有时表示意见,这意见证明着他们对自己的严格要求:"这歌曲很好,但是不可以唱,唱出来不成样子,我们来不及把它学完。"听到这样的意见,往往是可喜的。

有时在表演之前,教师为了动员儿童的注意力和积极性,对他们说,这合唱将在重要的听众面前表演。例如:"工厂的斯达汉诺夫工作者,或者别地区的教师,要来听我们唱歌。"这样的预告必须很当心,必须是有条件的,因为这容易使学生作出这样的结论:在普通听众面前唱歌,在不是这样隆重的环境中唱歌,就可以马马虎虎。往往有这样的事:三四年级的学生知道他们将在年幼的学生面前唱歌,便发出叫声,表示对这样的听众感到失望和轻蔑。在这情形之下,教师负有重大的任务——开导他的学生:自尊自重的集体,应该常常准备得很好而表演;这是集体的荣誉所要求的,是对自己、对听众、对作曲家的尊重所要求的。在这种时候,我们可列举有名的集团来作范例,例如苏军歌舞团、比亚特尼茨基合唱团以及许多有名的演员的名字,他们常常唱得很好,不论在什么人面前唱。

但是我们决不可不把什么人将听他们唱歌的消息告诉儿童,因为这可以促使他们和听众联系。例如,儿童将在年幼的学生面前表演的时候,我们对他们说:他们在舞台上的行动和唱歌,必须是可使年幼的学生取作榜样的。

在父母面前表演,学生常常认为是无关紧要的。我们有一回在四年级里讨论这样的一次表演,谈到其中的缺点,这时候,有几个学生想要使我们确信:"他们总是欢喜的。"有一个女孩子,显然与别人有同感,说道:"唔,这不值得注意,因为父母总是什么都欢喜的。"我们顾到这一点,所以通常在表演之前就告诉儿童：父母们听到良好的合唱，而且有他们自己的孩子参加，将多么高兴；我们应该让父母们听听我们最良好的歌曲，让他们看看我们能够把这些歌唱得多么好。

这样看来，倘要从这两种方法——绝不论起听众，或者预先告诉儿童谁将听他们唱——中选择一种，则我们宁取第二种方法，因为在这里有可能来教导儿童尊重任何听众，不论听众的数量、年龄和其他成分如何。

我们在教室里、在唱歌课上就培养儿童对听者的责任感。我们有时用这样的方法：在教师中或技术工人中邀请一个人到教室里来听。这消息使儿童产生一定的印象，他们更加集中注意，他们略感兴奋，尽力表现自己的最优良的方面。

莫斯科第一百七十二学校三年级“Б”班的班主任告诉我们：我们这一层楼的清扫员马丽亚·伊凡诺芙娜是一个中年妇人，她常常在教室门口听见儿童上课时的唱歌，她特别欢喜三年级“Б”班的唱歌。我们把这事告诉了这班学生，并且提议请马丽亚·伊凡诺芙娜到教室里来，因为在门外听是不舒适的。“而且，在教室里我们要唱一切会唱的歌，如果她特别欢喜某个歌曲，她想再听一遍，我们就可以再唱一遍。”我对儿童这样说。儿童高兴地接受了这提议，当场就开始讨论：可以唱哪些歌，哪些歌学得最好，哪些歌应该重唱一遍。我们练好了两首歌之后，女孩子们就去请马丽亚·伊凡诺芙娜到教室里来。她来了。我们请她坐下。听了几首歌之后，受感动的马丽亚·伊凡诺芙娜谢谢孩子们和教师。她出去之后，儿童交换意见：歌曲唱得怎样，其中哪几首使客人产生了良好的印象。

合唱表演是在全部工作总结的时候，这时要求儿童和领导者有一定程度的紧张。表演的时候,可以显示集体的弱点和优点,可以表露出集体团结的程度和集体的组织性。

每一个学生都感到有责任,每一个学生都关心表演的成功。学生在即将表演之前,往往表示出几分不安、焦灼和兴奋:“我们快开始了么?”“我们什么时候出去?”“啊,好心慌啊!”……表演之后,儿童包围了领导者,问他唱得怎样。这一切情形都是很自然的。如果儿童对自己的表演若无其事,漠不关心,那就完全是不自然的了。这种态度,无疑地也会影响到他们的演唱的品质。

合唱表演的要点,是节目的思想艺术的价值及其表演的品质。但除此以外,集体演出时的组织性和秩序也是非常重要的。所有的唱歌者的集中、整齐和镇静,必须成为合唱团的惯例,这些品质必须认为是“合唱团的荣誉”。

合唱团在演奏台上的行为,颇能表出这合唱团的面目。训练得好的合唱团,出场时有组织性——每一个参加者都知道自己的位子,儿童都保持着尊严,他们都很认真,很用心,他们的全部注意力都集中在领导者身上。

教师必须耐心地、坚忍地教练儿童,务使他们在表演的时候举止适当,并且预先顾到一切细节。

富有经验的教师预先拟定合唱团站立的位置,排演的时候,依据声部和身体高矮,按照一定的顺序布置儿童,务使领导者看得见每一个儿童。合唱团的外观必须是整齐的,形式必须是悦目的、美观的。要做到这一点,教师必须对每一个合唱参加者的外貌,队形布置的美观、整齐和匀称有严格的要求。合唱团的外观应该表示出:这不是一堆人,不是偶然凑集的儿童,而是一个严格组织起来的集体。

教师特别注意的,是使儿童习惯于表演时不看着大厅里的听众,而看着领导者。我们坐在大厅里,往往看见合唱团里有几个人(尤其是站在边上的人)唱歌的时候看着听众。这是在无论何种情形之下都不容许的,因为这会分散听众和领导者的注意力。

必须使儿童注视着领道者——这可以培养儿童的注意力和意志。但培养儿童这种习惯,不是一件容易的事。儿童在新鲜的环境中唱歌,总欢喜望望坐在大厅里的听众,他们想找寻认识的人。他们需要运用很大的意志力,才能克服向听众观看的欲望,才能把目光移转到教师身上。

为此,我们排演时大都不仅练习儿童的出场,而且也练习教师的出场。我们预先告诉儿童:在教师出场以前,他们可以随意观看什么地方,但教师一出场来领导合唱,他们就必须不断地注视着他。排演的时候:教师几度走出房间去,再走进来出现在合唱团面前,如果看到学生中有人眼睛看着别处,便对他作严厉的提示,表示担忧这学生不能在听众前表演。

要儿童克服向大厅里的听众观看的欲望,是困难的。领导者顾到这一点,所以表演的时候不立刻跟着儿童走到演奏台上,让他们可以先看看。这一点也往往预先告诉学生。

有时,学生为了使合唱团在演奏台上行动适当,企图自己来整顿秩序,便焦灼地轻声责备他的邻人:“站到哪儿去了”“站近些!”“离开些”等等。这种相互的责备有时变成争论,一点秩序也整顿不了。于是我们订出这样的规则:每一个学生只要注意自己,教师则注意全体,只有教师可以责备学生。

教师还须预先规定:谁来报告合唱团的表演节目,如何报告。这看来好像是一件小事,却很重要。文字不通顺的报告会损害从表演所得的印象,而且主要的会在儿童的文化发展上起有害的作用。

教师必须检查:学生报告歌曲名称和作曲者姓氏时发音是否正确,重音[1]是否正确。往往有这样的情形:报告者说出民歌的名称时,应当说"李亚多夫改编",却说了"李亚多夫作曲",有时把"民间歌词"和"民间音乐"混杂起来,等等。

教师当着合唱团或全班学生的面检查报告节目的学生,对他作必要的指示,着重指出:全部报告必须文字通顺无误,方可保持合唱团的荣誉。我们曾经亲眼看到:有一个担任报告的男孩子把作曲者的姓氏说错了,表演之后,有几个学生走向他,其中一个懊恼地对他说:"啊哟你！教合唱团丢脸。"

我们已经看到:儿童在听众面前表演,是有益的事,而且表演的准备工作可以对儿童进行很大的教育工作。合唱小组或学校合唱团常常在校内或校外表演;如果没有这种表演,节日便没有唱歌、没有合唱了。而且在学校里,可以表演、应该表演的,不仅是学校的合唱团,而又有各班的学生。这可以大大地扩充表演者的人数,丰富学校朝会和晚会的节目。表演的机会是很多的——每年例定的节日、助导者那里的表演、选举分区的表演,以及为新年枞树节、学年结束、伟大作家或作曲家的纪念日而举行的朝会等等。有时甚至合唱团表演得次数过多,这无疑地是有害的。屡屡表演,会降低唱歌的品质,因为合唱团不能好好准备。表演变成日常的事,其教育价值便显著地降低了。

吸收多数学生参加表演,可以更好地为一切节日纪念会服务,同时可以使这种表演的良好影响广及于多数儿童。

---

[1] 这是指俄语说的,俄语每个词有一定的重音。——译者注

出席表演的团体,可以作各种各样的编制。成绩良好的班级个别表演或各班联合表演都可以。教师预先拟定表演的计划。例如,在十月革命纪念日,出席表演的只是学校合唱团;在新年枞树节,出席表演的是成绩良好的一班——例如四年级——以及三年级各班的联合合唱团;在苏军建军节,出席表演的是成绩良好的三年级以及四年级各班的联合合唱团;在五一节,除合唱团之外,全会场唱共同的歌曲。在校外,出席表演的主要是学校合唱团或各班联合的合唱团,但只是精选的、嗓子良好的学生。

为歌曲节而举行的学校纪念会,其节目可以这样编制:一、二、三、四年级为合唱团分别唱歌,这时或者个别班级或者联合班级(在多部制学校中)都可以。如果每班唱三四个歌曲,合唱团唱四五个歌曲,就已有包含十六至二十个歌曲的很充实的节目了。如果再加若干个成人(教师、父母)或儿童的独唱节目,或者器乐演奏,就变成整整的一个演奏会了。

可惜我们对于班级唱歌的可能性往往不够重视,对于各班级的唱歌很少注意。然而如果各班学生知道他们将单独地或和别班一起出席节日表演会,他们就会精神焕发,意志坚决,力求自己唱得尽可能地好——这也就为促进班级集体的团结创造了有利的条件。

另外一种适宜的形式,可以总结工作而使全班学生振奋的,是类似学年考查课的一种形式。在这课上邀请行政代表或别班的班主任。全班学生根据考查者的选择而唱一年内所学习的歌曲中的若干首。替班级评分时,或者每一首歌都评,或者作全部唱歌的总评分。我们实施了几次这种考查形式,这是很有趣味、很有益处的。全班学生都认真地准备这考验,每一个学生都焦灼地等待考查课的结果。这显然是有助于全班的团结的。

上述的考查的办法,是否可认为难于实行的呢?据我们想来这种办法正是大家都十分容易接受的,而且在学校工作的任何条件之下都可以实行的。只是它要求每班学生及其班主任在工作中有更大的责任心和更明确的目的性。

唱歌教师教育他的学生的时候,须设法建立集体和个别学生之间的明确的相互关系。这相互关系是指互相尊重、友爱、亲睦以及集体对它的每个成员的严格要求。我们教集体仔细地、敏感地对待个别同学,努力使他明显地感觉到自己是处在集体中,使他顺利地学习并发展。

在唱歌课上,我们常常唤出儿童来,令他一个人唱。学生之中有的可以作别人的榜样,但也有能力薄弱的,对于这些学生,我们要更多次地唤他们出来,令他们唱某歌曲。我们又把所有希望唱歌的学生唤出来唱。

欢喜单独唱歌的儿童之中,常有唱得不正确而且往往不注意到这点的。一年级的学生听这种唱歌者演唱时大都安然无事,不批评他们,但在二年级里就有个别学生要嘲笑这种唱歌者。这时候教师就有责任来培养儿童对于自己的同学取忍耐的、关心的态度。当有儿童嘲笑唱得不好的时候,我们就解释:嘲笑同学是不可以的,他唱得不好,是因为他还不能掌握自己的嗓子,这一点他自己也觉得不愉快的。如果所有的学生都立刻就会把一切做得正确,那就用不着学习了。用这样的谈话,大都足以防止类似情形的发生了。

集体和个别学生之间的正确的相互关系,也可在下述情形之下培养起来。班里往往有几个会演奏某种乐器的学生,例如会演奏钢琴、小提琴、六弦琴或三角琴等的。有时我们令这种学生中的某人在教室里演奏。全班学生都极感兴趣地听他们同学的最简朴的演奏或唱歌。一般想来，教师会演奏是理所当然的事，他之所以是教师，正由于他一切都会做。但是现在这学生，和他们一样的学生，却会演奏！这时候我们看不到儿童有嫉妒的样子，反之，他们特别满意、欢喜而好奇地听他们的同学演奏。

通常在表演之后，我们讨论这学生的演奏，让所有的儿童都参加。他演奏得好吗？有没有不妥当的地方？三年级里有一个女孩子说："据我看来，你奏得稍微有点儿粗糙、刺耳，听起来似乎不愉快。"教师接着说："你再奏一次看，奏得轻些，柔和些。""现在就好些了。"这样，儿童所学的不是单纯地听，而是批判地听。他们提出最简单的、然而往往是很正确的意见。

另举一例：四年级里的一个女学生说，她会弹六弦琴。我们教她在下次上课时带六弦琴来演奏。结果才知道她所奏的不是旋律，而只是伴奏。全班学生照例很注意地听她演奏，问他们欢喜听不欢喜听，大家回答说欢喜。教师就问学生，奏的是旋律还是单单旋律的伴奏，并且要大家再听一遍。全班学生指出这女孩子弹的只是伴奏（在这以前，儿童都已知道：伴奏没有独立的音乐意义，伴奏只是补充旋律，装饰旋律，丰富旋律，单独地唱伴奏或弹伴奏是没有意义的，等等）。于是向这女学生提议，劝她回家后试试自己选一首歌曲来奏，即使是最简单的歌曲也好。过了两课之后，这女孩子就弹了一首歌曲《田野里有一株白桦树》，大家都很满意。

音乐学校的女学生在小提琴上奏了两个短曲子。有许多学生以前还没有由近处看过小提琴。教师就对他们讲述小提琴的构造以及如何调弦线等。这样，学生就向班上学生表演了她们的演奏技能，班上学生认真而友爱地听她们的演奏。使全班学生都知道那几个学生是会演奏乐器的,或者是学音乐的,这是有益的事。儿童越是互相了解,他们就越互相亲近。

如前所说,儿童集体学习,就习惯于互相提出批评意见。这些意见必须是有根据的、公正的。

批评可在各种情形之下进行。例如:全班学生讨论并批评自己的歌声、自己的歌曲演唱;或者第一声部听第二声部唱(或相反),然后提出意见;或者全班学生听一个学生唱,对他发表意见。由教师指定一二个学生,教他们听全班学生唱歌,也提出意见,这时候常常可以表露出他们的优良的观察力。当然,从开始的时候起,我们就教导儿童:必须以应有的态度来接受同学们提出的批评意见,这就是说,认真地,沉着地,不生气,实事求是地接受,改正自己的错误。

这样的批评,不是常常采用的。这必须有个限度。对于学生的唱歌,由教师自己来判断,提意见,但有时他也让儿童发言,总结他们的意见并当场指出:其中哪些是正确的,哪些是不正确的,为什么。在教师领导之下,这样互相批判地讨论唱歌的品质,可以帮助培养对批评的正确态度。儿童在学校时代就必须懂得:批评可以帮助改正自己的错误,同时又可改正别人的错误。互相讨论歌曲演唱的优点和缺点,可使儿童积极化,促进对课业的自觉的和理性的态度,帮助在班上组织有趣味的、生气蓬勃的工作,帮助培养全班和个别学生之间的正确的相互关系。

教师培养儿童的集体主义感情时,要和个别学生的个人主义表现和利己主义表现作斗争。在集体工作中.这种特点表现得较明显,和它们作斗争也较容易。

儿童的个人主义和利己主义在教学开始的时候以种种形式表现出来。例如,在分配声部的时候,有几个儿童被指定唱第二声部,他们就不满意，闹脾气；他们希望唱第一声部。第一声部唱起来较容易，较愉快，因为第一声部是唱主要旋律的。

这时候教师就告诉儿童，不可专门为自己着想，“如果大家或大部分人都要唱第一声部，那可怎么办呢？”我们对儿童解释：第二声部中应该有较多嗓子有力而听觉良好的学生，因为这个声部是较难唱的。唱第二声部也很有趣味，而且责任特别重大。

经过一两次这样的事情之后，谈话终止了，关于这问题造成了一定的“全班意见”，就是：在共同的唱歌中，每一个人不可专门为自己着想，不可专门顾到自己的兴趣，而必须在较有益于合唱的声部中演唱，另外那种态度是可耻的，它表示出学生的不良方面和不友谊方面。

往往有这样的情形：某歌曲的第二声部很难唱，儿童对付不了；或者，在这课中这声部里缺乏很积极而有力的学生。这时候我们便向唱第一声部的儿童提议，劝他们帮助第二声部。起初他们之中没有人响应，但到后来，当他们认识了顾到全班唱歌的结果和顾到第一二两声部的均衡的必要性的时候，情况就不同了。往往有几个人自告奋勇，而且他们脸上表示一种满意，他们觉得骄傲，因为能够尽自己的责任，使自己的愿望服从集体的利益。渐渐地确立了惯例：无论何人都没有权利拒绝对别的声部的帮助。

在这方面做过一定的教育工作之后，我们就可以从学生口中听到对“利己主义者”的讥讽的评语，像“只顾自己，不顾全班”之类的话。

儿童的利己主义又表现在这样的情形中：教师有时问儿童，现在他们欢喜唱或听什么歌曲。儿童提出各种歌曲，教师就采取了大多数人所提出的歌曲。起初，班上学生还没有受过适当的教育的时候，个别学生就表示不满意，发出“唉，不要”的呼声，有的人装出不满意的脸相。这时候我们就对儿童作简短的谈话,告诉他们:必须尊重大多数同学的愿望。“唱过这歌曲之后,我们立刻就唱你们提出的歌曲。如果别人不听你们的歌曲。你们怎么办呢?好同学决不妨碍别人,决不为自己的任性而剥夺别人的满足。为了不使提出这歌曲、想听这歌曲的人听的时候扫兴,必须努力忍耐,不作声,让他们听。”儿童渐渐习惯于尊重同学们的愿望了。

在一二年级里有这样的习惯:如果学生在自己生日那天要求演奏他欢喜的作品,就绝无争执地演奏这作品。“老师,明天是我的生日,请演奏《切尔诺莫尔进行曲》。”有一个学生这样说。于是全班学生——如果可以这样说的话——客客气气地听音乐,不论自己欢喜不欢喜这作品。

有时全班学生(或合唱团)和领唱的独唱者之间发生复杂的相互关系。关于这问题,教师方面需要有敏感、郑重而仔细的态度。有不少教师拒绝用领唱,他们的理由是用了领唱会破坏合唱团。独唱者觉得自己比其他的人优越,有时会自傲起来,使自己和合唱团中其他的参加者相对立。参加平凡而不显著的共同合唱,已经不能使他们满足,如果以后不选用他们而选用了别的领唱者,他们就不心甘情愿地在合唱团中唱歌,有时索性退出合唱团。有几个学生则表示对领唱者的嫉妒,“为什么选他而不选我做领唱?”

因为上述的纠葛而一概拒绝选用领唱,是否正确呢?对这问题无疑地必须作否定的答复。

必须教导儿童克服在这种情况之下所可能发生的嫉妒和虚荣的感情——教师的教育作用正在于此。否则,这种感情迟早可能在校外表现出来,或者甚至在学校教学之后表现出来;而且可能表现在更紧要、更严重的情况下。不要避免困难,迎上前去,克服它们——这便是正确的教育方法。

选拔个别的唱歌者,还不是工作的第一阶段。起初我们必须造成一个能够协力工作的、和谐的合唱团。在三四年级里,我们有时吸收领唱者。到这时期,已经可以看出哪些儿童有响亮的好嗓子,可以为这目的而加以应用了。同时必须指出:我们前面所说的那种纠葛,在中年龄和长年龄的时期最多发生。这时候儿童更加重视单独唱歌的可能性,他们对声乐艺术发生更大的兴味,他们已经感觉到:他们可以成为唱歌专家。

如果教师发现担任领唱角色的学生对同学和对合唱团开始高傲起来了,他必须立刻制止他。对于这工作,在各种情形之下采用各种办法。有时,我们单独地对学生谈这一点,有时则在集体面前谈。

看到因为选拔领唱者而同学中有人对这领唱者不亲睦了,我们就采用间接感化的方法,对学生说:在有些合唱团里,大家如何关心到使自己有一个良好的领唱者,他们如何以有这领唱者而感到骄傲,领唱者自己如何努力不使合唱团丢脸。必要的时候,我们就举否定的例子。对学生说:有时在合唱团中,有几个学生对他们的领唱者态度不好,或者相反,领唱者对合唱团态度不好……说到这点,我们就严厉地指责他们,无疑地可以预防合唱团中发生团员与领唱者之间的不健全的关系。

由全班学生大家来参加选举领唱者,是很有益的办法。这时候儿童只遵循集体的利益和艺术的要求。

学生常常感觉到集体对他的行为的态度,并且重视这态度。但班上学生不常常能正确地评价个别儿童的行为,因此教师必须留心注意这一点,纠正班上学生对个别学生的行为的不正确反应。例如,合唱团里有些个别的参加者,平日没有认真地出席练习的,在表演的前一天出席了,为的是要参加表演——对于这样的情形,学生常常表示不满意。

“她唱得不好,只会带坏我们。”儿童们这样说。在这种情况下,我们赞同全班学生的意见,不允许这样的学生参加合唱表演。然而,有一次,也是在合唱表演的前一天,来了一个很积极、很守纪律的女孩子,她以前患了长期的病。儿童对她的出席合唱采取警惕的态度,但教师立刻努力改变他们的情绪。他和蔼地接待这女孩子,问她的健康情形,并且立刻和合唱团团员们一同查明:哪些歌曲她唱得好,哪些歌曲唱不好。如果这女学生只有一个歌曲唱得不好,便让她参加合唱表演,但不唱这个歌曲。如果发现她别的歌曲也唱得不好,我们就邀请她在大厅里听唱歌,对她说明:请一个懂得歌曲的人在旁听唱并在以后提出批评意见,是很重要的事。这时候这女学生便觉得她在大厅里听唱是一件有益的事,集体是需要她的,于是对于自己的不参加表演便不感到什么苦痛了。

关于认真出席练习的问题,对于集体教育具有重大的意义。这问题发生在自由参加的合唱团中。学生对于这“自由参加”的看法是很率直的:“高兴便去,不高兴便不去”,或者“以后不再去了”等等。当然,这种态度是不能容许的,教师须努力对儿童说明:他们可以参加或不参加合唱团,这是他们的自由,但倘他们已经参加了合唱团,他们就必须出席练习,否则合唱团办不成,它不能存在了。

有些领导者组织合唱团时,不立刻编制参加者的名单。他们先认识这些儿童,并且让儿童们可以确定自己对合唱团练习的态度。等集团组织了两三个星期之后,教师才确定合唱团的经常成员,并制订内部规章。

儿童必须借教师的帮助而认识:缺席合唱团练习,会妨碍集体的工作,因此是反社会的行为。富有经验的教师这样地组织工作:合唱团中每班学生设一个代表,这代表报告出席练习的人数,又说明学生缺席的原因。

关于合唱团编制原则的问题，至今还在争论中。有两种观点。有些人认为，学校里的合唱团应该根据自由参加的原则而成为集团的形式；另一些人认为，合唱团应该成为学校合唱团的形式，由嗓子良好的学生参加。我们宁愿赞同第二种观点，并说明其理由。

每一个学校都关心良好的合唱团。合唱团可以装饰节日和晚会（使节目丰富），给它们以富有感情的色调。每一个进步的学校都以自己的合唱团为骄傲——当然，他们的合唱团要达到应有的水准。而这水准首先与教师的能力有关，此外，合唱团的成员，他们的嗓子的品质，也具有无可怀疑的意义。然而我们可以看到：往往有些学生，恰好是有良好的嗓子的，却不参加合唱团，其原因有种种——他们没有时间，或者只是为了不愿意。于是变成这样的情形：学校合唱团很需要的学生，没有参加合唱团，他只顾到自己的愿望和方便，而不顾到学校的利益。

然而，在我们苏维埃社会里，每一个成员对他人及整个集体都有严正的责任。

马卡连科比较资产阶级社会的教育和我们社会的教育，说道："认为摆脱了资产阶级社会的羁绊的制度……学生便一概地摆脱了任何羁绊的约束，是可怕的误谬。"[1]

如果有一个学生图画画得很好，却拒绝参加墙报装饰的工作，大家对他如何看法呢？合唱团的情况便是与此类似的。

赞成自由参加合唱团的人们，有时这样借口说：不可强迫儿童参加集团，因为集团里的作业往往搞得没有趣味。我们首先要指出：现在所

---

[1] 马卡连科：《教育论文选》四卷集，第四卷，第一〇三页。

说的并不是强制,并不是说要强迫儿童在合唱团里唱歌。现在所说的是要向学生解释办合唱团的必要性,向他们解释:合唱团人数越多,声音越响,它面前展开的可能性就越大,它对学校就越是有益。每一个优良的唱歌者对合唱团都有利害关系。因此嗓子优良的学生参加合唱团,是这种学生的社会义务。在这情形之下,学生不应该遵循自己个人的利益,而应该遵循全校的、整个学校集体的利益。学校的舆论正应该坚持这个观点。

至于设想到作业往往没有趣味,这设想不能认为是原则性的。应该从这样的观点出发:学校吸收熟练的、积极的工作者,帮助他,为他的工作创造良好条件;那时便可确信作业是会顺利地进行的。

*　　　　*　　　　*

使各个集团之间也有正确的相互关系——这一点是很重要的。马卡连科给这问题以头等重要的意义,是十分正确的。他说:一个集团的成员对另一个集团的成员的有组织的关系,在教育措施中应该是具有决定性的。

每一个苏维埃人,作为小小的组织的一个成员,不把自己局限在这组织的利害关系之内。每一个苏维埃集团把自己的利益联系到国家的利益。它不使自己和别的苏维埃集团相对立,因为所有的集团具有共同的目的、共同的利益。

我们在学校里培养亲睦而团结的集团,同时又须关心到:务使儿童不仅关怀自己集团的利益,还必须以应有的尊重和友谊来对待别的集团。受到良好而正确的教育的集团,必须具有这种品质。

要预防一班学生的孤立,宜建立对别的集团的联系,务使这班学生通过校外小组等关系而与别的学生相交际。

无疑地，一个集团的儿童所交际的学生范围越是广大，则培养儿童对别的集团的正确关系时所具有的可能性就越多。但这时候必须注意：和别的班或别的集团交际的事实本身，还不能产生充分的效果。这时候还需要教师做很大的教育工作，而且这里问题不仅在于他们所交际的学生数量的扩大。

和别的集团交际，越出自己集团的范围，这不过造成一种条件，这条件有利于在这方向中正确地教育儿童；这不过造成一种可能性，可能性必须靠教师的努力而成为事实。

我们知道：有些学校拥有一个很团结而亲睦的学校集团，集团是这学校的爱国主义者。然而当这集团遇到别的学校集团时，往往就表露出它对别的集团缺乏应有的尊重和友谊态度。

每一个教育任务在实行时都遇到困难，但其中可以分别出特别复杂的任务。培养一个集团对另一个集团的正确的社会主义关系，便是属于这一类困难任务的。

集团越是团结，越需要培养其对别的集团的正确态度。事情是这样的：不很团结的集团，不会使自己和别的集团对立，他们对此不甚感兴趣，他们是分散的。至于亲睦而团结的集团，则容易对别的集团取对抗的态度，如果这集团有自傲的不健全倾向的话。

我们培养集团的时候，必须和集团的“利己主义”作斗争。个人的利己主义只有在和别人交际的时候才表现出来，同样，集团的利己主义也只有在和别的集团交际的时候才显露出来。各种合唱团的交际，在校内和校外都是常有的事。在艺术检阅大会上，优良的表演唤起听众——学生们——的高声赞誉。同时我们看到有些集团，非但不表示应有的充分的赞誉，反而竭力诽谤他们的“竞争者”。我们可以指出几个优良的儿童合唱团,它们的领导者善于组织亲睦而富有能力的集团,但这些合唱团和别的合唱团接触的时候,有时会对别的合唱团表露出自傲、吹毛求疵、妄评的态度,这种态度表现在对别的合唱团的讥讽的、轻蔑的批评中。当然,这种现象不是普遍的,并不常常见到;这种现象表示着庸俗的、落后的心理学的影响,教师应当和这情形做坚决的斗争。

教师必须对儿童解释:这种不公正的批评不是学生应当做的;这种批评是侮辱了对别的集团取这样的态度的人。

有一个儿童合唱团的领导者同志说:"我们在一个大演奏会上出席表演。表演之前,另一个合唱团的唱歌者——Л同志的学生对我的学生说,我的学生唱得不好,而且说的时候是恶意的、吹毛求疵的。我的学生因此愤慨,来向我申诉。在谈话中弄明白了:原来我的学生'当场开销',也对那些学生讲了许多不好听的话。于是我对儿童解释:这边和那边的行为都是不成体统的。"Г同志接着又说:"我不知道Л同志关于这点有没有对他的学生谈话。"

"Л同志根本不知道这件事吗?"我们要提出这样的问题。这两个合唱团的领导者很熟识,常常会面,但Г同志不愿对Л同志说这个问题,显然她认为这问题是"不好意思的"。

这领导者在这情形之下不遵从全体苏维埃儿童的正确教育的利益,而从友谊道德的不正确理解出发,不敢干涉同志的工作。其实在这情形之下,应该以友谊的态度实事求是地使同志知道这事实。

教师须在"基层集团"里——班级里——就培养一个集团对另一个集团的正确态度,在他们还没有和别的集团接触的时候就培养这种态度。从初级班开始就必须进行这方面的工作。

一二年级的学生对于谁唱得好，谁唱得坏，还不很关心，他们自己还分别不出好坏，对于比较的评价完全不感兴趣。但在三四年级里，儿童较为成熟，已经能够比较各集团的唱歌了。儿童已能为自己的合唱团感到骄傲和荣耀了。教这年龄的儿童时，教师必须努力预防不健康倾向的发生。

获得成就而略有声望的合唱团的领导者，应当特别警惕。在每一地区、每一城市，都有儿童合唱团，这些合唱团常常在音乐演奏会上或无线电广播中表演，经常显著而出众。这种情形容易使合唱团中发生对别的合唱团和别的唱歌者的傲慢态度。

那么我们用什么方法来培养集团之间的正确的态度呢？

我们教育儿童的时候，首先要培养他们的谦逊和对自己的严格要求。这一点已经可以在某程度内保证对别的集团的正确而公正的态度了。我们常常在课堂上拿该班或该合唱团的唱歌来和能力更强的别的班或别的集团的唱歌作比较，宁可讲别的合唱团的良好品质，而不讲他们的缺点。我们这样做，是从纯粹的教育任务观点出发的。儿童应该知道：别的班或别的合唱团有许多优点，我们这班或我们这合唱团还须多多努力，才能使自己也获得这一切优点。

如果在讨论别的合唱团的唱歌的时候发现该合唱团唱歌的缺点，我们不要隐藏它们，但尽可能地努力指出所谓“可以酌减罪过的情状”。例如，我们说：这合唱还练习得不长久，他们人数不多，等等。

在培养对别的集团的正确态度的时候，像在全部教育过程中一样，教师的示范是具有很大的意义的。教师在每一个适当的机会中教导儿童，并且表示自己对别的集团和别的教师的尊重。我们常常带着赞扬而谈论某一个别的儿童合唱团的唱歌，并且说：多么高兴，我们的少先队员、我们的学生能唱得这样好,这样的合唱团逐渐增多起来了。

各种合唱团或各种班级举行友谊会晤,对于培养集团间的正确的相互关系是很有益的。我们有一次举办了两个合唱团——莫斯科索科尔尼基区少年宫合唱团和莫斯科区少年宫合唱团——的会晤。每一个合唱团都积极地准备,以求在同志们面前唱得好。小主人们亲切而殷勤地迎接客人。每个合唱团的儿童都齐声为别的合唱团鼓掌。

唱歌完毕之后,两个合唱团的领导者出场,他们都指出别的合唱团的优点,祝他们今后在工作上更加进步,感谢他们的唱歌。以后就组织共同游戏、朗诵和舞蹈的表演。所有的儿童都十分满意地散去,并且相约以后再来会晤一次。

*　　　*　　　*

集体是在教师的影响和感化之下造成并培养起来的。当然,只有当教师享有儿童对他的威信和敬爱的时候,才能有效地实施教育任务。教师的威信决定于一系列的条件,特别决定于他对班级或合唱团建立起正确的相互关系的能力。这些关系的建立要根据相互的尊重、信任和爱。教师是集体的中心,是集体的灵魂。

要使教学和教育有成效,必须使儿童不但尊敬教师,而且爱教师。这一点对于唱歌教师很重要,因为音乐本身和音乐的表演密切地和情绪关联。教师常常通过感情而感化学生。如果教师自己没有发生明显的积极情绪,他对儿童的影响就受限制而有困难。如果儿童不爱这教师,和他没有亲睦的联系,而能在这教师的领导之下富有表情、富有情绪地唱歌,是难于想象的事(这意思当然不是说儿童在每一个他们所爱的教师的领导之下就都会富有表情地唱歌。这教师还必须懂得教儿童富有表情地唱歌)。

儿童非常重视教师的真挚和诚实。他们自己在这种情形之下往往也是真挚的、可信任的、诚实的。如果发生这样的情形，例如，教师演唱歌曲，唱得不很好，而且认为儿童会注意到这一点，这时便应当自己对他们说：这歌曲唱得不很好，因为我唱起来困难——我喉咙痛，我的声音哑了等等。与其使儿童知道而不好意思说出来，还不如自己说了。儿童是认真地、同情地听教师这样的声明的。这种声明并不降低教师的威信，并不降低班上的严格纪律。儿童明白地知道：教师是一班的主人，是“指挥员”。班上所有的学生，都应当迅速地、毫不反抗地执行教师的指示，这才可算得是教师。但教师倘有错误，就必须自己承认，因为这是对工作的诚实态度的范例。车尔尼雪夫斯基强调这必要性。“他（指教师——格罗静斯卡雅注）如果能在学生面前找个机会，不自豪而又毫无虚荣心地承认自己的错误——只要有一个这样的范例，就可指示几十个少年走上正当的道路。”〔1〕

如果儿童之中有人不同意某一点，或者提出批评性的问题，富有经验的教师就镇静地、毫不动怒地对他作必要的解释。

有一个女教师不能出席学校合唱团的练习，因为这时候她被指定去给她所领导的另一个合唱团排演（这合唱团是要参加选举区的大音乐会的。排演用的房屋只在指定的时间内可以应用）。关于这事对学校是有及时的通知的。这女教师说：“我下一次出席教练的时候，四年级的女学生加丽亚——是一个很积极、果断、直爽的女孩子，是一个出色的女社会活动家——对我提出问题，问我为什么上一次没有来教练。我回答说去

〔1〕 车尔尼雪夫斯基：《教育论见选集》，莫斯科，国立教科书出版社一九四〇年版，第八〇页。

给别的合唱团排演了。她就十分认真而同时又激烈地说:‘我们要到校长那里去控告你。’全班学生不说话,看着我,等待我的答复。我被这出乎意外的发言弄得困窘了,但不显露出样子来,和气地问:‘控告我什么呢?’‘控告你到别处去教练,而不到我们这里来。’那女孩子回答。于是我又镇静地向他们说明这是怎么一回事,告诉他们我缺席的原因。最后又说:‘现在我们来谈一谈你们的控告。你们要注意:在控告以前,即使是控告同学,也必须先调查明白是怎么一回事,如果这同学的确有过失,应该跟他谈一谈,劝劝他。在现在这情形之下,你们本来也应当先调查明白是怎么一回事。’我问儿童们懂得这一点没有。全班学生齐声回答道:‘懂得了!’加丽亚轻轻地说:‘请原谅。’”

在这情形之下,如果教师不用和气而镇静的言语,却对儿童发怒,或者严厉地申斥,这女学生就会固执自己的意见,说教师行为不公正。这情况可能使教师和儿童之间发生一种——也许是暂时的——隔膜。对儿童说话,有时须严肃,但在上述的情形之下,那女学生大胆而公然地提出问题,这问题显然是别的女学生所同感的,因为教师起初没有把问题说明白,没有预先防止儿童方面发生这种反应的可能性。

如果这控告的发言是高级班的女学生作的,就会被认为是对教师的粗暴的抨击。但在现在这情形之下,是这女孩子不懂得自己的话的不适当。

善于把严格的要求和儿童愿望的满足在不违反教导任务的原则下结合起来,是很重要的事。我们应该不仅注意“明天的快乐”,还要努力使学生的“今天”也快乐,努力把“必需”的和我们的学生所“希望”的结合起来。我们必须使儿童心中长年地保留对学校的鲜明而最良好的印象和回忆。“如果你们能做到,使你们的学生终生都把学校年代当着美满时光来回忆,——这也就是一种好的象征。"[1]对于这美丽的任务的实现,唱歌教师可以尽很多力。他可以努力使唱歌课成为欢乐的兴奋、鼓舞和深刻的儿童体验的时间。能够做到这点的教师,对儿童有极大的感化力,能享受儿童对他的爱。

教师必须给学生以听他们所爱好的作品的机会。如果我们要教练一个歌曲,而这歌曲可以用别的同等价值的歌曲来代替的,我们就让儿童自己选择其中的一个。这样,使学生有可能来表现自己的趣味和愿望。但并不常常这样做。儿童知道:我们有固定的计划和大纲,我们必须实行这大纲,每一个歌曲教大家一种新的知识,每一个歌曲都是有益的。这使工作具有严格的纪律。但儿童知道,例如:在可以让他们选择歌曲的时候,我们会让他们选择的。这可使全班学生和教师亲近起来。

关于这问题,乌申斯基曾经发表很有意义的见解,是描写他从他所称为"本行的巨匠"的女教师的课上所得的印象:

> 儿童用功已经长久了,这门功课所要求的注意力的紧张,显然已经使他们疲倦了。女教师看到这一点,便教大家来唱歌。这时候儿童非常高兴:有些人提议唱这个歌曲,另一些人提议唱那个歌曲;但大多数人主张唱一个杜鹃的歌曲。然而女教师不赞成这选择,而令他们唱别的歌曲……
>
> 唱了几个歌曲,其中有些歌曲充满山乡自然界的新鲜气味。唱过之后,女教师才允许儿童唱杜鹃的歌,儿童非常兴奋

[1] 加里宁:《论共产主义教育》,该文见《一九二四年至一九四五年论文演说选集》第一八五页。(译文根据《论共产主义教育》第五五页。——译者注)

地唱起来了。

歌曲包含的意义不多,然而它的曲调——尤其是叠唱部分——特别使儿童欢喜,他们快乐地叫喊,正仿佛绿阴中的一群小杜鹃。这女教师允许儿童唱他们欢喜的歌曲,这样做是很好的;但她一定要他们先唱几个更富有意义和优美感情的歌曲,这样做也很有教育意义。[1]

教师的辛劳、教师对工作的态度,应当成为儿童的范例,我们努力教儿童尊重教师的辛劳。使儿童知道:教师研究为儿童而作的歌曲,教师用心选择儿童感兴味而又对儿童有益的歌曲来教练。使儿童知道:教师自己努力练习,务求把作品唱得好,奏得好,教师阅读关于音乐的书籍,从其中选出儿童感兴味的、对儿童有益的材料来。例如,在三四年级里讲作曲家的传记的时候,我们带了书去,对儿童说:“我备课的时候,在作曲家的笔记和回忆录中看到这样的话。”告诉儿童:我长久地加以考虑,作曲家在他的歌曲里所要表现的是什么,应该用怎样的声音来唱这歌曲才好,或者,我们在朝会和节日纪念会中应该表演些什么歌曲。又告诉儿童:我们教师常常举行关于教学法的讨论会,我们在这些会上讨论应该教儿童什么和怎样教。有一次教师告诉儿童:在会议上曾经有过一番争论,这歌曲是否这一班儿童能够唱的,并且决定在几个学校里作试验,我们的学校也在内。于是就练习这歌曲。儿童认为“这歌曲一点也不难”。

下一次上课的时候,儿童看见教师就问:“怎么样,开过会议没有?”

---

[1] 乌申斯基:《教育论文选集》,第二六五页。

教师一时听不懂是怎么一回事。儿童又问:“老师们怎么说？这歌曲难么?”由此可知,我们顺便说起的话,儿童牢记在心而保留印象。这样,儿童就知道:我们教师认真地长久地备课,我们教师阅读专门的书籍,讨论教育的问题,我们的课业是认真的——有时是辛劳的——工作的结果。这可以巩固儿童对教师的辛劳、对教师个人、对教师的课业的尊敬的感情。

教师常常和儿童交换对于音乐的印象;有时讲给他们听:他自己童年时代怎样学习音乐或唱歌;告诉他们:他读了一本关于音乐和作曲家的有趣味的书;告诉他们他对于听过的合唱团的印象、对于他到过的音乐会的印象等等。这样的谈话可以扩充儿童的知识范围,此外,又可增加亲切和温暖的要素,很能促进教师和班上学生的亲近。

要正确地组织并培养集体,要在其中建立适当的相互关系,必须了解组成这集体的学生,了解他们的性格、趣味、爱好和能力。在这里,教师遇到严重的困难。第一,他在这一班每星期只上课一次;第二,这门功课的特性使他难于认识儿童,因为儿童是“齐声回答”的。他们大家一齐唱歌,我们不是常常能听出个别学生的声音来的。唱歌课中没有书面作业和家庭作业可以帮助教师更接近地认识学生。因此,教师利用一切可和学生个人接触的机会,这愈加成了一件重要的事。

富有经验的教师到学年终了,便有了对他的每一个学生的充分明了的概念。他们获得这概念,是根据观察:这学生的注意力和积极性如何,对课业的兴趣如何;教师尽力设法听出个别学生的声音,并且常常对他认识较少的学生提出问题,要他们发言。

有些具有音乐才能的学生,在教学开始时唱得不好又不正确。他们自己听得出这点而感到困窘,因此上课的时候情绪不好。教师给这种儿童以显露自己才能的机会,给他们做音乐知识方面的课题,让他们发表对于学生在课堂上或无线电中听到的作品的见解等等。教师努力鼓励才能薄弱的学生,使他们确信他们一定会唱得好,努力培养他们的自信心。他往往教整个集体大家注意这件事,对他们说:“大家听,尼娜唱得怎么样。你们都记得:最近的不久以前,她还不能正确地唱出所需要的声音。但是现在你们听。”教师努力使全班或全合唱团关心每个学生的进步。全班学生都替他们的同学高兴,而且他们又知道:每一个学生唱得越好,合唱团全体也唱得越好。

由于上述的这门功课的特性,教师寻求并利用每一个机会来更接近地认识他的学生。例如,他尽可能常常去参观别的课,借以观察他的学生从事别的工作时的情况,借以看到他们在那边怎样表现。这种参观很可以丰富我们对学生,对他们的发展、性格和才能的概念。

唱歌教师出现在别的课上,起初引起儿童非常的惊异,但对他们说明白他是来看看他们怎样上课,看看他们在别的课上举止如何,儿童便往往很满意。大家争先恐后地请他坐在自己的课桌上;下课之后,大家围住他,问他,他们上课的情形好不好,并且请他下次再来。这种参观很可以使教师和学生亲近起来。

我们努力接近儿童,了解他们的趣味,尽可能地寻求和他们的相合之点。例如,我们利用一切适当的机会来对儿童谈我们在《少先队真理报》中读到的东西。儿童诧异地问:“您也读《少先队真理报》?”教师回答:“是呀,我也读。”“难道您也欢喜读吗?”儿童这样问,他们的声音里听得出有不相信的口气。“当然。第一,我们教师欢喜阅读一切关于学校和儿童的读物;再说,报纸里登着许多有趣味的事实和消息。”

我们努力使儿童亲近我们,唤起他们对我们的信任,使他们愿意和我们分享自己的思想、自己的印象、自己的愿望、自己的欢乐和悲哀。一年级里有一个女学生，教师连她的面貌都不大认识，有一次她走进教室来的时候，在教师身旁略略停留一下，满面光彩地低声说："妈妈已经生产了！"教师带着惊喜的表情问她："生产了？已经？啊，恭喜她。"过了一个星期，女孩走过教师身旁时又说："妈妈已经从医院里回来了，小妹妹的名字叫娜塔。"

女教师在一年级的课上告诉儿童，他们学会了的歌曲，可以在家里唱，年纪小的孩子特别爱听这些歌曲。"如果唱一个快乐的歌曲，他们会笑起来；如果唱一个摇篮歌，他们立刻会安静下来，而且睡着了。列娜的妈妈生了一个小妹妹娜塔。还有谁家里有小弟弟小妹妹的？你们可试试唱歌给他们听。"过了一个星期，儿童就争着告诉：他们在家里唱歌给谁听，他们的听者有了怎样的印象。

我们要使儿童习惯于顾到别人，特别是顾到我们教师。往往有这样的事：已经下课了，儿童还要求继续上课，要求演奏或唱歌给他们听。我们有时满足他们的愿望，但有时对他们说："不，小朋友，不能，因为我疲倦了，我需要休息一下。我已经上了三堂了，今天还有课呢。"

还有一例。我们的教室不大，平常无论什么气候都是开窗子的。但是有一次，女教师患过肺炎之后到学校来上课，她对儿童们说："今天你们只得忍耐一下了，因为我不能在打开窗子的教室里上课。"但下一次上课的时候，女教师要求开窗，儿童们就喊道："您不要紧吗？您不会伤风吗？"

儿童敬爱公平的教师。有许多机会，可以确定儿童对于教师公平程度的意见，其中之一便是学生成绩的评定。在唱歌方面，这问题的正确解决遇到很大的困难。教师不但很少知道每个学生的个人特点，还不大有可能来注意每个学生的音乐成绩的进步。因此要求唱歌教师像别的功课一样给学生以每学季的成绩评定,在教育学上来说是不合理的,这是强迫教师盲目地评判。这时候当然不免有不公平的评判,这就影响了教师的威信。获得过低的评判的儿童,当然要抱怨或伤心;获得过高的评判的儿童便对这评判觉得可笑。例如,四年级里的女学生塔尼亚带着轻蔑的冷笑对她的妈妈说:“为什么给我五分,真不懂。有几个歌曲我实在完全不会唱。”

统计学生的知识时,不可采取形式的态度,必须根据该门功课及其教学法的特点。关于唱歌课成绩的统计形式的问题,关于评判标准的问题,关于时期的问题,都完全没有得到解决。这里面还有许多不明了的、临时发生的情况。然而这问题是重要的、迫切的,需要仔细而深刻地加以研究。

像在全部教育工作中一样,教师的示范对集体主义教育具有很大的意义。“教师的世界观,他的品行,他的生活,他对每一现象的态度都这样或那样地影响着全体学生。……所以一个教师也必须好好检点自己,他应该感觉到,他的一举一动都处在最严格的监督之下,世界上任何人也没有受着这样严格的监督。孩子们几十双眼睛盯着他,须知天地间再没有什么东西,能比孩子的眼睛更加精细,更加敏捷,对于人生心理上各种微末变化更富于敏感的了,再没有任何人像孩子的眼睛那样能捉摸一切最细微的事务。这点是应当记住的。”[1]

教师之间的相互关系、教师在集体中的行为,都逃不了学生的观察

---

〔1〕 加里宁:《论共产主义教育》,第一五七页。(译文根据中文版第五四页。——译者注)

力锐敏的眼睛。

因此，教师在这方面就必须做他的学生的模范。儿童观察了学校生活和教师之间的相互关系，便理解了每一个苏维埃集体中所有的健全的集体主义精神。学生看到，所有的教师都齐心协力地工作，他们有一致的要求，他们互相帮助，互相尊敬。

我们曾经在两课交替的中间教练合唱团，有时儿童特别迷恋于这工作，要求稍延长些时间。然而第二课已经应该开始了。有时儿童们说："没有关系，不要紧，我们下一课是体操。"（或者是"德语"，是"图书"）这时候我们便教导儿童：在学校里，所有的功课都是重要的，不过有些功课需要的钟点多些，有些功课需要的钟点少些而已，但它们都是必修的，都是不可缺的，否则学校里不教这些功课了。每一课的每一分钟都是很宝贵的，无论哪一课都不能迟到。如果学生滞留在前一课上，每一个教师都会觉得不满，他这样想法是绝对正确的。

大家必须共同维持每一位教师的威信，必须尊重每一门功课，这是一个重要的问题。在我们学校的实践中，还有这样的情形：行政方面或教师中的某一人在儿童面前说起某门功课时，带着轻视的口气。观察力敏锐而富于感受性的儿童立刻领悟了这意思，这便造成了他们对该门功课的不健全的态度，以后教师要克服这态度就要费很大的力。我们必须对这种情形作斗争。这不但是该门功课的教学利益所要求的，而且是教育的总任务所要求的。

教师和集体之间需要有正确的相互关系，当然不仅是为了对学生示范。这也是为了替教导工作创造更良好的条件而保证其成功。

特别重要的是：教师集团必须对儿童有统一的要求，必须对他们有统一的影响。"如果十五位教师每人都照自己能做的和希望做的来施行教育,就不能教育集体。由此可知,必须有一个教师集团。”[1]唱歌教师和学校的每一位教师一样,实行着全校集团的统一教育方针。

唱歌教学过程中的集体教育和集体组织的决定性作用,当然是属于教师本人的。然而校长和教务主任的作用也很重大。学校的领导要求教师有高度的教学水准,同时又在工作中帮助他。这帮助的意义是很重大的。马卡连科说:如果机关的领导者对小组表示关心,没有一个小组会停止活动的。后来他又指出这关心所包含的是什么。他所说的虽然都是关于小组的,但也可充分适用于课堂教学。

马卡连科说起场所、用具、领导者,说起出席小组作业的必要、和在机关报刊中报道小组工作的必要,说起音乐会形式的公开报告的必要等等。必须由校长发起——不仅由唱歌教师发起——而作总结报告,举行表演,借以实现公开的监督。必须使教师感觉到:他的工作是人们关心的,是被认为学生全部教育制度中的一个不可缺少的环节的。

学校的领导,应该关心唱歌课教学过程中的设备,但不可仅仅局限于此,又必须关心课业如何进行,有哪些进步,有哪些困难等等。

唱歌教师们指出,有些校长和教务主任很少参观唱歌课,或者全不参观。其实学校领导方面对这课业的注意和关心,是可以在儿童面前支持教师,并在某程度上提高唱歌的意义的。

在一九五一年的“教育讲座”的报告中,涅仁城中等学校的校长乌新科同志报道说:在她领导的学校里,校外合唱表演之前组织一个专门委员会,其中包括校长、教务主任、少先队总辅导员和懂得音乐的教师。这

---

[1] 马卡连科:《教育论文选》,莫斯科,苏俄教育科学院出版社一九四六年版,第一七五页。

委员会听每一个新学会的作品,发表对于演唱的品质的意见。

当然,这种委员会的存在,在学生面前强调着合唱团的重要性和意义,提高了他们的责任感。青年教师尤其需要支持和帮助。不必讳言,他们常常碰到轻视这门功课的意义的情形,常常碰到把这门功课看作不甚重要的功课而取宽容态度的情形。

莫斯科第六百二十二男子中等学校的女教师伊凡诺娃同志说:这学校的校长对唱歌课表示热诚的关怀,有时来参观唱歌课,探询工作的进程。当学校准备在区"歌曲节"会上表演的时候,他到课堂上来对儿童讲话,请求他们努力唱得好,举止要适当,借以保持学校的荣誉。

富有经验的教师比较不大需要这种支持,但是他们也非常重视学校领导方面及教师集团对于唱歌教师及其工作的注意而关心的态度。我们问莫斯科某学校的一位年长而富有经验的女教师谢尔巴采维奇同志:为什么她不转到附近的学校来,而要跑到城的那一端的学校里去工作,她回答说:除她习惯于这学校之外,她又非常重视这学校的领导方面和教师集团对唱歌课的态度,这使她乐于忍受距离的隔远。

对于唱歌教师,不但要求具有教导工作的高度水准,又要求他积极地、热烈地参加全部学校生活,必须参加教务会议的工作,参加社会工作,参加凡是可以借音乐和唱歌的手段来帮助更好地达到所指定的任务的一切措施。唱歌教师参加学校节日纪念会、专题的晚会和朝会的组织工作,参加助导者的工作等等。前进的教师们帮助少先队团体组织课外音乐活动:他们用实际的忠告和指示来帮助辅导员,替他们教练歌曲,指示他们怎样教练儿童这些歌曲……这样,这种从事社会活动的进步教师的活动和行为,学校集团的积极成员的活动和行为,便是学生的有教益的范例。

我们培养儿童的集体主义感情,同时又努力使他们意识到集体中的友爱、统一、团结的意义。我们利用一切机会来指出:我们班级里的进步,是集体的协力一致的工作的结果。我们向儿童解释:全靠一切苏维埃人协力而团结地工作,我国才有全世界所没有的这种成就。

我们常常根据儿童自己意识经验的综合而制定出唱歌的基本规则。与这同样,让我们也来制定若干条关于集团中的行为的初步规则。我们要重复说一次:这些规则是逐渐出现的,是按照该班生活的要求而定的,是按照学生对它们的理解程度而定的。例如,在一二年级里,制定这样的规则:“工作和生活必须亲睦”“必须顾到全班的利益,不可只顾自己的利益”。在三四年级里,制定这样的规则:“必须尊重同学的意见和愿望”“不但尊重自己集团的成员,而且尊重别的集团的成员”等等。在适当的机会中提示学生:遵守这些规则是全班的义务和光荣。

第三章　学生在唱歌教学过程中的感情和想象

在教学过程中发展着学生精神活动的一切方面。我们教儿童唱歌，就发展了他们的思考力，培养着他们的意志，而特别有效的是培养他们的感情和想象力。

感情在人的生活中具有很大的意义。具有深刻而热烈的感情的人，其生活更为丰富，更有光辉，更是多方面的，更富有明显的目的。在人的认识活动中，感情也具有很大的意义。列宁说：没有人类的情绪，从来未有、现在没有、将来也不会有人类的真理探求。照这话看来，正确地培养苏维埃学生的感情，是重要的教育任务。

苏维埃人越是强烈而明显地体验到对自己祖国和人民的崇高的爱的感情，他们就越是热情地为人民的幸福而斗争。他们越是尖锐而深刻地仇恨敌人，就越是坚决地对我国共产主义建设的伟大任务的实现所受到的一切障碍作斗争。

感情在学生世界观基础的形成上，起着很大的作用。如果作家或音乐家所创造的艺术形象唤起了听者的思想和感情，作品的思想就更快而更容易地使他们理解，作品的影响就更加有力，更加深刻。

在培养共产主义社会成员的新人所固有的特性时，感情的作用也很显著。例如，我们重视苏维埃人对人的诚恳和同情的态度，我们愤恨对人冷酷无情、漠不关心的态度的一切表现，和它们作斗争。艺术作品使人特别细致而深刻地理解别人的感情,这可以帮助培养学生的人情和博爱。

感情的发展和想象力的发展极密切地相关联。想象力的活动能加强感情,使感情更强烈、更鲜明。同时,感情的发生也加强想象力的活动。例如,只有当想象力明显地为听者(表演者)描写出环境、事件和人的形象的时候,他才能深刻地体验作品的内容。例如关于艺术作品的预先的谈话以及对艺术作品的直接感受所唤起的感情,可以加强想象力的活动。

学校培养儿童最宝贵的品质——想象和幻想(幻想是根据想象的),并不是为了使他们脱离现实和迫切任务而作空洞无益的空想,却是为了使学生更明了地理解教材,使他的创作才能得到发展。

大家都知道,想象力在儿童生活中占有很大的地位,尤其是在年幼的学龄儿童生活中。

"在童年时代,幻想是心灵的占优势的才能和力量,是儿童的精神及其外在的现实世界之间的第一中介人。"〔1〕

教师为了教育目的而广泛地利用幼年学生这点特性。

我们不再谈感情和想象的内容了,关于这一点,在前面两章中已经谈到过。让我们来研究一个问题,即教师在唱歌教学过程中如何为感情的发生和想象力的活动创造良好条件,如何利用它们,训练它们,促进它们的发展。

如前所述,音乐作品倘是真正富有艺术性的,便能唤起并激动听者

〔1〕 别林斯基:《教育论文选集》,莫斯科、列宁格勒,苏俄教育科学院出版社,一九四八年版,第二三页。

的深刻感情。高尔基在他的自传小说《人间》中写着："……我的心碎裂了，它充满了一种强盛的感情，这种感情常常是由良好的音乐奇妙地接触心灵深处而唤起的……"

然而真正富有艺术性的音乐，不一定在儿童心中产生所期望的印象。

对于儿童音乐作品的第一个要求，是该作品必须为该年龄的儿童所能理解，所能接近。例如，柴科夫斯基有许多伟大创作，是表现成人的思想和感情的，不能在幼年儿童心中唤起积极的情绪。然而他为儿童作的作品、歌剧和芭蕾舞剧中的许多断片，就为小学生所充分理解，唤起他们明朗而积极的态度。

对于内容和构思接近儿童的声乐曲，儿童颇能理解。在器乐曲中，幼年学生较易理解的是标题的描写音乐和舞曲性质的作品。学校的教学大纲也包含着歌曲性质的、有明显而易于记忆的旋律的器乐作品。

教师会听到这样的意见：开始就教儿童认识标题的描写音乐，是不适宜的；这样，要他们理解没有名称——决定音乐内容的名称——的音乐时，路径便复杂化了。这种意见是不能赞同的。须知标题音乐无疑地是儿童较易理解的，因为乐曲的名称把音乐和熟悉的生活现象联系起来了。这名称立刻使儿童的想象有了明确的方向，因而使儿童容易理解音乐（当然是在内容易解的条件之下）。可见能够自觉地听标题音乐，以后便能理解各种内容和各种性质的更复杂的音乐。

在把儿童教学中选用标题的描写音乐认为是错误的那些人的反对意见中，有时露出看不起这种音乐的态度，认为这是一种不大有意义的音乐。日丹诺夫在音乐艺术工作者的会议上的讲演中说："忘记标题音乐,也就是背弃进步传统。大家知道:俄罗斯古典音乐照例总是标题音乐。”[1]

儿童教学的实践向我们证实:即使是儿童所能理解的作品,也不是所有的儿童任何时候都同样富有感情地、生动地、深刻地理解的。我们常常看到有些学生,他们在教学开始的时候对音乐很冷淡,很不关心。这是当然的,因为要深刻地、富有感情地理解音乐,需要一定的修养和教育;需要某程度的音乐经验和音乐发展的水准。

要使作品在学生心中产生印象,必须帮助他们理解它。必须发展儿童的音乐感受性、对音乐的情绪共鸣。学校有系统、有顺序地教儿童自觉地、富有感情地理解并表演音乐作品。

让我们来研究歌曲教学的过程,探究儿童的感情和想象怎样地参加在歌曲中,以及教师在其中起着怎样的作用。

在表演音乐作品之前,教师教儿童准备好感受它。他仿佛“调整”儿童,集中他们的注意力,酝酿这注意力。必须在儿童听这作品之前就使他们对它发生若干兴味。教师演唱歌曲,然后儿童演唱歌曲——这时都必须巩固并加深这兴味。引导性的谈话必须仿佛是宣扬这作品,明显地阐明它的。要使儿童尽可能更好地、更情绪地感受歌曲,必须使他们理解歌曲的大体意义。例如在演唱《摇篮歌》之前,教师向一年级学生解释:“摇篮歌”这个词是什么意思。儿童知道:母亲安排小孩睡觉的时候唱歌给他们听,但七岁的儿童往往不知道这种歌叫《摇篮歌》。

另举一例。儿童很欢喜柴科夫斯基的《儿童小曲》(《我的利左契克》)。但是教师必须说明它的内容。儿童不熟悉这样的名字表爱形式,

---

[1] 译文根据《苏联文学艺术问题》第一一四页。——译者注

他们起初以为由《利左克》变成表爱的“利左契克”，以为这是一个男孩子[1]。这歌曲中有儿童不懂的词(“胸衣”“一种轻快的四轮马车”“跳舞会”)，这会使他们觉得难以理解而扫兴。

有一次，我们在二年级的某一班里演唱这歌曲，不用引导性的谈话(以后才作说明)。儿童带着一些好奇心而听这歌曲，努力企图了解歌曲的内容。但这歌曲，正像预想的一样，没有在他们心中产生印象。而在二年级其他的班级中，我们预先向儿童说明歌曲的内容，对他们说：诗人想象一个极小的女孩子，这种小女孩子在童话里才有(教师用手表示这女孩子的大小)。儿童接着说：“她就像大拇指。”教师继续说：“她的身体小得很，她坐在胡桃做的椅子上，她散步时撑着丁香叶子做的小阳伞。她的身体轻得很，她坐蛋壳做的四轮马车，她睡在蒲公英做的沙发上……”儿童听讲的时候微笑着，听完之后焦灼地等待演唱的开始。情绪的感受已经准备好了。

在三四年级里教《苏沃罗夫的教训》一类的歌曲，需要简短的说明，更正确地说，需要提示他们苏沃罗夫是怎样的人。关于苏萨宁的歌曲或歌曲《瓦良格》，也需要预先说明。教唱李姆斯基-柯萨科夫改编的民歌《鞑靼俘虏》时，必须预先说明：这歌曲是一个被俘的俄罗斯女郎的母亲唱给她的外孙听的，而这女郎也是在鞑靼侵袭的时候被俘又被强迫嫁给鞑靼人的。如果不这样预先说明，四年级学生完全不能理解这歌曲。说明之后，儿童激动地听这美丽的歌曲。要使学生了解并体会歌曲《越南小姑娘送给斯大林的礼物》，必须使他们知道越南发生的事件。在上述

---

[1] 实际上“利左契克”这名字是“利蓙”的表爱形式，是女名。儿童因为不熟悉这表爱形式，误认为男名。——译者注

的例子中,教师说明了内容情节,便消除了对歌曲的一切不了解的、有妨碍的、中断的情绪感受。

往往有这样的情形:歌曲的内容意义是儿童所能理解的,但教师仍作简短的谈话;谈话的目的是要唤起他们对歌曲的兴趣和情绪态度。例如诺维科夫的《世界民主青年进行曲》,这歌曲的大体意义是四年级学生所充分理解的,但教师在演唱这歌曲之前,对学生讲述布拉格的民主青年联欢节的情形,又讲述曾经怎样悬赏征求民主青年的国际歌曲。苏联作曲家诺维科夫创作了这样的一首歌曲,这歌曲得了一等奖,被翻译成各国语言,从世界各国来参加联欢节的所有的青年,都很快地学会了这歌曲。这歌曲没有教师的引导性的谈话也会使儿童心中产生印象,但教师告诉他们这歌曲是在怎样动人的情况下创作的,便唤起学生特殊的热忱、对这歌曲的特殊的态度。

如果作曲家的传记是能使年幼的儿童感到兴味的,教师教他们认识这作曲家的作品时就可把他的生活讲给儿童听。在我们的实践中,会经常遇到这样的情形:儿童听了莫差特童年时代的许多插话之后,表示希望认识莫差特的全部(!)创作。

教师常常在预先的谈话中推动儿童的想象力,使想象力萎靡而"懒惰"的儿童的想象也活动起来。例如,在唱《摇篮歌》(李亚多夫改编的民歌)给一年级学生听之前,我们说:"大家想象,一个晚上。黑黑的,静静的。在乡下的小屋里,母亲摇着摇篮,唱着歌。"儿童想象唱这歌曲的环境和充满这歌曲的情绪。教师讲得并不过于详细:他只讲大体的景象,有时附带说说某种有特性的细节。他给儿童的想象力留下活动的余地。

教师为儿童的感受作了准备之后,就演唱歌曲。但在这以前,他又集中儿童的注意力,使课堂上完全肃静。关于上唱歌课时肃静的意义的问题，我们要略加详述。

关于能否保持肃静的问题，和纪律问题相关联，这习惯在学校一切课堂教学的过程中都要养成。而在唱歌课上，这肃静具有特殊的意义。在一定的时刻中，必须竭力保持肃静。教师检查一下：是否完全肃静，儿童是否集中注意，他们是否准备听唱。他向所有的儿童察看两遍，仿佛要集合他们的视线，使集中在教师身上。这样的肃静，有利于对音乐的情绪的感受。

在音乐演奏会上，演奏者和指挥者要等到完全肃静了才开始演奏。演奏者走到台上，座上的听众自会肃静了。不肃静不可能听音乐，至少，在开始的时候不可能听音乐。

肃静能够促使造成集中的、略微兴奋的、庄严的、鼓舞的心情。无怪乎诗人要歌颂“夜的静寂”“林中的静寂”“南国之夜的庄严的静寂”“暴风雨前的静寂”“原野的静寂”等等。能够听到完全的肃静，注意它，重视它——这是一种重要的能力。

教师必须从教学最初开始时就使儿童习惯于在听音乐时保持完全的肃静。这也是道德行为的规范所要求的，因为音乐是集体听的，破坏肃静就妨碍了别人。况且如果有什么响声牵引听众的注意力，听众就不可能专心听音乐了。

莫斯科第一百一十四学校的教师谢尔盖耶夫同志给一二年级的儿童一种特殊的练习，教他们倾听静寂。“大家听，多么静！”“我们听听看，走廊里传来什么声音，街上传来什么声音！”儿童注意听，后来轻轻地说：“有人走过走廊”“听见电车的铃声”等等。

教师在钢琴上踏下踏瓣，弹出一个和弦，然后放开手，说：“大家听，声音怎样渐渐地轻起来。”诸如此类。

儿童必须在听音乐之前和自己演唱之前都能够造成肃静的气氛。这肃静的气氛继续多久,与音乐的性质有关。如果儿童将听的或演唱的是愉快的舞蹈歌曲,预先就不须有长久的肃静。但如果我们演唱需要强度的想象活动的作品,或者安闲的、幻想的、沉思的作品,或者悲哀的作品,那么,我们要准备感受它或演唱它,就必须有相当长(五秒至八秒)的一个静止时间,在这时间内儿童心情一致,集中注意,用心而严肃。

这样,教师就在完全的肃静中演唱歌曲。

必须使儿童心中产生对于歌曲的积极的印象,必须使他们希望学习这歌曲,为此,必须使儿童充满情绪地感受歌曲,必须使歌曲为儿童所欢喜。歌曲的第一印象是很重要的。第一次听作品时所得的不良印象,往往是很顽强而难于消除的;要清除它,教师必须用极大的努力。因此,歌曲的第一次示范必须仔细地准备。

教师郑重地、诚恳地、真挚地表现歌曲的内容。这是歌曲表现的基础。唱歌教师的良好嗓子,不但是富有表情的演唱的可贵品质,也是整个唱歌教学过程中的可贵品质。然而教师有良好嗓子,并不是有成绩的儿童教学的决定性条件;必须能够掌握自己的嗓子,能够正确地、富有情绪地、富有表情地唱歌。

儿童欢喜听自己教师的唱歌,而且往往更甚于听专业演员的唱歌。教师较容易得到跟儿童的联系,他知道怎样可以找到通达学生心头的路径,知道哪一方面可以特别强调。不用说,这时候他对于歌曲的艺术演唱的要求是毫不放松的。

为了造成对于作品的完整的印象,教师开始须把整个歌曲唱给儿童听;如果歌曲是有好几首歌词的,就把这几首歌词统统唱给儿童听(在我国,这种有好几首歌词的歌曲是很多的)。这样,儿童就听到全部歌曲。

这歌曲就在他们心中造成一定的印象。这在儿童的脸部表情上可以看出：有时光辉而愉快，有时悲哀、凝神而严肃，都与歌曲的内容有关。教师努力延长并保持儿童心中所发生的感情。他对儿童作补充的说明，借以加深这印象；有时向儿童提出关于歌曲给他们的印象的问题。但这必须小心从事，不可破坏儿童已形成的心情。有时教师因为儿童的请求而把歌曲重唱两遍，或者自己提出，要他们单独听旋律。他教儿童注意歌曲的某种特点，注意某种富有特性的表现法，等等。经过这样的简短的歌曲介绍之后，教师便开始教练这歌曲。

教练之前，应该在怎样的程度内使儿童认识歌曲——这在某程度内是一个可争论的问题。在《唱歌教辅导手册》（教育出版社一九四九年版）这册书的一篇详细的论文《儿童合唱歌曲教练》中，作者古尔维奇和契斯诺科夫教授辩论，后者不主张预先在钢琴上演奏作品并带有一切细微的表情，或多或少地充分表现出作品的性质。契斯诺科夫教授认为：预先的介绍会减低歌曲练唱的兴味。

古尔维奇的主张相反。她认为：为了唤起对歌曲的兴味，为了使学生从歌曲的形象和内容出发而自觉地学习歌曲，应该一开始就让他们认识整个作品。古尔维奇又认为：开始教练之前多次地重复表演歌曲，不但不减低兴味，反倒可以提高兴味。这话是难于同意的。

无疑的，儿童对作品认识越充分，他们越是欢喜听它，越是爱好它。但同时我们建议教师不要多次地表演将要教练的歌曲，这是根据契斯诺科夫教授提出的理由，即：这并不是减低对歌曲本身的兴味，而是减低对歌曲练唱的兴味。

事情是这样的：儿童的记忆力很好，他们把歌曲听了几遍，已经记得，他们就希望整个地唱这歌曲，而不愿意仔细用心地练习它了；况且他们对这歌曲全都“明白”了,全都“知道”了。然而,逐渐地学会歌曲,逐渐地认识歌曲,这过程本身也使儿童感到兴味。凡儿童所熟悉的歌曲,例如他们在无线电中听过多次的歌曲,要他们练习是很困难的。这话似乎有些难以置信,然而这是事实,富有经验的教师是不会反对的。教师们简直避免教一年级的儿童唱幼儿园里已经唱过的歌曲,这不仅是因为歌曲中某些地方须重新教练,而且因为儿童不愿意练习熟悉的歌曲,不愿意重新更加仔细地学习这歌曲。

还有一个理由,也是反对在教练之前先使儿童彻底认识歌曲的。须知教师自己表演这歌曲,要反复好几遍。如前所说,儿童在这期间不但记住了歌曲,还记住了歌曲表演的性质,记得教师怎样表演这歌曲。在这学习过程中需要的只是记忆力和观察力。至于想象力、意志和主动精神,在这样的练唱法中差不多是不参加的。儿童在这过程中所起的作用是十分被动的,他们只是摹仿教师而已;这样地学习歌曲,其教育价值是很小的。

儿童在某限度内、在教学的一定时刻内摹仿教师唱歌——这必要性和合理性我们并不否认。但我们利用儿童这种倾向是有限制的。而在上述的情况之下,摹仿可能占据极大的地位,超过教育合理性所许可的范围。

除教儿童练习新歌曲之外,还教他们多次地听教师演唱的歌曲,借此使他们认识音乐作品;儿童往往自己也唱起这歌曲来。他们摹仿教师的演唱,高兴地唱这歌曲;一年之内,儿童可由这方法学会好几首歌曲。但在这里有一个特殊的任务,即一般音乐发展的任务,丰富儿童的音乐经验的任务,在这里教师并不教练儿童歌曲演唱。

如前所述,教师把歌曲唱了一遍,再唱一遍,就确定了歌曲的一般性质。在这方面儿童也在可能范围内参加意见,儿童能够说出这是怎样的音乐,怎样可以用言语来“描写”这音乐。学生年龄越大,我们越可能指望他们来参加音乐评述。

形象的展开和对表现方法的理解,主要是在歌曲教练的期间进行的。这时候造成对作品的情绪的态度,并使这态度积极化;这时候主要是培养想象力。

学生对作品发生的情绪的态度,可以帮助对作品内容的认识及理解。在资产阶级美学中盛行着一种“理论”,说对艺术的意识的态度是和情绪的态度相抵触的,说一切分析、一切理智和意识的干预,都是破坏情绪的基础的。这种见解是错误的。对内容和表现方法的理解,并不破坏对作品的情绪的态度,却是帮助它,加深它,而使它内容更加丰富。我们不能断言:凡能了解音乐作品、作品的内容及表现方法的人,其感受音乐时的享乐和情绪就较少。无论成人或儿童,倘不了解音乐,不“懂得”音乐,其对音乐的感受就较为模糊、不明显、肤浅而贫乏。

儿童对音乐的认识越多,了解越多,音乐就越是明显,越是易解,儿童越是欢喜听它,越是爱它。这一点可由苏维埃学校的普遍经验中得到确证。

儿童的情绪在实际分析作品的时候并不常常参加,然而作品的分析能使他随后听整个作品时更深刻、更情绪地感受并再现它。一个作品的分析,可以发展儿童的感受力,此外又可帮助对别的新作品的情绪的感受和表演。

然而必须指出:作品的拙劣的、不正确的分析,会造成相反的结果——非但不帮助,反而妨碍作品的情绪感受。这情形往往发生在这种时候:教师脱离内容而研究音乐表现的方法;或者教师不指出为什么和怎样利用这些方法,这些方法怎样创造艺术形象;或者脱离整个作品而研究细节;或者只把作品做形式的分析。在这些时候,作品的情绪感受往往被破坏而消失了。

直到现在,有些教师还犯这样的错误——把歌曲教练过程区分为顺次的两阶段:起初单是进行技术的教练,后来再教表情法。这种办法是不能赞同的。技术的教练应该常常联系着歌曲的内容而进行,仿佛是由歌曲内容来阐明的。儿童开始练习旋律的时候,教师应该立刻就教他们用这歌曲所要求的声音来唱。例如我们教唱《少先队员的幻想》,我们第一步就对儿童说,要他们柔和地、有节奏地唱这旋律,并且向他们说明为什么必须这样唱。如果我们教唱捷克民歌《采莓果》,我们立刻就教他们把旋律唱得轻快、断续而响亮。

教师常常教学生用各种方式来唱旋律:有时连贯地唱,有时断续地唱;有时高声唱,有时轻轻唱;有时慢唱,有时快唱。但儿童知道:这是练习,这练习可以使他们容易学会旋律,并使他们能够照该歌曲所要求的唱法来唱这旋律。在儿童眼前,常常显现着该歌曲所描写的形象,这使歌曲教练的过程变得富有理性和情绪。儿童学的不是毫无意义的某一句,他们是把它当作整体的一部分来听的;这整体的大体意义和性质为他们所明白了解。

自觉性的教学法原则,对于富有表情的唱歌具有重大的意义。儿童越是清楚地懂得他们唱的是关于什么,为什么这样唱而不那样唱,教师越是努力鼓励他们的创作主动精神,教他们说出怎样可以唱得更好,儿童越是多多考虑歌曲及其演唱——歌曲就唱得越是坚定而真挚。这样练唱歌曲,可以发展儿童的思维、积极性和独立性,可以促进他们的一般艺术发展。苏维埃学校所实现的这种教育过程中的自觉性,是革命前的进步思想的优秀代表者们所幻想过的。杜布罗留波夫说:“……如果教一个人从小就习惯于考虑他所做的事,……如果这人习惯于明白了解自己的行动,并执行别人命令他做的事,不是为了尊重发命令的人,而是为了确信事件本身的真理,他的智慧就将获得非常蓬勃的发展,这人心中将产生非常确信的力量,并且这力量将和他的整个身心融合起来。”[1]

教师在自觉性的歌曲教练工作中显示教育的机智、敏感和适度感,并敏锐地注意对歌曲的情绪态度的水准——只有在这情形之下才可达到这样的演唱,即:儿童演唱时常常为歌曲所迷醉,两眼发光,满面生辉。这时候不仅儿童感到兴奋,教师自己也体验到深深的欢喜和满足。“能够常常引导他的学生到这样的情境中的教师,是幸福的。”(杜布罗留波夫语)

教师常常把得到的成绩和应该得到的成绩比较。他不立刻向儿童示范应该怎样唱,他要儿童唱得“愉快些”或“严肃些”“沉思地”或“坚决地”等等,因为这是该歌曲或该断片的内容所要求的。教师不滥用自己的示范。他首先尽力向儿童清楚地解释:根据歌曲的内容,应该唱得怎样。他先给儿童以自己找出所需要的声调的可能性。

此外还须指出:有时教师的示范不能获得充分的效果,是因为教师的嗓子并不常常适合于儿童的嗓子的音区和音色。例如,我们往往对儿童这样说:“要唱得轻快、高声而响亮。我不能这样唱,因为我的嗓子已经是大人的嗓子了,但你们的嗓子都是响亮的。人们说得好:‘听到儿童

---

[1] 杜布罗留波夫:《教育作品选集》,莫斯科,苏俄教育科学院出版社,一九五二年版,第一四一页。

的响亮的笑声'或者'响亮的童声气'。"于是儿童努力表示他们确是有轻快而响亮的嗓子的。

教师有时在歌曲的引导性谈话中唤起儿童的想象,但主要是在歌曲教练的过程中、歌曲演唱的过程中唤起他们的想象。如前所述,唱歌者的基本表现手段是音的品质、音的性质和色调。

谢罗夫曾经吃惊于格林卡的技术,因为格林卡能够使浪漫曲的两首歌词具有完全不同的性质,使第二首歌词的音乐显得和第一首的音乐完全不同。而事实上第一首里的音乐完全是第一段的重复,毫无改变,每一个音符都相同。格林卡这样解释这一点:"在音乐中,尤其是在声乐中,表情的富源是无穷的。同样的一句话,可以用千百种方式来发音,甚至不变更音符,而只变更语调,即有时带有微笑,有时做出认真而严肃的表情。唱歌教师大都不注意于这一点,但真正的唱歌者——确是极少数的——总是很懂得这个富源的。"〔1〕

如前所说,教师不仅示范,还描述并解释:根据这歌曲的内容,应该用怎样的声音来唱这歌曲。直接解释这一点是很困难的。关于声音性质的可能的、直接的定义,例如"愉快的"或"剧烈的""响的"或"轻的",是很笼统的,而且其范围很有限。因此教师利用"比喻",即把别种现象的特性移用在这方面。用比喻来描述嗓子的性状,不仅限于教育的实践中。人们常常说"金嗓子""天鹅绒嗓子""沙嗓子""柔嗓子"等等。

在学校的实践中,教师特别广泛地利用这样的形象和比拟,不仅是为了它们可以帮助说明发音的难以说明的性质,而且是为了形象的思维

---

〔1〕 谢罗夫:《书林卡回忆录》,莫斯科、列宁格勒,国立音乐出版社一九五一年版,第一七页。

特别接近于年幼的学龄儿童,而且形象能唤起儿童最大的反应。还有一点也很重要,即这样描述声音可以帮助儿童的感情和想象力的发展。

富有经验的教师郑重地应用比喻,首先顾到儿童接受能力的程度。例如,我们倘对一二年级的儿童说:大家用“天鹅绒声音”来唱,这便毫无意义,因为儿童既不能想象天鹅绒,更不能想象它的特性。即使他们知道,也不懂得怎样可以把这些特性应用在嗓子上。又如这样的话:“无光泽的声音”或“透明的声音”,也是初级班里的儿童所不能充分理解的。教师须寻求儿童的理解力所能及的比拟,这种比拟必须是恰当地、具体地指示出声音的性质的,同时又须避免一切庸俗的或粗野的比拟。

声音的色调具有重大的意义,例如较明朗的或较沉着、较饱和的。明朗的声音可以表现欢乐、温柔、幻想等。严肃、坚决、愤慨、悲哀,在唱歌中则常常用较沉着、较钝重的声音来表现。“明朗的”声音和“沉着的”声音这种说法在三四年级里已经可以帮助儿童得到正确的发声了。

如果我们要使一二年级的儿童用他们所感到自然的高音来唱歌,我们当然不可以用头音、高位音以及别的他们所不懂的话。但倘我们说“用尖细的嗓子唱,像很小的孩子唱歌一样”,或者“像小铃的响声一般唱歌”,或者直接对他们说“唱得响亮”,这种比拟就可以帮助他们得到所需要的性质的声音。这时候儿童的想象力也加紧地活动。他们想象小铃的响声,又想象还在幼儿园上学的幼儿的唱歌声等。

我们又应用“重的”声音和“轻的”声音的概念。这是各种年龄的儿童都充分理解的。像“透明的声音”“钝重的声音”“饱和的声音”这种说法,我们只对四年级以上及中等年龄的儿童应用。例如,我们用透明的声音来唱居伊的歌曲《五月的一天》和列文娜的《滴答》。我们用较饱和的声音唱屠里科夫的《不会有战争烽火》或《伏尔加船夫曲》(巴拉基列夫改编的民歌)。

坚强的或温柔的发音,剧烈的或温柔的语气,在歌曲性质的表现上是很重要的。需要立刻坚强地用剧烈的语气来唱的时候,例如唱歌曲《在牧场上》(李亚多夫改编的民歌)或《冬季客人,你好》(李姆斯基-柯萨科夫改编的民间曲调)的时候,教师有时对儿童说:“把声音唱得重。”“准备好,稍等一下,第一个音就要唱得重。”我们对年长的儿童说:“一下子突然地发出声音。”这便可以得到所需的语气。

需要演唱断断续续地进行的舞曲性质的歌曲时,往往很难获得轻快的断音(例如《采莓果》)。我们教儿童唱这种歌曲的时候,起初用缓慢的速度,但这时候力求达到很明确而锐利的节奏。我们对儿童说:“大家断断续续地唱,想象刺痛了一下或烫了一下而立刻避开的样子。”这时候儿童必须回忆并想象刺痛或烫痛时的感觉。

我们利用各种性质的比拟。例如我们教儿童唱《摇篮歌》。起初我们说明:《摇篮歌》是安抚孩子的,必须唱得亲切。儿童就尽力想唱得亲切,但他们不能立刻唱得好。于是教师说:“再唱一遍,但要唱得温柔些,极温柔地。”“温柔些”这句话在教学最初开始的时候儿童不能适当地理解。但我们可对儿童说:“用甜蜜的嗓子唱。”儿童便微笑着,发出更柔和的声音来。可知这样的比拟也是十分容易理解的,而且是十分合理的。无怪乎人们常常说:“夜莺甜蜜地唱歌”“甜蜜的声音”等。我们教三四年级的学生唱歌时,已可自由地应用“温柔地唱”“亲切地唱”等用语了。

在发展学生的唱歌技巧的时候,教师也用到他们的感情和想象。举几个实例如下。

大家都知道:教学的初期,要儿童把弱拍子开始的音唱得比强拍子的音轻些,是很困难的事。他们把这弱拍子的、无重音的音节唱得和强拍子的音一样重,有时甚至更重。教师的范唱不一定能够获得所需的结果。但我们可对一二年级的学生说:“你们想象:你们开始唱歌的时候,仿佛是画一条细而平的线条,后来仿佛是画粗线条。”教师就唱一个旋律,例如斯塔罗卡多姆斯基的《航空歌》,这歌曲是弱拍子开始的。教师一边唱,一边在黑板上慢慢地画出一根细线条,再画出一根粗线条,交互地相间。然后他令儿童唱这个旋律,并用手指示出弱拍和强拍。这时候,教师应用儿童熟悉的概念来作比拟,并使他们的想象力活动起来。

再举一例。教师首先要设法使歌曲唱得舒缓悦耳。为此,必须教儿童呼吸的规则,教他们怎样吸气,怎样在唱歌期间节制呼吸;教他们有“支点”地唱歌,就是说,感觉到空气的有节制的呼出。这当然是渐渐地练习的,我们并不是立刻就达到这一点,但我们在教学的第一年就教练这方法。

我们常常在开始的时候培养儿童吸气的感觉,这时候应用如下的方法。教师对儿童说:“你们最欢喜哪种有香气的花?譬如现在你们手里拿着一朵花,闻闻它的香气看。大家深深地吸入花的香气,但不要耸起肩膀来。”儿童就练习,仿佛要把花的香气保持得长久一些的样子;教师做个记号,他们才把气呼出来。他们有时闭上眼睛,以便更好地感觉到想象的花的香味。教师还可在这些课题上加些变化,使儿童更有兴味。例如他说:“上次我闻的是丁香花,今天我要闻铃兰花了。”儿童接着说:“我也闻铃兰花”“我闻玫瑰花”……

过了若干时,再教儿童练习短促地吸气。教师向他们说明:像闻花香一样慢慢地吸气,我们不是常常来得及的,我们往往必须快而短促地吸气,仿佛行进时一样。教师做短促地吸气的示范,并且说:“仿佛碰到什么快乐的事而觉得惊异,很快地惊呼一声;或者碰到什么可怕的事而惊叫一声;但这惊叫没有声音,别人不注意的。”于是儿童跟着教师做短促的吸气。

儿童往往自己能够发现极好的、恰当的比拟。教师向学生示范短促的吸气的时候,二年级一个女生在座位上说:“好比哭。”另一个女孩子加以说明:“好比哭完了的时候。”她就摹仿着小孩子啜泣起来,别的女孩子立刻跟着她一起啜泣。她们自己发现了形象化的例子,例子极好地揭示出短促吸气的本质:这样的吸气正是所要求的。

已经懂得吸气的方法的儿童,还要教他们练习把气保持到一个延长的音,起初保持到短的句子,后来保持到较长的句子……教师须使这延长的音同时又保持平稳。他对儿童说:“要注意:必须使声音常常保持同样的力量,保持平稳;必须使它像一根长的线一样延长下去。”“要唱得像小提琴家用弓在弦线上稳稳地慢慢地移动一样。”教师就把这动作做给学生看,又说:“要使声音像线条一样一般粗细,但你们的线条有时粗了,有时细了。”

如果我们要教儿童把声音唱得渐渐地强起来,我们可对他们说,“渐渐地把声音放宽,扩大起来”,等等。

教师启发儿童的想象力,令他们想象自己是登场人物;这时候他可以获得特别卓越的效果。他对儿童说:“你们唱舞蹈歌曲的时候,要想象自己在跳舞,而且要唱得使听你们唱的人都想跳舞。”

在一年级里教练《快乐的群鹅》这歌的时候,教师令他们唱群鹅躲在沟里这一首歌词时唱得听得出鹅藏了的样子——悄悄地、小心地。儿童唱得好得多了,但是还缺乏表情。于是教师说:“你们想象自己藏在沟里。”这一下推动了他们的想象力,他们就唱得可惊地逼真了。他们仿佛隐避着,怕被人发现的样子。这里面有恐惧,又有儿童的狡猾。已经忘记了这种感觉的成人们,决不可能向他们作这样的示范。

幼年的儿童唱到关联动作的词句的时候,他们往往企图表现出些来:作出跳舞的动作来。但教师必须阻止他们:“你们自己安静地坐着,只用声音来表出仿佛你们在跳舞的样子。”在《快乐的群鹅》这歌中,唱到“大家伸长脖子,谁的脖子长些”两句歌词的时候,儿童自己也把脖子伸长了。教师又阻止他们,要他们用声音来表示。这时候他们便用稍稍延长而舒缓的声音,声音很可以表现形象的特性。

发展想象力时,必须顾到是什么时候唱歌,唱的什么歌曲。举例说:大概冬天的歌曲须在冬天给学生唱;春天的歌曲须在春天给学生唱,余类推。这是十分合理的、自然的。教儿童好好地看到并感觉到周围自然界的美妙,这可以使他们表现出自己随着季节——例如冬季——的来临而发生的感情。愉快而活泼的歌曲中,常常描写着冬天的游戏,这些歌曲可以帮助培养儿童对生活的愉快而乐观的感觉。

但是,如果只唱描写儿童在自己周围看到的情形的歌曲,只唱当时体验到的情形的歌曲,我们就限制了想象力发展的可能性。的确,他们在冬天唱冬天的歌曲的时候,他们的想象就会把他们的心从教室里移到滑冰场上,移到有辉煌的枞树的大厅里等处。但我们要给他们更复杂的课题——有时在冬天唱关于夏天或春天的歌曲。在冬天想象夏天的自然界和关联于这自然界的印象,是困难的事。这时需要加强想象力的活动,通过这样的活动,想象力可以更快地得到发展。

二年级的学生在冬天唱莫差特的歌曲《春天的召唤》。这歌曲里描写着春天的自然界。要把这歌曲唱得富有表情和情绪,儿童必须清楚地想象这自然界的情状。女教师说:“小朋友们,大家想象现在已经是春天了。”她慢慢走近窗子(窗前长着一棵蒙着雪的大树),说:“多么美妙的青草,多么鲜艳的花,多么华丽的蝴蝶正在飞舞。听,鸟正在唱歌。我听见夜莺唱歌,你们呢?”全班学生肃静地听着想象中的鸟的唱歌。有一个学生说:“我听见杜鹃的呼声。”另一个女孩子说“麻雀叽叽地叫着”。此后儿童唱歌的时候,歌声便欢乐、生动而明朗了。

要使歌曲演唱得好,必须有精密而仔细的教学工作。教师必须常常保持儿童对于歌曲练唱的兴味。有时低年级学生的注意力疲倦了,我们可采用游戏的成分。如果采用得不过度,如果不破坏教学工作,采用游戏对教学是有帮助的。有时这办法可以促进想象力的发展。关于这方面,高尔基曾说:“博得儿童欢心的意图……在教育上是必要的,因为这是一种手段,一种保障,用以防止‘严肃’使儿童枯槁的危险,防止引起儿童对‘严肃’的敌视态度的危险。同时这种意图作为想象力和直觉的鼓舞者,也是必要的。”〔1〕

现在让我们从我们的实践中举这样的一个实例。为了作歌曲教学工作的总结,加强学生的注意力,我们有时令学生“仿佛广播一般”地唱歌。

教师告诉儿童:广播是在怎样的环境下进行的,大家必须保持肃静等等。教师站在想象的扩音机前面,铃声(高的颤音)表示扩音机已经开了,儿童完全肃静地站起来。然后教师摹仿广播员的口气报告:某校某班表演某歌曲。表演完毕之后,铃声通知扩音机已经关了,全班学生又静静地就坐。有一次我们忘记发出结束的铃声,就开始谈这些歌曲唱得怎样。有一个女学生很好地低声说:“扩音机,扩音机还没有关。”

学生常常要求“广播唱歌”。他们准备多次地温习歌曲,学好歌曲,

---

〔1〕 高尔基:《论青年》,莫斯科,青年近卫军出版社一九四九年版,第七四页。

务使在“听众”面前唱的时候不致丢脸。

这样的游戏,用在二三年级里是适宜的。一年级的学生不大理解这游戏。因为这年龄的儿童还没有充分发展在别人面前表演时的责任感。在四年级里,大多数学生都觉得这游戏是“孩子气的”,他们对于这样的“表演”不能抱认真的态度。

感情和想象并不常常伴着歌曲教学的过程。只是在个别的时候,教师要使学生的演唱富有表现力,便唤起学生的感情;这种感情须给以适当的表现。当歌曲已经准备好,演唱计划已经作成了——“成形了”(格林卡语)——的时候,儿童开始来巩固这歌曲,即所谓“唱熟”它。起初,歌曲刚刚被“做成”的时候,歌曲的演唱还没有把握,十分不稳固。有一次唱得好,但第二次唱时就有这地方或那地方唱得不对。渐渐地使演唱的方法自动化,学生的唱歌逐次地有把握起来,演唱的形式越来越稳固而坚定了。关于这歌曲应该怎样唱,学生渐渐地不需操心了,虽然在某范围内他们仍是常常考虑着这点的。于是歌曲的演唱越来越自由,越富有感情了。

有时,学生很好地掌握了一个歌曲之后,把它唱了许多遍,对它的兴趣衰落了。这种情形发生于演出之后,或者很长久地教练和多次地反复演唱之后。教师要努力预防这种情形发生,他须把这歌曲暂时搁开,等到以后需要的时候重新唱这歌曲。那时学生唱这歌便会感到新的兴趣,而且往往比以前唱得更好。

应该指出:如果学生不是单纯地反复唱歌,却能注意到渐渐地唱得更好,如果能在其中看到新的优点,注意到新的方面和细节;如果教师能够使歌曲的感受丰富起来;那么,歌曲很少会使学生厌倦。关于这问题,乌申斯基这样说:“如果我们体验某种感觉时关联于同一种概念,那就每重复体验一次,这感觉便减弱一次,像那概念本身一样……但如果刺激感觉的那种物象能使人对它作极深入的研究,换言之,如果心从物象获得的感觉在心中留下很多的各种各样的痕迹,由这些痕迹可以产生一切很大而很复杂的结合,那么,我们越深入研究这物象,我们对这物象的感情就越增长,而且这种感情越继续长久而稳固。”〔1〕

儿童富有表情,富有情绪地唱歌的时候,他们的脸上往往表现出他们所唱的歌曲的情绪。他们的生动而富有表情的脸使我们高兴,他们的呆板而冷淡的、没精打采的脸使我们忧愁。儿童是十分天真的,所以他们明显体验到的感情,往往在唱歌的时候反映在脸部表情中。这表情在某程度内是一种指标——标明有多少情绪和想象参与在他们的唱歌中。只要检验我们从儿童合唱团的唱歌中获得的印象,我们就很容易确信这一点。

如果儿童的唱歌能令人激励而感动,他们脸上的表情一定反映着歌曲的内容和性质。对于这点,教师是否能给予帮助呢？毫无疑问。有人却提出异议,认为教师不能使儿童把自己的感情这样地表现在外部。但问题全在于怎样做法。如果教师指示儿童,“唱到这地方就装笑容,唱到那地方就皱眉头”,或者诸如此类的话,那就的确会引起听众对歌曲演唱的反感,因为在这里,形式脱离了内容,儿童脸上表出的不是他们真正感到的。教师应该常常从作品的内容思想出发,努力引起儿童的思想活动、想象力活动以及各种感情,这样,所造成的心情产生出自然的结果,儿童就会有适当的脸部表情了。

---

〔1〕 乌申斯基:《论文选集》第九卷,莫斯科,苏俄教育科学院出版社一九五〇年版,第一六五页。

例如儿童开始唱《摇篮歌》时，唱得有些没精打采而缺乏表情。教师便说："为什么你们唱的时候这样板起脸而不亲切？这样唱，不容易逗婴孩睡着的。你们想象：你们唱着歌，用你们的声音来抚爱这婴孩，抚摸他。"儿童再唱。这一次就唱得较好了。教师说："唱得好，但是还可以唱得好些。你们的脸不慈爱。逗婴孩睡觉的时候难道是这样说话、这样唱歌的？"教师叫出一个女孩子来，装着很严肃的甚至愤怒的脸而抚摸她。全班学生都笑起来，他们都看到动作和脸部表情之间的相称。现在他们唱起歌来就不同了，他们的声音里有一种可爱的、孩子气的温柔，这种温柔在他们的脸上也可看到。显然的，这里有他们的感情和想象参与着了。

还必须指出另一方面，也是使我们能教会儿童唱歌时的脸部表情的。事情是这样：如前所述，声音的色调，跟母音的构成有关，跟嘴的形状有关。愉快的歌曲要求明朗的声音，要得到这种声音，可使嘴做微笑的样子，嘴唇向两旁扩展。要求较沉着、较严肃的声音的歌曲，唱的时候嘴必须缩小，使成圆形。对于三四年级的学生，我们可指示出歌曲内容、声音性质、脸部表情、嘴的形状等之间的这种联系。我们往往可以不看见唱歌者（例如听无线电广播）而正确地断定他的脸部表情如何；断定他唱愉快的歌曲时是否微笑。

教师有时在教室里背着学生站着，对他们说："你们猜猜看，我唱这歌时是微笑的还是不笑的。"学生的回答都正确。或者，对儿童说："我要不看着你们听你们唱，然后告诉你们，你们唱的时候脸上的表情怎样。"听过之后，说："那只角里有几个人带着严肃的脸部表情唱歌，他们那边的音色比较沉着。这样就不调和了，混杂了。没有统一而融合的共同声音。"

教师一方面帮助学生产生关联于艺术作品的感受和表演的深刻而鲜明的感情,另一方面又须留心注意,不可发展儿童的感伤心理、过度的敏感和消极。

革命前的学校,选用感伤性的教材,用感伤的表演来促成这些特性的发展。那时的歌曲目录中,大都是冥想性质的歌曲,主要是抒情的音乐。这是符合于旧时代学校的教育任务的(培养驯服的、温情的、効忠帝王的人)。

在苏维埃学校里,音乐不是用以削弱意志的,而是用以加强意志,用以培养富有朝气的、积极的、乐观的人的。正确地选择有思想性的教材(其中富有朝气而坚毅的音乐占有充分的地位),以及适当的谈话和说明,可以达到这一目的。

我们发展儿童的感情,同时又教他们掌握感情。我们教儿童使自己的感情服从于意识,操纵自己的感情。在唱歌课上,要做到这一点,有很大的可能性。教师培养儿童的艺术的适度感,同时又培养他们在一定的范围内表达自己的感情的能力。学生唱关于自己幸福的童年的愉快而热情的歌曲或者战斗的歌曲的时候,往往不能克制充溢在年轻的心中的感情:唱得过分热情,过分高声,有时竟放纵而激烈。教师要制止他们,但同时要很小心而得当地从事,不可抹煞感情,不可使唱歌冷淡而漠然,使它根本不适合于儿童,尤其不适合于生气蓬勃而乐观的苏维埃儿童。

在感情和想象的培养中,教师的作用是很大的,他的话能揭示作品的艺术形象,能促使学生发生感情,帮助学生理解作品。教师用自己的讲话来微妙地指导感情,必要时制止感情,调节感情的力量。

巴甫洛夫曾经说:第二信号系统(它的机能是语言)是“在某程度内调节并制止第一信号和情绪活动”的一种系统。唱歌教师的教育艺术的最重要品质之一,是善于在教学过程中利用讲话,而使他的说明不是片面的,使逻辑分析的要素和情绪的要素正确地结合在说明中;不这样做,充分价值的美感是不可能的。

唱歌教学为感情的发展和想象力发展创造良好条件。要使这发展更快更顺利地进行,必须有熟练的指导。教师不能满足于让音乐直接影响学生的感情和想象的发展。他拥有广大的可能性来促进这发展,必须把这些可能性利用在自己的工作中。

第四章　艺术趣味的培养

音乐教育的最重要任务之一,是发展学生的艺术趣味。

劳动群众的艺术趣味水准,从伟大的十月社会主义革命以来,大大地增长了。党规定了提高人民艺术要求的任务。“文学不仅负有使命要在人民需要的水平上行进,此外它还有义务要发展人民的趣味,提高他们的要求,用新思想丰富他们,引导人民前进。”〔1〕

“我们的人们应当是有教养的和有崇高思想的人,而且文化和道德的要求与兴趣都应当很高。”〔2〕

执行这重要的国家任务,其巨大责任首先由学校负担,因为学校实施着整个正在成长中的一代的教育。

培养艺术趣味,就是培养为艺术作品作有根据的评价的能力,就是培养只高度重视真正的艺术作品的能力。然而这还没有充分取得“艺术趣味”这一概念的内容。

艺术趣味的特点,是对艺术作品的情绪态度:“我欢喜这个”“这使我感到快乐”。

---

〔1〕 日丹诺夫:《关于〈星〉与〈列宁格勒〉两杂志的报告》,第二八页。(译文根据《苏联文学艺术问题》第六一页。——译者注)

〔2〕 见同书第三八页。(中文版第六九页。——译者注)

听者在感受音乐的时候感到快乐，同时又理解到：这作品哪一点使他欢喜，这作品的艺术价值在哪里。由此可知，成形的艺术趣味，其概念比判断和评价要广得多。艺术趣味的培养密切关联于艺术观的形成。

斯大林在其著作《马克思主义与语言学问题》中教导着："上层建筑是社会对于政治、法律、宗教、艺术、哲学的观点，以及适合于这些观点的政治法律等制度。"[1]后面他又指出："上层建筑一出现后，就要成为极大的积极力量，积极帮助自己基础的形成和巩固，采取一切办法帮助新制度来摧毁和消灭旧基础与旧阶级。"[2]

可知艺术观是上层建筑的一部分，它在社会生活中具有重大的意义。它帮助新对旧的斗争；而在我们的社会主义社会中，它帮助为共产主义建设的斗争。

艺术观是一般世界观的一部分，艺术观是由世界观决定的。在艺术观的影响之下所形成的趣味，属于反映人类观念形态的现象。

在资产阶级美学中，广泛流传着一句古代格言："趣味无争论。"这便是强调艺术作品的主观评价的意义，而否认其客观评价的可能性；这正仿佛是否认培养确定的艺术趣味的必要性和可能性。但实际上，在资产阶级国家中，学校为正在成长中的一代培养着符合于统治阶级利益的、充分确定的艺术观和艺术趣味。

苏维埃学校教正在成长中的一代重视并爱好内容丰富的艺术，有深刻思想性的艺术，能激发人们朝气蓬勃的感觉、对自己力量的确信、对自

---

〔1〕 斯大林：《马克思主义与语言学问题》，莫斯科，国立政治书籍出版社一九五二年版，第五页。（译文根据同书人民出版社版第一页。——译者注）

〔2〕 见同书第七页。（中文版第三页。——译者注）

己事业的信心的艺术。同时苏维埃学校又培养他们对无内容的、无思想性的、颓废的、悲观的、庸俗的艺术的不能容忍的态度。

要具有高度的、严格要求的艺术趣味,单是确信一定的美学原理而具有正确的艺术观是不够的。还必须能应用这标准,能在每一个具体的场合中把这标准应用在个别的艺术作品上。必须能够研究作品,研究它的内容和形式,研究内容和形式的统一性。为此,必须有一定的修养,必须有艺术的经验和知识。

应用客观标准的时候,其中常常结合着某一部分主观的态度,即所谓"个人趣味"。由于听者逐渐积聚良好的音乐经验和音乐知识,由于他的艺术观逐渐形成,并靠这艺术观逐渐决定了对艺术的客观标准,他的个人趣味和主观评价在作品的评价中所占的地位也就逐渐小起来,虽然它的要素直到后来还保存着(这些要素决定于人的性格、人的气质和各种各样的观念联合)。

等到听者有了客观的标准之后,他就不会再相信别人的无根据的意见,他有他自己所确信的意见和判断了。

儿童的艺术趣味教育,像其他一切教育过程一样,需要长的时间,需要教师的有系统的、循序渐进的指导。儿童发展程度不同,其艺术趣味也略有差异:在小学里,还谈不到成形的趣味,这时候判断还没有根据,还不是从艺术观出发的。这要到高年级中才出现,是多年的教学和教育的结果。

儿童带着尚未确定的趣味来进学校。在最初几次唱歌课上,我们常常要求个别学生唱一首他们所欢喜的歌曲。这样的提议往往使儿童无所措手。因为他们以前没有考虑到他们爱好哪一首歌曲,欢喜哪一首歌曲。等到教师接着要他们唱歌——"唱所想唱的、所会唱的"——的时候,就展开形形色色的景象。进过幼儿园的儿童就唱学前歌曲目录中的歌曲。其余的儿童就唱内容和性质极其多样的、最通俗而最容易记忆的群众歌曲。其中也有英勇的歌曲,也有抒情的歌曲……

当教师问儿童欢喜不欢喜教师所唱的歌曲的时候,儿童的回答照例是“欢喜”。而且这回答的语调往往是不坚定的,其中带有漠不关心的口气,只有富于音乐素质的儿童,其反应才较有生气、较富情绪而较为确定。

儿童起初对于他们听到的东西表示这样较为漠不关心的态度,是由于他们不惯于仔细倾听音乐,许多东西正像所谓耳边风一样掠过了,他们没有明确理解他们听到的东西。但由于教师逐渐发展他们的音乐感受力,逐渐丰富他们的经验,他们就逐渐表示出较确定的反应;他们对于各种歌曲开始采取各种不同的态度。他们对于纯朴的、真挚的、他们所易解的艺术作品,表示出明显的肯定态度。

差不多每一个儿童都在入学以前就听到过良好的音乐,主要是在家庭里、在无线电中听到。这渐渐地开始表现在对音乐较接近、较有组织的接触中。

最初开始时,儿童的艺术趣味的培养工作主要地建立在生动而直接的音乐感受上。在这感受中,自觉意识的要素起初仅占有很小的地位。后来,由于在教学过程中发展了儿童的音乐听觉,由于他们认识了大量的音乐作品,由于他们能在教师的指导之下分析作品,他们就能作出独立的、常常是有根据的判断了。学生渐渐地学会了在他们的年龄所许可的限度内自觉地感受音乐,评价音乐。这一切都为以后艺术观的形成准备并创造良好的基础。

在本章中,我们将论述可以培养学生的艺术趣味的音乐教材、音乐作品的表演,以及关于在唱歌课上发展儿童的艺术趣味的方法的若干问题。

儿童的艺术趣味,应该用适合于他们的年龄的、高度艺术性的作品来培养。只有儿童习惯了听真正的音乐的时候,儿童欢喜了并学会了各个作品的时候,方才可以指望逐渐地养成他们重视真正艺术作品的能力,养成他们把真正艺术作品区别于非艺术作品的能力。

联共(布)中央关于穆拉杰里的歌剧《伟大的友谊》的决议,明白清楚地指示:音乐作品必须符合怎样的要求。

在音乐中,必须结合高度的内容性和音乐形式的艺术的完善,必须具有音乐的真实性和现实性,必须对人民及其音乐创作和歌曲创作保持深切的、有机的联系,必须具有高度的专门技术,同时又具有纯朴性及易解性。

必须用这样的音乐来培养苏维埃学生,教他们学习重视并爱好符合这要求的音乐。

苏维埃学校关怀着:要使儿童从教学的初步就听到生动的语言,感受到童话、故事和图画中的富有诗意的形象,听悦耳的、富有表情的、美丽的音乐;要使儿童在以后也发生看或听真正艺术作品的要求。

别林斯基曾经论述到在早期的童年时代听音乐的必要性。“音乐及于儿童的影响是有益的,他们越早开始感受这影响,对他们就越是有益。”[1]

儿童听新作品时,自然而然地拿它们来和他们已经熟悉的、他们爱好的作品比较,这比较影响着他们对新作品的态度。在童年时代,在儿

---

〔1〕 别林斯基:《教育论文选集》,第四九页。

童如此富于感受性的时候，在他们如此鲜明地、情绪地感受一切的时候，正是必须奠定艺术趣味的基础的时候。伟大的俄罗斯作曲家柴科夫斯基说：少年时代体验到的艺术的欢悦，在全部生涯中留下痕迹：即使到了老年，在对艺术作品作比较的评价的时候，这种欢悦也具有巨大的意义。无疑的，童年时代也是如此。

童年时代听到的和学会的作品，对于艺术趣味的培养，无疑地具有良好的影响。我们知道，普希金在很早的童年时代听阿里娜·罗其奥诺芙娜讲故事，这对他有多么巨大的影响；格林卡童年时代听到的农村民歌，对他的趣味的形成起着何等的作用。这样的实例不胜枚举。

革命前俄罗斯的进步的艺术思想和教育思想的代表者，常常主张要用真正的艺术来教育儿童，要把为儿童创作这件事看作严肃而重要的任务。别林斯基曾经愤慨地论述到文学家对于为儿童创作这件事的不严肃态度。他说："如果出版商去请一位有名的文学家为儿童写稿，他就算不为这提议所触怒，也一定会回答说他没有工夫干这种无聊的事。如果出版商去请一位无名的文学家为儿童写稿，那人就毫不犹豫地回答：可以，儿童读的东西我们一挥而就。"对艺术作品的这样的态度，是艺术的一切部门的特色，尤其是在音乐方面。优良的、艺术的歌曲，在民众学校的歌曲集中少得很。大多数歌曲都带有匠气和作者的低劣趣味的痕迹。

必须指出，现在也还可听到这样的见解："对于儿童歌曲，不须要求过高。只要歌曲是旋律风的，简单的，易解的。对于小孩子，这样已经足够了。"

儿童唱的和听的音乐作品，必须是他们所易解的。这一点无可争论。然而易解性并不是儿童音乐的唯一标准，这也是无可疑议的。为儿童写的音乐作品,同时还必须具有艺术价值。如果所要求的只限于简单和易解,那么也就是能满足于那些拙劣而没有内容的歌曲,如斯塔索夫所论述的那种“愚蠢的儿童歌曲”了。这位著名的批评家愤慨地指出:这种可怕的音乐迫害着无防御的儿童,因为音乐不比图画,图画可以看或者不看,音乐是主动的,它会“自动地钻进耳朵”。

院士阿萨菲耶夫分析革命前的儿童歌曲集,得到这样的结论:其中大多数歌曲里面是没有音乐的。在歌词的每一个音节上填上音,这些音组成一个原始而贫乏的旋律,其和声构成也是同样地拙劣,主要是用主属和弦的“不解决”构成的,而且大都没有转调。差不多一切歌曲都用明显的节奏来写成,三拍子就已被认为有破坏单纯的危险。音乐是刻板的、公式的,其中没有东西能使音乐中的运动充满力量、生动而激烈。形式中和节奏中少有色彩,少有变化,这种音乐很少发展儿童的旋律感。

柴科夫斯基、阿连斯基、卡林尼科夫、居伊、李亚多夫曾经为儿童创作良好的歌曲。但这些歌曲没有成为民间儿童的财产,没有被采用在小学的唱歌集中。这种唱歌集中的民歌册大都经过改编,失去民间创作的性质,歪曲了民歌的特色。

在儿童音乐教育方面有几个进步的工作者,不满足于儿童用的艺术作品的水准,曾经由各种方向去寻求解决这问题的道路。有些人对于为儿童创作真正的艺术作品的可能性失去信心,就建议只须利用为成人写的艺术作品。

这种建议是不能赞同的,因为忽视儿童的年龄特征是不可以的。正像必须有专门的儿童文学一样,也必须有专门的儿童音乐,其中反映出儿童的趣味、儿童的心理和儿童对环境的态度。然而无疑的:我们应该更广泛、更大胆地把成人用的音乐采用在学校的教学大纲中;目前在学校的实践中就正在做这工作。

还有这样的见解:除教成人用的音乐之外,同时也可教专门为儿童作的音乐。但这种音乐必须从古典作曲家的作品中选出,因为教师本人似乎没有足够的艺术趣味来替作品做正确的评价。古典作曲家的音乐则经受过长时期的考验而为有资格的批评家所承认……

广泛应用古典音乐的意图,无疑地是进步的,这大可以保证教材的高度艺术水准。但不能无条件地采用这原则,因为为儿童做的古典作品不全部是良好的。有些歌曲明显地反映着资产阶级社会的儿童的意趣和兴味,其中含有感伤的意味、沙龙风的意味(例如居伊的许多歌曲)。况且,如果赞成这见解,就必须拒绝演唱任何现代艺术作品,而等待时间去确立它们的艺术价值。这种见解的错误是不需要证据的。

在伟大的十月社会主义革命之后,我们已经牢固地确立了一条原则:必须仅仅教儿童以真实的艺术。所有的教学法参考书中和论文中都指示着:对于儿童所听赏并表演的音乐作品,除内容富有思想性、作品为儿童所易解之外,其艺术价值也是必不可缺的要求。

对于为儿童写的作品的艺术要求,应该和对于为成人写的作品的艺术要求同样地高度而严格。“写吧,给儿童写作吧,但必须写得使成人读起你的书来也感到满意。”[1]别林斯基这几句话,完全可以移用在儿童歌曲上。

儿童歌曲必须具有诗趣,具有光辉和丰富的内容,必须充满真实的感情。只有这样的作品才能培养儿童的艺术趣味,唤起他们的符合于共产主义教育任务的思想、感情和志愿。

---

〔1〕 别林斯基:《教育论文选集》,第二五页。

苏维埃学生的音乐教育,特别是艺术趣味的教育,是在民歌、古典作曲家和苏维埃作曲家的作品的学习过程中实行的。

如前所述,民歌对于儿童艺术趣味的形成有很大的影响。俄罗斯民间创作无愧地在世界的民间创作上占有第一位。它的创造性,内容的深刻、真挚,歌曲风格的独特性,旋律表现的丰富,常常唤起最伟大的思想家、作家、艺术家和作曲家的欢喜赞叹。越早开始把民歌的美灌输给儿童,对于他们以后的艺术趣味的形成就越是有良好的影响。

"讲到我的音乐中的俄罗斯要素,"柴科夫斯基在给梅克夫人的信中说,"就是旋律及和声中的近似民歌的手法,这是因为我生长在穷乡僻壤,从很早的童年时代起就沉浸在民间音乐的特征的不可言喻的美中,因而发生的。……"

学校的教学大纲中采用着各式各样的歌曲,其中有赞颂的(《果园中葡萄开花了》《在月亮那里》),有舒缓的(《夜莺,不要飞》《山上雄鸡啼》),有摇篮歌风的(《猫呀猫》),有诙谐的(《纺纱姑娘杜尼娅》),有舞曲风的(《我去,我出去》)等等。这些歌曲给儿童以对于民歌的美的概念,对于民歌的表现力、真挚和丰富的概念。

大家知道,俄罗斯民歌都是有好几首歌词的,但在学校里从来不唱全部歌词,因为后面的几首往往是儿童不能理解的,在内容上是不适合的(尤其是结婚歌曲中的歌词)。况且唱每一个歌曲要记牢许多首歌词,这对儿童——尤其是年幼的儿童——说来是困难的,这会减低儿童对歌曲的兴趣。往往仅唱开头几首歌词,就已经可以给儿童以对曲调的美、对歌曲的大体内容和情绪的充分概念了。所以大多数民歌集中都不用全部歌词,这并不是偶然的。有些歌曲,其意义只展开在后面几首歌词中(例如李姆斯基-柯萨科夫改编的《鞑靼俘虏》),这些歌曲就得全部演唱。

对歌曲的内容没有充分注意，定要教儿童学唱全部歌词，这样做往往会造成教育上的错误和不合理。

民间创作还没有充分地被应用在学校里。学校里唱的苏联各民族的歌曲还很少，人民民主国家的民歌也还很少。进步的教师都自己去努力寻求这种歌曲。各民族的最有价值的歌曲的介绍工作、把这种歌曲供应给教师的工作，都还没有组织起来。这对于民间创作的宣传是一种障碍。

更广泛地采用古典作曲家改编而利用在自己的作品中的民歌，是很重要的一件事。这可以帮助儿童理解民间艺术和古典艺术的联系，使他们对民间创作和古典作品同样地多加注意。例如普希金提及的歌曲《在花园里或菜园里》非常通俗，甚至现在还有大多数儿童会唱它的旋律和开头的几句，虽然现在这歌并没有印出来。儿童常常在李姆斯基-柯萨科夫的改编(《萨旦王的故事》)中听到这旋律；他们自己唱这歌曲，是很有益而且愉快的。和这同样情形的还有歌剧《萨特科》中采用的、基尔沙・达尼洛夫的集子里的歌曲《高处，高处……》，还有《萨旦王的故事》中采用的歌曲《小兔子》等。

古典遗产在学生的趣味发展上具有很大的意义。古典遗产与民间歌曲及苏维埃音乐的优良作品一同成为培养正在成长中的一代的艺术趣味的基础。“……直到现在，古典的模范作品依然是无与伦比的。这就是说，必须学习再学习，从古典音乐遗产中撷取其中的一切精华……”“既然我们的人民从前就以高度的音乐才能而显著，那末现在他们的艺术趣味由于古典音乐的普及而更丰富了。”〔1〕

---

〔1〕 日丹诺夫：《在一九四八年一月联共(布)中央召开的苏联音乐工作者会议上的开幕词和发言》，第二三及二六页。(译文根据《苏联文学艺术问题》第一〇六页及一二一页。——译者注)

在小学一二年级里,最多采用的是古典作家专为儿童写作的作品。例如柴科夫斯基的《儿童曲集》和《儿童歌曲十六首》便是。在大多数的这些作品中,这位作曲家都顾到儿童的兴趣、儿童的心理和儿童的注意力的范围。有些短小的作品,各种各样的,十分富有特性的,其中显然听得出柴科夫斯基的乐语的,这些都是真正的艺术作品、艺术的精小画幅;我们常常把它们应用在儿童的课业中。

但是,如前所述,如果我们只教儿童认识专为儿童写的音乐,对古典音乐的认识范围就太局限了。在为成人作的古典音乐中,也有许多作品是儿童能理解的。其中某些作品被采用在从一年级开始的初等学校教学大纲中(歌剧和芭蕾舞剧中的断片、个别的声乐作品和器乐作品)。

在课外活动中,在合唱团中,教师扩大对古典作品的认识范围。

除刊印古典音乐的原本之外,同时还广泛地刊印古典音乐的简易的改编曲,这很可以使古典音乐通俗化。这种改编曲常常引起个别音乐家的异议,他们的论证是:所有的简易化的改编曲里都有改变,这对古典作曲家的作品说来是不可容许的。

照这观点来说,便是拒绝一切变调和改编。交响乐改编为钢琴二人联弹曲后,听起来当然和管弦乐奏的不同,然而作曲者却常常自己作这样的改编,为了可使广大听众能够更接近地认识这些作品。

有些具有代表性的声乐作品,像格林卡的《云雀》、李姆斯基-柯萨科夫的《印度客之歌》和《舍玛汉女王的咏叹调》,在乐器上演奏时听起来就不同,然而它们也被用各种乐器来演奏。有些为单声部而写的作品,常常被改编为合唱曲,例如阿尔漠格尔斯基改编的、格林卡的《威尼斯之夜》,或者索科洛夫改编的、柴科夫斯基的儿童歌曲等便是。

简易化的改编,使作品稍稍减色,这是无疑的。但倘这改编是技术高明的音乐家做的，则其变化不很显著；在改编曲中，主要的表现手段——旋律、和声和节奏——完全保留着。而由于这一改编，有非常多的人能表演这作品了。大家岂不都知道：教学大纲中包含的古典作曲家的器乐曲，在学校里很少演奏，因为教师演奏这些乐曲感到困难。

关于这点，我们可引证列宁格勒的一件事实。一九二八年，国民教育局决定大规模地纪念李姆斯基-柯萨科夫逝世二十周年，并介绍学生认识这位伟大的作曲家的创作。研究李姆斯基-柯萨科夫的合唱曲的时候，发见其中为学生所能演唱的很少。于是国民教育局的工作人员去请教这位作曲家的家族(其中有著名的音乐家)，请他们把若干个作品为学生合唱团作成简易的改编曲。起初被拒绝了，理由是不可能把作曲家的创作加以任何更改。后来向他们说明：有许多学校合唱团等候着这些改编曲，要是不改编的话，他们势必不能参加这重要的纪念会。于是这问题就被再加考虑，终于决定作几个改编曲。例如歌剧《雪娘》中的《百鸟合唱》便是被改编了的。这歌曲的原作，即使高年级的学生也是不能唱的，因为它很复杂，是为四声部女声合唱而作的。而它的改编曲呢，不但高年级学生，就是中年级学生演唱起来，也很壮丽，它成了儿童爱好的作品。

另一个实例是柳勃斯基卓越地为小学校学生作的、歌剧《伊凡·苏萨宁》中的合唱曲《光荣》的二部改编曲。

可惜《百鸟合唱》的改编曲在当时印的册数不多，后来就不再版了。而柳勃斯基改编的合唱曲《光荣》根本没有印，是用手写稿子的。

要使这种改编实际地为我们的学生的艺术趣味教育服务，必须吸收优秀的作曲家和教育家来从事这工作。这工作不可无组织地做，不可像普通常有的那样让个别音乐家或个别唱歌教师去做，而必须成为国家机关的事业,必须把它看作很严肃而重要的任务。

为儿童作的苏维埃歌曲,具有极大的教育价值。苏维埃政权建立以来,儿童音乐获得了显著的成就。明显的共产主义方向、现实性、乐观性、旋律性、单纯性,表明着优良的苏维埃儿童歌曲的特性。其中有许多已经深入儿童的日常生活中,成为儿童周知而喜爱的歌曲了。

一二年级用的一系列歌曲,可作为实例,例如盖尔奇克的《克里姆林宫的钟》、亚历山大罗夫的《飞机》、斯塔罗卡多姆斯基的《航空歌》和《愉快的旅行者》、劳赫威尔盖尔的《红罂粟》、列文娜的《滴答》、约尔丹斯基的《静静的时刻》。三四年级用的,有卡巴列夫斯基的《我们的国土》、蒂里切耶娃的《行军歌》、弗拉德金的《少先队进行曲》、盖尔奇克的《少年战士保卫和平之歌》等。

小学校的儿童也听并且熟悉高年级学生的歌曲,例如斯塔罗卡多姆斯基的《伟大的名字》和《在和平的旗帜下》、列文娜的《越南小姑娘送给斯大林的礼物》和《我们是苏维埃国家的少先队员》等。三四年级的学生还听、爱好并熟悉我们的优良的群众歌曲。他们热情地接唱屠里科夫的《我们保卫和平》和《苏维埃青年进行曲》、杜那耶夫斯基的《祖国进行曲》、穆拉杰里的《莫斯科—北京》、诺维科夫的《世界民主青年进行曲》等歌的叠唱部。

可知苏维埃作曲家的歌曲,是培养儿童艺术趣味的宝贵材料。然而,在专为儿童作的音乐中所获得的成就,不能认为是足够的。

问题是这样的:为儿童创作音乐,是一个很复杂的任务。在构思方面,在风格方面,作曲者都被限制在很狭窄的范围内。在儿童唱的歌曲中,作曲家还须受儿童的嗓子的声乐可能性的限制。在这种成为艺术的精小画幅的作品中,一切都必须简洁,同时又真挚而纯朴。旋律必须是明朗的、富有表情的、容易记忆的。

为儿童写良好的歌曲，并不比为成人写作品容易些。要使儿童音乐符合于它的使命，必须顾到儿童的心理。可惜作曲家并不常常能执行这重要任务：有时他们希望向儿童接近些，但倘这希望不根据儿童心理的认识，不根据诚恳地同时又严肃地和儿童“谈话”的技能，便会在音乐中造成虚伪。假装儿童的音调和感伤等在音乐中代替了明朗和纯朴。这样的歌曲，不能帮助发展儿童的趣味，它们会使儿童漠不关心，不能帮助实行教育任务。

歌曲的寿命是歌曲品质的指标。有些歌曲一出世，经不起第一次生活的考验，便永远消失了。其实例便是特为歌曲节作的《莫斯科学生进行曲》(米柳汀作曲)：刻板而贫乏的旋律，全无它自己的面貌，因此也就不容易记忆。况且又表现在极笨拙的二声部中。儿童练习这歌曲时毫无兴趣，演唱一次，以后就不再唱它了。可惜这种“短命的”歌曲在我国还有不少。

关于儿童音乐的内容和体裁的问题，也没有充分明白。例如，在最近一个时期以前，差不多没有在儿童歌曲创作中应用过舞曲的形式。最近十年来，出现了许多十分成功的儿童歌曲，有的写成波尔卡舞曲形式(例如奥斯特罗夫斯基的《学校波尔卡》，有的写成圆舞曲形式(例如米柳汀的《夏日》、克拉谢夫的《夏季圆舞曲》、卡巴列夫斯基的《我们的国土》)。最后一个歌曲用热烈的爱来描写祖国的自然界。单纯而十分悦耳的旋律写得很温暖，很诚恳，而且非常新鲜，各种年龄的学生都欢喜地唱它。然而我们会听到个别教师的意见，说这歌曲由于圆舞曲形式的性质，有时唱起来有些放荡，有显然的庸俗的声音，因此应该拒绝演唱。

这意见是不能赞同的。我们知道：要儿童唱得不庸俗而美丽，是教师的事:上述的原因既然能够消除,也就不会阻碍儿童练唱这歌曲。

某些滑稽歌曲的教练的可能性,有时也遭受到怀疑,理由是这些歌曲仿佛是用轻率的格调写成的。我们当然不让“空洞的”、纯粹消遣的音乐列入学校的曲目中。然而往往有些歌曲,具有轻松而滑稽的性质,它们是不应该被列入这一类歌曲的。伊戈尔·莫罗左夫的《蟋蟀》便是这样的一例。这歌曲的歌词是好玩的,同时又是有教益的;音乐十分优雅,其中有舞蹈性的要素。这歌曲中具有幽默的和生气蓬勃的性质,这种性质在教育上是很宝贵的。

教师在苏维埃作曲家的歌曲中寻求适合于学校课业及节日的题目的作品时,常常感到很大的困难。例如就拿枞树节来说吧。枞树节的歌曲的音乐大多数是少有趣味的、平淡的,唱起来不自然而不恰当的。这就可以说明,为什么比较成功的歌曲——别克曼的《林中生了一株小枞树》,直到现在还是枞树节歌曲中最普遍的一曲,虽然它的艺术价值是很低的。

应该指出:有些教师找不到适合于所需的题目的歌曲,就自己动手作歌曲教儿童唱。必须直说:这在绝大多数的场合之下是不成功的。往往有些优良的教师,对于儿童歌曲的选择是严格要求的,但他们对于自己的创作却拒绝采取这样的标准,评价自己的创作时表现出令人难解的宽容态度。

富有经验的教师采用下面的方法来从困境中寻求出路:除枞树节歌曲之外,他们在新年节上采用冬天的舞蹈歌曲、滑稽歌曲,总之,能创造愉快的节日心情的歌曲。关于五一节的题目的歌曲也是如此。这时候可演唱的不但是关于五一节的良好的歌曲,还可演唱关于列宁和斯大林的、关于祖国的、关于幸福的童年的、关于春天的歌曲等。对于节日的内容和音乐作品在节日的作用的理解采取较广泛的态度,可使教师选择充分高度艺术水准的歌曲,这些歌曲在苏维埃音乐中是不少的。在节日——例如五一节——的表演节目中,虽然是苏维埃作曲家的歌曲占多数的,但其中也可以加入古典作曲家的关于春天的歌曲和愉快的民间歌曲等。

这样,教师郑重而仔细地从苏维埃音乐、古典作曲家的作品和民间创作中选取适合于我们的教育任务的材料——具有高度思想性和艺术价值的作品——便可以促进苏维埃学生的艺术趣味的发展。

我们通过在艺术表演中理解艺术教材的方式来培养儿童的趣味。教练唱歌的时候,我们不仅关心歌曲的品质,而且关心演唱的品质,借此发展儿童的趣味。我们不但发展儿童对于作品的品质的意识的判断,还发展他们对于表演的品质的意识的判断。

音乐通过音乐表演者而对听者发生作用。表演者在自己的演奏或唱歌中体现着作曲家的构思。诗和画可以直接为人所感受:音乐则在作曲者和听者之间必须有一个中介人——表演者。要认识音乐作品,只有在听某人表演这作品后方才可能。只有具有良好的专门修养的音乐专家才能看乐谱而认识作品,但这也全靠充分发展的内在的听觉和乐谱记录的自由掌握。因这缘故,关于表演的品质的问题,尤其是关于表演时的表情和情绪的问题,具有很大的意义。

一个作品,可以表演得十分适合于作者的构思,可以表演得有生气而动人。但也可以这样地表达作品,即表演时在形式上一切都正确,然而表演的本身却毫无生气,平淡,没有表情,缺乏趣味。往往有这样的情形:没有充分的艺术价值的歌曲,却被表演得很好,似乎比它本来的更好。反之,拙劣的表演则会降低优美的作品所给人的一般印象。听者有时往往难于了解:良好印象或不良印象的负责者究竟是谁——作曲者还是表演者?人们说得好:表演者是所表演的歌曲的共同创作者。因这缘故,演奏会的听众所关心的,往往不仅是演奏会的节目,而又是其表演者。同一节目,某一音乐家表演时听众兴奋地听,而另一音乐家表演时听众就冷淡。

每一个良好的表演者都尽力深入研究作曲者的构思,并把这构思反映在自己的表演中。每一个良好的表演者都在表演中加入一种他自己所特有的东西。我们找不到完全同样地表演同一作品的两个唱歌者。

关于儿童的唱歌,也可以这样说。我们听过几十个儿童合唱团表演,这些儿童合唱团依次地演唱同一首竞赛歌曲,但每个合唱团的表演各不相同。同一领导者教练的几个合唱团,其表演最相近似,因为在这时候,表演的构思是同一的,表现的手段是同样的。表演的差别,仅关系于嗓子的品质和合唱团的修养。

像下文所说,嗓子的品质是一个很重要的条件,但在歌曲演唱中决不是决定性的条件。唱歌者的美丽的、灵活的、够有力的嗓子可以装饰他的表演,使他能够十分成功地表演作品。在演奏会上广大听众面前表演的唱歌家,把良好的嗓子和富有表情地表现这作品中充满的思想感情的技能结合起来。

然而还有这样的情形:嗓子的力量和新鲜味已经大大地丧失了的唱歌者,仍能用十分富有表情的唱歌来吸引听众。反之,幸福地有天赋的嗓子而不会富有表情地表达歌曲内容的唱歌者,却不能感动听众。

俄罗斯声乐学派的特色,是人类精神状态表现的精微、诚恳和真挚。

俄罗斯声乐学派的特色,是力图内容和形式的统一。高度的技术水准应当是手段，而不是自我目的。正当俄罗斯贵族迷恋于意大利歌剧的华丽技巧和表面效果的时候，格林卡用他的创作活动、教育活动和表演活动来确立了富有思想内容的艺术，及其富有思想内容的表演。这种倾向反映着人民的艺术志愿和趣味。农奴出身的有名的唱歌者伊凡·卢平，其民歌表演曾经为普希金所赞赏的，他说："唱歌者的第一条件是心灵，第二条件是嗓子。"真实地反映人民的兴趣和趣味的俄罗斯古典作家的作品，可以证实人民是把表演的内容性放在第一位的。让我们来回忆一下屠格涅夫的《唱歌者》。那包工师唱歌技巧很熟练。"他的声音虽然略带沙哑，但是十分愉快而甘美；他用这声音唱着，变化着，仿佛鹘鸽一般，不绝地从高到低地移行……最后唱出使得野老爷也微笑的、特别成功的一节，笨东西高兴之极，不禁叫将起来。……包工师受了全体听众满足的表示的鼓励，全同旋风一般地唱起来，声音上开始装饰涡卷，啼啭似地、打鼓似地弄着舌头，发狂似地挤着咽喉，终于疲倦了，脸色苍白而流着热汗了，于是他全身仰向后面，放出最后一声绝唱——全体听众用爆发似的喝彩声来报答他……"

但是后来雅可夫开始唱歌了。他的嗓子"稍稍有些破碎，仿佛零珠碎玉的碰击；开头还使人发生一种病态的感觉；但其中含有真实而深刻的热情、青春、力量、甘美和一种销魂的、任情的、忧郁的悲哀。俄罗斯的真实而热烈的心灵在这里面响着，呼吸着，它抓住你的心，又直接抓住它的俄罗斯的心弦。……"他结束的时候，"没有一个人叫喊，竟没有一个人动一动；大家仿佛在等待他是否还要唱歌；但他仿佛吃惊于我们的沉默，张大眼睛，用疑问的眼光向周围一望，他看到胜利是属于他的了……"

包工师的卓越的技巧使得听众吃惊；他的技巧唤起哄堂的赞誉和满

足。他用熟练技巧、勇敢和机智来使所有的人吃惊。雅可夫则嗓子破碎,像零珠碎玉的碰击,并且是病态的。然而问题不在于嗓子。问题在于他用他的嗓子所表达的感情,这感情是和俄罗斯人民密切联系着的。“他抓住俄罗斯的心弦。”

高尔基说:“矮小而瘦弱的马具匠克列晓夫常常唱着特别好听的一种歌曲,而且唱得最好。他的嗓子很小,但是不知疲倦;他那银弦一般的声音注入酒店里的沉滞的喧嚣声中……听到他的歌声,喝醉的人也会变得异常严肃,默默地注视他们面前的桌子……”[1]

在这里,这个小的、然而不知疲倦的嗓子,能唱得触动心灵深处。

在科罗连科的《盲音乐家》中,普通的、乡村的笛子和钢琴竞赛着。那男孩子折服于那乡村小伙子的演奏,因为这乡村小伙子能在普通的笛子上表达他的最深刻的感情。男孩子不要再听他母亲的演奏了,因为他母亲的演奏毫无一点意义告诉儿童的心,虽然她的演奏技巧十分卓越。“的确,她的纤细的手指动作更为迅速,更为灵活;她奏的旋律更为复杂,更为丰富,而且处女克拉普斯曾经费了许多辛苦,来教会她的女学生掌握这困难的乐器。然而约希姆有天然的音乐感,他心中又有爱,又有愁,他带着他的爱和愁来对待故乡的自然界。教他这些简单的曲调的,便是这自然界,便是树林的萧萧声、草原上的草的微弱的沙沙声,以及他还在儿时的摇篮里就听到的、沉郁的、故乡的古老歌曲。”一直到那母亲演奏时能够表现出生动的人情感的时候,她的演奏方才博得那盲目的男孩子的承认。

---

〔1〕 高尔基:《作品选集》,莫斯科,文艺书籍出版社一九三五年版,第二卷,第二六一页。

由此可知,表演时富有内容、富有表情、富有情绪——这种俄罗斯声乐学派的特色,不但进步的艺术思想,就是民间也把它认为最重要、最宝贵的品质。

然而俄罗斯声乐学派的进步倾向,在革命前学校的唱歌教学的实践中并没有得到充分的反映。关于唱歌问题的教学法著作,差不多没有谈到唱歌表情的问题,即使谈到,也是偶然的。例如马斯洛夫,无疑地是当时进步的唱歌教师,他的著作阐明学校唱歌教学的许多基本问题,然而完全没有说到表情,完全没有说到儿童应该怎样演唱歌曲。避开这个极重要的问题而不谈,并不是偶然的,这是当时一切参考书的特点,并且也反映出当时的事实。

在那时候,中等学校——尤其是特权中等学校——里有优良的合唱团,由熟练的专家领导;小学校里的唱歌却大多是贫乏的、单调的。表情方法极少应用,温雅和优美在唱歌中差不多是不存在的。无疑地,进步的教师当时也一直企图教儿童不但唱得清楚悦耳,而且唱得生动、美丽而富有表情,然而他们没有获得官方的同情和支援。

当时有名的事业家兼唱歌教师普泽列夫斯基教授曾经在《小学唱歌教学法》这书中说到小学唱歌的表情,他说:"音乐中和唱歌中的表情,即因声音的增强和减弱、速度的加快和延缓而获得的表情,是由创作者根据自己的愿望而指定的……表情能使唱歌具有优美性和外表的多样性,它要求唱歌者在一定的程度内自由掌握自己的嗓子,这就是说,使嗓子服从一定的要求。在教会唱歌中,表情的可能性只限于教会赞美歌中的高尚和虔敬所许可的程度……在有学校参加的合唱中,教师必须完全逐出表情,方可使儿童不会想起在礼拜的唱歌中可应用对它格格不入的、世俗音乐所适用的表面效果。"

我们又在这书中读到:“在教学法方面,教儿童把声音唱得响和唱得轻,做逐渐的转变,使速度加快和延缓等等,是很有用处的。但容许这样做,只是为了练习发音器官,以及发展自由应用发音器官的能力。”

这册书曾为宗务院的学校会议所赞许。由此可知这册书的内容反映着最高教会政权的官方观点;这最高教会政权便是实际上领导民间儿童初等教育的。这册“教学法论著”说的是教会唱歌,然而大家都知道:革命前小学中的唱歌,大都不外乎是教会唱歌的教学。那么这当然也必定影响到世俗唱歌上:因为儿童已经习惯于一定风格的演唱了。

伟大的十月社会主义革命在生活的一切领域内实行了根本的改革。学校教学工作的内容、方针和方法根本改变了。逐渐地形成新的、苏维埃风格的表演,在这表演风格中,俄罗斯表演艺术的优秀的进步传统获得了发展。新的苏维埃风格的特色,是深入体会作品的内容,生动、鲜明而富有情绪地表达这内容;在这里面唱歌的表情结合着唱歌的高度技术修养。社会主义的人道主义、对人民的爱、对人的爱使得这表演特别诚恳而温暖。苏维埃的音乐家、合唱团、唱歌家到国外去演出的时候,用他们独有的表演的热情、坚信、真实性、现实性和感动性来使听众欢喜赞叹。

苏维埃表演艺术所固有的这种品质,是社会主义的观念形态所决定的,这使得苏维埃音乐家在一切国际竞赛中占据第一位。

苏维埃音乐家所固有的表演特色,在摆脱资本主义的桎梏而前途展开艺术发展的伟大远景的各国人民中间也可以看到。访问苏联的朝鲜合唱团所表演的、诺维科夫的《世界民主青年进行曲》使人产生了不能忘却的印象。热情、伟大的意志和确信,使听众神往。

苏维埃表演艺术的特色,在儿童合唱中也存在着。

美丽而富有表情的唱歌的必要条件，是正确地唱歌的技能，即能掌握自己的嗓子和唱歌技巧。发展艺术趣味和提高我国青年的一般修养及音乐修养的任务，也要求这个条件。如果儿童唱得虽然富有表情但歌声的高度却是近似而不正确的，如果没有唱歌风味，如果声音过分强烈或刺耳，如果口音不清楚或二部歌声不平衡，那么，无论怎样富有表情，也不能使这合唱免受非难。

去了解一下我们的儿童合唱团的唱歌情况，便可看到：在合唱团中往往都是某一方面占着优势的，例如，合唱团的唱歌很富有表情，很热烈，然而在技术方面，在唱歌技巧方面却很缺乏。又如另一些合唱团，歌声很纯净，儿童的嗓子训练得很好，然而表演时有点萎靡和枯燥。有时人们据此而指出儿童音乐教育中的两种流派、两种方针，而把这个或那个教师的教学工作归属于这种或那种方针。有些人认为音乐形象的教学工作较为重要，他们的技术教学便落后；另一些人认为技术的教学工作较为重要，他们的表情和情绪的教学便落后。

这种说法在某程度内是正确的，但其中还有别的原由。事情是这样，唱歌必须富有表情和情绪，同时技术又必须熟练而美丽，这是谁也不会否认的；但在实践中并不是大家都能成功地做到这两者。并不是大家都能同样成功地在唱歌表演中达到这种统一，于是往往有个别教师就采取最容易的方法，多从事于他较为擅长的一方面。

对歌曲教学的态度，又和教师的个人趣味、他的气质和情绪程度有关，不管他的意志如何，这些都在他的教学工作中表现出。

有些教师有时自己看不出他们的某一方面有缺陷。他们即所谓还没有养成充分明确的批判标准。

我们曾经看到一位很有文化程度而又很诚恳的唱歌教师的教学工

作,他真心确信他的学生唱得很好。其实他的学生的唱歌在声学技术方面完全贫乏,其外部表情也仿佛毫无进展,不能使人产生任何印象。学校唱歌的基本,必须是生动地、富有表情地,也就是说,富有理解性地、充满感情地表达歌曲的思想和情绪,并且依据着声乐技能的发展。

在教练歌曲之前,教师须预先拟定演唱的计划,然后把这歌曲演唱给儿童听。这样的拟定计划要求教师具有创作的态度和某程度内的紧张。儿童学习的每一首歌曲,都是一幅艺术的精小图画,对它要取深思熟虑的态度。教师在家里研究了这歌曲,在乐器上演奏它,唱它,深入体会它的内容和情绪,然后选择一种能够较完美、较明显地表现它的内容的表演形式。他想象把这歌曲演唱给儿童听时会得到怎样的效果。

女教师Γ说:“我准备范唱和教练一个新歌曲的时候,我开始不绝地考虑这歌曲,它使我不得安宁,它的旋律一直追随着我。我长久地寻求我所能够提出合理根据的、最令人信服的演唱法。我在自己没有找到所需的形象和所需的表演方法的时候,避免听任何别人演唱这歌曲,因为只有在我自己找到所需的表演形式之后,只有在我确信这形式的正确性之后,我的表演才会真挚而易解。然后我倾听这歌曲的别种见解的表演——听过之后便巩固我自己的表演意图,或者修改这意图。”

教师拟定了歌曲演唱计划之后,他就把这计划体现在儿童的唱歌中。进步的教师研究音乐作品时,力求其表演正确地反映内容和形式的统一。教师努力把这不可分离的联系向他的学生指出。关于音乐的表演,所说的和关于音乐本身的一样。“如果音乐不再有内容和高度艺术性,如果音乐变成不优雅、不美、庸俗,那末音乐就不能再满足它为之而存在的那些要求,音乐也就不成其为音乐了。”[1]不能给人悦乐、没有内容而同时又没有美和优雅的表演,是不能符合苏维埃听者的审美需要的,是不能符合艺术趣味教育的任务的。

对儿童谈到唱歌的富有内容、富有理解性和富有表情的时候,我们较容易对他们说明我们此时所指的是什么。教师很早就开始应用“富有表情的唱歌”这句话。儿童在一年级的时候就已经懂得:诗歌要读得“富有表情”。我们不难对他们说明:歌曲必须唱得使一切听者都了解唱的是什么。例如,如果歌曲是愉快的,必须唱得使大家都觉得愉快;如果歌曲是悲哀的,必须唱得使大家都觉得悲哀,余类推。要说明对艺术形式的要求,较为困难。我们当然不可以在小学校里应用这样的话,例如“不庸俗”“优美”,以及在许多歌曲的表演中极为重要的用语。这些用语是儿童不能理解的。但“美”这个字是儿童所能理解的、所接近的。在最近以前,我们的学校实践中还很少用这个字,认为它是抽象的、模糊的、不明了的。我们无论在教学法中,或者在艺术教育的一般工作中,差不多都没有听到过这个字。然而这个字在教学的实践中是非常适用的,要用幼年儿童能理解的另一个字来代替它,是不可能的。儿童很能懂得什么是“美”——“美丽的花”“美丽的图画”“美丽的色彩”“美丽的房子”。“美”这个字,我们可应用在作品上,也可应用在作品的表演上。因此,我们要使唱歌悦耳、美妙而和谐的时候,应用这个字是很适当的。我们对儿童说:“你们唱得不美,不愉快。”这样说过之后,我们甚至还没有向他们解释为什么唱得不美,要怎样唱才美——然而学生重唱二遍的时候,

---

[1] 日丹诺夫:《一九四八年一月在联共(布)中央召开的苏联音乐工作者会议上的开幕词和发言》,第二五页。(译文根据《苏联文学艺术问题》第一一八页。——译者注)

已经唱得较为柔和了。

唱歌的富有表情和美,大有关于声音的美,声音的品质。我们说美的声音,意思便是指唱歌风的、圆润的、饱和的、柔和的、毫不刺耳或粗暴的、听起来愉快的、不刺激听觉的声音。著名的俄罗斯作曲家兼卓越的教师瓦尔拉莫夫说:"趣味是他(唱歌者)表演时和选择装饰时的指导者,这就是说,给他以使乐曲愉快(重点是我加的——格罗静斯卡雅注)而富有表情的方法,而不越出乐曲所固有的性质……"由此可知,歌曲应当用美而愉快的声音来演唱,不论它的内容如何。

否定的角色的形象,也须用艺术的形式来表现,用美的声音来演唱。鲍罗丁的歌剧《伊戈尔公》中的加里茨基公爵的放荡的歌曲、穆索尔斯基的《鲍利斯·戈杜诺夫》中的瓦尔拉阿姆的歌曲,都是用听起来愉快的声音唱的。学生唱关于战争贩子的歌,他们对这些战争贩子表示愤慨和轻蔑的感情,然而他们用以表现这感情的声音,决不是激怒的,决不是刺耳的。

在学校的低年级里,我们把"美"的声音解释为听起来愉快的声音,把不美的、刺耳的、粗暴的声音解释为听起来不愉快的声音。这是"美"这个字应用在唱歌中的最正确的具体化。高尔基在一八九一年给柴霍夫的信中说:"科斯特罗马人用令人愉快的声音(重点是我加的——格罗静斯卡雅注)唱歌,他们歌声从我的放荡的心中挤出许多眼泪来。"屠格涅夫在《唱歌者》中写着:赛尔基耶夫村里的农人以他们的特别愉快而和谐的曲调著名。

在"愉快"和"美"的定义中,人民并不把形式从内容上割裂。这个指的不是表面的美,不是单纯的"愉快"。如果是这样的唱歌,就不可能唤出"许多眼泪"来。人民的"美"和"愉快"的概念中包含的,不仅是外表的美,而且有热情、温暖和深切的感情。更有不可缺少的,便是俄罗斯唱歌特有的、浩荡而悠扬的歌声。

我们教儿童重视声音的美、愉快和柔和。我们从教学的开始就防止不愉快的、粗暴的、刺耳的、不美的声音,防止含有若干庸俗性质的粗野的声音。我们防止过分响的声音,不仅是为了它有害于嗓子,又为了它不美。

美的、愉快的声音,起初宜在需要温和柔顺的声音的歌曲的演唱中培养。这样的声音也保留在壮健的、坚毅的、愤慨的歌曲中,这时候,每次都带有新的、关联于歌曲内容的意味。

要表演作品,如前所说,必须完全出自对作品的内容、情绪和性质的深入体会。教师的艺术水准和艺术趣味越是高,他就越是能够正确地、切近地抓住音乐的本意。教师的艺术水准越是低,越是难于潜入思想内容的深处而把它表现出来,他就越是容易走上表面效果的道路,这时候往往露出恶劣的趣味来。

有些教师没有看清楚歌曲的本质和意义,不会表达歌曲的内容,不会应用歌曲中和嗓子中所有的表现方法,就企图发明新花样,努力考虑怎样可以使听者产生印象而使得他吃惊。脱离音乐的本意("随口科白")在大多数场合下会歪曲歌曲而造成庸俗表演,会降低艺术表演的水准。

可以指出最常常遇到的脱离作者构思的情形。例如表演时的任性,往往表现在不适当地变化速度和强弱,延缓个别词句等方面。有些教师认为每个歌曲的结束处都必须延缓,甚至在全无根据这样做的时候也是如此。愉快的民间舞曲是立刻终止的,在结束处把它延缓并不常常适宜。

有时又应用音量的突然变化,不知道是因何而来的,例如突然从强变弱便是。这时候声音仿佛消失了,沉落了,只留下发音的痕迹。这办法有时是适当的,但在小学校的曲目中没有宜于用这办法的歌曲。

儿童常常练习合拢嘴而唱歌。这在有些情况下可能是适当的,例如在摇篮歌开始的时候,或者在需要表现渐渐临近和远离的时候,像在《伏尔加船夫曲》中便是。但在别的场合之下,这办法会产生极不愉快的印象,何况合拢嘴唱歌需要某种修养,在小学校里应该很当心地应用它。

可惜还流行着这样的一种方法:为了使表演更加有效果,在最后一首歌词的叠唱部的开头把声音拖得很长,很慢。然后,在强拍上唱出剧烈的重音之后,歌曲继续用原来的速度,例如在卡巴列夫斯基的歌曲《我们的国土》或莫克罗乌索夫的《五一节之歌》中便是。

还可以听到这样的表演:有时歌曲中有个别的词句不是唱出来,而是把它像说话一般说出来,例如莫罗左夫的歌曲《蟋蟀》中的"蟋蟀很漂亮,真漂亮"这一句就不唱,而是说出来。这样的表演很乏味,这使人想起一种恶劣流派的浅薄作风。

有时可在表演中遇到粗劣的自然主义特征,即拟声的表现,例如格列特利的歌曲《驴子和杜鹃》中的"叫起来了"一句,用颤音唱,使人想起叫的声音;或者居伊的歌曲《春天》中的"冬天哈哈大笑地回答"一句,儿童唱到"哈哈大笑"的时候模仿笑声等等。儿童唱歌的时候做某种动作,往往也会破坏歌曲的纯朴性与高尚性。例如,表演轻快流畅的音乐时把身体摇摇摆摆,唱到英雄的死亡时把头低下等便是。这样的表演法会使印象分裂,使它减小,使它脱离基本内容。

教师要使唱歌多样化,但他并不富有表情地表现歌词中的多样性,却用别的办法,例如在每一首歌词开始时换一个领唱者。这样一来,听众和合唱团就不集中注意力于歌曲，而留心于领唱者的唱法了；况且所有的领唱者并不是个个一样地善于担负起自己的任务，这就打破了从歌曲获得的完整的印象。选用领唱者，是充分合理的事，但必须有衡量，一个歌曲里只宜用一个或至多两个领唱者。

还有一种现象，也能妨碍儿童的音乐趣味的发展。没有精通乐器演奏的教师，在进行中把伴奏简易化了，有时不但把和声简单化，而且把它歪曲了。然而学校的任务是教儿童爱好并珍视和谐的音乐，不但发展他们旋律和节奏的感觉，而且丰富并发展他们和声的感觉。因此在伴奏简单化的变体中，首先必须保留和声的基础，况且，演奏的困难往往都不在于和声。

没有充分的音乐趣味的教师，还有这样的缺陷：教师伴奏或演奏作品的时候，用迅速向上的段落来结束这作品。有些教师十分习惯于这种演奏法，竟不注意到这点了。这种廉价的效果是绝对不容许的，它会破坏从作品获得的印象，损害学生的趣味。

在唱歌教学过程中，关于应该如何唱才能唱得好，才能唱得美而富有表情，可作出小小的总结。逐渐地可制订出唱歌的规则，这些规则逐年复杂起来，增加起来。儿童根据这些规则就能判断：这合唱团或那合唱团唱得怎样，这学生或那学生唱得怎样。三四年级的学生已经能够为自己的评价提出根据了。

女教师 K 说："我曾经在莫斯科区某学校合唱团中担任过四年工作。在检阅儿童文艺活动的时候，评判员指出我们的合唱团的良好的节目和表演的文化性、表情性及情绪性。我们的合唱团被选拔出来参加区竞赛会。这样的评价，使人有权利想到：我们对于培养儿童艺术趣味已经做到了一切。于是我们出席了区检阅会。在这会上，在其他的合唱团之中有一个大型的合唱团出席表演,这合唱团唱得愉快而生气勃勃,但是粗糙,用剧烈而加强的声音来唱,夹着一种毫无顾忌的叫喊。我的合唱团的学生在这合唱团表演完毕之后跑到我这里来,说:“他们唱得多么好,我们也要唱得这样才好!”然而在结束的演奏会上,当选的是我们的合唱团,并不是他们那么欢喜的那个合唱团,这使我的学生非常吃惊。我的学生作的评价,使我感到痛苦。我的学生欢喜这样的唱歌,那么我的教学工作的价值如何呢! 这就是说,我不曾发展他们的艺术趣味;这就是说,单是唱良好的作品,单是唱得好是不够的,还必须培养儿童对自己的表演和对别人的表演的自觉的批判态度。这使得我长久地反复考虑,重新检查,然后改造我自己的教学工作。我一开始就不但指示应该怎样唱,而且又说明为什么必须这样唱。我对儿童解释:为什么这种唱歌好而那种唱歌不好。我不仅根据肯定的例子,而且根据否定的例子,这样做便帮助我强调了唱歌中的优点。这样做帮助我养成了儿童的独立判断。”

从教学的第一年开始,教师就让儿童听他们自己的唱歌,然后要他们指出这唱歌中的缺点。儿童听别人唱歌的时候,他们显示出很强的观察力。这是当然的,因为他们所有的注意力都集中在听上了。上课的时候,我们常常叫出一个学生来,要他唱一首歌曲。别的儿童对这演唱发表意见。越是到后来,儿童的年龄越大,他们的判断就越正确,越精细,越富有意识。儿童的要求范围一年年地扩大,观察力一年年地发展。例如,我们在课堂上可以听到儿童发表这样的意见:一年级里的学生说,“唱得不好,因为太响了”“歌词听不懂”“唱得不齐”。但到了一年的末了,他们的意见已经是这样了:“唱得很刺耳,不柔和”“她唱得没有表情”“唱得很轻,大概是害怕”“她的肩膀太高,她的头要掉了”(呼吸的时候头向后仰),或者"唱得几乎听不见,因为嘴不张开"。

二年级里的学生说:"这歌曲是愉快的,但唱得不愉快""唱得没有精神""嘴张得太大,像猫叫一样""唱得一直是一样的""嘴唇不动""这里唱的是关于惊慌,但她唱得很安闲""开始时不整齐""歌词是喊出来的"。

我们可以看到:有些意见是关于唱歌的性质、表情和声音的美的;另一些是关于技术方面的缺点的。

三年级里的学生说:"这歌曲唱得太沉闷了""声音不愉快,太粗野""有点不坚定,唱得不齐"。

四年级里的学生说:"这合唱团唱这歌曲,唱得不庄严""句子的末了唱得太响了"。

有一个女孩子在无线电里听到我们在课内教他们唱过的一首歌曲,她谈到这歌曲的演唱:"我不欢喜无线电里的唱法。"问她为什么,她说:"我们唱到这地方的时候就激动起来,但那个唱歌的人一点也不激动,他只管把声音拉长,拉长。"

儿童对自己和对别人提出的要求,正是教师对他们提出的要求,这是十分自然的。他们能够掌握这些要求,意识到这些要求,是可贵的。

根据这些意见,我们可以看到:儿童对表演的要求是一年年地增长起来的。他们发表的意见越来越具体了——也有关于演唱的一般性质的,也有关于某些局部的。根据这些意见,可以在一定的程度内判断学生的艺术趣味的增长。

儿童的艺术趣味,是在有系统的教学的基础上发展起来的,是在音乐感受和音乐再现的过程中、音乐知识的掌握和唱歌技巧的掌握的过程中发展起来的。

要充分有价值地感受音乐,如前所说,需要一定的修养。"如果你要享受艺术,你就必须成为一个有艺术修养的人。”[1]

教师为了使他的学生能够享受音乐、能够珍视并爱好真正的艺术作品,他应当给他们怎样的教养呢?这必须有一定程度的音乐才能的发展:音乐的听觉,对音乐发生的情绪共鸣,以及若干分量的音乐知识。

必须有很发达的音乐听觉,因为没有这个,音乐在听者心中就不会造成任何印象。这时候听者不能感受音乐,不能享乐音乐,“……对于非音乐的耳朵,最美丽的音乐没有任何意义……”[2]

可知学校必须发展一切儿童的音乐才能,使他们能“听”音乐,能对音乐发生共鸣。这种能力也是一切儿童的艺术趣味发展的条件。如果学生不会听音乐,如果学生自己唱得不合调,则培养艺术趣味的一切努力都将遭受失败。

在学校的实践中(在家庭中也如此),还可看到一种对音乐才能的发展的不正确态度。关于这个问题,让我们来稍稍详细地谈一谈。

音乐才能的发展,和教学过程中其他一切才能的发展相同。所有的儿童都具有音乐的素质,有些儿童的音乐素质表现得较明显,有些儿童的音乐素质表现得较微弱,但所有的儿童的音乐素质都受音乐环境的影响,都受教师的有组织的感化的影响,即受到发展和教育。听觉不可能发展的儿童是例外的,他们大都是由于听觉器官有天生的缺陷。

天赋才能较多的儿童,发展得较快,较顺利;天赋才能较少的儿童,在同样的条件下,发展得较慢。外国的音乐心理学代表者们断言:有些人具有音乐素质,有些人完全没有音乐素质,对于后一种人,一切影响都

---

〔1〕 见《马克思和恩格斯艺术》,莫斯科,一九三六年版,第七〇页。

〔2〕 见《马克思和恩格斯论文集》,莫斯科、列宁格勒,国立出版社一九三〇年版,第三卷,第六二七页。

是无益的。捷普洛夫在《音乐才能的心理学》一书中引证资产阶级心理学代表者列威希和西晓尔的论点。列威希说:“音乐不能在普通教育中采用。艺术、科学或一般事业,凡需要特殊的、天生的、不是人人皆有的素养来做的事业,只有为此而选择出来的人才能够从事。”“让在音乐方面永远不会有任何成就的无数儿童享受音乐教学,真是一件令人厌恶的事。”

美国的心理学家西晓尔用一系列的心理测验方法来决定儿童的音乐才能的程度,根据这些测验而作出结论:谁可以学音乐,谁不可以学音乐。关于听觉良好的儿童,他的结论是“应当受普通音乐教育(学校唱歌课是必修的)”。关于听觉较差的儿童,他的结论是“学校唱歌课非必修的”。最后,关于听觉不良的儿童,他作出断然的指示:“跟音乐不可有任何关系。”

这种结论显然是荒谬之极的。其中极度明显地表现出这种理论的反动本质,即把“享受音乐教学”变成只是被选定者才有份的事(往往是特权阶级的儿童才有份,因为要解答这种测验,需要有在音乐教学过程中得到一定的修养和知识,而有这修养和知识的人是不多的)。

这种限制着普及音乐教育的可能性的、对音乐才能的性质及其发展的有害的论点,在俄罗斯革命前学校(小学和中等学校都如此)的实践中也曾经广泛地流行过。“无听觉的”学生免上唱歌课。这引起进步教师的抗议。这些教师在《学校唱歌》这杂志上发表意见,说:学习任何一门功课的时候,一切学生都被认为是有能力学习这门功课的。没有一个学生会因为没有能力而免上数学课,对于落后的和能力薄弱的学生反只有多加注意。然而讲到唱歌课,就用了另一种说法:立刻把学生分别为有能力的和无能力的。而把无能力的(这是大多数的)学生推出门外。

苏维埃教育学不怀疑一切儿童的音乐发展的可能性。捷普洛夫教授也站在这观点上,他在自己的著作中对这问题曾经作很多的研究。只有在教学过程中才可以决定学生的才能的程度,只有在活动中、在教学过程中,这些才能才可以表露并发展。

巴甫洛夫在他的议论中强调人体对于外界影响的顺从性。“用我们的方法来研究最高神经活动,由此获得的最主要、最强烈、并且永远保留的印象,是这活动的一种极端的随应性,是它的巨大的可能性:没有一点是可以不变动、不顺从的;只要有适当的条件存在,一切都可以达到,一切都可以变得更好。”[1]

为群众的实践所确证了的最乐观的教育学结论,从这断言获得了根据。有名的音乐工作者兼最富有经验的教育家戈尔金维捷尔教授说:“除了天生的聋子,每一个人都具有某程度的音乐才能。绝对没有音乐才能的人,即使存在,也是极少的,恐怕比天才更少。经验告诉我们:只要充分有计划而合目的地培养,音乐才能即使极度薄弱,也很容易得到发展。”[2]

如果音乐才能发展的问题在目前不是那么迫切,我们也就不会多加讨论。我们可以看到不少这样的情况,例如:教“无听觉”的儿童坐在一旁,免得他们妨碍别人,不让这种儿童参加合唱团,虽然他们很想参加;父母确定自己的孩子没有听觉,认为对他们进行教育是无益的,他们说:“反正从这里是毫无所得的。”

这种实际情况妨碍了艺术教育——尤其是音乐教育——的普及性

---

〔1〕 巴甫洛夫:《作品全集》第三卷,莫斯科,苏联科学院出版社一九五一年版,第一八八页。

〔2〕 见《苏联音乐》杂志一九四八年第四期。

的实现，限制了通过音乐来感化一切儿童的可能性。

同时，进步的教师忍耐地、有系统地培养儿童的听觉，培养他的一切学生的对音乐的情绪共鸣。我们应该说：这是一种很可感谢的工作，因为它能比较快地获得很显著的成效。

必须指出：除了以上所说的一切，对儿童音乐才能所下的结论往往是错误的。问题在于：实践中采用的决定音乐才能的程度的那种方法还十分不完善，如果相信它的最流行的一些方式，就很容易犯错误。例如，学校里对学生的不良听觉所下的结论，其根据往往是：学生演唱派给他们的音或旋律时唱得不正确。然而在大多数情况下，旋律唱得不正确是与别种原因有关的（发声器官不发达、声域狭小、嗓子和听觉之间没有配合好等）。较仔细的检查证明：这些儿童很会听音乐，但是不能正确地唱。此外，经验告诉我们：一切儿童，如前所述，都能在较短或很短的时期内学会正确地唱歌。

本章的主题不容许在听觉发展的方法上多加论述，但是应该指出：课业进行得越是有系统，练习中和教学过程中引起儿童的想象和感情越是多，教师越是努力唤起儿童对音乐的兴味，则听觉发展就进行得越是顺利。儿童希望听出教师要他们注意的地方，他们希望自己唱旋律。当儿童的意志和感情参加到里面的时候，儿童的听觉发展就较快、较容易了。教师发展他的学生的音乐才能时，除培养他们的音乐听觉以外，同时还发展他们的情绪共鸣和对音乐的兴趣。达到这目的的基本方法，是欣赏并演唱可以感动儿童而为儿童所接近、为儿童能力所及的真正艺术作品。音乐作品所给的印象越鲜明，对音乐的共鸣发展得就越快。

“……只有音乐能唤起人的音乐感情……”[1]不可忘记这个重要的原理,不可忽视直接的、鲜明的音乐感受的意义。教师的任务是帮助音乐作品找到走向学生的心智的道路。

学生逐渐地在渐渐复杂起来的音乐材料中学习理解音乐。作品的分量扩充起来,作品的内容和叙述形式复杂起来。儿童不仅学习演唱并听单声部的歌曲,还学习演唱并听二声部的歌曲。这不但可以发展旋律的听觉,而且可以发展和声的听觉。能够听并珍视二声部唱歌的美,便可培养对多声部音乐的理解;多声部音乐在俄罗斯民间音乐中是很宝贵的,而且是俄罗斯民间音乐的显著的特色。

学生渐渐学会了感受音乐,注意音乐的过程、音乐思想的发展,理解音乐和音乐的语言。教师教他们注意音乐中运动的性质,注意其基本主题,注意其中发生的变化,注意各种音乐材料的对照和同一音乐材料的反复。

学生学习观察的不但是个别的表现方法,而且是它们的结合,以及其中的某些规律性。例如,愉快而雄健的歌曲大都是很响亮而快速度的,悲哀的歌曲大都是很徐缓而沉静的。这往往不是由于作曲家有这样的愿望和癖好,却是由于生活中本来是如此的。一个人觉得愉快的时候,工作和动作都较快,说话较响亮……一个人倘觉得悲哀,一切往往就相反了。

为了发展学生的音乐感受力和对音乐的共鸣,又必须使他们牢固地掌握一系列的艺术作品,并且爱好这些作品。这些作品便是学生今后的音乐发展和艺术趣味发展的基础。必须使学生很好地掌握这些作品,十

---

〔1〕 见《马克思和恩格斯论文集》第三卷,第六二七页。

分熟悉这些作品;必须使这些音乐很容易出现在儿童的记忆中,无论是无意地或有意地。最好使儿童能够在心中从头至尾地想象出这些音乐的旋律来。

学生爱听熟悉的作品,他们每听一次,就对这些作品更加接近;他们在这些作品中注意到新的方面和新的细节。

为了使学生好好地学会作品,教师把这些作品多次地反复表演。因为音乐不是立刻可以记住的,必须把它多听几次才能记住。教师在本课内反复表演这作品,又在以后的课上重复表演它;他又重复表演往年表演过的作品。

要使这反复表演不令人感到枯燥,感到厌烦,可在每次表演的时候教学生注意某一新的方面。有时反复表演的都是同一作曲家的作品,有时都是舞曲,有时都是描写自然界的音乐……

如前所述,要发展毕生的艺术趣味,除了必须有一定水准的音乐才能,还必须有若干音乐知识。

小学里授给学生的音乐知识是十分多样的。其中包括音乐知识各方面——理论方面和历史方面——的基本的、初步的介绍。

教学生认识音乐作品的各种各样的内容,认识音乐作品的形式,认识乐语的要素及其表情意义。教他们懂得这音乐宜用怎样的嗓子演唱,宜用怎样的乐器演奏;他们根据自己的经验而确信:艺术的唱歌应该符合怎样的要求。教儿童认识某些作曲家的生活、创作和个别作品,认识乐谱记录法,学习看着乐谱唱歌。

这一切知识,都按照这年龄的儿童能力所及的分量和形式来授给他们。这些知识可以帮助他们理解音乐,扩大理解的可能性。

教师发展学生对音乐的感受性的时候,务须注意,勿使他们的趣味成为片面的。我们往往看到这样的现象:一个人热爱音乐,但他爱好的音乐的范围是很局限的。例如,他只爱好音乐的某一种体裁(只爱好歌剧),或者只爱好某两三个作曲家的作品,或者只爱好某种内容的音乐等等。这样的片面性,当然是不符合我们的教育任务的。音乐是生活认识的形式之一种,如果我们通过音乐来教育人们,这教育的道路就必须是最宽广的。

儿童学习的作品必须是他们欢喜的、爱好的,这是很重要的事。只有在这样的情况下,这些作品才能对他们发生作用,才能对他们的趣味发生作用。自不必说,这些作品同时还必须具有艺术价值和教育价值的品质。我们并不单纯地追随儿童的趣味,因为儿童的艺术趣味是由我们不断地加以发展、变化和提高的。

对音乐的艺术作品的漠不关心的态度,大都是下列的情形引起的,即对作品理解得不够,或者理解得还"不深入",不深入是因为没有学好的缘故,有时也是因为虽然学好而没有在其中发现动人之处的缘故。在这种情形之下,教师逐渐地、仔细地适应了儿童的各种年龄而努力使这作品或这歌曲完全为儿童所理解。在大多数情形之下他这努力是成功的:学生会自动地要求教师反复表演这作品,自动地开始唱这旋律。

我们在二三年级里实习这样的方式:举办小型的"依照听众要求的"演奏会,犹如无线电台上举办的一样。我们约定:两个要求由学生提出,一个要求由教师提出。轮到教师的时候,他就演奏或演唱他的(仿佛是他所爱好的)那个作品——可说是他所"提拔"的作品。他表演这作品时表示出很显然的满意,十分富于情绪,借以唤起儿童对这作品的良好的态度。教师努力说明这作品的某些好处,但不表露出这是故意的。

过了一些时候,我们便可看到,儿童对这作品的态度变了:这作品渐渐受到他们的欢迎,以后当教师问他们欢喜听什么作品的时候,他们提出来的往往就正是他们以前所漠不关心的这个作品。往往还有这样的情形:儿童高兴地告诉教师,说他们在无线电里听到过这作品。

虽然广大群众的趣味十分增长了,虽然我们的音乐环境中主要地充满艺术的音乐,但在我国还存在着艺术水准很低的音乐。在我们的日常生活中,还存在着近于低级趣味的情歌的歌曲,还存在着庸俗的、粗野的、失去优雅和美的歌曲。因为学生的艺术趣味是发展得很缓慢的,所以有时他们听了这种歌曲,就自己也来唱它们,或竟要求教师教练这种歌曲。

在这种情况下,特别需要表现出一种敏感,一种教育的机智。教师在这些时候大都拒绝表演或教练这种歌曲,理由是他不会唱这种歌。如果儿童反复地提出同样的要求,而教师的回答老是这句话,就会给儿童以这样的印象:教师是脱离他的环境生活的;他连周围许多人都知道的歌曲也不曾听见过,并且不会唱;他是住在另一个世界里的;他的"耳朵是用棉花塞住的"(高尔基语)。这便降低了教师在儿童心目中的威信。在这种情形之下,最好是以教师自己不欢喜这歌曲为理由而拒绝儿童,因为教师的威信是很大的,所以他这样表示之后,学生对这歌曲就会感到一种怀疑和冷淡,他们就会改变对这歌曲的态度了。

教师批评歌曲不可过分激烈,不要立刻表出教师的趣味和儿童的趣味之间存在着怎样大的隔阂。不可激怒地批评歌曲或者嘲笑它,因为其所得的结果可能是相反的。某儿童保育院的女唱歌教师说:只要她一出现,儿童立刻就开始故意地唱她所激烈地批评过的一首歌曲。这女教师把这点只是归咎于儿童,其实在这情形之下,处理事情的办法不高明也是过失。

儿童年龄越小,要对他们说明这歌曲有什么不好当然就越困难。教师在这时候只限于说明自己个人对这歌曲的态度。在三四年级里,教师遇到同样情形时可努力说明自己的评价的理由。例如他说:这歌曲是感伤的,或者太单调了,或者歌曲中描写的内容表现得不好。

教师逐渐发展学生艺术地演唱歌曲、听音乐、研究音乐的能力,儿童逐渐积集他们所爱好的、具有艺术价值的作品,他们的趣味也就随着逐渐提高起来,扩充起来,发展起来。首先表现出的,是学生的趣味开始十分清楚地显示出来:他们充分确定地回答这作品是他们欢喜的或不欢喜的。

但是必须指出:学生难于说明他为什么欢喜这个作品。他们对一个歌曲所表示的意见,几乎常常是关于歌词的。我们要求他们说出关于歌曲的音乐、关于歌曲的旋律的意见的时候,儿童(四年级学生也如此)的回答往往就很笼统,我们难于根据这些回答而作出关于他们的趣味的增长的一些结论来。这是十分自然的,要说明自己对作品的态度的理由,不仅对幼年学生说来是一个复杂的任务。

我们作出关于儿童音乐趣味的增长的结论,是因为注意到他们对音乐作品的态度的变更,看到他们对真正艺术作品明显地表示良好的反应,注意到他们对他们在课堂中所听、所唱的音乐的严格要求。

儿童对表演的品质也表示出一定程度的严格要求。

十岁至十一岁的儿童,无论怎样的成形的艺术趣味都是谈不到的。这年龄的儿童对真正艺术作品的兴味和爱好,常常结合着对毫无艺术价值的音乐的肯定态度。

我们不难探究儿童对真正艺术作品的增长着的兴味和明显表出的肯定态度;而探究评价否定的作品时的艺术趣味的增长,较为困难,因为我们并不教学生认识这种否定的作品。然而还是有这样的情形(前面已经谈到过),即三四年级的个别学生要求给他们表演或教练不能满足艺术要求的歌曲。但在教师说出自己的意见之前,全班学生往往就已经拒绝了这个别学生的提议。这时候在班上可听到这样的话:“歌曲不好”“没有趣味”“这歌曲没有什么可教的”“歌曲有点粗野”“歌曲枯燥无味”“这歌曲不美”等。

艺术趣味的教育工作越进行得好,表演不良歌曲的提议就越少听到,而且全班学生的一致拒绝就越常有,越坚决。教师在小学校里培养学生的艺术趣味,是在准备艺术观的形成的基础。教学生学习重视并爱好俄罗斯民间音乐和古典音乐、苏维埃音乐的优良作品,因为它们富有内容、优美而易解。教学生学习重视音乐,因为音乐给他们快乐,因为音乐真实地反映环境生活,因为音乐帮助人们生活、劳动,为更美好的生活而斗争,为和平而斗争。教师说明、分析的音乐作品,是以后的综合和学生艺术观的形成所根据的材料。

儿童的艺术趣味教育,只有在教师自己具有艺术趣味的时候才能有效地实现。严格的音乐趣味,对于作品的选择和作品的艺术表演——无论是由教师表演或由儿童表演——都是必需的。

也许有人说:既然有了包含十分确定的教材的教学大纲,教师就不必自己来选择作品了。但实际上,并不如此。教师必须从新出的作品中选择优良的苏维埃歌曲,必须为没有一定的曲目的合唱团选择歌曲。

如前所述,艺术趣味在表演作品时也是需要的。教师必须具有艺术的适度感,才能富有理性地、情绪地、细致地、美丽地表达作品的内容。他订出表演的计划,明显而正确地展开艺术的形象;考虑把重点放在什么地方,放在哪些句子上,哪些词上。他在歌曲中正确地分配音量,明显地指出紧张的最高点(顶点),为这歌曲寻求适当的速度和符合内容的声音……

作曲者关于歌曲演唱的指示,通常是很笼统而大约的,所以教师有广大的余地来从事创作的探求和思考。教师的工作越是考虑周密,越是充分地把作品的思想灌输给儿童,他就越能顺利地解决发展学生艺术趣味的任务。

前进的苏维埃教师的马克思列宁主义世界观和艺术观,决定着他们的艺术趣味。教师不断地提高自己的政治思想水准、理论水准和文化水准,不断地提高自己的教育技术,同时也就发展着自己的艺术趣味。

前进的教师注意各种文献(政治的、艺术的、专门的),注意国内的艺术生活,注意优良的合唱团、弦乐团和个别演奏家的活动。他们不关闭在自己个人的教育活动的圈子内,他们不放过听别人表演而吸取别人可贵的东西的机会。他们注意听别人对他的学生的唱歌的批评,而在自己的教学工作中考虑到这些批评。教师还须像专门音乐家一样坚毅地致力于提高自己的水准,因为正像别林斯基所说,在发展自己的优美感方面没有准备、没有热情、没有辛劳和坚忍性的人,无论如何也不能获得艺术。优良的教师不断地提高对自己的严格要求,不满足于自己的成就。在唱歌教师的讲习所里,在研究班里,除青年人之外,年年可以看到许多富有经验的教师,他们上任何课都不缺席,打算学得些新的东西,检查自己,交换经验。他们用心注意苏维埃教育思想,有效地把这种教育思想的成就应用在自己的教学实践中。

苏维埃教师的一般文化和艺术文化的增长,表现在不断地增长的儿童唱歌的品质中。演唱得高尚而富有内容,同时又从容、自然而富于表情——这是优良的儿童合唱团的特色。演唱的高度品质和学生所听、所唱的艺术作品的精选,证明前进的教师是认真地从事于他的学生的艺术趣味教育的。

* * *

唱歌教学过程中每一个关于教育的基本问题,我们在本书中分别地研究。然而这绝不是说,在教育工作的上述各方面之间是没有相互联系的。它们显然是形成统一的教育过程,互相约制,而由教师同时解决的。如果用非艺术的作品教育学生,如果不保证他们的艺术趣味的正确培养,思想教育就不能达到目的。同样地显而易见:如果在教学过程中不触及儿童的感情和想象,教育目的也是不能达到的。如我们不拿合唱当作儿童集体主义教育的有力手段,以音乐为手段的思想教育也就不会有充分的价值。

这样,唱歌教师在唱歌教学的过程中,在有耐性的、深思熟虑的、有组织的工作过程中,就促进了最崇高的任务——培养共产主义社会的有高度教养和文化修养的成员的任务——的实现。

本书当然没有详尽地阐述关于学生唱歌课教育的整个问题。还必须更进一步来认真地研究先进的经验,分析并综合这先进经验。这才可更加提高苏维埃学校唱歌教学的水准。

苏联音乐青年

〔苏联〕高罗金斯基 著
丰子恺 译

目　　录

苏联音乐青年

同苏联的文学、戏剧、造形艺术一样,苏联的音乐也在极短的历史性时期中获得了辉煌的成功,而成为伟大的苏联文化的荣耀。

日丹诺夫同志在一九四八年一月联共(布)中央召开的苏联音乐工作者会议上的演说中说:“不可忘记:苏联在现今是全人类音乐文化的真正的保护者,就同在其他方面是反对资产阶级式的文化崩溃和破产、致力保卫人类文明和文化的堡垒一样。”

苏联音乐文化的不可破坏的力量与巩固性,首先在于它完全是鼓舞苏联人民的伟大思想的艺术的表现,在于我们音乐的民族性,在于和伟大的俄罗斯民族的创作以及其他苏联各民族的创作之间的密切的血统关系,在于它的直接承继俄罗斯古典音乐的最高贵的、民族现实的传统,在于它的生活的真实性和对一切虚伪与欺骗的深恶痛疾。

苏联音乐艺术这种特性——无论在作曲者的创作方面或在演奏者的创作方面——正是苏联音乐家和资本主义国家的音乐家在较量的时候,每次确保其光荣胜利的原因。每次国际音乐家竞赛,胜利必属于苏联青年演奏家,这是众所周知的。

苏联青年音乐家在华沙、在维也纳、在布鲁塞尔的国际竞赛会上获得了一连串辉煌的胜利之后,西欧的音乐学者曾经竭力地探究巴黎某报所谓的这种“奇迹”的原因。

法国的反动报《洛特尔》在一篇关于伊萨伊小提琴竞赛的论文中，承认了“头奖为苏联公民所获得”，但认为这胜利的原因在于我们的小提琴家所使用的乐器上。该文中说道：“然而竞争者所使用的乐器何等美妙！他们能办到这样的乐器真是好运道！是谁给他们的呢？啊！是他们的政府给他们的。”该报的有眼光的先生们郑重地提出劝告：“在下一次音乐大竞赛的时候，要切记这教训。”

其实，问题并不在于苏联青年音乐家使用了政府给他们的宝贵的乐器，才获得胜利。反之，青年音乐家之所以能够使用提琴名匠的杰作，仅不过是苏联艺术家特别受到关心的表现之一种，是对于青年艺术家的新的、社会主义方式的培养的事实表现之一种而已。

大家都知道：在国际音乐家竞赛中，获得胜利的不仅是苏联的小提琴家而已，苏联的钢琴家也是获得胜利的；他们当然没有随身带着钢琴，他们所用的钢琴是评奖委员会供给他们的……

由此可知，问题全不在于乐器，而在于音乐家本身以及保证音乐家有全面的、调和的艺术发展的条件。参加布鲁塞尔的伊萨伊小提琴竞赛会的人中，有一位西欧青年音乐家，伤心地告诉奥伊斯特拉赫说：“你们好，你们有国家照顾，而我必须从每天的工作中抽出两小时来，预备我的出席竞赛。”——他用这话来严厉地控诉了冷酷无情的资本主义制度以及一切资本主义的国家，这种国家，正如当时《真理报》上所说：“是极大多数的天才人物的凶恶的继母。”

我们的青年在国际竞赛会和节庆会上屡次得胜，在布拉格一九四七年及一九四八年的音乐节上的再度得胜，其原因在于：苏联政府——这世界历史上第一个社会主义的社会——能保证音乐青年的高度思想的发展；再者(也是历史上第一次)，天才的青年男女，不是贪婪的企业家的无耻的剥削对象，而相反地，常常受着国家的照顾和整个苏维埃社会的爱护与关念。

在苏联的音乐学校里、音乐院里，一切培养苏联音乐干部的地方，人们都在真正的创作自由的精神中受着教养；这精神使他们骄傲地认识到，即艺术是属于人民的，而艺术家是用自己的技术和才能来为人民服务的。

苏联青年音乐家不须仰求于所谓“文艺保护者”的富商们的侮辱人格的援助，这些人“施恩”于青年天才，而要出卖艺术家的灵魂和创作，以满足醉饱的资产阶级的“优秀分子”的歪曲的趣味和要求。苏联青年音乐家不须把自己的创作自由卖给那些先生们，即列宁所说的，那些要求“装着框子的春画、和形似‘补充’‘神圣的’舞台艺术的卖淫”的先生们。

这意义多么重大，我们即使根据下面的情况，就可以判断了：在资本主义社会里，体验到钱袋和思想的压迫的，不仅是青年的、初出茅庐的艺术家而已，资产阶级艺术中已享荣誉的艺术家，也都是体验到的。

日丹诺夫同志在联共（布）中央召开的苏联音乐工作者会议上的有名的演说中说过：“至于现代的资产阶级音乐，已经堕入衰败和崩溃的状态中，所以这些音乐是毫无用处的。”这句话十足地适合于现代资产阶级音乐青年的创作，而如下文所述，尤其适合于资产阶级的青年作曲家的创作。在艺术中，同在其他任何社会事业中一样，阶级斗争的规律也起着作用；我们全然不能想象：青年是阶级以外的社会团体，是因他们的年轻而进步的。资产阶级的青年在音乐中也反动，同他们的父亲一样；而他们的颓废倾向的表现，比他们的父亲们反动得更厉害。在西欧诸国和美国的音乐艺术中，也有前进的音乐家，在与资产阶级趣味的支配力作斗争；但是他们还没有充分的影响及于资本主义教育青年的制度，这种制度是培养音乐干部,在资本主义国家中作颓废派的支柱的。青年的反动分子受了资产阶级政府和资产阶级的领导者的鼓励,便不择手段地来攻击进步的民主分子,发表法西斯的和宗教神秘观点的言论。

资本主义国家的青年作曲家的情形,比演奏家非但没有好,而且更坏得多。演奏家还可以演奏些古典音乐作品,为自己的创作力找一个“通风口”;而作曲家创作音乐,必须适合那般组成资产阶级“优秀分子”的“拔萃”的绅士们的趣味和要求。资本主义国家中,敢公然反抗资产阶级趣味独裁的音乐家,不能把自己的意见发表在资本主义的报刊上……资产阶级的思想家关于“言论自由”的夸谈,同他们所说的艺术的创作自由一样,也是虚伪的骗人的话。

然而个别的反抗的声音,也能从资本主义国家的音乐界中传达到我们的耳朵里,虽然很少,又很低微。在西欧存在着一班青年音乐家,他们反抗强迫作曲家制作野蛮的不入调的东西来代替音乐的那些美学的势利之徒的专制。这些作曲家的声音,证明了在资产阶级社会中压迫艺术家的创作的、资本主义的压榨机的可怕的重力。

美国的杂志《音乐评论》一九四七年三月出版的一期中,有瑞士青年作曲家兼钢琴家列奥·那杰尔曼的一篇文章,讲得很有趣味。

在我们苏联人,这样的社会情形是非常难于想象的:作曲家倘要制作美好的旋律的音乐,需要特别的大胆,甚至果敢的勇气。反之,制作丑恶的、畸形的、不美的音乐,却受到奖励而被誉为天才的表现。西欧和美国艺术的审美规则正是如此。

列奥·那杰尔曼断言道,全能的“精神的优秀分子俱乐部”要求音乐家著作“最可怕的不入调的东西”,决不容许纯朴的、美丽的音乐。他说,“制作悦耳的音乐”竟是危险的事,因为“优秀分子”的代表者们的诅咒威胁着作曲家。(这些代表们像从事运动一样从事于“追寻作品中的其他的影响”,即从事于追求从前的诗意的音乐的反响。)“美学的势利之徒的诅咒”——这是很现实的危险。说起作曲家的时候,倘说这作曲家是属于新浪漫派的(关于写实派更不用说),“比骂他毫无才能还要厉害”。

由此可想而知,当报刊、音乐机关、音乐剧院和出版局落在这些资产阶级势利之徒的手中的时候,像上述一类的宣判就可以使得这作曲家失去他的职业,而宣告他的饥饿和贫困。列奥·那杰尔曼没有明言,然而他也写道:“欧洲的作曲家必须(这二字上重点是我加的——原注)不惜任何代价以求新奇——即使拿美金作代价也可以。”

不需要十分的明察,便可想见:违背资产阶级势利之徒的“暴虐的权威”,而拒绝偿付这么高的代价以求虚伪的“新奇”的作曲家,处身于甚样的境遇……试看列奥·那杰尔曼竟也对于自己的大胆感觉到恐怖,而在保护听者对于欢乐悦耳的音乐的权利时,是何等胆怯,在反驳“傲慢的天才者”(我们必须在括弧中指出,这是他们自命为天才者)的看轻人民大众的利益的权利时,又是何等地小心。

听者有听赏欢乐的音乐的权利,对于这权利的怀疑,在我们是不能理解的。伟大的别林斯基的话——“人民或社会是最良好的、最正确的批评家”——是我们的定理。我们是另一世界里的人,在这世界里想到罪恶可以成为诗的表现,就会引起嫌恶之感。我们是这样的世界里的人:在这世界里,对于沾着某种丑恶的人完成了另一种更坏许多倍的丑恶而反能被社会看重的事,是无论如何不能同意的。

我们是这样的世界里的人:在这世界里艺术家的灵感不是也不能是可耻的商贾的目的物;在这世界里用金钱来计算作曲家的公开的评价(某某人值多少美金!)是被认为侮辱的。我们再也想不到——美国的报刊上真果会写出来,作曲家斯特拉文斯基[1]值十万美金!而斯特拉文斯基不认为是受了侮辱,并不向那卑鄙的编者办交涉,大概他认为这价钱是很高了……

然而,别人可能对我们这样说:在现代的西欧和美国的作曲家中也有青年人,而且我们自己也在这里引证了瑞士青年作曲家所说的话,这位作曲家无论怎样总批评了现代资本主义国家的颓废派的音乐艺术。然而列奥·那杰尔曼的话,只是表明了资本阶级艺术的没落和颓废派压力的沉重。

对于新的社会主义社会的、上升的、强健的、充满生命的力量的一切恶毒的怨恨,朽腐的、垂死的,然而痉挛地抓住着生命的资产阶级社会的一切虚弱,以及资本阶级社会的一切伪善,都表现在资产阶级颓废派的创作中。

现代资产阶级颓废派的音乐艺术中最典型的一种现象,可说是对于各种神秘主义、心灵主义和各种宗教迷信的倾向,甚至想复兴原始的妖术、魔法的邪教崇拜。

颓废派音乐青年表现出许多这一类的"观念"的范例。可以举作例证的,是在欧洲的资产阶级国家和美国很有名的,大作广告的、巴黎的作曲家集团"青年法兰西",这团体以奥利未·梅先为首,其同派有安特雷·若利未、伊未·波特利和达尼哀尔·雷修尔。这集团并非"青年"的,也并非法兰西的。其中并无一丝法国人民的气概,并不能使人联想到那产生工人作曲家彼埃尔·狄盖特——无产阶级的《国际歌》的作者——的法国,并不能使人联想到培利俄兹和比才的法国。反之,在这

[1] 反动的俄国作曲家。——译者注

集团里所表现的法国，是戴高乐将军的、该死的赖伐尔的、研究哲理的流氓萨尔特尔的和卑怯的叛逆诗人吉奥诺（和他的卑劣的座右铭“活的卑怯者胜于死的英雄”）的法国。

这集团的首领奥利未·梅先已经不是很年轻的了，但他被认为是颓废派音乐青年的领导者。他宣称，天主教的思想是他的音乐创作的基础。梅先坚决表示，说他真心地相信世界的末日（他的主要的作品之一叫做《世界末日四重奏》），相信神圣的圣者遗体的“永恒的美”，相信神圣的三位一体和“伟大的赞词亚门”（“亚门”是基督教祷告的最后一语——译者注）。梅先的创作灵感的来源，据他自己说，是福音书、启示录，中世纪天主教哲学家——“天使博士”福马·阿克文斯基——的著作和与此相类似的“源泉”。这种“灵感”所产生的结果真正是灾殃——梅先的音乐佳作使人听了立刻想起日丹诺夫同志所说的钻孔器——“音乐的杀人者”。要找到一个感觉正常的人，而能从头至尾听完梅先的大作广告的《世界末日四重奏》的，是不可能的事。这里面有锯牙齿的声音，又有单簧管的像猫叫的声音，又有大提琴的一种可怕的声音，又有弹不入调的和弦的钢琴声音，听了使人觉得牙齿痛，又使人战栗。只有一种东西，我们在梅先的创作中没有发现——具有和谐而美丽的和声、唱歌似的旋律和优雅的节奏的音乐。我们在这里只能找到没有任何音调意义的、粗暴的混乱。

另外一位现代法国青年作曲家的代表者——安特雷·若利未——的特色，也值得指出来。据他自己说，他主张音乐“是魔术的表现，是献给最直接的集体宗教感情的形象的咒语”。为了要达到这目的，安特雷·若利未在“异国风的”、原始民族的音乐中搜寻了某些魔术的节奏和音响的效果，以模仿海洋群岛上的魔法师和妖人的手法……

这也是一种极端的反动主义,但这还不算是颓废的资产阶级青年中的特异的例子。而且还不限于青年人是这样。美国还有一种"交响乐"作品,是为仅由打击乐器组成的乐队而作的,这些打击乐器是:大鼓和小鼓,大锣和小锣,各种各样的转鸣器,铙钹,三角铁,以及其他发噪音的乐器。

这也是颓废派的人们想要回复到初民的野蛮和粗陋的原始的衷心愿望的表现。这也就是高尔基在二十年前曾经用天才的明察的眼光在其论文《胖子的音乐》中指出过的现象。

高尔基写道:"这是从米奴哀的优美和圆舞曲的生动的热情到却尔斯东[1]的痉挛和狐步舞的犬儒主义的进化,这是从莫差特和贝多芬到黑人的爵士音乐的进化。黑人们看见他们的白种统治者们向着美国黑人所久已离去了的野蛮道路而进化,一定在那里窃笑。"

人类的精神世界的财富,人类的思想、感觉和感情的力量,社会生活的无穷尽的变化,现实生活中所发生的千万种戏剧的际遇和体验——这一切都存在于资产阶级颓废派青年的趣味的域外。在他们的脑筋里只有一种思想,一种愿望——搜求、发明另一种能够激动"优秀分子"的迟钝感觉的、惊人的、形式上的音的结合,并找求一些题材,按其不道德和丑恶性胜过一切已知的卑鄙的。这当然也是有用意的,而且有很明显的用意。资本主义需要一种艺术,要能麻醉听者,使听者茫然自失,而把他们从生活和现实的思考中拉开去的。那种完全不像艺术的爵士音乐和"长篇的"学院形式的音乐,都是为达成这目的而服务的。

资产阶级颓废派青年的创作,显示了他们的审美的和道德的极度堕

---

[1] 一种舞蹈。——译者注

落的特性。

美国青年作曲家强卡罗·美诺提的歌剧《招魂者》可以作为实例。美国的报刊上称扬这个新出现的颓废派“天才”和他的丑恶的作品,把他捧到了天上。这作品可说是资产阶级社会的审美感的愚钝和丧失的极度表现。

这“歌剧”的内容大约是这样的:一个能招灵魂的女子,由她的女儿莫妮卡和一个聋哑的仆人的帮助,能够把已死的小孩的灵魂从阴世招回来;小孩的声音就是由莫妮卡装出来的。舞台上聚集着许多悲伤的父母亲,大家请求这招魂女,要她介绍和他们的已死的小孩“相会”。

歌剧的前面有一个序曲,好像追悼曲。大提琴上装了弱音器,奏出一个主题,使人听了全身的血要冻结,毛发都要竖起来。在歌剧中还有莫妮卡和聋哑人的互相的热恋。莫妮卡唱她对聋哑人的恋慕的歌,又唱聋哑人对她的恋慕的歌,因为聋哑人当然是不能唱歌的。

后来舞台上出现了喝醉的招魂女,她向那些啼啼哭哭的父母亲坦白,说她是一个女骗子,无论活的、死的小孩都不会招来的。后来用手枪把聋哑人打死了。

对于美诺提的歌剧的音乐价值,在这里全无品评必要——不值一文。这是必然无疑的。艺术家是不能从龌龊的低级的东西获得灵感的。美诺提这个人,只是一个很熟练的工匠,他全然不是艺术家,和他的一切颓废派同志一样。

也许会有人问我们:在现代资产阶级青年的创作中,除上述的东西以外,难道全然没有较严肃一点的东西么?有的,有较严肃的,但是没有较健全的。

英国青年作曲家本加明·勃利登的歌剧《彼得·格莱姆斯》,是比美诺提的《招魂者》较严肃的作品;但它的心髓也是腐败的,仍不免带着一种衰朽的死灭的颓废气象。这是无鱼国里的虾,是无鸟国里的蝙蝠。这歌剧是在第二次世界大战中所作,一九四五年第一次在伦敦的舞台上演出。英国的批评家宣称:歌剧《彼得·格莱姆斯》是英国音乐上的有历史性的事件;同时又郑重地指出:《彼得·格莱姆斯》在不列颠音乐中,具有与格林卡的《伊凡·苏萨宁》在俄罗斯音乐中同样的意义。因此我们有权利来希望:在勃利登的歌剧中应当是发展着伟大的历史事件,表现着民族英雄,沸腾着伟大的热情。然而这些完全没有。这位英国青年作曲家在世界大战最紧张的时候作这歌剧,而取乔治·克拉勃的诗篇作题材,这诗篇中的事件是发生于前世纪的三十年代的。这诗篇中的人物渺小而不足道,同发生这歌剧事件的渔业小市场勃罗乌地方一样。歌剧的中心人物彼得·格莱姆斯也毫无一点英雄气。他是一个神经衰弱病患者,可怜的失败者,对于人世的斗争毫无能力的人。结果他死在他和那小地方的群众之间所发生的纠纷中,那些群众也是同他一样地渺小而鄙俗。

这歌剧中其他的人物也毫无英雄气。年长的学校女教师爱伦·奥福特(勃罗乌地方唯一的对彼得·格莱姆斯表示一些类似好感的人),裁判官斯伐娄,寡妇谢特利——这些人都仿佛蒙着一层灰色的尘埃,没有个性,好像磨光了的小铜币,在这上面不能辨别造币的年月和纹饰。

在这样一群平凡而庸俗的人物里有什么能牵引艺术家的兴味呢?据西欧音乐学者雷格美所下的定义,这歌剧的音乐完全是"多种式样的要素所合成的镶嵌细工,从流传的城市小曲直到最纯粹的'无调性的'和不合音调的插曲"。可知雷格美明明是同情于这歌剧的作者的!在他的话中应该添加的是:这一切"多种式样的要素",除企图用特别的"独创性”来使听众茫然自失之外，并不结合任何思想。冗长而厌倦的宣叙调，暗淡而无聊的合唱，使歌剧缺乏趣味，令人难堪。而主角的歇斯底里的发作，可说是具有“临床讲义的兴趣”。

这里所举的例，已可充分表出西方资本主义国家资产阶级颓废派青年的创造的特性，虽然这样的例子再举数十个也不难。资本主义国家艺术文化的堕落与退化，已经达到了那么深的程度，以致个别作曲家的一定程度的才干已经不能起作用，完全不能改变事实。根据我们所知道的本加明·勃利登的别的交响乐或室乐作品而判断起来，他的富有才能是无疑的。然而，勃利登的才能已经完全残废，这也是无疑的，资产阶级的唯美主义的独裁在这里，同在别处一样，以“毁形专家”的身份山现了(像雨果的“贩人者”一样)，而且，照我们想来，他的事业已经完结了——这也是无疑的。

我们对于身受这种酷刑的作曲家并不感到同情。因为他们并不为了他们的才能的被摧残而斗争，却心服情愿地遵守资产阶级颓废派审美学的一切野蛮的规则。他们——资产阶级艺术的年青的干部，和他们的阶级血肉相连的——是艺术中一切前进力量和一切真正的进步性的最活动而最恶毒的敌人。

许多颓废派艺术的“青年联盟”发出宣言，明白地鼓吹向原始主义的甲壳虫似的进行，使人类社会史的最阴暗时期——中世纪——实现理想化，卑鄙地嘲笑人类的最神圣的理想——爱祖国和爱自由，痛恨工人阶级和一切纯朴的劳动人民。——凡是读过他们这些宣言的人都承认：资产阶级颓废派青年的所谓青年，只是生物学上的、年龄上的特征而已。

实际上，这些年纪虽轻而已经半死半活的颓废派人物，比他们的父亲更老，比他们的祖父更衰朽。资产阶级已经没有能力建设艺术的价值。在资产阶级社会史的这个时期中,充分地、断然地表现了马克思所说的原则:“资本主义的生产,对于精神生产的某些部门,例如艺术与诗歌,是敌对的……”在资产阶级的青年一代的创作中,这原则非常有力地作用着;因此,颓废派的“创作”已经不是艺术了。

当然,在资本主义国家中也有创作的力量。这便是劳动者的力量,这便是被注定作为资本主义的掘墓者的那种阶级的创作干部。同他们连结在一起的,是进步的知识分子的优秀代表,这些知识分子认为只有在根除了资本主义的社会里,方才能有为人民服务的艺术的真正的自由。未来是属于他们的。我们眼见着新民主主义国家的创作的发展,我们眼见着从资本主义制度的压迫中解放出来的人民的力量何等丰富,在这些国家中人民艺术展开了何等广大无边的发展的前途。

* * *

我们说过,资本主义创造了他们自己的教育方式来培养青年艺术家、音乐家和各种艺术的代表者。但是青年艺术家的教育,是不能限定在学校范围内的,而且在无论何种情形之下是不可能限定在学校的范围内的。反之,学校本身只是艺术家的社会政治教育的最重要的机构之一,所以当然不能只限于它的专门的学习。校内及校外的现实和社会生活教育艺术家们,形成他们的思想,确定他们的心理性格,供给他们创作思想、制作心情,以及他们的艺术事业的生活的内容。

照别林斯基的英明的定义:“谁有天才,谁是真的诗人,则其人必定是人民大众的!”这就是说,倘艺术家违背了人民大众的趣味和要求,倘艺术家轻视人民大众,而用造作的形式创作的虚妄的“生活”来代替活泼的、热情的生活,倘艺术家为反动的、反人民的势力服务,——那么他的创作就将变成缺乏一切有生气的基础的、畸形的颓废派的表现。

这样看来,我国的对艺术家的教育方式和资本主义国家的教育方式的根本差别,就是社会主义和资本主义的社会组织的根本差别。因此,苏联音乐青年的教育方式,和资本主义国家的音乐青年的教育方式,就处于完全相反的地位。在他们那边,故意把青年音乐家养成"丑恶的个人主义者",养成眼界狭隘的人,这些人的一切思想集中在功名的考虑上,而他们的艺术"理想"只追求着虚伪的、形式主义的新奇和音乐中的颓废派的"怪音"。

在这些青年艺术家的意识中,关于人民大众的艺术的概念渐渐地消灭,而换了一种神秘的公式,认为艺术家有传教的使命,他们高出在人群的"卑贱的外行人"之上,而专用他们的艺术来服侍超群的贵族。所以,在西欧和美国的颓废派音乐家中,这样流行尼采的哲学和它的厌世的、对"超人"的崇拜,不是偶然的事;他们企图把全部艺术史装在法国美学家布伦涅尔的公式中,也不是无故的——布伦涅尔的说法是:"我们要做得和前人不同——这就是趣味变换的起源和规律,也就是文艺改革的起源和规律。"显然的,这里已经没有国籍思想,没有民族观念了。

资产阶级的世界主义者就是这样教育出来的;所谓世界主义者是甚样的人,很可以用古代作家的话来说:"他们看一切国家同祖国一样,只要在那里他们能找到自己的利益;因为他们的祖国不是一个国家,而是一笔财产。"

没有民族观念的世界主义者,无论在何种表现上——在文学或艺术上,在科学或政治上,——在现今都是英、美帝国主义的工具;英、美帝国主义靠这工具的帮助而企图在思想阵线上发生牵制作用,削弱人民保卫国家主权的意志,偷换他们的爱国的、民族自尊的感情,而使他们向美国资本作奴隶的屈膝。

这没有民族观念的世界主义,是与野兽般的狭隘民族主义相结合的:“世界的公民”忽然变成了仇视一切语言不同的人的国家主义者,变成了希特勒式的种族主义者。

不言可知:这没有民族观念的、资产阶级的世界主义,是无产阶级国际主义的不可和解的敌人——我们的一切青年(包括音乐青年)都是在这无产阶级国际主义的精神中教养起来的。

这世界主义和国际主义的极端的对立,在艺术发展的原则中就很明显地表现着。世界主义在艺术中的表现,必然具有这样的特征,即创作中失却民族性,语言中全无生气,全无意味。这在音乐表现中,同在绘画和文学的表现中一样。不可理解的、无关联的、神经错乱的表现——不但在现代主义者的音乐中如此,连必须有生动的语言的诗中也如此。

著名的俄罗斯艺术批评家斯塔索夫说得真不错:“读颓废派文学家的作品,看颓废派艺术家的绘画,好像参观疯人院。”关于颓废派绘画展览会,斯塔索夫写道:“也许——而且实际上也是——拿疗养院的病房来举行展览会,适当得多。因为这展览会中所陈列的都是残废的、畸形的人,头额破损的、脑子没有的人,眼睛、耳朵、鼻子歪斜的人,手脚屈曲的人……他们都需要用纱布绷带来绷扎,用大瓢来把药水灌进喉咙里去。”

这种“革新”,如日丹诺夫同志所说,是“作疯狂的胡闹的表现,例如画一个女子有一个头和四十只脚;一只眼睛在看我们,另一只眼睛却望着阿尔札马斯。[1]”像这类“革新”,显然不能成为艺术。只有具有民族语言和民族艺术形式的民族艺术,才是有生命的艺术;也只有这样的艺

〔1〕 阿尔札马斯是城市名,因其字尾与原文中“我们”(Нас)相押韵,故采用之以增加讽刺意味,并无特别含义。——译者注

术才是真正的国际的艺术。“艺术中的国际主义,不是从民族艺术的缩小和减弱的基础上发生的。反之,国际主义发生在民族艺术旺盛的地方。”日丹诺夫同志在我们前面曾经引证过的联共(布)中央召开的苏联音乐工作者会议上这样说。

也许有人要问:这本小册子是奉呈于在仇恨资产阶级世界主义的、真正国际主义原则之下教养出来的苏联音乐青年的,是奉呈于以布尔什维克党的艺术原则为一切实际的艺术创作的根基的青年的——那么我们为甚么在这小册子里这样详细地叙述这一切呢?须知我们的青年音乐家、党员、青年团员和无党派的青年,都是在布尔什维克党的领导之下教养起来的,是渗透了苏维埃爱国主义的战斗精神和苏维埃人的高度的国家自尊感的。

我们应该夸耀的,不但是苏联青年音乐家的创作的成功,还有他们的不可破坏的精神的健康,没有这健康是不能有那创作的成功的。我们还有权利来夸耀:在伟大的卫国战争中,有许多青年音乐家放下了乐器而拿起了步枪。不只一个苏联青年音乐家光荣地牺牲在保卫祖国的战争中!

然而,倘使我们闭着眼睛不看我们的音乐艺术的缺点,和我们的青年音乐家的学校教育和创作中的缺点,那么我们就将变成不良的布尔什维克党党员了。

在一九四八年二月十日的联共(布)中央关于穆拉得里的歌剧《伟大的友谊》的历史性的决议中,揭发了现今苏联音乐的不良情形,指示了走向我国音乐的全面创作的盛期的唯一正确的道路。这决议中说道:“苏维埃音乐中这种恶劣的、反人民的、形式主义的偏向,对于在我国各音乐研究院内,首先是在形式主义偏向占统治地位的莫斯科音乐学院(院长舍巴林同志)内培养和教育青年作曲家的工作,同样起着极有害的影响。那里,不在学生们中间培养尊重俄国和西欧典型音乐优良传统的心理,不训练学生们去爱护民间的创作和爱护大众的音乐形式,因而使各音乐院许多毕业生的作品都无非是萧斯塔柯维奇、普罗科菲也夫等人音乐作品的盲目摹仿。”

联共(布)中央关于穆拉得里的歌剧《伟大的友谊》的决议发表后,已经过了一年。莫斯科音乐学院的形式主义的领导已经有了变更,音乐学院的工作也改善了。然而必须记得:形式主义的倾向存在于苏维埃音乐中已有多年,还在一九三六年,《真理报》上发表过一篇有名的论文《嘈杂代替了音乐》;是反对萧斯塔柯维奇的歌剧《穆金斯克县的麦克白夫人》中的形式主义和自然主义的畸形发展的;过了十二年之后,日丹诺夫同志断言:“当时所指责的音乐中的倾向,现在还活着,非但活着,而且赋予苏联音乐一种色调。”在按照联共(布)中央的指示而刊载的《真理报》的这篇论文中,指责了苏联音乐中的形式主义的倾向,这倾向曾经经过长年的发展,而且密切地关联于西欧的资产阶级颓废派音乐。

在这里没有叙述苏联音乐中形式主义倾向的历史的必要——我们只须注意,这种外来的、与苏维埃思想、苏维埃艺术完全敌对的倾向,明显地是一种思想上的走私的输入品。尤其是在一九〇七至一九一七的十年间,即高尔基所称之为“俄罗斯知识分子的历史上最耻辱、最无能的十年”间,革命以前的俄罗斯现代主义(其中包括音乐的现代主义)的领导者们,一开始就发表了放肆的言论,劝人向堕落的外国资产阶级文化作种种奴隶性的、屈膝的行为。

然而它的最深的堕落的特征,在前世纪的后半中已经显出;俄罗斯文化界所有重要的代表人物,例如斯塔索夫、利姆斯基-科萨科夫、柴科夫斯基、塔涅耶夫等，都清楚地看到，正确地评论过。

音乐中的所谓“俄罗斯现代主义”，只是名称上的“俄罗斯”而已。实际上这是外国的植物，移植在俄罗斯土地上，完全不能隐蔽它对于国家独立的俄罗斯文化的敌意，对于实际促成世界音乐真正前进的俄罗斯古典音乐的敌意。现代主义者们一方面把西欧现代主义的偶像——雷格尔，所谓“无个性”乐派的首要的理论家和作曲家射恩柏克、斯特劳斯——捧上了天，一方面厚颜地嘲笑伟大的谟索尔格斯基的创作的“粗陋”；他们由彼得堡的音乐学者卡拉得根宣称柴科夫斯基是“平凡的天才”，又不绝地证明俄罗斯音乐文化近似于偏狭的、琐鄙不足道的。

还有一件事不容放过：二十年代间宣传形式主义音乐的、所谓“现代音乐协会”的组织，公然自认为“现代音乐国际协会”的支部，协会的本部设在巴黎。这团体的纲领，根据协会的观念论者之一——后来的白系亡命者萨巴涅耶夫的宣言也就可以判断了。萨巴涅耶夫写道：“音乐是音乐——这同语反复的意思就是说：音乐不是一种观念……而是一种纯粹的声音的组织……这是一个孤立的世界，要从这世界里突破出来而进入于论理和观念，只有用人工的、强制的方法才能成功。”隆巴涅耶夫这些话，几乎是射恩柏克和其他许多外国的形式主义领导者的宣言的忠实的俄文翻译。

这颓废派的理论的“翻案”，在某一个时候，曾经在苏联音乐上占据很有势力的地位，形式主义者在那时已经努力地要使有天才的苏联音乐青年服从他们的势力了。在这一方面他们获得显著的成功，他们使得许多那时还年青的作曲家的立场固定在资产阶级的西方，而使苏联音乐文化遭受很大的祸害。我们都知道，这产生了什么样的结果。

在多年的长时期中，形式主义音乐学者和作曲家在苏联音乐中作了资产阶级势力的向导者,而我国的作曲青年的教育也大受其害。许多青年作曲家在音乐院里就沉浸于现代主义的观感中,他们的创作失去了一切独立性,只是他们的教师的形式主义的样本的依赖性的抄写而已。

莫斯科有一位音乐学者说得很对:“这些青年的青春已被掠夺去了。”的确,在他们的作品中,可以感觉到一种萎靡、冷淡、缺乏青春的热情;对于青年艺术家,有时因了他具有青春的热情,可以原谅他的技术的不完全,因为技术的不够格是可以补救的(这种说法是完全正确的)。

这班青年作曲家所作的奏鸣曲、室内合奏曲、交响乐作品,甚至歌曲和抒情曲,都使人觉得颇像复杂的画谜,而不像艺术作品。

被形式主义的教养所摧残了的作曲家的创作的依赖性,当他们在创作过程中处理民间的主题的时候,也许更明显地表现出来。

这里必须作一个简短的说明,俄罗斯音乐经典是基于民歌创作的传统的,这是别国所没有的。斯塔索夫写道:“没有一国的民歌能像在我国民间那样曾经具有,而且现在具有重大的作用;没有一国的民歌能像我国的那样丰富、有力,而且多样。这使得俄罗斯音乐具有特殊的性质和相貌,而使它担当特殊的任务。”

不必一定是专门音乐家,一般人都能在格林卡、达尔各牟希斯基、谟索尔格斯基、利姆斯基-科萨科夫、柴科夫斯基的一切最重要的作品中听到最美丽的民间曲调,而发现它们常常被用为交响乐的、歌剧的、四重奏的、钢琴的、小提琴的作品的基础。即使在这等伟大的作曲家没有运用真正的民歌主题的时候,他们的音乐也建立在民间的音调上面,而且音乐自身常常作为民歌的源泉。我们不必举实例,因为差不多俄罗斯古典作家的每一个作品都可作实例。

由此可知,在生长而教养于俄罗斯古典音乐的优越传统中的苏联作曲家看来，自由而熟练地掌握民歌的生动的语言，便是艺术的技能的标准。（当然，这对于苏联各民族的作曲家完全是同等的。）

然而也正在这点上包含着青年音乐家——形式主义的门徒——的不幸：他们被教养的环境是远离俄罗斯古典传统的；他们的一套虚拟的标准，削弱了他们对于民歌的曲调的听觉和趣味；他们已习惯于奇怪的思想，认为一切的错综复杂便是技术增长的证据，而那些流畅的、富有表现力的曲调已经过时，没有人再需要它了……

受过这种是非颠倒的美学教养的青年音乐家，当他们偶而从事处理民歌主题的时候，必定遭受惨烈的失败，而他的作品有意无意地变成了对于民歌音乐语言的嘲笑。

一年之前，一九四八年二月十日联共（布）中央的历史性的决议公布以后不久，我们对于青年作曲家及莫斯科音乐学院的学生和研究生的创作，获得了亲近的认识。其中有一个作品——音乐学院的高才生青年作曲家所作的弦乐四重奏——特别使我们吃惊。在这四重奏中，作者采用着两个民歌：古老的结婚歌《从山外，从山外，从高山外》和很古的歌调《哎，唷杭》。这两个主题都被俄罗斯作曲家应用过不止一次，而其中的第一首《从山外》是俄罗斯交响乐曲中最伟大的杰作之——格林卡的《卡马林舞曲》——的构成的一部分。照理想来，这该是青年作曲家的最可感谢而最重要的任务。

然而结果怎样呢？最后，当这四重奏的第三乐章中出现这两个主题的时候，听者只觉得是死板的机械的结合，是被歪曲了的声音的怪相。美丽的、富有诗趣的歌曲《从山外》仿佛失却了它的令人神往的纯朴与温暖。歌曲《哎，唷杭》失却了使人增加力量、使人一致兴奋的作用。但在格拉祖诺夫的作品中，这曲调却具有威严的力量，令人感到制作这短短的曲调的人民的巨大的雄力。

在这青年作曲家的四重奏中,这一切力量到哪里去了呢?我们在这里感觉不到真诚的热力,而只感觉到冷淡的打算,费脑的结合,簿记式的计算,即怎样使用这些歌曲,可以更有利于形式主义的目的……

这样取用民歌的办法,其来源是不难断定的。这也是资产阶级颓废派的一种思想走私品。匈牙利作曲家贝拉·巴尔托克当时曾经写过一篇机械地形式主义地袭取民歌主题的、很博学的“理论”。上述那种形式主义的作品,正是根据他的理论而如法炮制的。

自不必说,这是对民间制作的粗暴的功利打算和高度的侮蔑;这和一切俄罗斯民族音乐的天才者对于民歌这位音乐艺术的伟大的母亲所表现的深切的崇敬和真挚的子女之爱,全无一点共通性。

民歌主题的形式主义的利用,毫无一点创作的民族性的特征,这也是十分明显的。这只是现代主义的样式化,例如以反人民自夸的反人民作曲家斯特拉文斯基的作品中,这种东西是很多的。

我们引证这例子,是为了要指出:形式主义者的影响给我国音乐青年以何等巨大的祸害;倘使不经联共(布)中央委员会的指责与杜绝,则现代主义者的大胆活动的结果将何等地悲惨。

联共(布)中央委员会在关于穆拉得里的歌剧《伟大的友谊》的决议中,号召苏维埃作曲家“真正觉悟到苏联人民对音乐作品所提出的高度要求,把自己道路上凡是削弱我国音乐或妨碍我国音乐发展的东西铲除净尽,保证音乐创作急剧高涨,以资迅速推进苏维埃的音乐文化,并在音乐创作的各方面创造出不辜负苏联人民的优良完美的作品”。

中央委员会的决议公布后已有一年,在这期间,我国的音乐艺术上发生了许多事件,这些事件证明:苏联音乐界服从党的号召,把它看作创作工作的斗争的纲领——决定苏联音乐文化今后多年中发展的路程。一九四八年十二月间所组织的苏联作曲家协会本部大会确切地表现出："极大多数的作曲家真诚地坚毅地走上了现实主义的道路，"虽然其中有些创作中还存在着形式主义的错误。

大家所知道的，普罗科菲也夫的新歌剧《真正的人》，以波列伏伊的同名称的小说为题材的，便是形式主义的再犯。这歌剧被音乐界愤怒地拒绝了，但普罗科菲也夫这歌剧的出现却使我们警惕。

日丹诺夫同志警诫我们："必须注意到：外国的乖异的资产阶级的影响，将和某些苏维埃知识分子代表者的意识中的资本主义的残余相呼应，这种资本主义的残余表现在不严肃的、野蛮的倾向中，想用现代资产阶级艺术的可哀的、褴褛的东西来偷换苏维埃音乐文化的宝藏。"

联共（布）中央的决议公布后一年，竟有普罗科菲也夫的彻底形式主义的、胜过自然主义的细节的、反旋律的歌剧的出现；而列宁格勒的基罗夫剧院的艺术领导者指挥家海金——竟也积极筹备这歌剧的演出，并如此驱使剧院里的大群人员、优秀的唱歌者和管弦乐演奏员大家去从事这只能使一切健康人感到嫌恶的音乐工作，——这一切都证明：我们想安然坐享荣誉，时光还早得很呢……当然，这种现象是独一无偶的，无论如何，总是少有的。苏联音乐中有非常丰富的真正全新的、令人欢喜的作品，这足以证明现实主义和民族性的原则的胜利，足以证明丢去了形式主义的堕落的包袱的许多青年作曲家的勇敢和富有希望的前进的行动。

这些作曲青年的多民族性，是苏联音乐文化所特有的，而且仅有的显著的特性。实际上，在我国的作曲青年中间，差不多有着苏联一切民族的代表，而每一种民族在苏联民族文化的伟大的财富中，都是有分的。凡在沙皇俄罗斯时代所不能考虑的事，凡在资本主义国家所难以想象的事,在社会主义国家中都实现了。

我们现在听赏阿塞拜疆的优秀的歌剧演员舍符侃德·玛美多娃的演唱,深深地倾慕她的妙技;岂知这位伟大的女演员,三十年前在巴库第一次公开登场之后,不得不星夜逃出她的故乡,从愤怒的伊斯教徒伪君子手中救出自己的性命,因为这些伪君子要杀害这位丢弃了伊斯教徒的面纱而登场演剧的勇敢的少女。

我们不以为奇:交响乐指挥者的乐谱架前面站着阿塞拜疆青年、卓绝地演奏着阿塞拜疆青年作曲家所作的交响乐。我们确信地说"青年"作曲家,因为这位阿塞拜疆音乐家们的导师,苏维埃阿塞拜疆的优秀的作曲家兼音乐工作者乌齐尔·加吉贝科夫,是唯一的、在革命前就开始创作的阿塞拜疆作曲家。

在里海的彼岸,在中亚细亚诸联盟共和国中,我们看到同样的光景。在这里也有青年作曲家制作民族歌剧,以及各种形式的民族交响乐和室内乐。而且,我们要重复地说,一点也不足为奇:这些交响乐或歌剧是哈萨克的青年作曲家或吉尔吉斯的青年作曲家所作的。人民走过了多么远大的路程,不久以前连自己的字母都还没有,现在已经有了自己的民族歌剧交响乐,以及由音乐院培养出来的自己的民族作曲家和演奏家。哈萨克和吉尔吉斯的少女在柴科夫斯基的芭蕾舞剧中担任重要角色的舞蹈,著名的哈萨克舞蹈家莎拉在莫斯科演奏坛上出演,获得辉煌的成就。这里有一点值得惊奇——原来哈萨克人和吉尔吉斯人,差不多和苏联其他一切民族都不同,他们根本没有自己的民族舞蹈,虽然有着民族演出的丰富的造型表现。从前没有舞蹈——现在却有了。

当然,这样神速地完成的伟大的进步,只有在社会主义国家方才可能;而在这苏联全部民族文化的成功中担任重大任务的,是伟大的俄罗斯人民的兄弟之谊的助力。

艺术史家将不胜狂喜地记载:青年的和老年的俄罗斯与苏维埃作曲家如何帮助其兄弟民族建设他们的新的、苏维埃的、形式是民族的而内容是社会主义的音乐文化;年尊的格利埃尔如何运用人民音乐家所供给他的民族主题而制作阿塞拜疆歌剧;他如何与乌兹别克青年音乐家合作而创作了第一个乌兹别克音乐剧。将来的历史家必将记载关于俄罗斯青年作曲家符拉索夫和费尔献身于苏维埃吉尔吉斯的音乐文化,而为吉尔吉斯民族作曲家的教育作种种服务的事;关于俄罗斯作曲家勃鲁西洛夫斯基从青年时代就开始在哈萨克工作,会同了哈萨克青年音乐家而奠定哈萨克歌剧的基础的事;关于在塔什克工作的林斯基的事;关于对布略特蒙古的民族音乐有许多贡献的弗罗洛夫的事。

伟大的俄罗斯人民的创作上的帮助,不仅在那些在不久的过去才开始走上多声部音乐的、歌剧的、室内乐的(器乐的和声乐的)和交响乐的创作道路的民族音乐艺术中担任重要任务而已。乌克兰、白俄罗斯、亚美尼亚、格鲁吉亚、拉脱维亚、立陶宛、爱沙尼亚和其他一切加盟共和国的音乐文化,得到伟大的俄罗斯文化工作者方面的兄弟之谊的帮助,也是很多的。这些共和国的一切优秀的作曲者,都曾受教于俄罗斯的古典音乐家,这也不是偶然的事。的确可以称为“格鲁吉亚的格林卡”的、著名的巴利阿希维利,是新时代多声部音乐的最大技师——天才的塔涅耶夫——的学生和承继者。亚美尼亚的古典音乐家斯宾其阿罗夫是利姆斯基-科萨科夫的学生;乌克兰古典音乐家娄新科也是利姆斯基-科萨科夫的学生。

苏联一切民族的最伟大的作曲家,没有一人例外,都在其创作中极密切地和俄罗斯音乐文化相联系。这当然不是偶然的情形。作曲家和俄罗斯音乐相联系,不仅是因为俄罗斯音乐是艺术的现实主义的唯一的前进而伟大的派别,又因为(这是最主要的!)各民族的民族音乐和俄罗斯文化保持着最接近的亲戚关系,而这些作曲家正是这些民族的代表。

苏联各民族的永远的历史联系,反映在他们的音乐文化中,然而俄罗斯古典音乐的独一无二的特性,在这里也具有完全特殊的意义。在精神上和形式上都是充分的民族性的俄罗斯古典音乐,从天才的俄罗斯作曲家格林卡的时代起,早已因它的国际意味的特别的广阔而卓著了。

一切伟大的俄罗斯作曲家,都是热情的俄罗斯爱国者,他们热爱自己民族的艺术,而且也能理解并尊重别的民族的文化。所以,例如东方诸民族的旋律,常为俄罗斯作曲家所爱采用;格林卡在歌剧《路斯兰与琉德米拉》中,已经根据格鲁吉、鞑靼、波斯的曲调的研究而创作过交响乐的与声乐的天才杰作。步他后尘的,有波罗金(波洛维次阵营中的出色的一幕是音乐的东洋风的无可伦比的例范)、谟索尔格斯基、利姆斯基-科萨科夫(只举舍赫拉萨达一例已足)和一切其他的俄罗斯作曲家。因此,说到音乐的东洋风,实在只是说俄罗斯音乐,它的贡献那么伟大,故竟可以断言:在这里面奠定着苏联东方诸民族的交响乐和歌剧音乐的基础。

但我们不可单讲俄罗斯音乐中的东方的部分。乌克兰的民族主题,都巧妙地被运用在谟索尔格斯基、利姆斯基-科萨科夫和柴科夫斯基的创作中(如柴科夫斯基的《女鞋》)、利姆斯基-科萨科夫的《五月之夜》、谟索尔格斯基的《索洛钦市集》。巴拉基列夫的创作中辉煌地发展着捷克的和塞尔维亚的主题,波兰的曲调,几乎被一切俄罗斯古典音乐家所运用……

但倘要正确地理解俄罗斯作曲家运用其他各民族的音乐语言的工

作的本质和意义，必须知道有名的俄罗斯音乐学者拉罗希关于格林卡的《路斯兰与琉特米拉》中的非俄罗斯主题所说的话："路斯兰的音乐，即使是在表现完全非俄罗斯的民族性的时候，也仍不失为完全俄罗斯的。"这充分地符合于别林斯基所引证的、果戈理在《略谈普希金》一文中所提出的原理。果戈理在那篇文章中写道："诗人描写完全各异的世界，而用自己的民族本性的眼光来观看，用整个民族的眼光来观看；而他感觉和说述的时候，在他的同胞们看来仿佛是他们自己感觉和说述；在这样的情况下，诗人仍是具有民族性的。"俄罗斯古典作曲家运用别的民族的主题时，的确都是如此的；这意思是说，天才的俄罗斯艺术家把从别的民族的创作中取来的音乐的宝玉用心地加以琢磨，用艺术真理的新的、伟大的思想，用常为俄罗斯音乐文化的动力的民主思想来使它的内容丰富。

因此，一切民族的音乐艺术的优秀的代表者，要到音乐文化在俄罗斯古典作家的民歌传统中达到最高度发展的地方来学习音乐创作的艺术，这是自然的结果。苏联各民族的作曲家现今所创作的一切优秀的作品，和这传统保持密切的关系，这也是自然的结果。我国的青年作曲家们一定都理解这一点。

*　　*　　*

在这篇文章中，我想简要地向读者介绍几位最近特别显著地露头角的青年作曲家。但必须预先说明：我们所讲的将只限于青年的名家。在我们的音乐学院中，有许多天才的、未来的作曲家在那里学习；但我们要等他们离开了学校之后再说到他们。

青年的、开始创作的苏联作曲家，在创作发展上是有着非常优良的环境的。旧时的俄罗斯作曲家，必须用最大的辛苦，有时要蒙受重大的损失和苦痛的卑屈，才能为自己的创作打通向舞台或演奏坛的道路——

他们是梦想不到我们的环境的优良的。试读任何一位旧时的作曲家的自传,便可看见他们的生涯何等艰苦。伟大的格林卡,这位天才人物,也曾受法国化的贵族阶级的诽谤,说他的歌剧《伊凡·苏萨宁》是“马车夫的音乐”。而他果敢地回答这班镀金的朝臣们道:“这话很好,而且很正确,因为依我看来马车夫比他的主人更有能力。”

《路斯兰与琉德米拉》的上演,被他们故意用使人嫌恶的舞台装饰,并无理地删改,使得作品变成畸形怪状。

读到下面的记载,谁也不能不愤慨:帝国剧院的领导者们愿为毫无价值的意大利歌剧化费大笔费用,而当可使俄罗斯歌剧骄傲的、达尔各牟希斯基的《美人鱼》演出的时候,却用各处搜集来的油污的服装,把舞台装饰弄得散乱无章,而在歌剧的最后一幕,描写水底王国的地方,据达尔各牟希斯基说,放下两个木制的海底动物的剥制品来,形似有胡须的大鲈鱼……

但这些还不是最坏的。优秀的俄罗斯作曲家和音乐学者谢罗夫在四十三岁上看见自己的歌剧《尤提弗》上演之前,生活贫困,甚至挨饿,不得不当一个邮政局的小职员,完全是为了面包。柴科夫斯基也贫困,不得不接受富豪的文艺保护者梅克夫人的援助。关于为自己的作品(有时是极天才的作品)找求出路的作曲家的艰苦的情形,一言难尽。

然而,不要以为只在旧时俄罗斯有这种情形。完全不然。莫差特几乎是在赤贫中死去的,被埋葬在公墓中;因此,到了前世纪五十年代当人们决定要在莫差特的坟上立纪念碑的时候,这位伟大艺术家的坟墓已经找不到了。

大家都知道这样的事:有一次,警察在维也纳拘禁了一个形近浮浪汉子,因衣服褴褛而被视为形迹可疑的人。这人的名字就叫贝多芬。

在富庶的巴黎城中，徘徊着一个穿一双破靴和一件褪色的旧外套的人，这人的名字叫培利俄兹。舒柏特在三十一岁上就因疾病和贫困而死去。

关于在无情的金钱的世界中受苦的天才艺术家的事，写起来可有一大册书。但在我们苏联人看来，这一切都是不能忘却的历史的遗产，虽然在苏联的现实中没有，也决不会有使我们再联想到这些事情的情况。

青年的苏联作曲家在他的创作道路的最初的开始就受到党和政府的照顾和最大的关怀。不但为他们打开向音乐会组织、广播电台、音乐剧院和出版局的门径，并且每一个政府机关，按照我们社会组织的性质，都有帮助青年艺术家，辅佐他的创作成功的责任。逃避这责任便是过失，为苏维埃社会所不原谅。剧院必须与制作歌剧、芭蕾舞剧或音乐喜剧的青年作曲家相合作。这合作越是广泛、良好、深刻，则剧院的事业的评价越是高。在我国的音乐机关中，在公开演奏会里演出的青年作曲家的作品的数量与性质，是音乐团体的工作成绩评定中的重要的要素。音乐出版局如果不关心青年作曲家的创作，在报刊上必然遭到严格的批评。

因这原故，青年的、有天才的作曲家在这些组织和机关中，不是一个卑屈的请求者，而是一位被期望的艺术家；虽然对他当然有重大的要求——就中第一要求是制出良好的作品。但青年作曲家自己也提出要求。在这些要求中，有一件是要求听赏他的作品。

我们必须知道：在外国，从制作音乐到这音乐被人听赏，其间有一个“很远的距离”。……作曲家往往费好几年等候一听自己的作品的机会，倘使这作品是为器乐或声乐的集团写的，这机会就更加难得；有时这种机会竟一辈子不得实现。

然而我们要说清楚:不论哪个作曲家或自认为作曲家的人,都可以在资本主义国家里获得自己作品的被听赏的机会,不论作品性质如何,篇幅长短如何,合奏团体的大小如何,但唯一的必不可缺的条件,是依照最高的、商业的价格而偿付其被听赏的代价。必须是大富翁,方许作这样的阔绰的实验。

在我国,情形就不同,这用最近的例子就不难说明。在不久以前召开的苏联作曲家协会理事会全体大会上,曾经演奏了一百五十多个新作品,大都是青年作曲家所作的。这些作品中有为大合唱、交响乐队和独唱所写的巨大的作品,有交响乐、序曲、室内乐及各种形式的声乐作品。

一切,或差不多一切这些作品,都是初次演出;为了这初次演出,需要巨大的,而且有时是非常复杂的演奏机构——交响乐团、合唱团、室内乐合奏团、大群的熟练的独唱者和独奏者。苏联作曲家协会能够动员这样的机构,然而他们所以能够动员,当然是为了有政府机关和音乐团体的帮助的原故。这些机关和团体便是:苏联国务院艺术事业委员会、莫斯科国立音乐团及其优秀的苏联国立交响乐团、斯捷巴诺夫所管理的共和国俄罗斯合唱团、乌克兰的优秀的国立交响乐团、拉脱维亚的国立合唱团、国立儿童合唱学校的儿童合唱团、国立贝多芬四重奏团及国立大剧院四重奏团、全苏广播委员会及其交响乐团体、民族乐器合奏团和合唱团、苏联电影事业部的交响乐团和合唱团等。

我们有意列举这一大串名称。我们要使非专门音乐家的读者知道新的音乐作品被演出时的一切复杂手续、困难和高额的代价。这确是非常重要的事。因为音乐作品的评价,在某些方面,的确在技术上要比文学作品和戏剧作品的评价更为复杂。我们要认识一个新的作品,的确可以从它的钢琴改编曲中认识,或者从它的总谱表中认识;然而音乐的实际的、充分的评价，只有在它被演奏之后，方才可能。

我们在这里只举了新作品这样大量演出的一件事实。在实际上，它们是经常不断地在那里进行的。我们还得说明：苏联作曲家协会是对各种形式的新作品作有系统的研究工作的，那里有专门的委员会，演奏（用小型管弦乐团演出，或者由改编的钢琴曲演出，或者由独奏独唱者演出）是经常进行的。的确，在从前，协会的形式主义的领导者歪曲了选择优良作品的任务，而选拔罪恶的、有颓废派毒素的作品，但是现在情形已经大大地改变了。

党和苏维埃政府对于我们青年作曲家的关怀与注意，使青年作曲家获得了极大发展自己的创作天才的最广大的可能性。实在，凡是研究苏维埃音乐史的人，一定会注意到青年们在一切形式的苏维埃音乐艺术的发展中所起的重大的作用。

泽尔仁斯基还只二十五岁的时候，在一九三五年，他的第一曲歌剧《静静的顿河》就在列宁格勒的小歌剧院上演；在短短的期间中，这歌剧就演遍了苏联所有的全部歌剧院。这歌剧获得巨大的成功，它在苏维埃音乐上的意义极其伟大。我们不可不注意这一点！泽尔仁斯基作《静静的顿河》这歌剧的时候（大约从一九三二年开始），正是形式主义歌剧在我们的歌剧舞台上最“繁荣”的时候。这位青年作曲家不屈服于现代主义的审美者的要求，而且获得了对他们的完全的胜利。然而这不单是泽尔仁斯基个人的功绩——这位作曲家是由苏维埃的社会舆论支持的。列宁格勒和莫斯科的剧院来帮助他，不惮烦劳地和这位不知名的、缺乏经验的青年作曲家合作。而泽尔仁斯基的创作的胜利就变成了苏维埃歌剧艺术的创作的胜利。

泽尔仁斯基的创作个性的强点和弱点，都已经在他的歌剧初演的时候被评价过了。他的青年气的新鲜的天才主要是民歌风的。在两个歌剧中,泽尔仁斯基完全掌握了民歌的语言;他的乐语——尤其是在现今的优秀的苏维埃歌剧《静静的顿河》中——的特色,是富有戏剧性的表现力,美丽的、纯粹的抒情风,生动的描绘;虽然泽尔仁斯基的管弦乐不曾写得尽善,而且没有明确地掌握宣叙调的艺术——在俄罗斯古典歌剧创作中达到最高的完成的宣叙调艺术。

泽尔仁斯基的最初两个歌剧的影响于苏维埃音乐的后来的发展,是全无异议的。泽尔仁斯基在这两个歌剧中,显示了对于现代的、对于别林斯基所谓"现实生活的诗"的微妙的音乐的听觉。这对于苏联现实主义艺术家具有伟大的价值。

泽尔仁斯基的歌剧推翻了那种荒诞的主张,即:歌剧作品的主题只能用几百年前的事件。泽尔仁斯基的歌剧中的主角,是坐在剧院里的每个人所认识的人物,是真正地闻名全国的生动的人物。在歌剧《被开垦的处女地》中,初次出现了献身地为农村的社会主义改造而斗争的布尔什维克人物以及社会主义的凶恶的敌人——富农、白卫军。在苏维埃歌剧院的历史上,初次在舞台上表现不但是现代的事件,而且是目前发生的事件。

我们已经指出过:这些优点不能阻止我们清楚地看到泽尔仁斯基的创作的严重的缺点,这些缺点明显地表出在这位作曲家的以后的创作过程中。泽尔仁斯基对许多苏联青年作曲家发生过有益的影响,但在《静静的顿河》和《被开垦的处女地》之后,在新的环境之下没有获得新的胜利。但我们知道泽尔仁斯基正当盛年,我们对于这位在创作路程的开始如此富有希望的艺术家,应该有更多的期待和要求。

我们已经说过,《静静的顿河》和《被开垦的处女地》(顺便说明:《静静的顿河》现在已经是上演目录中的歌剧,它的长期的舞台生活是无可异议的)留下了很深的影响,尤其是在我国的青年作曲家的创作中。泽尔仁斯基的音乐的创举的影响,无疑地不但表出在歌剧创作中,又同样很有力地表出在歌曲创作中。当然,苏联青年作曲家的歌剧,决不可能全部是有意义的作品(大家都知道,歌剧到现在还是我国音乐艺术中的落后的部分),但在其中,也有艺术的意义无可异议的作品。

其中最伟大的作品,当然是赫林尼可夫的歌剧《暴风雨中》(用维尔德的《孤独》为题材的)。这歌剧在当时曾经引起剧烈的争论,但这些争论也正强调了决定这作品的艺术风格的现实主义成分的重要性。

然而在关于赫林尼可夫的歌剧的争论中,很奇怪地遗漏了一个最重要的问题,而这问题在我们看来正是音乐戏剧批评者和音乐剧院的导演们今日必须重加注意的。赫林尼可夫的第一个歌剧在莫斯科音乐剧院的舞台上出现的时候,他还是一位很年青的作曲家。赫林尼可夫这第一个歌剧作品经过慎重的修改,由伟大的俄罗斯导演涅米罗维奇-丹琴科直接领导而演出。

高龄的名家用大艺术家的敏感的听觉,在赫林尼可夫的音乐中听出了那时我们的音乐批评界所不能听出的东西;那时的音乐批评界只注意到了这歌剧的技工上的缺点,和音乐戏剧的法则的不充足;然而忽视了赫林尼可夫的歌剧中的美丽的歌曲风、旋律的表现力、需要对现实作正确描写的新颖的戏剧性,以及苏维埃现代的(即使它的时代很早,而且在我们现在已经变成了历史的)生动形象的真实展开。

不久以前发表在《真理报》上的论文《论戏剧批评者的一个反爱国集团》中说:“爱护自己的工作而献身于社会主义艺术的、真正的苏维埃批评者,必定是热诚的爱国者;当舞台上出现新的作品时——即使是还没有充分完成的,然而能大胆地提出新的思想,创造苏维埃人的新姿态的——必定感觉骄傲。"

我们须得承认:当我们的音乐批评界分析泽尔仁斯基和赫林尼可夫的作品(其中有新的有益的思想的)时,决不是大家都能理解这一点。必须承认:《真理报》上关于戏剧批评的论文中,以布尔什维克的严肃而公正的态度所说出的一切话,对于在一九四八年二月十日联共(布)中央关于穆拉得里的歌剧《伟大的友谊》的决议中已经受到正确的指责的我国的音乐批评界,也是适用的。

联共(布)中央委员会关于穆拉得里的歌剧《伟大的友谊》的决议中指示出苏联音乐批评界的难以容忍的情形,音乐批评"已不再是苏联舆论界意见和人民意见的表达者,它已变成了个别作曲家的传话筒"。

联共(布)中央委员会的历史性的决议在许多集会上和报刊上发表以后,苏联音乐舆论界立刻就揭露了形式主义的音乐学者和音乐批评者的活动,在这些人中有马才尔、日托米尔斯基、希利夫希坦、马尔德诺夫、希涅也尔松、贝尔塞、奥果列维兹、伐因科普等。然而对于这班人的理论和实际的活动的批评工作,是十分不完全的。我们以前没有揭发形式主义批评者的反爱国主义,没有揭发他们的可嫌的、丑恶的世界主义,没有揭发他们对俄罗斯古典音乐艺术的伟大传统的露骨的侮蔑,以及贬降俄罗斯艺术的进步合法的身份和它的民族独立性,并把伟大的俄罗斯作曲家看作外国作曲家流派的"学生"和承继者的企图。

世界主义化的音乐学者们,用各种方法来歌颂形式主义作曲家的荒唐的现代主义音乐,步外国音乐批评界的后尘,而看轻优秀的俄罗斯音乐学者:像在前世纪前半期就预言世界艺术的新时代——俄罗斯音乐的时代——的来到的奥多也夫斯基,像谢罗夫、斯塔索夫和我们的同时代人——著名的苏联音乐学者学院士阿萨非也夫。

没有民族观念的世界主义者奥果列维兹在他的“著作”中无耻地诽谤斯塔索夫，称他为“业余艺术家”，而宣称好战的亡命之徒斯特拉文斯基的作品为现代艺术最前进的表现。

奥果列维兹在诽谤的热情中，妄称阿塞拜疆的音乐是属于中世纪阿刺伯的东方的系统的，说要谨防阿塞拜疆民族音乐“俄罗斯化”的“危险”。

斯塔索夫正确地决定俄罗斯艺术对西欧艺术的关系，他指示说：“俄罗斯新艺术是最独立自尊的艺术之一。没有人教过它，它不曾向任何人借用过生活断片以完成自己的画面，这情形正同我们的新文学一样。果戈理和奥斯特洛夫斯基全不知道外国的作家，他们的一切题材都是取之于自身或直接取之于他们的生活环境中，他们用力强的手从那里取得了很多的东西。”

不顾斯塔索夫这光明而正确的定义，资产阶级的世界主义者在音乐理论中竭力地证明，说俄罗斯古典艺术和现代的苏维埃艺术中的有意义的作品，几乎全部是在外国的影响之下作成的。马才尔、部次科伊、别侃利斯和其他许多人附和他，他们都向外国的音乐学术屈膝，而好战的世界主义者贝尔萨一方面诽谤俄罗斯古典音乐和苏维埃音乐，一方面赞扬英、美的颓废派艺术，把象征主义的反动原理和“运命”的宿命论概念等认为是苏维埃音乐理论中的常用品。

世界主义的颓废派批评界所招致的祸害很大；根本而彻底地剿灭无种族观念的世界主义在音乐中的一切巢穴——这便是我国音乐舆论界的最首要的任务。

我们不能脱离了作曲家摆在自己面前的任务的批判的评价而判断

音乐艺术的作品;表扬作品形式上的优点而蔑视它的思想方针和它对我们的生活现象的关系的这种批评,正是表现其本身的思想贫乏和完全破产的证据。在这点上,音乐的任务和文学的任务没有分别;音乐批评的任务,在一切特性上,也和文学批评的任务完全一样。

在我们,这并行的现象是富有意义而具有很深的历史传统的——以古典音乐为代表的俄罗斯音乐批评,不变地是由俄罗斯古典文学批评的原理出发的,即由别林斯基、车尔尼雪夫斯基和道勃罗琉波夫的原理出发的;不能有别的原理,因为俄罗斯古典音乐的美的理想是和俄罗斯古典文学的美的理想相同的。

音乐的批评,即使是以优秀的批评家为代表的,也常常会滥用纯技术的评价,这就是谟索尔格斯基曾经愤慨地抗议的所谓"学校板凳和音乐字汇"。这种批评,尤其是用之于青年作曲家的创作上,其为害之大,自不必说;因为他们首重纯粹的形式,而把最主要的艺术思想的任务搁在一边。

但现在我们要再回过来谈谈泽尔仁斯基的歌剧《静静的顿河》上演的时候,与《静静的顿河》的演出相关着一个事件,这事件对于苏维埃音乐有极重大的意义。

一九三六年一月十七日《静静的顿河》演出后,列宁格勒小剧院在莫斯科巡演的时候,斯大林同志、莫洛托夫同志和有关演出的人员——作曲家泽尔仁斯基、当时的剧院音乐领导者兼指挥者萨莫苏特、舞台监督得列希科维奇——开了一个座谈会。在这次的座谈会中,斯大林同志替我们的艺术提出了一个任务,即创作苏维埃经典歌剧,他又定下了苏维埃经典歌剧的基本特性的、英明而十全的定义:"苏维埃经典歌剧必须是具有深刻情绪的,必须是能激动人的。在这里面应该广泛地利用民歌的曲调，其形式必须是极容易接受、极容易理解的。苏维埃经典歌剧在‘技术’上必须合于音乐艺术的最近成就的水准，这样，就不失却其对大众的接近性及其语言的明白和易解性。”

斯大林这关于未来的苏维埃歌剧艺术的话，对于整个苏维埃音乐戏剧阵线，具有斗争纲领的意义。

大家知道，我们的作曲家脱出了实行创作苏维埃古典歌剧的伟大任务的正路，虽然产生这些歌剧的必要的前提都存在着。在我们的音乐文化中，歌剧是最重要的、最大众的、最人民的一种音乐艺术形式。苏联人民的特殊的、历史上所未有过的歌曲的宝藏，苏维埃人民的历史生活的全部过程所产生的英雄性格的众多，社会主义建设的伟大的热情，富有仿佛是替歌剧作品准备好的题材的雄伟的文学，民族色彩的绚焕灿烂的美和无穷的样式——具有这许多创作优美的音乐之诗(美丽的经典歌剧)的可能性的设备与环境，作曲家还能在哪里，哪一个国家，哪一个时代里找得到呢？

关于这点还得补说一些：在我们伟大的导师们的音乐中，歌剧占据最重要的地位。“歌剧，只有歌剧，能使你接近人们；能使你的音乐和真正的大众相联系；使你成为不但是个别小团体的财产，而在良好的条件之下，使你成为全人民的财产。”——柴科夫斯基曾经这样写过。柴科夫斯基的倾心于歌剧，是因为他具有深刻的内心的激动，具有现实主义艺术家的真实的民主的天性，具有不厌不倦的愿望——用音乐的语言来和人民谈话。柴科夫斯基明确地看到歌剧是最通俗的、大众的音乐形式。这种论断，从格林卡以来的俄罗斯音乐的一切伟大古典作家都认为是十分正确的。

讲到歌剧，和民间音乐表演一样，其发生在俄罗斯文学中，比格林卡的伟大的、天才的歌剧作品《伊凡·苏萨宁》的出现更早。它初见于杰尔查文,这是在世界文学中的第一次,还在一八一五年,他就写述了歌剧院的性质,把它当作一种社会性的、政治性的机关,而使它担任群众教育的任务。最后,大家都知道:果戈理曾预言地指出,在俄罗斯创作歌剧有特别优良的条件,因为在俄罗斯民间生活中有歌曲成分的富源;普希金也十分重视歌剧,爱好歌剧……

这样看来,把歌剧看作音乐艺术的最重要的、最通俗的形式,这在我们是一种因了人民大众的最深切的内心要求而生根的、真正悠久的民族传统。那么,一九四八年二月十日联共(布)中央的历史性的决议中所鉴定的事实:"近来没有创作出一部与俄罗斯典型歌剧处于同一水准的苏维埃时代歌剧",更觉得是不可原谅的事了。这事实的原因是很明显的,十分明白地被指出在那决议中。同样地很明显的是:我们的青年作曲家的最重要而最有意义的任务,是创作以苏维埃现代为题材的苏维埃歌剧,创作苏维埃人的生动的音乐形象,使我们这时代的伟大的历史性事件不朽地永生在艺术的音乐中。

苏联的作曲家应该实现日丹诺夫同志所宣布的、每一个忠实的苏联作家的任务:"表现苏联人民的这种新的高尚的品质;表现我们的人民,不但是今日的人民,又看到他们的明日,帮助他们用探照灯来照明向前的道路……"

直到现在为止,照这方向而做的极少。青年作曲家所作的歌剧形式的作品为数寥寥。其中的确也有为苏维埃舆论界所高度赞赏的作品,例如歌剧《维登》《祖国》——两位阿塞拜疆青年作曲家卡拉·卡拉也夫和乔夫杰德·加吉也夫所作,而荣获斯大林奖金的。然而新的、苏维埃歌剧创作上的真正的、实际的改进,到现在还没有。虽然如此,我们应该认定:最近几年中,也有若干青年作曲家成功地表现在音乐艺术的各种各样的形式中。

例如尤罗夫斯基、莫罗左夫、斯巴达维基亚的芭蕾舞音乐的意义,是不可否认的。尤罗夫斯基的芭蕾舞《红色的帆》在莫斯科大剧院出演,获得成功。他的音乐的特色是明显的旋律性,和我们在每一个芭蕾舞作品中都必须重视的、舞蹈形式的优美。此外,一九四八年演出的、尤罗夫斯基为合唱、管弦乐和独唱而作的大清唱剧——《人民的功绩》,——依我们看来,虽然这清唱剧有若干构成上的缺点,但在作曲家的创作路程上比他的芭蕾舞曲具有更大的意义。《人民的功绩》是以卫国战争时期的英勇的游击队活动为题材的清唱剧。作曲家尤罗夫斯基深深地体会到这伟大斗争的动人的情绪,他能在清唱剧的许多插曲中使他的音乐具有实际的民族特性。

芭蕾舞剧《阿伊勃利特医生》(有中译本,万叶书店版)是青年作曲家莫罗左夫以朱科夫斯基的著名童话为题材而作的。莫罗左夫这优秀的作品在一九四八年荣获斯大林奖金。莫罗左夫这芭蕾舞剧是极难得的、为儿童观众所写的芭蕾舞剧中的一部。而在苏联作曲家所作的儿童芭蕾舞剧中,这不过才是第二部。第一部为儿童观众写的苏联芭蕾舞剧《阿伊斯捷诺克》是乌克兰作曲家克列巴诺夫所作的,也是这一类中的很成功的作品。

苏联青年作曲家在芭蕾舞剧方面的工作是很重要的。芭蕾舞剧是和歌剧一样为人民所爱好的音乐剧的一种形式。我们又不可忘记:俄罗斯芭蕾舞剧,和世界主义的芭蕾舞剧批评者所说的相反,是具有纯粹俄罗斯的民间舞蹈的起源的,并且是和歌剧一样的民族艺术。加之,俄罗斯芭蕾舞剧是世界上最优良的芭蕾舞剧,因为俄罗斯正是芭蕾舞交响乐的祖国,这类音乐的始基是格林卡在《伊凡·苏萨宁》和《路斯兰与琉德米拉》中的芭蕾舞乐所奠定的;而其至今无人能超越的最高峰,是柴科夫斯基的三个天才芭蕾舞剧——《天鹅湖》《睡美人》《胡桃夹》。

尤罗夫斯基、莫罗左夫、斯巴达维基亚的芭蕾舞曲,都是交响乐的芭蕾舞曲,而特别是斯巴达维基亚的新芭蕾舞曲,虽然未能免除一些严重的缺陷,但无疑地是属于俄罗斯古典芭蕾舞曲的传统的。这是很重要的情况,如果我们注意到在西欧芭蕾舞艺术的完全堕落的情形——试图创作没有任何音乐的芭蕾舞剧。这样的演法,是巴黎的芭蕾舞家利发尔所计划出来的。这"实验"当然归于失败——这话说得很对:舞蹈不能没有音乐,好比人不能没有脚……

然而斯巴达维基亚的芭蕾舞剧《幸福之岸》(剧本是阿波利莫夫所作——他也就是莫罗左夫的《阿伊勃利特医生》这剧本的作者)具有另一种更重要的意义。这是以苏维埃为题材的、最初的成功的芭蕾舞剧中之一个。

尽管由一班势利之徒讨厌地反复着说:不能用舞蹈和默剧来表现苏维埃人。然而在芭蕾舞剧《幸福之岸》中,偏偏用舞蹈艺术和芭蕾音乐的形象来表现了苏维埃人,而且因此而使演剧获得了更大的表现力和更充分的完整性。

一九四八年二月十日联共(布)中央委员会的决议,在青年作曲家的创作上发生了强大的影响;我们可以满意地断定,在其中的许多作品中,发生了转向真正的现实主义、音乐语言的民族性和决定整个创作的内容和方向的思想性的坚决的转变。

属于这样的新的、照我们看来是重要的作品的,我们将毫不犹豫地提出乌克兰青年作曲家斐利宾科的交响乐的《英雄的诗》和弦乐四重奏。

无论在四重奏或交响乐诗中,这位青年作曲家应用乌克兰民族的材料,都是从柴科大斯基的四重奏和交响乐诗的创作原理出发的。这是完全正确的——这位天才的俄罗斯作曲家的这些原理的活力,是完全无可异议的。

斐利宾科的四重奏,建立在和他的交响乐诗同一的美学基础上,——这是卓越无比地更完全而更成熟的作品。详言之,这四重奏是精练地作成的,完全摆脱了把四重奏音乐认为是为“选拔的”鉴赏者而作的音乐的观念,而为苏维埃四重奏音乐的发展打开了新的道路。

交响乐的《英雄的诗》——是天才的作品,但其结构松懈。《英雄的诗》的许多插曲是动人的,开头的牧歌风的插曲已经把我们引进乌克兰民歌的艺术境界中了。在斐利宾科的《英雄的诗》中,有着许多良好的、妙手作成的插曲。作曲家善于掌握多声部音乐的最复杂的形式,而巧妙地应用它的技术在乌克兰曲调中。他有表达力强的戏剧性效果的才能(的确,在斐利宾科的创作中可以感觉到柴科夫斯基的《法兰姬斯卡与李米尼》的影响,虽然这影响还未成为有机的)。尽管如此,《英雄的诗》看起来总像一系列的插曲,其中每一个插曲各别地、雄辩地证明了作者的才能,然而仍只是插曲而已。我们觉得《英雄的诗》是没有全部完成的作品,作者还须在这上面加工,我们希望我们将听到斐利宾科的《英雄的诗》的完整的校正篇。

在这结论中,并没有可使这青年作曲家懊丧的地方。他站在正确的道路上;且在全部音乐史中,恐难得找到五十个巨大作品是作者的笔底下一写出就马上完全成就的。作者差不多常常费长久的时间来推敲自己的作品,不止一次两次地修整它们。当然,这作者须得是艺术家,而其作品须得是有价值的。而我们认为作曲家斐利宾科是一个真正的艺术家。

莫斯科的青年作曲家蒲宁的《第二交响乐》,无疑地可承认为有意义的巨大作品。虽然这交响乐中有些显然的不平稳,但就全体而论,它是作曲家向生动的人民音乐的绝对转变的证据。在交响乐的第一乐章和第三乐章中有许多插曲,是很优良的,一般都承认它们是具有真正的诗的价值的。必须特别指出:这青年作曲家在他的《第二交响乐》中显示了他写俄罗斯曲调风味的才能,显示了他能自由地掌握民间的音乐语言,而不引用民间的范本;他作了可贵的、成功的尝试——在交响乐中应用群众歌曲的曲调。

作曲家创作俄罗斯民族管弦乐曲的音乐的兴趣日渐增大,这是十分可喜的事实。在过去长时间,俄罗斯民族乐器的独奏或合奏,都被人十分看轻;无疑的,这也是受世界主义分子的影响,他们或者绝不谈起这大众音乐艺术的重要的一部门,或者每逢说起“圆形琴”或“三角琴”[1]的时候,就嫌恶地嗤之以鼻……其实俄罗斯民间乐器的管弦乐合奏是价值非常高贵的、艺术的合奏,在音响的性质上和演奏曲目的可能性上,都远胜于其他的民族管弦乐合奏。

无论何人,只要听过一次三角琴、圆形琴、响亮而清朗的“梯形琴”[2]等的俄罗斯民间乐器的良好的合奏的,都不能不承认:这管弦乐合奏的壮丽的、浓厚的、明朗的音响,最复杂的多声乐曲中的音响的明净和透彻,伴奏中(特别是伴奏声乐时)的特殊的柔和与圆滑——这些都使得这管弦乐合奏成为能奏任何风格、任何形式的音乐作品的最优秀的合

[1] 以上二者皆俄罗斯民间弹弦乐器。——译者注

[2] 俄罗斯古代弦乐器。——译者注

奏之一。所可惜者,只是我们的作曲家很少为俄罗斯民间乐器的合奏写作乐曲,他们显然是忘记了这种合奏的巨大的、文化的意义,及其在城市和集体农庄的音乐文娱活动中的作用。

所可喜者,最近几年来,有一群作曲家——其中包括部达希金、诺索夫、卡马尔其诺夫、土利科夫——在俄罗斯民间乐器合奏的创作中获得了实际的成功。这方面的特别伟大的功勋,属于莫斯科作曲家部达希金。他最近为俄罗斯民间管弦乐合奏所作的《俄罗斯幻想曲》,在各方面都很优秀。部达希金在《俄罗斯幻想曲》中,充分地确认了前世纪八十年代俄罗斯民间管弦乐合奏事业的先锋安特列也夫所提出的思想——关于俄罗斯民间管弦乐合奏的交响乐性的思想。部达希金的创作的意义,在这方面决不会评价过高——这创作完全打破了交响乐的音乐和民间乐器合奏的音乐之间的人为的隔阂,而为这种交响乐创作形式展开了新颖而广大的远景。

青年的阿塞拜疆作曲家斐克列德·阿米罗夫最近以全新的样式的作品出现于乐坛——发表了他的为交响乐团作的《阿塞拜疆的穆格姆》[1](《舒尔》和《扣尔提-奥夫沙利》)。我们听见有人批评这作品太冗长,主题反复太多,缺乏音律的对比……这些批评是否正确?据我们看来,决不是完全正确的。

《阿塞拜疆的穆格姆》是阿塞拜疆民族音乐的新颖的、空前未有的作品。直到今日,没有人敢把穆格姆的赋格曲形式加以交响乐化,怕有完全破坏它的危险。德国的东方学者的腐儒们和阿塞拜疆的资产阶级的国家主义者们,同声地、感慨地证说:穆格姆是单声部的波斯文化的果

---

〔1〕“穆格姆”是阿塞拜疆的一种音乐形式的名称。——译者注

实。制作交响乐的穆格姆,便是在民族的遁走曲式上应用多声部作曲的方法;同时,如十五年前德国教授波才所写:“把致命的混乱带进到东方音乐中。”

但已故的乌齐尔·加吉贝科夫曾把这些先生们的观念打得粉碎,他证示道:“阿塞拜疆的谐调的均齐系统和富有意义的旋律的构成的严格规则,非但不妨碍多声部的导入,反而是一个巩固的基础——在这上面可以建设不创立在死的……音阶上而创立在阿塞拜疆民族音乐的活的、有生活能力的音阶上的巨大的多声部形式。”

阿米罗夫的《交响乐的穆格姆》充分地证实了加吉贝科夫这结论的正确。穆格姆的和声学加工是十分成功的,而且也许可以在创造阿塞拜疆民族的和声语言中开辟全新的道路。批评界倘使忽略了这一点,而不重视阿米罗夫这作品的原则意义上的长处,便是大大的失策,因为阿塞拜疆的民间风格的机能的意义,在其多样的形式中,是十分伟大的,而为交响乐的(和声学的、多声部的)完成而展开的可能性,更是无限制的。

然而,不管《舒尔》和《扣尔提-奥夫沙利》的穆格姆的民间主题的异常美丽,以及阿米罗夫用两声部记录主题完全成功的尝试,不管作品的节奏格式的微妙的优美,乐器独奏的丰富(其中的确也有较粗野的钢琴独奏)和舞蹈成分的富有生气,——不管这一切,我们也觉得阿米罗夫的作品稍稍冗长了些。

可是,须得注意这一点:阿米罗夫的《交响乐的穆格姆》所告诉阿塞拜疆的广大听众的,比告诉任何最有修养的音乐学者的要丰富得多,因为它是用这些听众的乡音来说话的。这些听众赞美这作品的冗长,其原因很简单:因为这种冗长在阿塞拜疆的民间音乐演奏中是最典型的特征。

本文的作者在早年曾经亲自观察过阿塞拜疆城市中和乡村中的人们听赏穆格姆的演唱的情形，这样的演唱有时不间断地延长一小时或一小时以上。听者的脸孔上绝不表示一点倦容，对于极细致的华饰都出神地表示感应，这些极细致的华饰是在别的音乐语言传统中教养起来的人所难于听出的。阿米罗夫的功勋正在这里：他在他的交响乐式的作品中不但保留了，而且又加强了阿塞拜疆民间音乐演奏的最主要的特色。

无疑的，这位青年作曲家还得在他的作品上加以最后的琢磨，除去杂音，除去过剩的东西，例如单声部的齐奏的滥用；但阿米罗夫的《阿塞拜疆的穆格姆》是苏维埃阿塞拜疆音乐文化的宝藏中的贵重的贡献，这在我们也是无疑的。

关于阿列斯克罗夫的《阿塞拜疆交响乐》，也有许多话可谈。这是很有意义的、但可惜含有严重的作曲上的缺点的作品。阿列斯克罗夫交响乐的问题，是和阿米罗夫的《交响乐的穆格姆》的问题一样的；然而这两个问题的解决方式完全不同。

《阿塞拜疆交响乐》是全部建立在阿塞拜疆民族音乐的曲调上的，其所以异于阿米罗夫的《穆格姆》者，是阿列斯克罗夫企图制作赋格曲形式的、复杂的交响乐作品。这青年作曲家是否成功呢？决没有完全成功，虽然一系列的插曲是无疑地成功的。其原因在于阿列斯克罗夫的专门技术尚未充分成熟。然而这样复杂的作品的第一次尝试，其前途具有远大的展望。加之，阿列斯克罗夫虽然年轻，在作曲艺术中却并非完全初出茅庐——例如，他曾经写过一篇很有趣的、虽然也未能免除缺陷的、大提琴与钢琴及管弦乐伴奏的协奏曲——这是以阿塞拜疆民间主题为题材而作成的第一批此类作品中之一。

应该指出，阿塞拜疆青年作曲家是我们的音乐青年中的重要的一支队伍。最近几年中,阿塞拜疆的青年作曲家制作了许多有意义的作品;其中应该指出的,例如卡拉·卡拉也夫的优秀的幻想序曲《列依利和美志农》,是在一九四七年荣获斯大林奖的;又如阿米罗夫的美妙的《尼萨米纪念交响乐》,是为弦乐合奏作的,曾以其特殊的典雅而博得了要求很高的莫斯科听众的赞赏。

卡拉·卡拉也夫由于他的天才和技能,在苏维埃阿塞拜疆的青年作曲家中占据着首要的地位之一。这位青年作曲家——天才卓越的艺术家——由于他的对自己的高度的要求和音乐文化及一般文化的稳固的根底而卓异于他人。幻想序曲《列依利和美志农》,前面说过荣获斯大林奖的,是非常有价值的作品。在性质上和形式上,《列依利和美志农》近似于柴科夫斯基的幻想序曲《柔密欧和朱丽叶》。但在我们看来,这不应该说是柴科夫斯基的天才创作的一种复写。青年作曲家选取《柔密欧和朱丽叶》作为自己作品的模范,是极应当的;因为交响乐诗的形式(卡拉也夫的幻想序曲在本质上是一种交响乐诗),正是在柴科夫斯基的创作中达到了最高的完成。

《列依利和美志农》是魅人的作品,其中弥漫着差不多一切伟大的东方诗人所研究过的传奇的诗的精神。

卡拉也夫的幻想序曲的音乐,几乎全部是建立在阿塞拜疆的民间曲调的材料上的,虽然作者差不多没有引用民歌,但他自由地掌握着民间音乐的语言,独立地创作了生动的、民族性质的、旋律的形象。

青年的阿塞拜疆作曲家,当然不止卡拉也夫、阿米罗夫、阿列斯克罗夫、加吉也夫(卡拉也夫的歌剧《维登》的合作者)这几人而已。在这里还须加入穆德海特·阿赫美托夫,即交响乐诗《巴赫拉姆·古尔》(标题音乐作品)的作者,他这作品虽然不免技术上的缺陷,但无论如何,其明朗而富有表现力的特性是出众的。此外还有许多青年作家。

但是,我们一方面给予阿塞拜疆青年作曲家的成功以应有的赞扬,同时也不能不指出:他们的作品中剧烈地表示着形式主义音乐的影响,而且在我们刚才所说的几位作曲家的创作中,也存在着这种影响。

阿塞拜疆共产党(布)中央委员会曾经正确地指斥形式主义的倾向,这倾向“主要地表出在卡拉也夫、加吉也夫、阿米罗夫、加吉贝科夫、尼亚齐等作曲家的创作中”。在这些作曲家的创作中,存在着形式主义的一切特征。特别是卡拉也夫的《第二交响乐》,而尤其是加吉也夫的《第三交响乐》——这作品中弥漫着恶习,充满着嘈嘈切切的音的结合,主题材料的构成中的、颓废派的人为的“野蛮”,和与这相类似的现代主义的“美”……

这怪现状如何解释呢?青年作曲家既能写作真实的、生动的音乐(像我们在卡拉也夫和阿米罗夫的其他作品中所见到的),那么他们为甚么要屈服于形式主义者的畸形的影响呢?这问题在我们是具有最重要的意义的,因为这不单是与阿塞拜疆作曲家有关的。

在这里,无疑地起着很重大而很有害的作用的,是:青年作曲家不直接向俄罗斯古典作曲家的创作学习,而向形式主义的作曲家学习。下面我们将说明我们的意思。

在最近召开的阿塞拜疆布尔什维克大会上的阿塞拜疆共产党(布)中央委员会的报告中说:“在我们这时代,在社会主义的时代,俄罗斯语言获得了全世界的意义。掌握俄罗斯语言,是使一切联邦共和国中的文化、艺术和科学突飞猛进的最重要的方法。”

我们认为学习俄罗斯语言,是一切联邦共和国的艺术工作者的特别重要的第一件事,这些工作者中包括音乐家——作曲家、音乐理论家和演奏家。掌握俄罗斯语言是使文化、艺术和科学突飞猛进的最重要的方法——这话非常正确。我们的青年(当然不仅是青年)作曲家所不幸者,是他们常常把资产阶级现代主义的伪文化当作真正的文化。况且在事实上,正同不能从颓废派诗人的作品中学习俄罗斯语言一样,也不能从形式主义的作品中学习俄罗斯音乐,因为形式主义的作品好比是俄罗斯音乐的一种讽刺漫画,而且往往还没有漫画的肖似。问题完全弄清楚了——学习俄罗斯音乐,掌握它的无穷的、丰富的艺术的泉源和它的伟大有力的语言,在现代是一切苏维埃音乐家的必要的事,无论他是属于哪一个民族的,无论他是住在哪一个联邦共和国或自治共和国里的。

要正确地理解我们的思想,必须像抛弃无用的垃圾一样,抛弃那些喜欢对一切标着"外国制造"字样的东西五体投地的人们所珍重保守的成见:说道我们的音乐虽然在思想内容上是前进的,但在技术上远不及西欧的范型……这是形式主义的阴谋家的诽谤的虚构。实际上,格林卡的音乐,已经不仅在启发音乐的灵感的思想上是前进的,其在器乐法的技术上,在多声部作曲法的稀世的妙技上,在艺术形式的天才的完美上,也是前进的。不是西欧教格林卡,却是格林卡教西欧。

不是西欧把声乐宣叙调的天才的技法教给达尔各牟希斯基,而是达尔各牟希斯基自己不靠旁的帮助而建立起他的作品《石客》,从此以后,西欧的音乐家就做了恭顺的学生而来参拜这盖世无双的、登峰造极的宣叙调技术的纪念碑。

不是西欧把管弦乐作法的无匹的技术教给利姆斯基-科萨科夫,而是利姆斯基-科萨科夫把器乐法的艺术教给西欧。

不是西欧把音乐形象的特性的无比的妙技教给谟索尔格斯基;不是西欧把柴科夫斯基所创造的、标题的、抒情戏剧的交响乐法的新形式教给柴科夫斯基。西欧过去和现在所有的一切进步的、真正艺术的东西，都是向柴科夫斯基和谟索尔格斯基的戏剧音乐的伟大的艺术学习的。

我们还须提一提：在一九四八年二月十日联共(布)中央的决议中，说多声部音乐歌曲的体系是我们的人民所特有的。要证实这句话，不须其他，只须这一点已可：新时代的多声部音乐的最伟大的巨匠，世界上一切民族的对位法的真正的导师，是天才的俄罗斯作曲家——塔涅耶夫。

由此可知，"俄罗斯音乐在形式的技术上不及西欧"这种论断，是形式主义者和无种族观念的世界主义者的荒诞的胡说、卑鄙的诽谤。

我们将提一提日丹诺夫同志在联共(布)中央召开的苏联音乐工作者会议上所引证的斯塔奈夫的话："否定科学，否定任何事业(其中包括音乐事业)中的知识，这是可笑的；然而只有新的俄罗斯音乐家，固为肩膀上没有以历史的里子为形式的、从过去数百年承袭下来的欧洲烦琐哲学时代的长链，才敢勇敢地正视科学；他们尊重科学，利用它的财富，但没有夸张与阿谀。他们否认科学趋向干枯和过分学究气的必然性，否认欧洲千万人认为那么有意义的、科学的体育的娱乐，他们不相信必须长年顺从地生长在科学神圣有力的神秘性上。"

必须诚实地承认：我们的许多作曲家(包括青年的)，的确在长时期中把形式主义作曲家所捧扬起来的西欧音乐的这种"体育的娱乐"误认为真正的科学；岂知真正的音乐的科学就在这里，在自己身边，在祖国里，在祖国的艺术中。所以，几乎在一百年间，西欧音乐理论界没有出过一个可与斯塔索夫和谢罗夫比肩的音乐学者，这并不是偶然的事；在最新的时代，全世界最杰出的音乐学者是不久逝世的学院士阿萨非也夫，这当然也不是偶然的事。我们说到崇拜外国音乐艺术的技术和科学的装备的事实，觉得是羞耻的、愚蠢的事。

在那边又是崇拜谁呢？还不是西欧所认为现代最伟大的音乐思想家阿尔诺特·射恩柏克么？射恩柏克写道:“音乐不应该表现感情和体验,只须努力制作新的、未曾听见过的结合;而这样的东西是无疑地会出现的,只要我们不服从和声学和复音乐的古老规则,抛弃一切关于精神体验的思想,自由地配置音响,如同万花镜一样。”好极的“科学”,它能教出多么好的东西来!

我们已经看到,形式主义在青年的、有才能的作曲家的创作上所发生的影响是何等有害;而且所看到的不仅是初出茅庐的作曲者的,而又有十分成熟的作曲家的例子。这个问题不仅是关于故意用形式主义的恶劣的作品。我们必须很用心地注意形式主义的极小的、表面上不显著的、“胎生的疤斑”。例如,没有一个人会否认青年作曲家列维丁的交响乐《青春》中的一定的优点,但在这作品中也有那些“胎生的疤斑”,而且是很大的疤斑。歇斯底里的哭泣,代替了精神的奋发;强烈的、粗硬的音的结合,好像裂帛似的音乐,造作的“和声的”发明的演奏,代替了一贯的逻辑的发展——凡此种种,充分明显地证实了这位青年作曲家还不能克服自己的形式主义的习惯。

在另一方面,我们又明显地看到,解脱那束缚他的创作想象的形式主义习惯的年青而富有才能的作曲家,将有多大的成就。谟拉夫列夫的优秀的钢琴作品《俄罗斯谐谑曲》便是一个例子。所可惜者,我们的写作器乐独奏曲的青年作曲家,还比较少趋向于俄罗斯民间创作的源泉,而宁取学院式的抽象的题材——这当然要省力得多,然而也就无意义得多。十分年青的谟拉夫列夫选取了另一条路,因而获得了胜利。他的谐谑曲是弥漫着俄罗斯曲调的精神的音乐,我们可以正确地预言这作品有悠长的生命。

作曲家从自己身上抛却了形式主义的枷锁之后有何所得，我们可在青年作曲家凡贝尔格的例子上看到。我们多年来常常听到凡贝尔格的的作品，但只有在他最近所作的《小交响乐》中，我们才初次听到他的真面目，方才能够充分地看到他的天才。

最有意义的、彻底现实主义的、崇高而充分民族性的作品，无疑地要算亚美尼亚青年作曲家阿鲁秋年的《祖国大合唱》[1]，这是为合唱、大交响乐团和独唱而作的声乐大曲。

我们敢断言：这作品是优越的，其真实的诗的优点是值得作专门研究的。热烈的爱国主义的情绪和对祖国的热爱，弥漫在这部大作品中。

在《祖国大合唱》的第一部分中，那明朗的、亚美尼亚民族语调的、庄严地响出的、以管弦乐中的小号勇壮地作伴奏的音乐，就已经使我们折服了。

第二部分《红场》中有叙事诗式的严肃的领唱，异常地优美；第三部分《劳动赞》中有赋格曲式的合唱和魅人的器乐独奏；尤其是那篇美妙的《摇篮曲》（第四部分），都是使人听了永远不会忘记的。女声独唱的《摇篮曲》是我们的声乐艺术中的优秀的作品。这音乐中发挥着说不尽温暖的、最亲切的、母亲的爱。

甚至一般所常用的闭着口而哼出的合唱伴奏，在这里也有新鲜的用法，这大概是因为作者在管弦乐中巧妙地应用了倍大提琴的轻声的“拨弦弹奏法”，而使这插曲有了特殊的、诗趣的神秘的色调。

可惜在这声乐大曲的终曲中，阿鲁秋年的成功比其他各部分的小得多。但无论如何，阿鲁秋年的声乐大曲总是一部有意义的作品，这一点

---

〔1〕 有中译本，万叶书店版。——译者注

在音乐家之间是没有异议的。《祖国大合唱》不能不说是阿鲁秋年的创作路程上的巨大的指标。倘使这位青年艺术家依着他的《祖国大合唱》所指示的路径而前进,他的前程将是很远大的。

我们曾经预先声明,在这篇论文中我们不能尽谈一切多才的青年作曲家。我们只谈到其中的若干人,但我们抱着这样的打算:务求所谈的话对于一切青年作曲家具有共通的意义。

在一切联邦共和国中还有许多有天才的青年作曲家。要说尽俄罗斯的、乌克兰的、白俄罗斯的、格鲁吉亚的、亚美尼亚的、乌兹别克的、土库曼的、哈萨克的、吉尔吉斯的、塔吉克的、拉脱维亚的、立陶宛的、爱沙尼亚的青年作曲家,需要一部大书,但我们不曾——又不能——从事这样巨大的工作。

在现时,我们是音乐艺术史上的伟大事件的目击者和参加者。我们不应该认为这些事件仅乎在我们苏维埃音乐文化上是重要的。

在我们的国境以外,只要是前进的人,只要是活的而有生活能力的人,都带着热诚的注意而关心苏维埃音乐上所发生的事。我们有充分确实的证据来证明:在争取音乐中的民族性的斗争中,在争取现实主义艺术的胜利的斗争中,在争取“内容是社会主义的而形式是民族的”文化的斗争中,正展示着伟大的高潮;我们又证明:这高潮在西欧的民主的音乐团体中唤起了响应。尤其为大众所周知的,是在一九四八年五月布拉格的第二次国际作曲家和音乐批评家大会上,进步的民主的思想获得了充分的胜利。在这大会上,捷克斯洛伐克的、保加利亚的、罗马尼亚的、波兰的、匈牙利的、南斯拉夫的、法国的、英国的、荷兰的、奥地利的、巴西的前进的音乐家,连同苏联的作曲家和音乐学者的代表团,一致斥责现代资产阶级文化的堕落的艺术,正确地指出:没有一种形式的奸计能够掩蔽这种艺术作品中的思想的空虚。

第二次国际作曲家大会向全世界作曲家号召,这号召无可怀疑地证明了这一点:有成效的民主思想,显然是能制胜资产阶级艺术的朽腐观念的。大会在对作曲家的号召中,正确地指示:必须拒绝极端主观主义的倾向;音乐必须表现人民大众的伟大的、新的、前进的思想和感情,以及现代的进步的事态。大会并坚决地主张:艺术家在自己的作品中必须倾向于本国的民族文化,而成为"本国的民族文化的真正的保护者,以对抗现代的虚伪的世界主义倾向;因为音乐的真正的国际主义只有在巩固自己的民族文化的基础上才能产生。"大会要求全世界作曲家第一注意那些内容最具体的音乐形式,尤其是歌剧、清唱剧、声乐大曲、浪漫曲和群众歌曲——这要求又足以证明:彻底拒绝对音乐的颓废派的无论何种妥协的民主思想,势必成为全世界一切国家的音乐艺术中的一切健康而有生气的人们的领导思想了。

我们知道各国的许多伟大的音乐工作者,老年的和青年的,他们都剧烈地、积极地反抗音乐中的资产阶级的颓废派。捷克斯洛伐克的音乐家、音乐理论家和作曲家——西赫博士、杨·托马克博士、基普塔博士、青年作曲家卢次基,有名的保加利亚作曲家维谢林·斯托亚诺夫,罗马尼亚的音乐工作者阿尔弗列德·门得尔松,波兰的音乐学者索菲亚·李萨博士,匈牙利的音乐学者特尼斯·巴尔塔博士,法国青年批评家罗浪·特·孔特,瑞士的音乐家若尔希·贝尔那尔,有名的奥地利作曲家刚斯·爱斯莱尔,巴西人阿尔诺尔多·爱斯德列拉,英国人阿郎·部希和贝那特·斯蒂文斯,荷兰人马利乌斯·弗洛德古伊斯——我们在这里所举的只是在布拉格的第二次国际作曲家和音乐批评家大会的决议中签名的人,但在这一班进步的音乐工作者的每一个人的后面,一定站着大群的其他的人,他们是作为这大群人的代表而出席于大会,来发表大群人的思想和期望的。在全世界一切国家的音乐中,都有进步的分子,他们的重要性不断地在那里增长;因了劳动大众的不满愈滋长,愈成熟,他们的要求也日渐地在那里增大起来。

我们就在这里结束我们这篇文章。

我们的苏联音乐家,苏联人民的一切种族的代表者,老年的名师,成熟的、充满力量的艺术家,和刚刚走上创作之路的青年,都为了伟大而崇高的目的而服务。

他们怀着对祖国和祖国人民的无限的爱,用自己的一切力量、天才、技术及其艺术的一切手法,而为列宁、斯大林的伟大的事业服务,为苏联人民和苏联国家的事业服务。

本书华俄名词对照表

三画

三角琴 Подвиг народа

《小交响乐》 балалайка

《女鞋》 Черевички

土利科夫 Туликов

凡贝尔格 М. Вайнберг

四画

《五月之夜》 Майская ночъ

《天鹅湖》 Лебединое озеро

《尤提弗》 Юдифъ

尤罗夫斯基 В. Юровский

巴拉基列夫 Балакирев

巴利阿希维利 З. Палиащвнли

巴赫拉姆·古尔 Бахрам. гур

日托米尔斯基 Д. Жнтомирский

五画

卡拉得根 Каратыгин

《卡马林舞曲》 Ъаморинская

卡拉·卡拉也夫 Кара Караев

卡马尔其诺夫 Камалдинов

尼亚齐 Ниязи

《尼萨米纪念交响乐》 Симфонняя иамяти Низами

弗罗洛夫 Фролов

布伦涅尔 Брюетъер

本加明·勃利登 Бенджамен Брнттен

《世界末日四重奏》 Квартет на конец света

《石客》 Каменный гостъ

六画

《伊萨伊》 Изаи

《伊凡·苏萨宁》 Иван Сусанин

伊未·波特利 Ивэ Бодри

伐因科普 Ю. Вайнкон

列维丁 Ю. Левитин

列奥·那杰尔曼 Лео Наделъман

《列依利和美志农》 Лейли н Меджнун

安特列也夫 В. Андреев

安特雷·若利未 Андрэ Жоливэ

《在暴风雨中》 В бурю

朱科夫斯基 К. Чуковский

吉奥诺 Жвоно

《扣尔提-奥夫沙利》 Кюрди-Овшари

米奴哀 менуэт

西赫拉 А. Сихра

七画

利发尔 Серж Лифар

利姆斯基-科萨科夫 Римский-Корсаков

别林斯基 Белинский

别侃利斯 М. Пекелис

克列巴诺夫 Д. Клебанов

希利夫希坦 С. шлифштейн

希涅也尔松 Г. Шнеерсон

车尔尼雪夫斯基 Чернышевский

贝尔塞 И. Лэлзы

贝拉·巴尔托克 Бела Барток

贝那特·斯蒂文斯 Бернард Стивенс

却尔斯东 чарлъстон

八画

《幸福之岸》 Берег счастъя

《孤独》 Одиночество

《彼得·格莱姆斯》　Петер Граймс

《招魂者》　Медиум

拉罗希　Г. Ларош

狐步舞　фокстрот

林斯基　Ленский

波才　Бозе

波罗金　Бородин

波列伏伊　Б. Полевой

《波兰姬斯卡与李米尼》　Франческа да Римини

舍巴林　Щебалин

《舍赫拉萨达》　Шехеразада

舍符侃德·玛美多娃　Щевкет Мамедова

阿郎·部希　Алан Бущ

阿鲁秋年　А. Арутюнян

阿波利莫夫　П. Аболимов

阿尔札马斯　Арзамас

阿萨非也夫　Асафъев

阿列斯克罗夫　Алескеров

阿伊斯捷诺克　Аистенок

《阿伊勃利特医生》　Доктор Айболит

《阿塞拜疆交响乐》　Азербайджанская симфония

《阿塞拜疆的穆格姆》　Азербайджанскпе мугамы

阿尔弗列德·门得尔松　Алъфред Менделъсон

阿尔诺尔多·爱斯德列拉　Арнолъдо Эстрелла

《青春》 Юностъ

九画

《俄罗斯幻想曲》 Русская фантазия

《俄罗斯谐谑曲》 Русское скердо

《哎,唷杭》 Эй,ухнем

《洛特尔》 I'Ordre

《柔密欧和朱丽叶》 Ромео и Джулъетта

《胡桃夹》 Щелкунчпк

勃罗乌 Бороу

勃鲁西洛夫斯基 Брусиловский

柴科夫斯基 Чайковский

《音乐评论》 Musical Digest

《美人鱼》 Русалка

《红场》 Красная площадъ

《红色的帆》 Алые паруса

《英雄的诗》 Героическая поэма

若尔希·贝尔那尔 Жорж. Бернар

十画

刚斯·爱斯莱尔 Ганс Эйслер

特尼斯·巴尔塔 Денис Барта

涅米罗维奇-丹琴科 Немирович-Данченко

格利埃尔 Р. Глиэр

格拉祖诺夫　А. К. Глазунов

《索洛钦市集》　Сорочинская ярмарка

索菲亚·李萨　Софъя Лисса

海金　Б. Хайкин

乌齐尔·加吉贝科夫　Узеир Гаджибеков

《真正的人》　Повестъ о настоящем человеке

射恩柏克　Арнолъд Шенберг

马才尔　Л. Мазелъ

马尔德诺夫　И. Мартынов

马利乌斯·弗洛德古伊斯　Мариус Флотгуис

十一画

《伟大的友谊》　Великая дружба

基普塔　А. Кинта

强卡罗·美诺提　Джанкарло Менотги

《从山外,从山外,从高山外》　Из-за гор,гор,высоких гор

娄新科　Лысенко

得列希科维奇　М. Терешнович

清唱剧　оратория

梯形琴　гусли

梅克夫人　Фон Мекк

莎拉　Шара

莫妮卡　Моника

莫罗卡夫　И. Морозов

《被开垦的处女地》　Поднятая делина

符拉索夫　Власов

部次科伊　А. Будкой

部达希金　Будашкин

十二画

杰尔查文　Державин

《劳动赞》　Торжество труда

普罗科菲也夫　С. Прокофъев

斯伐娄　Сваллоу

斯特劳斯　Рихард Штраус

斯塔索夫　В. В. Стасов

斯捷巴诺夫　А. Стенанов

斯巴达维基亚　Антонио Спадавеккиа

斯特拉文斯基　Стравинский

斯实其阿罗夫　Спендиаров

斐利宾科　А. Филиппинко

斐克列德・阿米罗夫　Фикрет Амиров

乔治・克拉勃　Джордж Крабб

乔夫杰德・加吉也夫　Джовджет Талжиев

《舒尔》　Шур

费尔　Фер

达尼哀尔・雷修尔　Даниел Лезюр

达尔各牟希斯基　Даргомыжский

道勃罗琉波夫　Добролюбов

十三画

圆形琴　домра

圆舞曲　валъс

塔涅耶夫　Танеев

塞尔维亚　Сербня

《摇篮曲》　Колыбелъная

杨·托马雪克　Ян Томашек

奥果列维兹　А. Отолевед

奥多也夫斯基　Одоевский

奥利未·梅先　Оливъе Месъен

奥伊斯特拉赫　Д. Ойстрах

爱伦·奥福特　Эллен Оффорд

雷格美　Регамей

雷格尔　Макс Реяер

《路斯兰与琉德米拉》　Руслани Людмила

十四画

蒲宁　В. Бунин

《嘈杂代替了音乐》　Сумбур вместо музыки

赫林尼可夫　Т. Хренников

《睡美人》　Спящая краскавица

福马·阿克文斯基　Фома Аквинский

《维登》 Вэтэн

维尔德 Вирты

维谢林·斯托亚诺夫 Веселин Стоянов

十六画

泽尔仁斯基 И. И. Дзержинский

穆拉得里 В. Мурадели

穆德海特·阿赫美托夫 Мутхед Ахметов

《穆金斯克县的麦克白夫人》 Леди Макбет Мценского уезда

卢次基 Сг. Луцкий

《诺索夫》 Носов

《静静的顿河》 Тихий Дон

十七—十八画

罗浪·特·孔特 Ролан де Кондэ

萨莫苏特 С. Самосуд

萨尔特尔 Сартр

萨巴涅耶夫 Сабанеев

萧斯塔柯维奇 Д. Шостакович

谢特利 Седли

谢罗夫 А. Н. Серов

谟拉夫列夫 А. Муравлев

谟索尔格斯基 Мусоряский